TINA BRÖMME

Wie programmiert man Liebe?

TINA BRÖMME

WIE PROGRAMMIERT MAN LIEBE?

ROMAN

LYX
EGMONT

Originalausgabe Juni 2016 bei LYX
verlegt durch EGMONT Verlagsgesellschaften mbH,
Gertrudenstr. 30–36, 50667 Köln

1. Auflage
Redaktion: Ann-Kathrin Schwarz
Satz: Greiner & Reichel, Köln
Printed in Germany (670421)
ISBN 978-3-7363-0071-2
www.egmont-lyx.de

MIX
Papier
FSC® C083411

1. KAPITEL

MIR REICHT'S – ICH GEH SCHAUKELN!

München, den 20. Mai 2016

Lieber John,
sehr geehrter Herr Obergrußberger,

zunächst möchte ich darauf hinweisen, dass ich meine ~~Kunden~~ Auftraggeber nur am Abend unserer Verabredung duze. Für die Analyse erscheint mir ein respektvolles »Sie« angemessener. Ich bitte dafür um Verständnis.

Noch einmal herzlichen Dank für Ihren Auftrag, den ich sehr gerne ~~wahrgenommen~~ erfüllt habe.

Kommen wir nun zur ~~Bearbeitung~~ Nachbereitung des Abends, vergangenen Donnerstag, 20.00 bis 21.30 Uhr im Café Tambosi, München. Sie haben für die Dating-TÜV-Analyse Kategorie 3 »Auf den Punkt gebracht« gewählt. Falls Sie nachträglich das Deluxe-Paket für eine ~~noch~~ ausführlichere Analyse, also die ~~Ausführliche~~ tief gehende Begutachtung, wünschen, kann ich auch diese gerne erstellen. (Die Kosten dafür betragen zusätzlich zur Grundgebühr von 90 Euro ~~zuzügl.~~ noch einmal 90 Euro).

In der Kategorie 3 schauen wir uns verschiedene Teilbereiche getrennt voneinander an. Für Ihre Offenheit meinen Kritikpunkten gegenüber danke ich Ihnen schon jetzt.

1.) Äußeres:

Natürlich lässt sich über Geschmack ~~streiten~~ diskutieren, doch ich kann Ihnen nur raten: Weniger ist meist mehr. Das bedeutet, mehr als drei Farben sollten Sie bei der Wahl Ihres Outfits nicht benutzen. Zudem sollte zumindest eine dieser Farben dezent sein. Ein roter Pullover, ein Jackett, dessen Blauton an Yves Klein erinnert, eine gelbe Hose und braune Schuhe erwecken nicht den Eindruck eines distinguierten Dandys, dem eine Frau gerne seine Geheimnisse entlocken würde. Eher hat man den Eindruck, hier setzt jemand alles daran, wahrgenommen zu werden. ~~Gruselig!~~ Das haben Sie nicht nötig. Bei einem Rendezvous werden Sie in jedem Fall wahrgenommen. Konzentrieren Sie sich stattdessen lieber auf die richtige Bartpflege. Was sollte das für ein Bart sein? Für einen Vollbart war's zu wenig, für einen Dreitagebart zu viel. ~~Damit sehen Sie eher aus wie Philip Seymour Hoffman, nicht wie Bradley Cooper.~~ Während Sie die Suppe aßen, musste ich einfach an Ihren Lippen hängen – nicht, um Ihnen zu lauschen, sondern weil ich ~~angeekelt~~ gebannt beobachtete, wie es Ihnen unter Einsatz eines ~~widerlichen~~ phänomenalen Zungenschlages gelang, die verspritzten Suppentröpfchen aus den Stoppeln zu entfernen. In gewissem Maße faszinierend, allerdings nicht sehr zielführend, wenn Sie das Herz der Frau erobern wollen, die Ihnen gegenübersitzt. Bitte gönnen Sie sich vor dem nächsten Date eine gründliche Rasur, gerne auch in Verbindung mit dem Besuch eines guten Friseurs. Sie müssen sich für ~~»oben ohne«~~ Ihre wenigen Haare nicht schämen. Ich kenne sehr viele Frauen, die Männer mit Glatze ausgesprochen anziehend finden. Kahle Stellen mit dem verbliebenen Haupthaar zu kaschieren, war noch nie eine gute Idee. Und wenn ich Ihnen, verbunden mit meinem Ausdruck der Sympathie, noch etwas raten darf: Nicht jedes klobig-braune Kassengestell ist eine coole Nerdbrille ~~sondern einfach nur hässlich~~. Ein Gestell in dezentem Schwarz oder vielleicht sogar Kontaktlinsen würden Ihre Gesichtszüge deutlich vorteilhafter zur Geltung bringen. ~~Sofern man auf Doppelkinn, schwulstige Lippen, große Nase, gut gefüllte Tränensäcke und wässrig-blaue Augen steht.~~

2.) Erster Eindruck:

Es ist nicht von Vorteil, wenn die Bedienung das erste leere Bierglas beim leicht verspäteten Eintreffen Ihrer Dating-Partnerin gegen ein gefülltes eintauscht. (Übrigens: Ich ~~komme~~ erscheine immer fünf Minuten zu spät, um die Reaktion des Auftraggebers auf diesen kleinen Fauxpas zu testen.) Das leere Bierglas suggeriert a) Sie warten schon länger, was wiederum bedeuten könnte, dass Sie vor Aufregung viel zu früh am vereinbarten Ort waren, ~~was wiederum darauf hindeutet, dass Sie keine Erfahrung mit Frauen haben~~ oder b) dass Sie ein ungeduldiger Mensch sind, der sich nicht fünf Minuten zügeln kann, oder schlimmstenfalls c) dass Sie Alkoholiker sind. Bitte bestellen Sie beim nächsten Date maximal ein Wasser (still, damit es nicht zu ungewollter Kohlensäure-Abgabe via Speiseröhre kommt. ~~Rülpsen ist definitiv nicht sexy!~~).

Auch wenn es galant gemeint ist, ein Handkuss ist heutzutage nicht mehr state of the art, außer in ironischem Zusammenhang, und dieser ist zu Beginn eines Treffens zweier Unbekannter keinesfalls gegeben.

Ihr Lächeln dagegen wirkt zwar etwas schüchtern,

aber durch die kleine Zahnlücke gleichzeitig sympathisch. Dies ist ein schöner Kontrast zu Ihrer Erscheinung, die der eines, lassen Sie es mich so ausdrücken, ~~dicken~~ gemütlichen Bären gleicht, zu dem man sofort Vertrauen fasst.

3.) Verlauf des Abends:

Es ist für eine Frau natürlich ein schönes Kompliment, wenn der Gesprächspartner bereit ist, viel von sich preiszugeben. Frauen wissen Offenheit sehr zu schätzen. Aber das kennt auch Grenzen. Daher rate ich Ihnen dringend, das Gespräch nicht sofort mit frühkindlichen Belastungssituationen (stundenlang in einer vollge*** Windel vergessen worden zu sein, das Ignorieren eitriger Mandelentzündung durch die primären Bezugspersonen, Hasenköttel in der Schultüte etc.) zu eröffnen. ~~Das ist total abtörnend!~~ Diese Themenfelder eignen sich eher, wenn man die Dame schon besser kennt und sicher sein kann, dass man ihr diese Dinge auch tatsächlich anvertrauen will. ~~Eventuell sogar erst nach der Hochzeitsnacht.~~

Zudem ist es ratsam, immer wieder einmal selbst eine Frage an sein Gegenüber zu richten. Was haben Sie an diesem Abend über mich erfahren? Können Sie mir drei Dinge nennen, die Sie nicht von meinem Äußeren ableiten?

Wenn man im Gespräch nicht weiterweiß, ist es natürlich hilfreich von Hobbys, Reisen etc. zu erzählen. Allerdings wird es wenige Frauen geben, die sich ein detailliertes Wissen rund um das Thema Segelflugzeugmodellfliegen aneignen möchten. ~~Das ist fürchterlich langweilig und ich wäre zum Gähnen beinahe auf die Toilette verschwunden.~~ Erwähnen Sie Ihr Hobby beiläufig, laden Sie Ihre Gesprächspartnerin zu einem gemeinsamen Ausflug ein (so-

fern Sie dies in Betracht ziehen), aber halten Sie keinen zwanzigminütigen Vortrag über verschiedene Flugzeugmodelle.

Wovon ich Ihnen des Weiteren dringend abraten möchte: Bieten Sie nicht an, die Reste auf dem Teller Ihres Gegenübers aufzuessen. Und eine Senioren-Portion Schnitzel nachzubestellen, wirkt ebenfalls nicht unbedingt attraktivitätssteigernd (vor allem, wenn dies einen Disput mit dem Kellner über die Verfügbarkeit eines Senioren-Schnitzels für Nicht-Senioren nach sich zieht). Wenn Sie Ihre Tischpartnerin zu einem gemeinsamen Dessert einladen, sollten Sie ihr auch die Chance geben, davon wenigstens zu kosten. ~~Davon abgesehen sollten Sie eine Diät dringend in Betracht ziehen.~~ Und übrigens: Servietten darf man benutzen, auch wenn diese aus Stoff sind.

Sehr geehrter Herr Obergrußberger, ich bedanke mich sehr herzlich für Ihren Auftrag, ~~den netten Abend~~ und hoffe, Sie können meine Analyse nachvollziehen und meine Vorschläge auf Ihrer weiteren Suche nach einer Partnerin einbringen. ~~Auch wenn ich bezweifle, dass Sie in diesem Leben damit noch Erfolg haben werden.~~

Mit hochachtungsvollen Grüßen

Henrike Sturm
Dating-Coach

Mist, schon kurz vor acht. Ich hatte wieder einmal viel zu lange gebraucht. Und vier Versionen waren einfach drei zu viel. Für den Preis durfte die Analyse nicht länger als eine Stunde in Anspruch nehmen. Aber dieser hier war auch ein besonders schwieriger Fall gewesen. Wie sollte ich einem hässlichen, fetten und langweiligen Typen, der garantiert irgendwo auch gutmütige, liebenswerte Seiten besaß, klarmachen, dass er nie eine Frau finden würde, ohne dass er sich nach dem Lesen meiner Analyse vor die nächste U-Bahn warf? Ich musste mir dringend einen Datensatz an Standardformulierungen für solche harten Fälle zurechtbasteln.

Aber nicht jetzt! Eigentlich hatte ich die Analyse an diesem Abend daheim schreiben wollen, hatte aber länger bei meinem Brotjob ausharren müssen, da mein Chef mich gebeten hatte, den Abschlussbericht einer Kampagne für unseren wichtigsten Auftraggeber fertig zu schreiben. »Gleich habe ich die restlichen notwendigen Informationen zur Hand und maile sie Ihnen«, hatte er versprochen. Ich ahnte schon, wie das ausgehen würde, denn so gut kannte ich meinen Chef nach viereinhalb Monaten. »Gleich« war für Stefan Feist ein dehnbarer Begriff. Er bedeutete irgendwas zwischen fünf Minuten und acht Stunden. Da ich ahnte – obwohl oder gerade, weil es Freitagabend war –, dass er keine Lust hatte ins Wochenende zu Frau und zwei Kleinkindern heimzukehren, ging ich davon aus, dass »gleich« diesmal eher ein Stundenmaß war. Und so hatte ich die Wartezeit mit dem Schreiben der Analyse überbrückt. Mit einem latent schlechten Gewissen. Denn eigentlich sollte ich meine Arbeitskraft als Junior-Beraterin ja zu hundert Prozent der großen Münchner PR-Firma »Die 4großenF« zur Verfügung stellen. Dass ich nebenher einen »Dating-TÜV« betrieb, wusste hier niemand. Und das sollte auch so bleiben.

Diesen kleinen Nebenerwerb hatte ich während meiner letzten Phase der Arbeitslosigkeit begonnen und nicht wirklich geglaubt, dass ich damit Geld verdienen könnte. Immer war da das Gefühl, ich wäre eine Betrügerin. Ich coache Männer darin, wie man bei Frauen gut ankommt. Und nehme auch noch Geld dafür! Hm. Guter Witz. Okay, man sah mir nicht unbedingt an der Nasenspitze an, dass ich ziemlich genau das Gegenteil einer Beziehungsexpertin war, hatte ich selbst doch gerade mal zwei, sagen wir großzügig zweieinhalb, Beziehungen geführt. Kurzzeitbeziehungen. Aber vielleicht funktionierte mein TÜV genau deshalb ganz prima. Ich hatte mir eine schmalbrüstige Website zugelegt, machte aber sonst keine Werbung und wurde meist nur per Mundpropaganda von einem Kunden zum nächsten weitergereicht. Keiner der Herren hatte sich je beschwert, ich hätte meinen Job nicht anständig gemacht. Vermutlich lag es daran, dass ich schon zu Schulzeiten der Herzschmerz-Mülleimer meiner Klassenkameraden gewesen war – wenn man mich auch sonst übersah, zum Ausheulen war ich gut genug gewesen. Und mein Ratschlag-Repertoire galt für viele schnell als unverzichtbar.

Da der Dating-TÜV gerade mal so viel abwarf, dass ich mir pro Monat einen Shoppingbummel mit anschließendem Restaurantbesuch gönnen konnte, war ich verdammt froh gewesen, als Die 4großenF meine Bewerbung positiv beschieden hatten. Inzwischen hatte ich die Probezeit beinahe überstanden. Es fehlten nur noch wenige Wochen. Hossa!

Ich trank den letzten Schluck kalten Kaffee aus meiner Lieblingstasse (Aufschrift: *Mir reicht's – ich geh schaukeln!*) und beschloss, mich meinen Mails zuzuwenden – vielleicht hatte Feist ja mittlerweile die versprochenen Infos geschickt.

»Frau Sturm!«

Ich versuchte gleichzeitig a) nicht zusammenzuzucken, b) die Dating-TÜV-Datei auf meinem Bildschirm zu minimieren und c) ein Lächeln auf meine Lippen zu zaubern, bevor ich mich umwandte.

»Herr Feist, ich dachte schon, Sie hätten mich vergessen.«

Diese Replik verdiente auf meiner nach unten offenen Keckheitsskala eine gediegene Drei (5 = sehr keck, 4 = keck, 3 = recht keck, 2 = gerade noch keck zu nennen, 1 = nicht wirklich keck, 0 = unkeck, -1 = so was von unkeck, -2 = verklemmt, -3 = megaverklemmt, -4 = was ist *keck*?, -5 = vergiss es).

Mein Chef setzte sich auf die Tischkante meines Schreibtisches. Ich versuchte ein wenig auszuweichen, aber der Rollcontainer neben mir verhinderte dies. Stefan Feist verschränkte die Arme und lächelte milde. Was ein Alarmzeichen allererster Güte war, wie ich in den letzten Monaten herausgefunden hatte.

»Haben Sie die Mail jetzt geschrieben?«

»Fast fertig«, log ich. Einerseits sehr keck, andererseits ... vergiss es. Drei Schauer auf einmal liefen mir über den Rücken, denn ich ahnte, dass er mir die fehlenden Infos bereits gemailt und ich dies dank meiner Beschäftigung mit Mister Obergrußberger komplett übersehen hatte.

»Na dann, ich würde schon gerne heute noch nach Hause kommen. Wie lange brauchen Sie? Und was tippen Sie da überhaupt?«

Ich hatte ein abgeschlossenes Hochschulstudium hinter mir. Mein Abitur lag zehn Jahre zurück und ebenso lange war ich volljährig. Und doch fühlte ich mich wie im Mathematikunterricht, wenn mein Lehrer mich mit einem eiskalten Blick maß und fragte: »Trauen Sie sich das denn zu?«

»Fünf Minuten«, sagte ich – eine glatte Keckheitsfünf angesichts der Tatsache, dass ich gar nicht wusste, was in dem Abschlussbericht noch alles fehlte. »Ich habe noch ein paar Mails abgearbeitet, damit sie nicht übers Wochenende liegen bleiben.« Das klang doch dynamisch und lässig, oder? Jedenfalls dann, wenn man davon absah, dass ich ein paar stumme Sekunden verstreichen ließ, ehe ich antwortete.

»Sehr lobenswert.«

Wieso lächelte ich jetzt? Er war nicht mein Papa, dessen Lob mir wichtig war. Nein, er war mein Chef, auf dessen Wohlwollen ich angewiesen war, damit Papa nicht wieder die Miete zahlen musste.

Ein breites Grinsen verzog seine wulstigen Lippen und seine wasserblauen Äuglein bekamen diesen merkwürdigen Glanz – irgendwo zwischen gierig, schmierig und unangenehm. Was mich schnell dazu verleitete, irgendeinen Blödsinn daherzureden, um ihn abzulenken.

»Ja, wissen Sie, Böngtheim brauchte noch die Zusammenfassung des Meetings gestern und Thalberg wollte den aktualisierten Kostenvoranschlag. Ich dachte, was weg ist, ist weg.«

»Schön, schön. Aber der Kostenvoranschlag – wäre das nicht Grits Aufgabe gewesen?«

Oh, verdammt. Jetzt musste ich mir was Gutes einfallen lassen.

»Grit!«, rief er laut in Richtung Flur. War die etwa auch noch hier und machte auf Streberin?

»Aber ich hatte gestern alles akribisch mitgeschrieben, mir die Aufzeichnungen von Herrn Faul kopiert und ihm dann alles vorgelegt.«

»Soso.«

Ich ertappte mich dabei, wie ich mit der Fingerspitze einen Kaffeerand auf der Schreibtischplatte wegrubbelte, statt Feist offen ins Gesicht zu sehen. Schnell blickte ich auf. Und da stand sie: Grit Mersburg – fleischgewordener Kolleginnen-Albtraum. Groß, recht hübsch, wenn auch in Richtung Pferd, intelligent und dabei auf eine perfide Weise devot. Natürlich nur dem Chef gegenüber. Zu den Kollegen war sie eher hinterhältig.

»Ach, Grit …« Wieder trat dieser fiese Glanz in seine Augen, als sie mit ihrem niedlichen Klein-Mädchen-Lächeln näher kam. Diesmal färbten sich auch noch seine Hamsterbäckchen fleckig-rot.

»Ja?«, flötete sie.

»Schön, dass Sie noch da sind. Hatten Sie nicht heute Morgen schon den Kostenvoranschlag an Thalberg gemailt?«

Sie nickte. »Natürlich. Den hatte ich Ihnen doch vorab zur Kenntnis geschickt.«

»Genau.« Feist richtete sich zu voller Größe auf, was bei knapp eins siebzig zwar nicht sonderlich Furcht einflößend war, mich im Moment aber sogar dann erschreckt hätte, wenn er es nur auf Meister-Yoda-Größe gebracht hätte.

»Das nächste Mal sprechen Sie mich bitte an«, wandte er sich wieder mir zu, »bevor Sie eigenmächtig Kostenvoranschläge an Auftraggeber verschicken. Man ist nun mal Chef, weil man etwas mehr Informationen besitzt als der normale Angestellte.«

Grit, die hinter ihm stand, ließ ihr Pferdegebiss sehen. Gleich würde sie darüber, wie er es mir reindrückte, vor Entzücken wiehern.

»Entschuldigung«, quetschte ich hervor. Gar nicht keck. Überhaupt nicht keck. Jetzt nur die Unterlippe vom Zittern abhalten. Nicht zu fest draufbeißen. Und Grinse-Grit nicht beachten.

»Frau Sturm.« Seine Hand näherte sich meiner Schulter, zuckte aber zurück, kurz bevor sie mich berührte. »Ich verstehe ja, dass es sehr komplexe Zusammenhänge sind, in die Sie sich hier einarbeiten müssen. Und ich kann mich noch sehr gut an die Zeit erinnern, als ich selbst frisch von der Uni kam. Da war ich selbstständiges Arbeiten so gewohnt, dass ich auch ständig vergaß, mich mit meinen Kompagnons abzustimmen. Aber das ist auf die Dauer … kontraproduktiv.«

Ich nickte. Augenkontakt halten, sehr gut.

»Wenn ich mal gerade nicht zu erreichen bin – die gute Grit hilft Ihnen gerne weiter. Nicht wahr?«

Sie nickte, und obwohl sie mit ihren High Heels sicher zehn Zentimeter größer war als er, sah es aus, als blicke sie bewundernd zu ihm auf.

»Wie lange dauert Ihre Probezeit jetzt noch?«

»Einen Monat und zwei Wochen«, antwortete ich.

»Meine ist in fünf Wochen vorbei«, sagte Grit.

Nun betatschte er kurz meine Schulter. Ich bemühte mich, ruhig weiterzuatmen.

»Na, da haben Sie ja beide noch ein wenig Zeit, um zu beweisen, dass Sie in den Laden hier reinpassen«, sagte er in altväterlichem Ton. »Was ich Ihnen jetzt sage, sage ich nur, weil ich Sie beide sehr schätze. Der Faul, der hat schon wieder so einen Neffen, der im Sommer sein Studium beendet und unbedingt in die PR-Branche einsteigen möchte. Letztes Jahr war's die Julia, die konnten wir ja zur Fett ins Marketing stecken, aber dieses Jahr ist sicher meine Abteilung dran. Und ich kann da schlecht Nein sagen. Und drei Neue auf einmal … puh. Das ist eindeutig zu viel. Ich will Ihnen keine Angst machen, aber ich dachte, es wäre sicher gut, wenn Sie das, sagen wir, so ein bisschen im Hinterkopf behalten. Ja?«

Er beugte sich so nah herab, dass seine Nasenspitze keine fünf Zentimeter von meiner entfernt war.

»Danke«, hauchte ich. Was war das denn? Ich räusperte mich. »Danke.« Jetzt hatte es klar und deutlich geklungen.

Endlich richtete er sich wieder auf. »Und, ihr zwei, was Schönes vor am Wochenende?«

Es klang, als wolle er uns in einen Swingerklub einladen.

»Ich fahre zu einem Kongress zum Thema ›Zukunftsaussichten der PR‹, den mein Doktorvater veranstaltet«, sagte Grit mit würdevollem Unterton.

Doktor Grit, oh ja, es gab fast keine Gelegenheit, bei der sie nicht heraushängen ließ, dass sie mit ihren zarten neunundzwanzig Jahren schon einen Doktortitel besaß. Noch dazu mit einer Promotion zum Thema »Wie App-Entwicklung und PR sich gegenseitig beeinflussen« (ins Deutsche übersetzt, auf Wissenschaftlich klang es viel abgefahrener). Sie war garantiert genau deshalb eingestellt worden – vor etwa zwei Jahren hatten sich Die 4großenF nämlich eine App-Schmiede einverleibt und konnten jetzt Rundum-sorglos-Pakete anbieten. PR-Strategie plus App in einem, das kam bei den Kunden super an.

Feist hob bewundernd die buschigen Augenbrauen.

»Sehr schön. Da müssen Sie mir unbedingt von berichten. Und Sie, Frau Sturm?«

Auch so was – *sie* nannte er vertraulich beim Vornamen, *mich* beim Nachnamen. Na ja, war mir eigentlich auch lieber so. Den hätte ich nicht mal im Swingerklub geduzt.

»Abitreffen. Das erste nach zehn Jahren.«

Er lachte.

»Wow, ihr jungen Menschen. Ich habe nächstes Jahr zwanzigjähriges. Aber ich weiß noch nicht, ob ich hingehen werde. Das ist immer so langweilig. Und so enttäuschend, wenn man sieht, was aus den Leuten und ihren hochfahrenden Plänen geworden ist. Verkrachte Künstler, frustrierte Lehrer und am schlimmsten diese ausgetrockneten Hausfrauen, die sich nicht verwirklichen konnten. Ich denke mir immer, den Abend verbringe ich lieber mit Frau und Kindern. Da ist wenigstens was los. So, genug geplaudert – in fünf Minuten bekomme ich von Ihnen den Abschlussbericht, Frau Sturm!«

Grit nickte mir knapp zu und verschwand in Richtung ihres Büros schräg gegenüber. Feist klopfte im Hinausgehen gegen den Türrahmen und hinterließ den abgestandenen Duft seines Aftershaves.

Ich verkniff mir ein tiefes Durchatmen. Hinter den dunkel getönten Scheiben meines kleinen Bürofensters dehnte sich vermutlich ein noch strahlend blauer Frühlingshimmel und wartete darauf, dass ich mich unter ihm mit irgendetwas Erfreulichem vergnügen würde. Stattdessen fühlte ich mich wie gelähmt. Fünf Minuten für die Überarbeitung des Abschlussberichts? Okay, ich würde mein Bestes geben.

Fünfzehn Minuten später hatte ich es irgendwie geschafft – der Bericht war von Feist abgenommen und per Mail an unseren Auftraggeber versendet. Bevor ich den Computer runterfuhr, wandelte ich noch schnell meine Obergrußberger-Analyse in ein PDF um, öffnete eine neue Mail und schickte ihm das Dokument. Feierabend!

Als ich mein Fahrrad aufschloss, fing es an zu dämmern und würde sicher rasch abkühlen. Das würde nichts mehr werden mit Vergnügungen unter einem frühlingshaften Abendhimmel. Ehrlich gesagt war mir das auch recht so. Wie meist. Ich war viel zu erledigt, um jetzt noch mords was zu unternehmen. Heim, aufs Sofa legen oder gleich früh schlafen gehen – nach mehr stand mir nicht der Sinn.

Während ich in Richtung Haidhausen radelte, bemühte ich mich, das vorangegangene Gespräch inklusive der Demütigung vor der Kollegin ganz schnell zu vergessen. Das ging bei mir am besten, indem ich es noch einmal von Anfang bis Ende Revue passieren ließ. Ein bisschen masochistisch, ich geb's zu. Aber dabei wurde mir klar, dass ich Feist ernst nehmen musste. Wenn ich das Ende meiner Probezeit überleben wollte, musste ich meine Leistungen steigern, damit ich nicht im Sommer wieder auf der Straße stand. Es wäre sonst die vierte Agentur, bei der ich spätestens mit Ablauf der Probezeit rausflog. Dann wäre es endgültig Zeit, die Branche zu wechseln. In Grit hatte ich allerdings eine Konkurrentin um den Job, die garantiert mit allen Tricks kämpfen würde.

Es hatte nicht immer an mir gelegen. In der ersten Agentur, die auf PR für landwirtschaftliche Betriebe spezialisiert und daher per se eine kleine Klitsche gewesen war, hatte ich zugegebenermaßen ein paarmal zu eigenmächtig gehandelt. (Dabei waren meine Texte perfekt gewesen – klug aufgebaut, strukturiert und nah am Kunden. Okay, die Statistiken zu den überdurchschnittlich hohen Krankheitsanfälligkeiten in der konventionellen Tierzucht hätte ich vielleicht nicht erwähnen sollen, aber ich bin nun mal dafür, die Wahrheit zu schreiben.) In der zweiten Agentur war ich hingegen ganz klar das Opfer böser Sparpolitik geworden. Unter dem Vorwand, meine Texte besäßen nicht den richtigen Biss und ich hätte mich den Kunden gegenüber »zu arrogant« benommen, kündigte man mir nur eine Woche vor Ende der Probezeit. Bezeichnenderweise nach dem Abschluss eines Großauftrags, den sie mit weniger Mitarbeitern nicht hätten annehmen können. Ein halbes Jahr später war die Stelle noch immer nicht neu besetzt. Job Nummer drei hatte ich bei einer Agentur, bei der alles super lief. Die zwei Chefs waren nett, die Arbeit war interessant, das Gehalt zwar keine Wucht, aber okay. Zumindest, bis die Staatsanwaltschaft am letzten Tag meiner Probezeit auftauchte, die beiden Chefs wegen Betrugs anzeigte, die Agentur dichtgemacht wurde und ich auf der Straße stand. Immerhin bekam ich diesmal wenigstens ein etwas großzügigeres Arbeitslosengeld. Damit hatte ich meinen *Dating-TÜV* aufgebaut, dessen Dienste als »Date-Flüsterin« mittlerweile eine gute Handvoll Männer in Anspruch genommen hatte.

Diesmal drohte mir also, von Dr. Grinse-Grit überrundet und durch den Neffen von Chef Nr. 2 ersetzt zu werden. Auch nicht gerade rosige Aussichten. Mein Vater würde toben, wenn ich schon wieder auf der Straße landete. Wenn es wenigstens einen Schwiegersohn in spe gäbe, der mich schwängern und versorgen könnte, wäre es ja nicht weiter schlimm – aber so?

Bald dreißig (in vierzehn Monaten!), ohne Job, ohne Mann, ohne Auto, überhaupt sehr viel ohne – und alles auf Papas Kosten, seiner Ansicht nach. Dabei hatte er mir in den letzten drei Jahren gerade mal fünf Monate mit einem Mietzuschuss ausgeholfen, aber, hey, das hier war München – die Mieten waren nun mal horrend. Immerhin gab es in dieser Weltstadt mit Herz jede Menge Jobs, die nur darauf warteten, ergattert zu werden. Nur nicht von mir. Mit meiner Liste an nicht überstandener Probezeit würde mich garantiert keiner mehr so schnell beschäftigen.

Kurz überlegte ich, meinen knurrenden Magen in Paros' Taverne in der Kirchenstraße zu füllen, aber eine Knoblauchfahne war für den Tag des Abitreffens nicht so angebracht. Außerdem musste ich ja auch noch packen. Das konnte dauern.

Also ließ ich die Taverne rechts liegen und radelte vorbei an kleinen Straßencafés, in denen Menschen saßen und plauderten und einen perfekten Frühlingsabend genossen. Im Kühlschrank lag noch eine halbe Gurke und ein abgelaufener Joghurt, die dringend gegessen werden mussten. Ein paar Cracker zum Dippen würden sich sicher auch noch finden.

Müde und hungrig schleppte ich mich in den fünften Stock hoch. Als ich die Tür zu meiner kleinen Zweizimmerwohnung öffnete, quoll mir ein Schwall stickiger Luft entgegen. Und das, obwohl es erst Ende Mai war. Im Sommer würde es wieder unerträglich werden. Ich riss die Fenster der Dachschräge auf und blickte über die Wipfel der blühenden Kastanien gen Osten. Das SZ-Hochhaus schob sich beinahe bedrohlich vor den mittlerweile fast dunklen Himmel, davor die Gewerbehallen hinter dem Ostbahnhof und links am Horizont die Türme des Heizkraftwerkes. Auch München hatte seine hässlichen Seiten. Aber ich hatte ja unbedingt hierherziehen wollen. Dabei hätte ich in Würzburg bleiben können, nach Aschaffenburg gehen, nach Bamberg – überall konnte man Kommunikationswissenschaften studieren, ganz in der Nähe von daheim, wie mein Vater stets betonte – aber nein, es hatte ja München sein müssen – und jetzt kam ich nicht mehr weg von hier. Die Stimme meines Vaters wurde immer lauter in meinem Kopf, und ich wandte mich vom Fenster ab. In der Küche trank ich ein großes Glas Leitungswasser und starrte dabei in den leeren Kühlschrank. Die Gurke war ziemlich matschig, und der Joghurt hatte bestimmt schon begonnen, seine eigenen Schimmelpilzkulturen zu züchten. Im Tiefkühlfach fand ich noch eine Minipizza.

Während sie sich im Backofen mit ihrem Schicksal erwärmte, starrte ich in den Kleiderschrank.

Wieso hatte ich zugesagt, das Klassentreffen zu besuchen? War ich von allen guten Geistern verlassen? Offensichtlich. Aber jetzt war das Zugticket schon gebucht, es gab kein Zurück.

»Ach komm, das ist doch spannend zu sehen, was aus allen so geworden ist. Aus Pia, aus Christian, aus Basti …« An dieser Stelle hatte ich meine Mutter mit dem Hinweis unterbrochen, ich hätte ja noch Zeit, mich zu entscheiden. Pia war erfolgreiche Künstlerin in Berlin, das hatte ich gegoogelt. Bei Christian wusste ich nicht, welchen der drei sie meinte, und Basti – von Basti wollte ich gleich gar nichts wissen. Ganz bestimmt nicht!

»Vielleicht ist einer dabei, der dir im Berufsleben weiterhelfen kann«, hatte mein Vater in den Überredungschor eingestimmt, und ich war froh, dass er mein wildes Augenrollen durchs Telefon nicht sehen konnte.

Samstag, 22. Mai 2016 ab 18.00 Uhr: Klassentreffen des Abiturjahrgangs 2006 am Willibrord-Gymnasium zu Würzburg, Programmpunkte: Begrüßung durch Oberstudiendirektorin Dr. Annegret Erasmus, Buffet im Schulgarten (Beiträge fürs Buffet erwünscht, bei schlechtem Wetter in der Turnhalle), Schulhausbegehung, Ende gegen 23.00 Uhr, stand auf der Einladung, die seit dem Jahresanfang in meinem Korb mit unerledigten Postsachen lag. Irgendwie war sie immer wieder ganz oben gelandet. Ich war darum herumgeschlichen wie die Katze um den heißen Brei und hatte mich vor vier Wochen in letzter Sekunde tatsächlich angemeldet. Wie überaus keck!

Der Grund war ein Date-Coaching-Treffen mit dem bisher einzigen Kunden, den ich privat gerne wiedergesehen hätte. Er hatte heftig mit mir geflirtet und mir das Gefühl vermittelt, er würde mich am nächsten Tag mit mindestens zehn SMS bombardieren. Breit vor mich hingrinsend war ich von Schwabing in die Metzstraße heimgeradelt, noch immer mit dem Geruch seines Aftershaves in der Nase und dem Gefühl des sanften Kratzens seines Bartes an meiner Wange. Als ich mich daheim im Spiegel betrachtete, sah ich tatsächlich aus, als wäre ich frisch verliebt. Rosige Wangen, das Braun meiner Augen regelrecht glimmend und die weichen Züge von verwegen verwuschelten Goldlocken umrahmt. Wenn sie mich, die graue Maus, so sehen würden, einmal nur, hatte ich gedacht und die Anmeldungs-E-Mail abgeschickt, ohne weiter nachzudenken.

Am nächsten Tag hatte ich eine Eloge auf Florian, meinen Auftraggeber vom Vorabend verfasst, aber außer einem spröden »Danke schön« war nie eine Rückmeldung gekommen. Mein Glanz verglühte so schnell, wie er entfacht worden war, und der Alltag hatte mich viel zu schnell wieder. Nur die Anmeldung blieb. Und die Zweifel wuchsen. Sollte ich mir das wirklich antun?

Mal ehrlich – wer geht ganz entspannt auf ein Jahrgangstreffen? Niemand! Dabei ist die Überlegung »Hoffentlich erkenne ich alle wieder und mir fallen die richtigen Namen ein« noch die harmloseste. »Was ziehe ich an?«, ist schon bedeutsamer und die schlimmste ist: »Hoffentlich erkennt mich jemand wieder und weiß noch meinen Namen.« Meine lautete: »Hoffentlich erkennt mich jemand wieder, weiß meinen Namen und spricht ein paar Worte mit mir.« Und hoffentlich heißt dieser jemand nicht Basti Herterich.

Oder Andreas Grützke.

Oder Philippa Schultz.

Oder Jens Forchheimer.

Oder Lara Waldner.

Oder … Okay, selbst mir fielen nicht alle siebenundachtzig Namen des Abiturjahrgangs ein.

Zudem hatte mich die Anmeldung dazu gezwungen, meiner Lieblingsneurose ausführlich nachzugehen. Da ich in gesellschaftlich relevanten Situationen dazu neige, stumm wie ein Goldfisch zu sein, versuche ich ungewohnte Begegnungen mit Menschen vorab durchzuspielen, um, wenn schon nicht keck, dann immerhin doch überhaupt zu antworten. Wenn also Philippa Schultz fragte: »Na, Rieke, hast du's etwa durchs Studium geschafft?«, würde ich antworten … also … ich würde sagen … Nach fünfminütigem Nachdenken beschloss ich, ich würde einfach mit einem lächelnden »Ja, klar, du nicht?« antworten. Oder wenn Lara Waldner bemerken würde, mein Outfit sehe »total nach 2008 aus«, könnte ich erwidern … Meine Pizza war inzwischen brutzelbraun und ich holte sie aus dem Ofen. Nach zwei Bissen, die mir die Zunge verbrannten, fiel mir endlich eine Antwort ein: »Weißt du, ich muss so viel arbeiten, dass mir keine Zeit für so etwas wie Shoppen bleibt.« Und wenn Basti Herterich mich ansprach … Nein. Er würde mich nicht ansprechen. Garantiert nicht. Nicht nach unserer letzten Begegnung. Vor zehn Jahren. Auf dem Abiball. Darüber musste ich mir nun wirklich keine Gedanken machen.

Ich aß das letzte Stück der Minipizza, die ihren Namen leider zu Recht trug, beschloss, über weitere Gesprächsszenarien morgen auf der Zugfahrt nachzudenken, und wandte mich dem Kleiderschrank zu. Ein Business-Hosenanzug kam ebenso wenig infrage wie ein Business-Kostüm. Auch das romantische Rüschenkleid, das ich letztes Jahr auf der Hochzeit meiner Cousine Chris getragen hatte, erschien mir ungeeignet. Jeans und Bluse? Cargohose und Polo-Shirt? Puh, wie spießig und langweilig. Sie sollten sehen, dass ich nicht mehr die kleine graue Maus war, das Mauerblümchen, die Hinterbänklerin, das Aschenputtel. Sie sollten sehen, dass ich jetzt eine … eine … eine … was war? Eine strahlend schöne junge Frau, am Beginn einer vielversprechenden Karriere (komm, Feist, verschwinde übers Wochenende aus meinen Gedanken!), mit unglaublich witzigen Freunden (ich musste unbedingt mal wieder Mariana anrufen, die hatte ich bestimmt seit drei Monaten nicht gesehen!), spannenden Hobbys (Mist, ich hatte schon wieder vergessen, die Mitgliedschaft bei YourFitnessMatters zu kündigen!) und heißen Verehrern (hatte dieser Ingo jetzt das Coaching für nächste Woche bestätigt? Musste ich gleich noch mal nachsehen!) und mit einem raffinierten Modegeschmack. Vielleicht sollte ich morgen, wenn ich in Würzburg ankam, eine Runde Shoppen gehen. Ja, das war mit Sicherheit das Beste. Zeit genug hatte ich, und es würde die Aufenthaltsdauer im Hause meiner Eltern verringern. Vielleicht konnte ich auf diese Weise sogar ein Treffen mit meinem Bruder Nils umgehen. Die Chancen waren gut, er wohnte zwar – obwohl er immerhin auch schon sechsundzwanzig Jahre auf dem sportgestählten Buckel hatte – offiziell noch daheim, war aber außer zum

Schlafen, Essen und Wäsche abliefern praktisch nie da. Bis auf die nötige Wechselwäsche und Badezimmerartikel packte ich nur Lesefutter für unterwegs und die Mitbringsel für meine Eltern ein. Was ich morgen im Zug trug, konnte ich auch auf dem Rückweg am Sonntag anziehen. Mein kleiner Weekender würde genügen.

Mit einer halb leeren Tüte Gummibärchen setzte ich mich vor den Fernseher und hoffte auf ein einschläferndes Programm. Nur nicht mehr nachdenken müssen!

2. KAPITEL

ICH GEH SHOPPEN. WAS GEGEN KOPFWEH. SCHUHE VIELLEICHT

Noch bevor ich die kupferglänzende Klingel auf dem schmiedeeisernen Schild drückte, wurde die Tür aufgerissen. Nicht etwa von meiner Mutter, die mich sehnlichst erwartete. Nein.

»Hi Rieke«, brummte mein Bruder, als habe er mich zuletzt beim Frühstück gesehen und nicht an Weihnachten. »Mama ist noch einkaufen. Papa ist mit Leo Gassi.«

Ehe ich auch nur so etwas wie »Hallo Nils, schön dich zu sehen«, sagen konnte, hatte er sich schon an mir vorbeigedrängt und mir seine Sporttasche gegen den Oberarm geknallt.

»Und wo gehst du hin?«, rief ich ihm nach.

»Boxtraining. Hab's eilig.«

Na super, nur zwei Minuten später und ich hätte vor verschlossener Tür gestanden, weil niemand daheim gewesen wäre. Ein warmherziger Empfang. Ich betrat den Flur und atmete den stillen Duft meiner Kindheit und Jugend ein. Ein wenig roch es nach Essen vom Vortag, durchsetzt mit frisch gebackenem Kuchen und geputztem Badezimmer. Vom Garten hörte ich das leise Klackern des Windspiels, das ich meinen Eltern vor ein paar Jahren zur Silberhochzeit geschenkt hatte. Ich erkannte durch die geöffnete Wohnzimmertür, dass der Rasen exakt getrimmt war, die Rosenhecke akkurat beschnitten und der Zaun zum Nachbargarten frisch lasiert. Alles war wie immer.

Ich stellte meinen Koffer neben der Flurgarderobe ab, nahm mir in der Küche ein Glas Orangensaft und setzte mich damit auf die Terrasse. Vielleicht tat mir ein bisschen Ruhe ganz gut. Ich konnte mich sammeln. Zentrieren. Mir Mut zureden. Es war die richtige Entscheidung. Alle würden nett und freundlich zu mir sein. Sie würden *es* vergessen haben. Und sehen, dass ich nicht mehr das unscheinbare Mädchen von damals war.

Zehn Jahre – eine endlose Zeit, die mir verflogen zu sein schien wie ein Fingerschnippen: Die acht Wochen Australien mit meiner Cousine Chris gleich nach dem Abi, ein kurzer Kellnerjob nach meiner Rückkehr, dann der Umzug nach München und vier Jahre Studium der Kommunikationswissenschaft mit Schwerpunkt Public Relations. Ein paar neue Freundinnen, die ich bald wieder aus den Augen verloren hatte. Ein halbes Jahr mit Yannis, ein Dreivierteljahr mit Gustav und unendliche Male unerfüllte Hoffnungen. Jobs und Jobdesaster, zahllose Bewerbungsmappen und nervenaufreibende Vorstellungsgespräche. Ein paar Urlaube, warm und erstaunlich ereignislos (wie hatte der Engländer geheißen, der mich am Strand von Mykonos geküsst hatte?). Was, wenn es die nächsten zehn Jahre genauso weiterging?

»Schatz, da bist du ja endlich!«, rief meine Mutter aus dem Flur in der ihr eigenen Logik.

Ich hörte, wie sie die Einkaufstüten in die Küche stellte, bevor sie zu mir auf die Terrasse kam. »Ich dachte, du kämst schon gegen halb eins. Hatte der Zug Verspätung?«

Ich stand auf und umarmte meine Mutter. Sie sah unverändert aus, ein faltiges Gesicht mit kristallklaren blauen Augen darin über einem athletisch schlanken Körper – ihre Antwort auf die Frage »Body oder Face«. Noch während sie die Luft neben meiner Wange küsste, machte sie sich schon los und ruckelte einen der Terrassenstühle zurecht. Vor Kurzem hatte ich gelesen, dass es auch bei Erwachsenen ADHS gäbe – vielleicht sollten wir sie mal testen lassen. Doch wem hätte es genutzt? Ihre Geschäftigkeit war uns seit Langem so vertraut, dass sie nur dann auffiel, wenn man sie länger nicht erlebt hatte. So wie ich in diesem Moment.

»Magst du einen Kaffee? Du siehst blass aus! War der Zug zu spät?«, ratterte sie maschinengewehrartig los, während ich mich wieder setzte und die Stuhllehne in eine bequeme Liegeposition zurückklappte.

»Kaffee gerne, bin ein bisschen müde, war noch kurz shoppen«, beantwortete ich ihre Fragen im Telegrammstil. Anders hatte man keine Chance, zu ihr durchzudringen. Selbst das letzte Wort verhallte bereits in ihrem Rücken, schließlich war die Aussage »Kaffee gerne« der Marschbefehl in die Küche gewesen.

Ich musste schmunzeln, während ich ihrem Gepolter und Getöse in der Küche lauschte, das eher auf die Zusammenstellung eines Fünf-Gänge-Menüs für ein Regiment schließen ließ als auf die Herstellung einer schlichten Tasse Kaffee. Die Sonne blendete mich und ich schloss die Augen.

Als mir kurz darauf der Handrücken nass geschlabbert wurde, schreckte ich auf. »Hi Leo«, begrüßte ich unseren in die Jahre gekommenen Jack Russell Terrier.

Ich musste tatsächlich eingenickt gewesen sein. Die Sonne über mir wurde von der Silhouette meines Vaters verdeckt. Ich konnte nicht erkennen, was für einen Gesichtsausdruck er aufgesetzt hatte, deshalb sprang ich lieber schnell auf, um ihn gebührend zu begrüßen. Mein Vater legte viel Wert auf Höflichkeit (Anstand war seine Lieblingstugend) und wirkte selbst seinen Kindern gegenüber gelegentlich etwas steif. Am liebsten redete er mit uns über unsere Arbeit oder auch gerne über den Job. Manchmal ging's ums Berufliche und an Feiertagen um Politik. Oder unseren Broterwerb.

»Hey, Paps!«

Er tätschelte meinen Rücken und setzte sich neben mich auf einen der Stühle. Er sah blass, wenn nicht gar grau aus. Das Silber seiner Haare schimmerte immer dominanter, die dunklen Augen, die ich von ihm geerbt hatte, wirkten leicht trübe.

»Na, Große, was macht die Kunst?«

Ach so, Kunst war sein liebstes Synonym für Arbeit.

»Alles gut«, log ich in beiläufigem Ton und kraulte Leos Nacken. »Dass er so einen Spaziergang noch schafft, ist erstaunlich!«

Leo war wie sein Herrchen ergraut, aber deutlich älter, rechnete man seine Hundejahre in Menschenjahre um. Wie viele Jack-Russell-Terrier hatte auch ihn der grüne Star erwischt, und war er früher jeden Weg, den sein Herrchen ging, fünfmal gerannt, kam er jetzt nur noch sehr langsam hinterher. Auch er war ein Beweis dafür, dass zehn Jahre ins Land gegangen waren.

»Na ja, er schleppt sich von Baum zu Baum, und manchmal muss ich ihn das letzte Stück nach Hause sogar tragen.«

Ich zog Leo zu mir hinauf und er rollte sich behaglich auf meinem Schoß zusammen.

»Was hast du denn geshoppt?«, fragte meine Mutter und stellte drei Kaffeebecher von einem Tablett auf den Tisch.

»Ein Kleid«, sagte ich. Genügend Information, wie ich vermutete.

»Farbe?«, kam es überraschenderweise. Vermutlich, weil wir uns länger nicht gesehen hatten.

»So zwischen Apfel und Mint.«

»Zeigste nachher mal. Und sonst? Hat dein Vater schon mit

dir geredet? Ich hab für euer Buffet heute Abend eine Pannacotta gemacht, nicht vergessen nachher!«

Niemand, den ich kannte, schaffte es, Unterhaltungen dermaßen abzukürzen.

»Sollte es nicht noch Kuchen geben, Brigitte?«, fragte mein Vater in leicht verstimmtem Ton, und meine Mutter schlug sich an die Stirn und erhob sich schnurstracks. (Sie hatte ja bereits gut neunzig Sekunden gesessen.) Leo rutschte von meinem Schoß herunter und wackelte hinter ihr her in die Küche.

»Was wolltest du mit mir bereden?« Ich versuchte, gleichmäßig zu atmen und ruhig zu bleiben. Bereden hieß immer: Es gab ein Problem.

Er ließ den Kaffeelöffel kurz gegen das Porzellan klappern und leckte ihn nachdenklich ab.

»Ich gehe in den vorgezogenen Ruhestand«, sagte er dann ohne Umschweife.

Mein Vater war seit zweiundvierzig Jahren beim gleichen Unternehmen, hatte nach seiner Lehrlingszeit bei einem Fahrzeugteilehersteller verschiedene kaufmännische Stationen durchlaufen und war die letzten zwölf Jahre im Einkauf tätig gewesen. Heutzutage gab es solche Karrieren kaum noch. Er hatte sich immer zu hundert Prozent mit seinem Arbeitgeber identifiziert und auch in Krisenzeiten mit Kündigungswellen und Kurzarbeit bereitgestanden. Was würde geschehen, wenn er nicht mehr zur Arbeit ging? Würden Wochen oder nur Tage vergehen, bevor entweder er oder meine Mutter die Scheidung einreichte? Dazu fiel mir nun wirklich nichts ein. Das wurde aber auch nicht erwartet.

»Ja, ich mag nimmer.« Er flüsterte fast und sah stur in das milchige Braun seines Kaffees. Ich konnte ihn verstehen. Beinahe beneidete ich ihn. Als Kind hatte ich mir nicht vorstellen können, wie es dazu kam, dass man eine Arbeit fand und von jemandem Geld dafür erhielt, dass man sie ausführte. Ich sollte irgendwann in der Lage sein, selbst für mich zu sorgen? Wie denn? Auch heute konnte ich es mir manchmal nicht vorstellen. Ein vorgezogenes Rentenalter, so auf fünfunddreißig, sechsunddreißig – das wär's doch!

»Okay«, antwortete ich vorsichtig.

Meine Mutter erschien mit Nusskuchen und tat jedem ein dickes Stück auf.

In der folgenden Dreiviertelstunde erklärte mein Vater den langen Prozess, in dem er diesen Entschluss gefasst hatte, all seine Überlegungen und Bedenken, die Vor- und Nachteile. Meine Mutter sprang gefühlte siebenmal auf, um Kaffeesahne, frischen Kaffee, Servietten, Zuckerwürfel und Wasser zu holen. Einmal Wasser mit, einmal Wasser ohne Blubb.

Am Ende, und darauf schien die ganze, ewig lange Ausführung hinauszulaufen, stellte mein Vater vor allem eines heraus: »Und deshalb werden wir dich in Zukunft finanziell nicht mehr unterstützen können. Aber mit fast dreißig brauchst du das ja auch nicht mehr und wir müssen uns keine Sorgen machen, habe ich recht?«

Ich nickte etwas benommen. Im Prinzip hatte er recht. In der Praxis? Schaunmermal …

»Na gut, genug davon«, beendete mein Vater das Gespräch. »Und du freust dich auf dein Klassentreffen! Ich bin gespannt, was du berichten wirst.« Er erhob sich und tätschelte mir den Unterarm.

»Nein, ich bin nervös und ängstlich und überlege, ob ich nicht einfach hier sitzen bleiben soll, statt mich von den Arschlöchern von vor zehn Jahren blöd anlabern zu lassen.« Hätte ich sagen sollen. Müssen. Stattdessen sah ich auf die Uhr und sagte: »Oh, höchste Zeit, dass ich mich umziehe. Pia kommt mich bald abholen.«

»Pia, wie schön!«, sagte meine Mutter. »Die war immer so lustig und nett. Und so hübsch! Schade, dass du keinen Kontakt mehr zu ihr hast.«

Ja genau, und weil sie im Gegensatz zu mir lustig *und* nett *und* hübsch war, hatte ich vermutlich auch keinen Kontakt mehr zu ihr. Jemand, der so trantütig war wie ich, passte nämlich nicht in ihr Leben.

Umso mehr hatte ich mich gefreut, als sie mir vor ein paar Tagen eine Nachricht geschickt und gefragt hatte, ob wir zusammen beim Klassentreffen auflaufen wollten. Ehrlich gesagt hatte das meinen Entschluss, tatsächlich zu kommen, ziemlich befeuert. So konnte ich mich im Notfall hinter ihr verstecken.

Nachdem ich meinen Koffer in mein altes Kinderzimmer gestellt hatte, in dem noch immer Poster von Robbie Williams und Coldplay hingen, sperrte ich mich mit meinem neuen Kleid im Badezimmer ein.

Kurzes Duschen musste genügen, die Haare hatte ich gestern früh erst gewaschen, und bei meiner Mähne dauerte das Föhnen viel zu lang. Ich schlüpfte in das apfelmintgrüne Etuikleid.

Im ersten Moment war ich geschockt, wie provinziell die Würzburger Innenstadt wirkte, und ich war überzeugt, hier fürs Abitreffen allenfalls ein Oma-Kostüm ergattern zu können. In einer Seitenstraße hatte ich dann aber eine ziemlich edle Boutique entdeckt, die auch München Ehre machen würde. Die Preise waren natürlich ebenso edel. Aber für ein Abitreffen, bei dem ich zugegebenermaßen Eindruck schinden wollte, war ich bereit, etwas springen zu lassen. Und die freundliche Aufmerksamkeit der Verkäuferin tat ihr Übriges.

Ich schnitt das Preisschild – Zeugnis meines Größenwahns – ganz schnell ab und versenkte es tief im Mülleimer. Hoffentlich würde meine Mutter es nicht finden.

Das Kleid saß wie angegossen: perfekte Länge bis knapp übers Knie, schön auf Taille geschnitten und mit einem Ausschnitt, der weder zu viel verbarg noch zu wenig zeigte. Und dieser Grünton harmonierte perfekt mit dem Gold meiner Haare. Es war schlicht, ein Understatement, aber dennoch ein Hingucker, ohne von mir abzulenken. Jetzt noch ein dezentes Make-up, etwas Duftwasser (das ich mir zusätzlich noch geleistet hatte), und ich fühlte mich bereit, den Abend irgendwie zu überstehen.

Fehlten nur noch die Schuhe.

Genau. Fehlten. Ein Schauer rann mir über den Rücken. Ich hatte die Schuhe komplett vergessen! Im Zug hatte ich meine dunkellila Sneakers getragen und ansonsten – keine eingesteckt. Ich würde barfuß gehen müssen. Verdammt! Das konnte doch nicht wahr sein.

Ich würde absagen. Ich würde behaupten, mich hätte ein Magen-Darm-Virus überrascht. Egal was, aber ich würde meine alte Schule nicht in lila Sneakers zum apfelgrünen Kleid betreten. Ich hörte schon die Kommentare: »Na, so ganz hat sie's noch nicht hingekriegt, Stil zu entwickeln.« oder »Ups – so eine hat mit *uns* Abitur gemacht? Wie hat sie das denn geschafft?«

Kraftlos sank ich auf den Badewannenrand und pulte an einem Fingernagel. Na klasse, jetzt war auch noch etwas von dem frischen Nagellack abgeblättert.

»Rieke«, hörte ich meine Mutter von unten rufen. »Pia ist da!«

Super Timing! Echt jetzt!

»Komme gleich.« Keine Ahnung, ob sie mich hörte. Ob ich vielleicht in meinem Kleiderschrank noch alte Schuhe hatte? Ich schleppte mich zum Schrank und öffnete ihn.

»Rieke, kommst du?«

»Ja, gleich!«
Nichts zu sehen. Gar nichts. Mist.

Es polterte auf der Treppe und dann öffnete sich die Tür zu meinem Zimmer.

»Hey, Rieke!« Sie klang wie früher, und zwar exakt. Ich drehte mich um. Sie sah auch exakt aus wie früher. Sie hatte sich überhaupt nicht verändert.

»Pia!« Ehe ich einen weiteren Gedanken fassen konnte, fiel sie mir um den Hals.

»Wow, du siehst toll aus«, sagte sie, rückte ein Stück von mir ab und ergriff meine Hände. »Großartig! Der Schwan ist flügge geworden.« Ihr Blick wanderte mehrmals auf und ab.

»Du aber auch«, sagte ich. »Also, ich meine, du siehst auch toll aus!« Wie immer, ergänzte ich still.

Pia trug zu ihren dunklen, kurzen Haaren und den grünen Augen eine weiße Bluse und eine schlichte Jeans, sie war kaum geschminkt, schmucklos und dennoch – sie leuchtete von innen heraus. Keine Ahnung, wie sie das hinbekam. Natural Beauty eben. Wäre ich ein Mann, ich wäre hingerissen. Sie schien sich gar nicht bewusst zu sein, welche Ausstrahlung sie hatte. Ich konnte mir nicht vorstellen, dass es Menschen gab, die sie nicht mochten.

»Schade, dass wir uns so lange nicht gesehen haben«, sagte ich und meinte es auch so. »Wie konnte das passieren?«

»Keine Ahnung.« Eine Sekunde wandte sie den Blick ab. »Sollen wir los?«

»Na klar!« Ich schnappte meine Handtasche vom Bett und folgte ihr zur Tür, dann hielt ich inne. »Ach so, es gibt ein Problem …«

Sie wandte sich um und sah mich fragend an.

Ich deutete auf meine nackten Füße. »Ich hab keine Schuhe.«

Sie lachte. Ihr breiter Mund öffnete sich bis zum Anschlag, genau wie früher.

»Bist du etwa barfuß hergekommen?«

Ich erläuterte ihr das Problem, als meine Mutter auf der Treppe erschien.

»Können Sie Ihrer Tochter keine Schuhe leihen?«, fragte Pia sie. Nein, konnte sie nicht – in Größe 37 passte ich unmöglich hinein.

»Aber«, sagte meine Mutter und wuselte schon in ihr Schlafzimmer davon. »Ich hätte da was …« Einen kurzen Augenblick später kam sie mit einem Paar schwarz-glänzender Pumps zurück, die nagelneu aussahen. Größe 39. Mit Monster-Absätzen.

»Wo hast du die denn her?«, fragte ich und kam mir vor wie Aschenputtel.

Meine Mutter lächelte versonnen. »Erkennst du sie nicht?«

Ich verneinte.

»Die hattest du beim Abiball an.«

Und in diesem Moment war alles wieder da. Als hätte jemand anhand modernster Augmented-Reality-Technik die Szene in meinem Zimmer auferstehen lassen, die ich seit zehn Jahren so vehement verdrängt hatte. Ich sah die Aula vor mir, voll bestuhlt, voll besetzt. Meine Mitschüler in Abendkleidern und Anzügen mit Krawatten, ein riesiges Buffet, die Schülerband schon in den Startlöchern. Gleich würde es losgehen, die Rektorin schritt bereits zum Rednerpult. Wo war Basti? Ich schlich vor dem Buffet auf und ab, den Eingang fest im Blick. Pia – ein Traum in Organza, der ihr direkt auf den schlanken Leib geschneidert zu sein schien – huschte hektisch herein, beinahe zu spät, wie so oft. Sie sah mich nicht an. Merkwürdig. Und dann kam er. Basti. Endlich! Ich blendete alles um mich herum aus, auch, dass die Rektorin die ersten Begrüßungsworte sprach. Ich lief auf Basti zu, ich breitete die Arme aus, wir hatten uns fast eine Woche nicht gesehen. Aber etwas stimmte nicht. Sein Gesicht – merkwürdig verzerrt, seine Wangen – glühend rot. Er kam auf mich zu.

»Basti?«, fragte ich leise. »Was ist passiert?«

Und dann schrie er mich an. Und ich taumelte rückwärts. Die Worte waren unverständliche, dunkle Gebilde, die mich bedrängten und zu ersticken drohten. Nur der Satz »Wie kannst du mein Vertrauen so missbrauchen?« blitzte grell hervor, als habe ihn Zeus persönlich geschleudert. Und ein letztes Wort: »Verräterin!«

Ich verlor das Gleichgewicht und riss die Hände in die Höhe, spürte eine feste Kante auf Höhe meiner Oberschenkel, wich weiter zurück, knickte auf den Absätzen um. Meine Welt schien zu kippen. Etwas explodierte geradezu, Glas splitterte, alles war nass, ich spürte einen spitzen Schmerz an meiner rechten Handfläche und schrie auf. Danach war es eine Sekunde lang gespenstisch still. Bis das Getöse einsetzte. Später stellte ich mir immer vor, wie Hunderte Menschen in diesem Moment auflachten. Laut, schallend und schadenfroh lachten sie darüber, dass ich mitten in die hochprozentige Abiturienten-Bowle geflogen war, die jedes Jahr aufs Neue dafür sorgte, dass die Ballgäste sehr schnell sehr lustig und enthemmt wurden.

Jemand reichte mir seine Hand, aber es war nicht Basti, sondern Aron Weil, ein schmalbrüstiger, langweiliger Nerd, der seit der siebten Klasse in mich verliebt gewesen war. Ich ließ mich hochziehen, beachtete ihn nicht weiter und schleuderte die ätzend hohen Pumps von mir. Dann rannte ich los, ohne auf irgendwen oder irgendwas zu achten. Nicht einmal die Glassplitter, die sich in meine nackten Füße bohrten, konnten mich aufhalten. Vielleicht hörte ich die entsetzten Rufe meiner Mutter, aber ich konnte mich später nicht daran erinnern. Ich rannte und rannte, bis ich irgendwann unten am Main stand, barfuß im einsetzenden Nieselregen, und überlegte, ob ich mein weiteres Schicksal dem Fluss überantworten sollte. Ich wusste bis heute nicht, was mich daran gehindert hatte.

»Rieke, alles okay?«, fragte Pia, und ihre Stimme beamte mich in die Gegenwart zurück.

Ich nickte, nahm die Schuhe, drehte und wendete sie. Meine Mutter hatte recht. Es waren die Schuhe, die ich mir damals ausgesucht hatte. Vor zehn Jahren. Wir hatten uns wegen der Absatzhöhe gestritten, ich erinnerte mich genau. Ich fand sie zu hoch, Basti fand sie gerade richtig. Ihm zuliebe hatte ich sie gekauft.

»Die sind doch perfekt.« Meine Mutter lächelte steif und reichte mir einen Schuhlöffel.

Sie passten nicht hundertprozentig zu meinem Kleid. Das Schwarz bildete einen zu starken Kontrast, außerdem hatte ich mich immer noch nicht an hohe Absätze gewöhnen können. Ich murrte ein wenig vor mich hin.

»Ach, komm, Rieke, das sieht super aus.« Pias Lächeln wirkte zum ersten Mal etwas unecht.

Wie sollte ich ihr begreiflich machen, dass mir diese Schuhe bei jedem Schritt den vergangenen Schmerz in die Fußsohle hämmerten?

»Du siehst wundervoll aus, und keiner wird auf deine Schuhe achten.«

Pia kannte solche Probleme gar nicht – ich hatte Schuhe, die passten und halbwegs vernünftig aussahen. Fertig. Unglaublich – wir hatten drei Minuten miteinander verbracht, und ich beneidete sie genau wie früher.

Ich holte tief Luft und zog die Schuhe an. Sie passten wie angegossen. Einen Moment hatte ich das Gefühl, sie würden mich – wie Dottys rote Schuhe in der *Der Zauberer von Oz* – in eine andere Welt befördern. Wo es mir vielleicht im zweiten Anlauf gelingen würde, die böse Hexe des Westens zu vernichten.

»Gehen wir«, sprach ich mir selbst Mut zu, und küsste meine Mutter im Vorbeigehen. »Und danke!«

»Viel Spaß! Es war schön, dich mal wieder zu sehen, Pia. Du siehst wirklich genauso hübsch aus wie früher! Ach, und Rieke …«

Würde sie über mich etwas ebenso Nettes sagen?

»Denk an die Pannacotta im Kühlschrank.«

Wir stiegen in Pias Auto. Einen Moment lang hatte ich gedacht, sie hätte noch immer diesen uralten, olivgrünen Fiat Panda, den sie kurz vor dem Abi von ihrer Tante übernommen hatte. Aber der war ja damals schon antik gewesen. Stattdessen parkte am Fahrbahnrand ein silberner BMW, so ein richtiges Schlachtschiff. Wow, sie musste echt Erfolg haben mit ihrer Kunst.

»Von meinem Pa«, erklärte Pia und startete den Motor. »Ich hab gar kein Auto mehr, in Berlin braucht man das einfach nicht. Man findet eh keinen Parkplatz.«

»Wie in München«, sagte ich und stieg ein. »Wie geht's deinem Pa? Hat er nach dem Tod deiner Mutter eigentlich noch mal geheiratet?«

»Nein«, sagte Pia und grinste, »ich glaube, er ist inzwischen so ein kauziger Eigenbrötler, dass es keine andere Frau mit ihm aushalten würde.«

Pias Mutter war an Krebs gestorben, als wir in die Oberstufe gekommen waren. Mit ihrem Tod hatte auch unsere Freundschaft begonnen, denn im Gegensatz zum Rest der Klasse hatte ich keine Scheu gehabt, mit ihr über ihren Verlust zu reden. Vielleicht lag es daran, dass kurz zuvor eine meiner Großmütter gestorben und ich daher auch mit dem Thema Tod konfrontiert war.

Wieso wir nach dem Abi so schnell den Kontakt verloren hatten, wusste ich selbst nicht. Als ich nach den Wochen in Australien zurückgekommen war, lebte sie bereits in Berlin, und Kontaktversuche meinerseits scheiterten stets. Einmal hatten wir uns um Weihnachten herum in Würzburg gesehen, aber es war ein kurzes, seltsam unpersönliches Treffen gewesen. Danach hatte ich mich nicht mehr bei ihr gemeldet.

»Ich freue mich so, dich zu sehen!«, sagte Pia jetzt und ließ für einen Augenblick die Fahrbahn aus den Augen.

»Ich mich auch.«

»Wie geht's dir in München?« Die Frage kam mir sehr gelegen. Ich hatte bereits während der Zugfahrt auf der Strecke zwischen Ingolstadt und Roth über eine passende Antwort nachgedacht.

»Ach, gut, ist 'ne coole Stadt. Ich meine, natürlich nicht so wie Berlin. Aber … gemütlich. Und dennoch großstädtisch. Nicht so provinziell wie hier. Und – um meinen Vater zu zitieren – was macht die Kunst in Berlin?«

Sie lachte und machte eine vage Handbewegung. Bedeutete das *nicht so toll* oder *sensationell*? Sie hatte immer eher zu den Bescheidenen gehört.

»Ist natürlich nicht einfach. Die Konkurrenz ist riesig, und um von einer Galerie aufgenommen zu werden, muss man furchtbar hartnäckig sein und einen langen Atem haben.«

»Komm, mit deinem Charme wickelst du die sicher um den kleinen Finger!«

Sie lachte kurz auf und ich stellte verblüfft fest, dass es ziemlich verbittert klang. Dann warf sie mir einen undurchdringlichen Seitenblick zu. »Schau – da sind wir schon!«

Vor uns erhob sich der ausgesprochen zweckmäßig aussehende Siebzigerjahre-Bau des Willibrord-Gymnasiums. Der Lehrerparkplatz war schon gut gefüllt, Autos mit Dutzenden von verschiedenen Kennzeichen standen hier. Pia erwischte die letzte Parklücke. Gleich neben einem roten, ein wenig altmodisch anmutenden Wagen. Mein Herzschlag setzte einen Moment aus. War das ein rotes Saab-Cabrio? *Sein* rotes Cabrio? Nein, eher ein alter BMW. Ohne Klappdach.

Erleichtert stieg ich aus. Bestimmt kommt er gar nicht.

»Na dann«, sagte Pia und holte tief Luft. »Wollen wir mal.«

Ob sie auch aufgeregt war? Das konnte ich mir beim besten Willen nicht vorstellen.

3. KAPITEL

HURRA! ACH NEE, DOCH NICHT

Und dann ging es los.

Am Eingang des Schulgartens glotzten uns Andreas Grützke und Jens Forchheimer entgegen. Ich erkannte sie sofort. Grützke war zwar nicht mehr so pickelig, trug die Haare aber noch immer kunstvoll verstrubbelt. Jens, zynischer Jahrgangsbester, hatte genau das gleiche Lächeln auf den Lippen wie vor zehn Jahren: herablassend und fies. Wahrscheinlich hatte er es sich inzwischen einmeißeln lassen.

»Pia«, flötete er nun und hauchte ihr einen Kuss auf die Wange. Er war damals schon total scharf auf sie gewesen – allerdings vergeblich.

»Hi Jens.« Pia beachtete ihn nicht weiter und knuffte Grützke gegen den Oberarm. Er war immer etwas prollig gewesen, aber Pia hatte das nie gestört und sie hatten sich damals einen Spaß daraus gemacht, sich im Erzählen dreckiger Witze zu überbieten. Als er grinste, fiel mir seine Zahnlücke auf – die hatte er auch immer noch. War da nicht irgendwas mit einem Moped-Unfall in bekifftem Zustand gewesen?

»Hallo«, sagte ich.

»Hi«, antworteten die beiden Männer unisono und ich sah genau, wie es hinter ihren Stirnen arbeitete.

Jens kratzte sich am Hinterkopf, wo das Haupthaar schon etwas schütter wirkte. Ich würde jetzt alles tun, aber nicht meinen Namen nennen!

»Komm, Rieke«, erlöste mich Pia. »Wir schauen mal, wer sonst noch so da ist.«

»Rieke? Echt jetzt?«, rief Grützke hinter mir her, während Jens wie ein Bauarbeiter pfiff.

Ich versuchte, mit Pia Schritt zu halten.

Mitten im Schulgarten stand ein Kirschbaum, den man zur Eröffnung der Schule gepflanzt hatte. Das einstmals magere Gewächs überschattete nun einen Großteil der Grünfläche. Darunter war eine lange Tafel mit weißen Tischdecken aufgebaut worden, und ich fühlte mich kurz wie in einem französischen Familienfilm. Ob Drama oder Komödie konnte ich noch nicht sagen. Immerhin war ich mit meinen völlig unpassenden Mega-Absätzen noch nicht im Gras versunken, was ich als gutes Omen wertete.

Am Rand der Fläche stand ein weiterer riesiger Tisch, auf dem man das mitgebrachte Essen abstellen konnte. Ich quetschte die Pannacotta zu drei anderen und überlegte, ob es mir jemals gelingen würde, nichts mitzubringen, ohne ein schlechtes Gewissen zu haben. Als ich Pia im Auto nach ihrem Buffetbeitrag gefragt hatte, hatte sie abgewunken. »Kochen ist nicht mein Ding.« So einfach war das. Beneidenswert.

Meine alte Freundin lief durch die Menge der Anwesenden und busselte ständig Männer und Frauen ab, sie strahlte und sprühte vor Energie und wirkte dabei genauso mädchenhaft und lässig wie damals. Alle Anwesenden drängten sich um sie. Kein Wunder, dass sie Jahr für Jahr zur Klassensprecherin gewählt worden war. So jemand brauchte keinen Buffetbeitrag, denn es war eine Ehre, dass sie erschienen war. Langsam wagte auch ich mich ins Getümmel. Philippa Schultz bemerkte mich als Erste.

»Rieke?«, fragte sie nach ein paar Schrecksekunden. »Rieke Sturm?«

Ich nickte. Philippa breitete die ungewohnt dünnen Arme aus und legte sie um mich. Ich konnte mich nicht daran erinnern, jemals zuvor von ihr berührt worden zu sein. Oder auch nur beachtet.

»Du siehst fantastisch aus«, brüllte sie beinahe und musterte mich nicht nur von oben nach unten, sondern von allen Seiten. Als habe sie den Verdacht, ich sei eine Attrappe. »Wie geht's dir?«

»Gut«, sagte ich und lächelte.

»Großartig«, sagte sie. »Einfach großartig. Du musst mir nachher alles erzählen! Unbedingt!« Dann richtete sie den Blick auf jemanden hinter mir. »Lara! Huhu! Lara!« Und weg war sie. Uff, alles gut gegangen!

Diese Szene wiederholte sich in ähnlicher Weise ein knappes Dutzend Mal, bis irgendwer von der gedeckten Tafel herüberschrie, es sei jetzt an der Zeit, Platz zu nehmen. Ich hielt nach Pia Ausschau und war heilfroh, als ich noch einen freien Stuhl neben ihr erwischte. Gegenüber hatte sich Grützke breitgemacht, der wie besessen an einer Zigarette zog. Gut, dass wir im Freien saßen. Unter dem Tisch streifte ich unauffällig die Schuhe ab, da meine Füße schon nach kurzer Zeit darin zu schmerzen begonnen hatten.

Auf meiner anderen Seite saß ein blasser, dicklicher Mann mit Stoppelschnitt, den ich – ich muss es zugeben – nicht erkannte.

»Wer ist das?«, zischte ich Pia zu. Sie musterte ihn unauffällig.

»Aron Weil.«

Das sollte Aron Weil sein? Ich erinnerte mich an ihn als schmächtiges Kerlchen mit Natur-Minipli, exzellent in allen Naturwissenschaften, schlecht in Englisch und miserabel in Musik. Gesprochen hatte er auch ganz selten. Das hatte sich wohl kaum geändert, denn außer einem »Hallo, Rieke«, brachte er nichts hervor. Wenigstens hatte er mich erkannt. Die Dame seines Herzens vergisst man eben nicht. Hoffentlich wollte er mich nicht immer noch erobern.

»Hi, Aron«, sagte ich und schenkte mir Mineralwasser ein. »Du auch?«

»Gerne.« Er nickte ein wenig zu heftig und wischte sich imaginären Schweiß von der Stirn. »Puh, da bin ich aber froh, dass mich endlich jemand erkannt hat«, wisperte er dann.

»Na klar, sofort«, log ich ohne mit der Wimper zu zucken und wandte mich zu Pia, bevor er mir von seiner Laufbahn als Programmierer oder IT-Fachmann oder einem versemmelten Start-up erzählen konnte.

»Weißt du …«

Ich spürte, wie ich ohne es zu wollen, näher an Pia heranrutschte. Ich mochte mich nicht den ganzen Abend mit Aron Weil unterhalten.

»… ich hatte Hodenkrebs. Die vielen Medikamente, Bestrahlung, Chemo … deshalb bin ich so … aufgedunsen.« Er spuckte die letzten Worte regelrecht auf den Tisch.

Ich wandte mich ihm abrupt wieder zu.

»Oh Gott, wie schrecklich«, stammelte ich. Wie gemein ich von ihm gedacht hatte!

»Wenigstens fangen die Haare wieder an zu wachsen. Da kann man ja vorher nicht sicher sein.«

»Äh, und, ähm, wie geht es dir jetzt?« Beinahe hätte ich nach seiner Hand gegriffen. Auf unvorhergesehene Dinge zu reagieren, war schon schwierig für mich. Aber auf grauenhafte unvorhergesehene Dinge zu reagieren, überstieg meine soziale Kompetenz komplett.

»Ganz gut. Die Ärzte sagen, ich habe das Schlimmste überstanden. Sonst wäre ich auch gar nicht gekommen.«

»Puh, das freut mich zu hören.« Ich nickte wie ein Wackeldackel und wusste nicht, was ich sagen sollte. Komm schon, komm schon, spornte ich mich an. »Du hast sicher schlimme Zeiten hinter dir.«

»Die letzten zwei Jahre waren die Hölle. Wenn meine Frau nicht gewesen wäre – ich weiß nicht, ob ich das durchgestanden hätte.«

»Du bist verheiratet?«, entfuhr es mir. Mal ehrlich, auch ohne Krebs war Aron kein Ausbund an Attraktivität gewesen. Ich biss mir gedanklich auf die Zunge. Wie konnte ich nur so garstig sein!

»Seit fünf Jahren. Und glücklicherweise haben wir auch schon einen dreijährigen Sohn, denn jetzt, ähm, na ja, du verstehst …«

Ich nickte benommen. Zehn Jahre nur – und Aron Weil hatte so ziemlich alle Hochs und Tiefs durchschritten, die man so durchschreiten konnte. Andere brauchten dafür ein ganzes Leben.

»Und was machst du so?«, fragte er und lächelte breit.

»Ach, PR in München. Single, kinderlos, nicht der Rede wert.«

»Quatsch, das ist doch toll. Du wirkst … als ob du bei dir angekommen seist.«

»Echt jetzt?« Der Typ machte mich sprachlos.

»Ja, klar, aus dem Entlein ist der Schwan geworden, den man schon immer hatte erkennen können – wenn man hingeschaut hat.«

Mit einem Schwan war ich heute schon mal verglichen worden. Langsam wurde das peinlich. Trotzdem beeindruckte es mich, wie sensibel er war.

»Aron, du machst mich echt verlegen. Danke.«

»Nichts zu danken«, erwiderte er und lachte.

Wir stießen mit unseren Wassergläsern an.

»Oh, da haben sich unsere zwei Turteltäubchen wiedergefunden«, brüllte Jens Forchheimer quer über den Tisch zu uns herüber.

»Das gleiche Arschloch wie vor zehn Jahren«, raunte Aron mir zu und grinste Jens dabei unverwandt freundlich an.

»Pscht«, rief plötzlich einer, andere fielen ein und nach und nach verstummten die Gespräche an der Tafel.

»Ich glaub's nicht, die Orgasmus!«, zischte Grützke viel zu laut in die Stille und zog damit alle Blicke auf sich. Er lief knallrot an. Auch das ein ungewohnter Anblick.

»Guten Abend«, tönte es nun quer über den Tisch. »Schön, dass so viele von Ihnen gekommen sind. Ich freue mich, Sie im Namen der Schule begrüßen zu dürfen.«

Oberstudiendirektorin Dr. Annegret Erasmus, bei der einige von uns das zweifelhafte Vergnügen gehabt hatten Latein zu lernen, wirkte geschrumpft. Ob sie sich der Größe ihrer Schüler hatte anpassen wollen oder ob die tägliche Arbeit sie inzwischen hatte schrumpfen lassen, ließ sich auf die Schnelle nicht beantworten. Aber ihre schmallippig-steife Art kombiniert mit dem streng nach hinten gekämmten und zu einem Dutt verknoteten Haar versetzte mich zurück in all die angstvollen Momente in Lateinklausuren, Abfragerunden, Tests und anderen Situationen, in denen sie uns das Gefühl gegeben hatte, dass wir nichtsnutzig und ihres Faches nicht würdig gewesen waren. Wie froh waren wir gewesen, dass sie nach Beendigung unserer zwölften Jahrgangsstufe keine Zeit mehr gehabt hatte, um selbst zu unterrichten.

»Zehn Jahre liegen nun also hinter uns«, schwadronierte sie, und ich stellte mir vor, dass sie diesen Satz jedes Jahr bei jedem Abiturjahrgang sagte – und so vielleicht das Gefühl hatte, sie würde nie mehr als zehn Jahre altern.

»Ich hoffe, Sie haben die Zeit nutzen können, haben Ihren Weg ins Erwachsenenleben, nun, wenn nicht abgeschlossen, so doch zumindest gefunden. Die Reifeprüfung haben Sie schließlich damals schon bestanden.«

Sie salbaderte wie eh und je. Ich schaltete ab und ließ meinen Blick über die Gäste am Tisch gleiten. Ganz brav saßen sie alle da, meine ehemaligen Mitschülerinnen und Mitschüler. Die Jungs waren allesamt lässig gekleidet. Karierte Hemden und T-Shirts mit albernen Aufdrucken dominierten, wollige Szenebärte gab es hie und da, und die Haare trugen sie eher länger. Die Mädels hatten sich herausgeputzt, als gingen sie zu Heidi Klum – ich eingeschlossen, ich musste es zugeben. Dennoch sahen ihre Gesichter noch fast genauso aus wie vor zehn Jahren. Manche hatten es geschafft, den Babyspeck abzulegen, so wie Philippa. Andere hatten dagegen zugelegt – wahrscheinlich nicht aus den gleichen Gründen wie Aron. Von siebenundachtzig Schülern waren vielleicht fünfzig gekommen. Basti fehlte.

Seit wir hier waren, hatte ich nach ihm Ausschau gehalten und gehofft, ihn nicht zu entdecken. Jetzt war ich enttäuscht. Sebastian Herterich, genannt Basti, genannt … Nein, ich wollte nicht daran denken. Aber was hatte ich denn geglaubt? Dass ich hierherkommen und alles ganz unbefangen erleben könnte? Mit Sicherheit nicht!

Dieses Gebäude, dieser Garten hier – sie hatten einen Teil meiner Lebensgeschichte hautnah miterlebt, ihn irgendwo abgespeichert, tief im Gemäuer, weit unten zwischen den Wurzeln. Niemand konnte ihn sehen, aber ich spürte ihn, ganz deutlich, so wie alle anderen den Teil ihrer Lebensgeschichte einatmeten.

»Rieke?« Pia tippte mir auf die Schulter. »Kommst du mit zum Buffet?«

Mir war nicht aufgefallen, dass die Orgasmus, an deren unvergesslichen Spitznamen uns Grützke vorhin überflüssigerweise und viel zu laut erinnert hatte, mit ihrer kleinen Ansprache fertig war. Ertappt stand ich auf.

»Nur wenn's keine Bowle gibt«, sagte ich in bitterer Erinnerung an den Abiball, aber Pia hatte mich nicht gehört.

In der Buffetschlange erzählte ich meiner ehemals besten Freundin leise, was mir Aron von sich berichtet hatte. Auch sie war bestürzt. Wir waren definitiv zu jung für solche Schicksale. Aber ist man je alt genug dafür?

»Hast du Basti gesehen?«, fragte mich Pia, als ich nach einem Stück Lauchquiche griff.

»Nee, ich glaub, der ist nicht da. Ehrlich gesagt bin ich ganz froh darüber.« So – und weiter würde ich mich zu diesem Thema nicht äußern. Schluss.

»Doch, schau mal dort drüben.« Sie wies in Richtung Kirschbaum.

Es war, als würde die Welt auf einen Punkt zustürzen. Wie wenn man durch einen Flaschenboden blickte und nur das, was sich im Mittelpunkt befand, scharf erkennen konnte.

Sebastian Herterich. Da stand er. Ich erkannte ihn sofort. Obwohl er so gut aussah, dass ich beinahe Schnappatmung bekam. Das war Sebastian Herterich? Und jetzt sah er auch noch zu mir herüber. Unwillkürlich breitete sich ein Lächeln auf meinen Lippen aus. Bis ich ihm Einhalt gebot. Ich konnte nicht einfach Sebastian Herterich anlächeln. Das ging nicht. Nicht nach dem, was vor zehn Jahren passiert war. Schnell sah ich auf das Buffet und griff nach irgendwas. Prompt sagte Pia: »Du isst Perlzwiebeln? Seit wann das denn? Ich dachte, du hasst die Dinger.«

»Du hast recht. Ich hasse sie noch immer.« Ich kippte das eklige Zeug zurück in die Schüssel. Leider rutschten auch die übrigen Sachen von meinem Teller hinunter und verteilten sich auf dem weißen Tischtuch. Mist! Sebastian Herterich! Ich hatte unterschätzt, wie es sich anfühlte, ihn wiederzusehen. Hoffentlich beachtete er mich einfach nicht. Fahrig sammelte ich die heruntergefallenen Essensbrocken ein. Meine Finger zitterten. Herrje!

»Hallo Rieke.«

Warum hatte ich ausgerechnet über diese Szene nicht nachgedacht?

Seine Stimme war noch tiefer geworden. Hatte er damals auch schon so sanft gesprochen? Ich holte tief Luft, dann erst drehte ich mich um.

Seine Augen. Seine Augen waren unverändert – blau und weit wie das Meer, mit dunklen Sprenkeln wie gerußtem Treibholz darin. Eine Ohnmacht, so eine richtige, altmodische Ohnmacht, das wäre es jetzt.

»Hallo.« Mehr brachte ich nicht hervor.

Seine Züge waren kantiger geworden, männlicher, ein paar Stoppeln betonten sein Kinn, eine dunkle Strähne hing in die hohe Stirn. Die Brille mit dem anthrazitfarbenen, schmalen Gestell ließ ihn intellektueller wirken. Ihm hätte Heidi Klum sofort ein Foto in die Hand gedrückt. Und dennoch hatte er etwas Melancholisches im Blick. Oder war er einfach genauso unsicher wie ich?

Es war mutig von ihm, mich anzusprechen. Schließlich hatte ich alles Recht der Welt, sauer auf ihn zu sein. Stopp, sagte eine innere Stimme ganz laut, du bist nach zehn Jahren noch immer sauer? Wie albern ist das denn?

Ich schluckte. Wir starrten uns nach wie vor an. Jemand musste was sagen. Basti wollte offensichtlich nicht den Anfang machen. Er war nie ein großer Redner gewesen.

»Ach, du bist ja doch da«, sagte ich und ärgerte mich sofort über meinen dümmlichen Ton. Prima, jetzt wusste er sofort, dass ich nach ihm Ausschau gehalten hatte.

Er nickte. Und wandte den Blick nicht von mir.

»Wenn du willst, lass ich dich vor ans Buffet«, brachte ich heraus. Auch nicht viel klüger.

»Danke, kein Hunger.«

Also würden wir uns weiter anstarren, oder was? Inzwischen überholten mich die Leute in der Schlange. Ich konnte mich nicht bewegen. Hände griffen rechts und links von uns nach Tomaten mit Mozzarella, Hackfleischbällchen und Weißbrot. Und wir standen einfach da.

»Hey, Herterich«, brüllte Grützke und machte der Szene endlich ein Ende. Basti verdrehte die Augen einen winzigen Tick.

»Hey, Grützke«, rief er zurück.

»Und? Wird er heutzutage endlich …?«

»Grützke«, unterbrach Basti. »Wie sagte die Orgasmus so schön: Vor zehn Jahren haben wir eine Reifeprüfung abgelegt. Wärst du da nicht beinahe durchgerasselt?«

»Nachprüfung«, assistierte ich. »Ein Punkt weniger, und du wärst weg vom Fenster gewesen, oder? Grützke?« Boah, vier Keckheits-Punkte, mindestens!

Grützke starrte betreten aufs Buffet. Auch das war ein neuer Anblick.

»Nimm die Perlzwiebeln, die sind lecker, von meiner Oma selbst eingelegt«, sagte er, drehte sich um und verschwand.

Endlich lächelten wir uns an.

»Wie geht es dir?«, fragte Basti.

Konnten wir nicht einfach alles stehen und liegen lassen und gemeinsam fortgehen? Auf die andere Seite des Globus? Oder wenigstens der Stadt?

»Gut«, sagte ich.

»Man sieht's.«

Hatte er schon immer so hübsche Lippen gehabt? Nicht zu breit, nicht zu schmal, fast ein wenig herzförmig.

»Und du?«

»Ja, auch alles bestens.«

Okay. Wir nickten bestätigend vor uns hin. Wie weit würden wir uns vorwagen?

»Du hast doch bestimmt Informatik oder so was studiert?«

»Yep.«

»Und hast jetzt ein Start-up. Oder schon das zweite.«

Er machte eine vage Handbewegung. »So ähnlich. Programmiere so vor mich hin, langweiliges Zeug. Genau wie früher.«

Das war ein Seitenhieb, eindeutig. Er war 2006 das gewesen, was man heutzutage Nerd nannte. Zwar ohne dicke Brille, aber picklig, blass und ein wenig verspult. Basti war in allen Fächern außer Deutsch gut gewesen, auch wenn er oft abwesend und völlig übernächtigt gewirkt hatte. Er schien kaum je zu lernen, und trotzdem wusste er auf alle Lehrerfragen Antworten. Obwohl er dabei nicht angeberisch wirkte, machten sich viele in der Klasse über ihn lustig. Manchmal, wenn man ihn ansprach, verstand er überhaupt nicht, was man von ihm wollte. Er saß inmitten von dreißig Leuten da und bekam nicht mit, was vor sich ging. Wenn man fragte, was er so machte, erzählte er von Programmiersprachen und irgendwelchen Computer-Hardware-Teilen, die kein Mensch außer ihm je gesehen hatte. Erst hatte ich ihn merkwürdig gefunden, später hatte ich mich in ihn verliebt und dann …

»Ja, hast dich kaum verändert.«

Er grinste und überging meine Lüge. »Und du? Hast du deinen ersten Lyrikband veröffentlicht?«

Wow, er erinnerte sich. Ich hatte Tagebuch geschrieben, seit ich dreizehn war. Dann Gedichte und Kurzgeschichten. Pia und er waren die einzigen Menschen, die je welche zu Gesicht bekommen hatten. Sie hatten mich brav gelobt. Weil sie höflich sein wollten, ich war mir ganz sicher.

»Ich mach jetzt PR. Auch ziemlich langweilig. Auftraggebern nach dem Mund schreiben und so.«

Er nickte verstehend.

»Wo bist du?«

»Die 4großenF. In München. Schon mal gehört?«

»Oh, Die 4großenF. Cool. Und wem bist du zu Diensten? Faul, Faust, Feist oder Fett?«

Er kannte sich tatsächlich aus.

»Feist«, sagte ich. »Kennst du ihn?«

»Flüchtig. Unangenehmer Typ. Wir hatten mal mit Konkurrenten von denen zu tun. Da bekommt man ein bisschen was mit.«

»Wir?«

Durfte ich das fragen? Und was, wenn er jetzt antwortete: meine Frau und ich. Und unsere drei Kinder. Würde ich das verkraften?

»Ein Kumpel und ich. Wir arbeiten zusammen. Ist praktischer, als immer so allein vor der Kiste zu hängen. Und man hat einfach mehr Ideen, mehr Manpower, die umzusetzen. Wir haben ziemlich expandiert in letzter Zeit.«

Gut, dachte ich. Aber Moment – das hieß ja noch lange nicht, dass er nicht doch eine Frau oder Freundin hatte. Und vier Kinder. Rieke, ermahnte ich mich, das kann dir doch scheißegal sein. Selbst wenn er drei Frauen und acht Kinder hat. Allerdings ließ er auf seine bescheidene Art durchblicken, dass er mit seiner Firma drei Frauen und acht Kinder locker hätte ernähren können. Vielleicht würde es da auf eine Frau mehr auch nicht … Vergiss es!

»Basti!« Pia näherte sich rasch und schlang einen Arm um seinen Hals.

Er zog sie an sich und umarmte sie fest. Mir war nicht klar, dass die beiden sich so nahgestanden hatten. Oder vielleicht noch immer standen. Gab es nicht auch Leute mit Fernbeziehungen? Berlin – sonst wo? Aber wenn sie mit Basti zusammen wäre, hätte sie mir das doch garantiert gesagt. Vorhin im Auto. Oder nicht?

»Schön, dich zu sehen«, sagte Basti. »Ist ja auch schon eine Ewigkeit her.«

Uff, ausatmen. Aber warum sahen sie erst sich und dann mich so merkwürdig an? Sollte das Ironie gewesen sein, und er hatte nur den Halbsatz »… seit heute Nacht« vergessen? Hallo, versuchte ich mich zu zügeln. Jetzt reiß dich mal zusammen. Es ist egal. Egal. Egal. Zehn Jahre waren vergangen. Ich war schon lange nicht mehr an Sebastian Herterich interessiert. Er hatte seit damals von Jahr zu Jahr weniger Platz in meinem Kopf eingenommen, und darüber war ich froh. Es hatte viel Mühe gekostet, überhaupt so weit zu kommen.

»Kommt ihr mit zur Schulhausführung?«, fragte Pia nun.

Ich schüttelte automatisch den Kopf. Ich hatte keine Lust, die durchlittenen Qualen in ungelüfteten Klassenzimmern und nach Schweiß riechenden Sportgarderoben aufleben zu lassen. Außerdem taten mir die Füße in den Schuhen weh.

»Warum nicht?« Basti schloss sich Pia an.

Na super, jetzt konnte ich schlecht sagen: Ach doch, ich komm auch mit. Wie hätte das denn ausgesehen?

Stattdessen stolzierte ich zurück zu meinem Platz, wo Aron damit beschäftigt war, in sein Smartphone zu tippen. Als er mich bemerkte, legte er es beiseite.

»Viel Treppensteigen ist bei mir noch nicht drin«, erklärte er ungefragt. »Bin immer noch ganz schön schlapp.«

»Wahnsinn, oder?«, sinnierte ich. »Kaum hat man das Abi in der Tasche, glaubt man, jetzt würde das Leben beginnen und ganz groß für einen auftischen – und dann stellt man fest, dass man froh sein kann, wenn man ein paar Brösel abbekommt. Ganz schön ernüchternd.«

Aron strich über das Display des Telefons. Beinahe zärtlich.

»Tja, Leben ist lebensgefährlich – immer und zu jeder Zeit. Das stellt man manchmal schneller fest, als einem lieb ist. Schau, mein Söhnchen. Neo heißt er.«

Ein ausgesprochen niedliches Lockenköpfchen strahlte mich vom Handy aus an, blond, blauäugig, ein bisschen wie Michel aus Lönneberga.

»Und ist das deine Frau?« Hoffentlich klang ich nicht zu überrascht.

»Ja, Vanessa.«

Unglaublich! Sie sah aus, als habe sie bei *Germanys Next Top Model* mitgemacht – und gewonnen. Wie kam ein Typ wie Aron an eine solche Frau?

»Wow«, entfuhr es mir.

»Allerdings. Sie hat mit mir studiert – wie sie ausgerechnet darauf kam, dass ich ihr Mann fürs Leben sein sollte, habe ich bis heute nicht so ganz verstanden. Aber ich bin absolut dankbar dafür.«

Klug war sie wohl auch noch.

»Wahrscheinlich, weil du einfach ein liebenswerter Mensch bist?«

»Hm, vielleicht.« Wurde er leicht rot? Jedenfalls schmunzelte er etwas beschämt.

»Hast du schon den Mann fürs Leben?«, fragte er dann.

Ich beschloss megaspontan, es mit Ehrlichkeit zu versuchen und schüttelte den Kopf.

»Nö. Nicht ein einziger Kandidat in Sicht. Aber vielleicht bin ich einfach zu kompliziert für Beziehungen. Weißt du, bei mir muss blöderweise immer alles perfekt sein, drunter mach ich es nicht. Ich weiß selbst, dass das doof ist. Aber ich kann irgendwie nicht raus aus meiner Haut.« Vor meinem inneren Auge blitzten Szenen auf, die ich ihm garantiert nicht beschreiben würde: Yannis, der mir eine megaverliebte SMS schrieb. Leider versah er sie mit zwei fetten Rechtschreibfehlern – und schon war die Romantik futsch: »Rieke, du bist mein Stern – und wenn du nicht über mir läuchtest liegt meine Welt in dunkeln.« Von den Kommafehlern ganz abgesehen. Oder Gustav: Der half mir weder in den Mantel noch hielt er mir die Tür auf und – ganz schlimm – er entschuldigte sich nie für irgendwelche Ungeschicklichkeiten mit der Begründung, er habe es ja nicht mit Absicht gemacht. Mir das Bier über die Hose gekippt. Oder mein Lieblingsglas zerdeppert. Oder den Zeitungsteil weggeworfen, in dem der Artikel über die »Falle Perfektionismus« stand, den ich unbedingt hatte lesen wollen.

Aron sah auf die Uhr und stand auf.

»Rieke, ich freue mich, dass ich dich wiedergesehen habe, wirklich.« Er streckte mir die Hand hin. »Ich fahre jetzt lieber ins Hotel. Bin einfach zu schlapp.«

Ich zog ihn an mich und drückte ihn fest. »Pass auf dich auf, Aron Weil«, sagte ich. »Ich freue mich schon, dich in zehn Jahren wiederzusehen, okay?«

»Na klar!« Er lachte. »Ich freue mich auch drauf. Mach es gut! Und in zehn Jahren zeigst du mir Bilder von deinem Mann und deinen Kindern, ja?«

Ich versprach es und sah ihm nach, als er davonschlurfte wie ein alter Mann. Erschreckend. Hoffentlich war er wirklich über den Berg.

Ich setzte mich wieder und pickte ein paar letzte Brocken

von meinem Teller. Ein Dreiergrüppchen, zwei Männer, eine Frau, deren Namen mir allesamt nicht mehr einfielen, gackerte um die Wette. Ich hatte nie viel mit ihnen zu tun gehabt. Sie gestikulierten wild, warfen die Köpfe beim Lachen zurück und wirkten, als wären sie ganz im Hier und Jetzt.

Mir fiel das schwer. Viel zu oft überlegte ich, was wohl passiert wäre, wenn ich damals … Oder ich zermarterte mir das Hirn, wie es bloß klappen könnte, morgen oder nächste Woche oder in einem Jahr den bestmöglichen Job zu haben, den tollsten Mann, das größte Glück.

Basti dagegen wirkte entspannt und souverän. So hatte ich ihn nie erlebt. Aber klar – auch in seinem Leben waren zehn Jahre vergangen, und er hatte jeden Tag damit verbringen können, etwas in seinem Leben zum Positiven zu verändern. Ob ihm das genauso schwergefallen war wie mir? Hatte ich mich, abgesehen von Äußerlichkeiten, denn überhaupt verändert? Heute Abend bekam ich leise Zweifel daran.

»Na, Rieke, auch keinen Bock auf Gefängnisklassenzimmer?« Grützke setzte sich auf den Stuhl mir gegenüber und zündete sich eine Kippe an.

Ich schüttelte den Kopf.

»Was machst du so?«, fragte ich, und es interessierte mich wirklich, was aus dem Klassenchaoten geworden war.

»Ach, bin im Laden von meinem Vater eingestiegen. Baustoffhandel. Wenn man gleich Chef ist, kann man es sich leisten, alles ein bisschen lockerer anzugehen.« Das war auch eine Einstellung.

»Frau? Kinder?«

Er schüttelte den Kopf. »Nee, lass mal, keinen Bock. Ich genieße mein Junggesellenleben, kannste glauben.«

Er stieß den Rauch in kleinen blauen Kringeln aus, wie er es früher schon gerne getan hatte. Sicher wohnte er noch bei

Mutti und Papi in der Villa, ließ sich bekochen, die Wäsche machen und benahm sich dabei, als hätte er alles im Griff.

»Weißte noch, nach dem Abiball – als ein paar von uns die Feuerlöscher nachts im Treppenhaus entleert haben? Mei, war das ein Spaß! Manchmal sehne ich mich echt nach den guten, alten Zeiten.«

»Ich habe davon gehört«, sagte ich.

Zu dem Zeitpunkt hatte ich mich schon längst in meinem Bett verkrochen. Meine Mutter hatte mir später von dem »Skandal« berichtet. Wenn ich mich recht erinnerte, war es vor allem Grützke gewesen, der entleert hatte, und er hatte eine saftige Geldstrafe aufgebrummt bekommen. Wegen Sachbeschädigung und weil die Beseitigung des Löschschaums ziemlich viel gekostet hatte.

»Warst du da gar nicht mehr dabei?«

»Grützke«, sagte ich und mein Tonfall erinnerte mich an den meiner Kindergartentante, wenn ich mich beim Basteln mal wieder dämlich angestellt hatte. »Ich habe den Abiball verlassen, bevor er überhaupt angefangen hatte.«

»Krass.« Er zermalmte die Zigarettenkippe unter seinem Absatz. »Kann ich mich gar nicht dran erinnern. Na ja, ich weiß von dem Abend eh nicht mehr viel, weil ich mich ziemlich schnell abgeschossen habe. Damals habe ich echt noch was vertragen, meine Herren. Schade, dass das inzwischen nicht mehr so easypeasy geht.«

»Wir werden alle nicht jünger«, sagte ich und erhob mich. Das Gespräch musste ich wirklich nicht weiterführen.

Ich ging auf Philippa und Lara zu, die sich der Führung ebenfalls nicht angeschlossen hatten. Sie standen neben dem Buffet, und Philippa pickte hier nach einer Scheibe Serrano-Schinken und dort nach einem Käsewürfel. Wie sehr hatte sie in den letzten Wochen wohl gehungert, um hier so schlank aufzulaufen? Lara hielt nicht nur ein Sektglas, sondern auch eine halbvolle Proseccoflasche fest. Sie tuschelten und zischelten und sahen sich immer wieder verstohlen um, als wollten sie sichergehen, dass niemand sie belauschte. Als ich mich näherte, verstummten sie und wandten sich mir freundlich lächelnd zu.

»Na, Rieke!«, sagte Philippa. »Du siehst wirklich toll aus, mein Kompliment.«

»Du auch«, sagte ich großzügig. »Hast abgenommen, oder?«

»Sieht man das?«, fragte sie und klimperte mit den Augenlidern. Sie wog sicher fünfundzwanzig Kilo weniger als früher.

»Klaro.«

»Hältst du das denn schon lange?«, fragte Lara und goss ihr und sich Sekt nach. »Du auch, Rieke?«

Ich lehnte dankend ab.

»So seit zwei Jahren. Ich mach ja jetzt viel Sport. Spinning und Yoga und Pilates und so.«

Woraufhin Lara begann, von ihren eigenen Spinning-und-Yoga-und-Pilates-und-so-Erfahrungen zu berichten. Und von dem Halbmarathon, den sie vor Kurzem erfolgreich gelaufen war.

»Toll«, sagte Philippa.

Ich glaubte ihr nicht. Die beiden verband seit Schulzeiten eine echte Hassliebe. Zwar hatten sie schon damals ständig zusammengesteckt, aber die eine musste die andere immer übertrumpfen. Lara Philippa mit ihrem Aussehen und Philippa Lara mit ihren guten Noten.

»Der Weil …«, zischte Philippa und blickte sich vorsichtig um, »… der ist ja voll fett geworden.« Nicht, dass er gleich hinter ihr stand.

»Furchtbar, wenn sich einer so gehen lässt«, stimmte Lara ein.

Ich hätte natürlich etwas sagen können. Aber Arons Schicksal erschien mir viel zu gewichtig, um diese oberflächlichen Hühner damit zu konfrontieren. Stattdessen lenkte ich sie lieber vom Thema ab. »Und was macht ihr jetzt so?« Am liebsten sprachen sie schließlich über sich selbst.

»Ich leite ein erfolgreiches kleines Familienunternehmen«, sagte Lara und lachte. »Du verstehst schon: Ich habe ein Zwillingspärchen, zwei Jahre alt, und halte meinem Mann den Rücken frei.«

Aha. Sag es doch: Ich bin Hausfrau. Ist doch okay.

»Das könnte ich ja nicht.« Philippa griff nach ein paar Oliven. »Also, wenn ich nicht jeden Tag in meinem Office sitze … Weißt du, der Kontakt zu meinen Kollegen ist mir so wichtig. Sonst finde ich gar nicht mehr raus aus meinen Gedankengebäuden, aus den Texten.«

»Office?« Lara verzog den Mund, als würde sie einen derben Kraftausdruck wiederholen.

»Ja, ich habe Linguistik studiert und bin mitten in der Promotion. Und ich habe eine Dreiviertelstelle als Assistentin unseres Lehrstuhlinhabers.«

»Hier in Würzburg?«

»Paderborn.«

Ups. Was hatte sie denn dahin verschlagen? Ich fragte lieber nicht. Sonst würde sie die Perle Westfalens sicher in aller Ausführlichkeit preisen.

»Ach Mädels, ich denke so oft an die Schulzeit zurück«, sagte Lara und goss wieder nach. »Was waren wir jung … uns stand die Welt offen. Bist du nicht gleich nach dem Abi irgendwohin ausgewandert oder so was, Rieke? Argentinien?«

»Es war Australien. Für ein paar Wochen.«

»Und du hast bei der Zeugnisverleihung doch so einen Preis bekommen – für den besten Aufsatz oder so?«

Ich starrte auf meine nackten Füße im Gras. Die Mörder-Schuhe standen noch unter dem Tisch.

»In Abwesenheit habe ich ihn bekommen, ja.«

Als ich von der Australienreise zurückgekommen war, lagen ein dicker Wälzer über die Zeit der Klassik und eine Belobigung für den besten Deutschaufsatz 2006 des Landes Bayern auf meinem Schreibtisch.

»Du warst nicht auf dem Abiball?« Es kam beinahe synchron.

»Nur kurz.« Vermisst hatte mich damals offensichtlich niemand.

»Ach, so langsam dämmert es mir.« Lara kratzte sich am Hals. »Stimmt, da war was. Irgendwas mit der Bowle. Ist die nicht umgekippt und du bist ausgerutscht?«

»So ähnlich.« Ich sollte mich verkrümeln, ehe es ganz peinlich wurde. Nur wohin? Allein wollte ich nicht herumstehen.

»Egal, Abibälle werden sowieso komplett überbewertet.« Philippa schnitt sich ein großes Stück Schokokuchen ab. »Wir wollten doch alle nur weg, und zwar ganz schnell.«

»Also ich nicht«, sagte Lara und trank ihr Glas leer. »Ich lebe immer noch gerne in Würzburg. Echt jetzt.«

Endlich füllte sich der Garten wieder. Ich ging auf Pia und Basti zu, die einträchtig nebeneinander herschritten. Worüber sie wohl geredet hatten? Immerhin konnte ich Basti inzwischen anschauen, ohne dabei das Atmen zu vergessen.

»Und? Schön da drinnen?«, begrüßte ich die beiden.

»Wahnsinn«, sagte Pia. »Ziemlich unverändert.«

Basti sah mich mit seinen blauen Meeresaugen an. »Nur eine Mensa gibt es inzwischen.«

Ich war froh, dass es die zu unserer Schulzeit nicht gegeben hatte – es war nur ein weiterer Ort, an dem man von Mitschülern gepiesackt, gedemütigt und gequält werden konnte.

»Irgendwie sind viele hier schon so weit, dass sie die Schulzeit total glorifizieren«, sagte Pia. »Ich dagegen bin einfach nur froh, dass ich nicht mehr pauken muss. Habt ihr auch noch manchmal diese Abiturprüfungsträume? Ich träume immer, ich säße in der Matheklausur und hätte überhaupt nichts gelernt!«

»Hattest du doch auch nicht«, sagte Basti lachend.

Pia knuffte ihn in den Oberarm. »Hatte trotzdem drei Punkte, hat gereicht.«

Ich betete innerlich, dass sie nicht auch noch vom Abiball reden würden. Na ja, Basti hatte nun wirklich keine gute Figur dabei gemacht und wollte sicher genauso wenig wie ich daran erinnert werden. Verständlich. Einerseits. Andererseits: Er hatte mich damals in diese Situation gebracht – und sich nie dafür entschuldigt. Ehrlich gesagt wusste ich noch immer nicht, warum er mich so angeschrien und danach nie mehr versucht hatte, mit mir Kontakt aufzunehmen und alles zu klären. Eigentlich konnte er froh sein, dass ich überhaupt mit ihm sprach.

»Wie viele hattest du noch mal?«, wandte er sich an mich.

»Hm?«

»Punkte. In Mathe.«

»Vier. Hat auch gereicht.«

Er lächelte. Ob er an unsere Lernnachmittage und -abende dachte? Angefangen hatte alles mit einer Lerngruppe. Aber die war wenig effektiv. Irgendwann waren wir nur noch zu zweit. Er hatte mit mir Kurvendiskussionen gepaukt, und ich hatte ihm die Dramentheorie klassischer Schauspiele am Beispiel von Goethe, Schiller und Kleist eingebläut.

»Und du in Deutsch?«

»Zehn. War mein bestes Ergebnis ever.«

Wo hatte er gelernt, so einen intensiven Blick aufzusetzen? Meine Handflächen wurden schwitzig.

»Ich brauche dringend was zu trinken.« Ich wand mich aus seinem Blick und drehte mich suchend zum Buffet um. Die Wein- und Proseccovorräte gingen allmählich zur Neige. Es gab nur noch Bier.

Als ich mir eine Flasche geangelt und mich zurückgedreht hatte, stand plötzlich die Orgasmus zwischen Pia und Basti.

»Meine schönste Erinnerung an Ihren Jahrgang ist …«, sagte sie gerade, »… wie Sie mit mir den Ball eröffnet haben. Wissen Sie das noch, Herr Herterich?«

Sein Grinsen wirkte sehr verlegen. Er hatte mit der Direktorin den Eröffnungstanz aufs Parkett legen müssen? Das hatte mir allerdings nie jemand erzählt.

»Schließlich waren Sie der beste Schüler Ihres Jahrgangs. Das Mädel war einen Hauch besser – wissen Sie noch, wer das war?«

»Philippa Schultz«, sagte er brav und deutete mit einem Kopfnicken auf die ehemalige Schulkameradin, die noch immer mit Lara am Buffet stand und kicherte.

»Richtig. Und haben Sie nicht auch irgendeine Auszeichnung beim Abiball bekommen?«

Ich sah irritiert zu Pia, die nicht reagierte, bis mir klar wurde, dass die Orgasmus mich meinte. Selbst sie hatte es vergessen.

»Kann mich nicht erinnern«, sagte ich.

Basti besah seine Schuhspitzen, die makellos schwarz glänzten. Ich wusste nicht, was ich mir mehr wünschte: dass er einen Satz zu meiner Ehrenrettung sagte oder weiterschwieg.

»Und sind Sie denn immer noch so ein Computer-Crack?«, verhörte uns die Orgasmus weiter.

Basti sah auf. An mir vorbei. Und mir wurde klar, was ich mir wünschte: ein kleines Zeichen der Komplizenschaft. Ein Zwinkern, ein verschwörerisches Lächeln, eine Berührung am Arm.

»Na klar«, sagte er. »Ich kann nicht ohne die Dinger.«

»Hach, da fällt mir noch was ein«, sagte die Orgasmus und lachte geradezu hysterisch. »Ich glaube, Sie waren der Schüler mit der schrecklichsten Handschrift, die ich je gesehen habe. Und das will in über dreißig Berufsjahren was heißen.«

Pia schmiss sich fast weg vor Kichern, und mir entfuhr ein: »Gut, dass du mir nie Liebesbriefe geschrieben hast.«

Oh Gott! Was hatte ich denn da gesagt?

Basti starrte mich an. Ich konnte seinen Blick nicht deuten. Unwillkürlich schlug ich mir die Hand vor den Mund. Das war zwar mega-super-keck gewesen, aber nicht im richtigen Moment.

»Ist doch schön, wenn man früh weiß, wo seine Leidenschaft liegt und ihr folgt«, fuhr die Orgasmus ungerührt fort. »Dann hat man schon sehr viel richtig gemacht in seinem Leben.«

»Na ja«, sagte Pia. »Kann auch schiefgehen. Ist noch Bier da? Basti, du auch eins? Frau Or … äh … Erasmus? Sie?«

»Nein«, sagte die Frau Oberstudiendirektorin. »Ich hole mir noch ein Wasser. Alles Gute Ihnen weiterhin.«

Sie ließ uns stehen, und wir sahen ihr schweigend nach. Dann machte sich Pia auf die Suche nach einem Bier. Allein blieben wir zurück, Basti und ich. Die anderen standen und saßen in kleinen Grüppchen zusammen. Keiner beachtete uns. Mit meiner blöden Bemerkung hatte ich ihm den Weg zu einer sachlichen Entschuldigung garantiert verbaut. Auch ein »Verzeih mir« war nicht mehr drin. Nicht mal ein knappes »Sorry«. Sebastian Herterich schwieg. Wie er es gelernt hatte. Und er hielt es aus. Ich nicht.

»Ich glaub, ich geh langsam«, beschloss ich. »Bin heute so früh aufgestanden.«

Letzte Chance.

Nichts. Er schwieg und sah zu Boden. Sicher war er sauer. Mir wurde eiskalt. Erwartete er etwa, dass *ich* mich entschuldigte? Das kam ja wohl gar nicht in die Tüte! Schließlich hatte er mich fies behandelt und mir den peinlichsten Auftritt meines Lebens beschert. Auch wenn es schon zehn Jahre her war.

Mein Blick wanderte hinauf in die Krone des Kirschbaums. Eine schmale Mondsichel leuchtete zwischen den Blättern auf. Genau wie damals, bevor der Nieselregen eingesetzt hatte. Etwas fing in mir zu brodeln an. Die alte, tief sitzende Wut. Das Gefühl von maßloser Enttäuschung. Von himmelschreiender Ungerechtigkeit.

»Ähm«, hob er an.

Sollte ich mich getäuscht haben? Ich blickte ihn an. Er betrachtete noch immer den Boden. Es fiel ihm schwer, ich verstand das gut. Meine Wut begab sich auf den Rückzug.

»Die Schuhe«, sagte er und deutete darauf. »Ich weiß noch wie du mich mit diesen megaspitzen Absätzen getr…«

»Nein, sie haben dich nicht getreten!«, unterbrach ich ihn scharf. »Ich habe beim Abiball nicht getanzt! Aber vermutlich hast sogar du das vergessen.«

Erschrocken riss er die Augen auf.

»Was? Wieso? Aber du … ich meinte …«

»Spar's dir«, brachte ich noch unfallfrei über die Lippen. Ein Wort mehr und meine Anspannung würde sich in einem Tränenstrom Bahn brechen – und das wollte ich unbedingt vermeiden.

Ohne auch nur einen Handschlag oder gar einen Abschiedskuss anzudeuten, drehte ich mich um und rannte am blühenden Flieder vorbei, dessen Aroma ich jetzt erst wahrnahm und das in mir die Sehnsucht nach einem ganz anderen Leben weckte. Nach einem völlig anderen. Einem, in dem ich von der Existenz eines Sebastian Herterichs nicht einmal etwas wusste.

Lohr am Main, 24. Mai 2007

Hallo ~~liebe~~ Rieke,

genau heute vor einem Jahr war ~~unser~~ der Abiturball. ~~Meinst du nicht, es wäre an der Zeit Findest du nicht, wir könnten~~ Gerne würde ich meine Erinnerungen mit dir teilen. Aber du bist weggelaufen. Hast die Flucht ergriffen, vor mir. Okay, das kann ich verstehen. Ich war nicht Herr meiner Sinne, habe überreagiert. Aber … ich wusste es einfach nicht besser – ich hab ja erst später alles erfahren.

Vielleicht war es ~~gut~~ besser, dass du nicht da warst. Schwer war's ohnehin. Am liebsten wäre ich auch gegangen. ~~Saublöd. Zum Kotzen.~~ Hast du gehört, dass ich mit der Orgasmus tanzen musste? Ein weiterer Steigerungsgrad auf meiner nach oben offenen Lächerlichkeitsskala. Grützke hat sich totgelacht und Jens war beleidigt, weil er nicht mit ihr tanzen durfte. Ein Kasperletheater, echt. Bin ich froh, dass ich die alle nicht mehr sehen muss, Idioten, tutti kompletti. Pardon, nein, du bist natürlich nicht gemeint.

Mann, Rieke, es tut mir echt leid, dass alles so gekommen ist. ~~Aber du weißt, dass ich zu dem Zeitpunkt nicht Herr meiner Sinne war. Okay, hab ich schon gesagt. Warum hast du nicht mit dir reden lassen?~~ Hättest du mir nicht eine kleine Chance geben können, alles zu erklären? Nee, bist einfach abgedampft. Erst vom Fest, dann vom Kontinent. ~~Boah, und deine Oldies haben mich ja voll auflaufen lassen. Dabei wollte ich doch nur deine Mailadresse. Hätte mich aber wahrscheinlich eh nicht getraut, dir zu schreiben.~~

Ich muss jetzt Schluss machen ~~Scheiß Doppelsinn!~~ –

die schreien hier schon wieder nach mir. Der alte Alfred – Ex-Polizist – will nachts immer auf Streife gehen, und ich muss mit Engelszungen auf ihn einreden, damit er in seinem Bett verschwindet. Drück mir die Daumen, dass er nicht wieder reingekackt hat. Nachts um drei. Ganz toll. Wer hat mir eigentlich geraten, Zivildienst in der Psychiatrie zu machen? Na ja, durch die Stelle bin ich wenigstens schnell aus Würzburg rausgekommen. Ich glaube, ich wäre gestorben, wenn du plötzlich vor mir auf der Straße gestanden hättest. Ich wüsste heute noch nicht, was ich dir sagen sollte, wenn ich dich sehen würde. So peinlich war mir das. So peinlich!

Mach's gut, Rieke!

~~*Dein*~~ *Basti*

PS: Vielleicht sollte ich mal ein Programm entwickeln, das Zivis warnt, sobald die Patienten mit dem Bieseln anfangen.

4. KAPITEL

PROGRAMMER – AN ORGANISM THAT TURNS CAFFEINE AND PIZZA INTO SOFTWARE

Ich fühlte kein Bedauern, als die Feste Marienberg im dunstigen Grau eines trüben Frühlingsmittags hinter der Kurve verschwand. Das Großraumabteil war einigermaßen leer, und ich würde mich ganz auf mein Buch konzentrieren können. Ruckelnd fuhr der Zug an. Ich hatte am Vorabend wirklich nicht viel getrunken, fühlte mich aber dennoch verkatert. Vielleicht eher seelisch als körperlich.

Meine Mutter hatte beim Frühstück versucht, mir jeden einzelnen Gesprächsbrocken des Vorabends aus der Nase zu ziehen, musste sich jedoch mit einer kurzen Zusammenfassung zufriedengeben. Als sie von Arons Schicksal hörte, war sie sehr bestürzt, und meinen Beschreibungen von Klassenprimadonna Philippa und Streber-Jens hätte sie gerne noch länger gelauscht. Nach Basti hatte sie glücklicherweise nicht gefragt.

Nun verschwanden auch die Weinreben rechts und links der Gleise, und mein Kopf sank schwer gegen die Fensterscheibe. Ich hatte meine Eltern, die bereits im Bett gelegen hatten, als ich von der Party zurückkam, nicht erzählt, dass ich noch vor elf zu Hause gewesen war – sonst hätte meine Mutter gleich gebohrt, warum, wieso und weshalb. Ich war mir sicher, sie hatte nie begriffen, in welchem Ausmaß die Schule für mich eine Katastrophe gewesen war. Meist waren meine Noten gut gewesen und ich hatte mich selten über meinen Außenseiterstatus beklagt. Mir wäre es auch nie in den Sinn gekommen, mich bei meinen Eltern auszuweinen. Ich dachte, es wäre mein Schicksal, alleine klarzukommen. Noch heute glaubten meine Eltern, ich sei glücklich mit meinem Großstadt-Single-Leben, und verkniffen sich Fragen zu Themen wie »Hochzeit« oder »Enkelkindern«. Wenn ich so lebte, wie ich es tat, dann wollte ich es auch so, davon waren sie überzeugt. Eigentlich konnte mir das nur recht sein, denn die Strategie, mit der sie Probleme lösten, war nicht meine. Unangenehme Themen wurden einfach verdrängt und unter den berühmten Teppich gekehrt.

Ich dagegen wälzte die Probleme von rechts nach links und wieder zurück. Auch nicht effektiver, das musste ich zugeben. Obwohl, nein, so ganz stimmte das nicht: mein Dating-TÜV beispielsweise. Da war ich richtig aktiv geworden. Denn ich hatte ihn nicht nur erdacht, um Männern die Chance auf ein fundiertes Feedback zu ihrem Dating-Verhalten zu geben und etwas Geld hinzuzuverdienen, sondern auch, um auf diese Weise selbst Männer kennenzulernen. So musste ich nicht ständig in Online-Portalen saudumme Profile durchkämmen, öde Sexanfragen abwimmeln und langwierige Chats absolvieren, um dann bei Männern zu landen, die kurz vor einem Date das Muffensausen bekamen und nie wieder von sich hören ließen. Oder sich mit vor Aufregung zitternden Fingern genau ein Mal zu treffen und nach drei Minuten sicher zu sein, dass die Aufregung verschleuderte Energie und dies das letzte Mal gewesen war.

Bei meinen Coachings war meine Rolle dagegen klar definiert, und ich verspürte keinerlei Herzklopfen im Vorfeld. Es war ein Job. Ganz einfach. Und er lief fast immer gleich ab. Ich hatte die Abende in kleine Häppchen aufgeteilt und fühlte mich damit recht sicher. Dass die meisten Männer einen Coach dringend nötig hatten, war mir erst nach den ersten Treffen so richtig klar geworden – bis auf besagten Florian war kein einziger dabei gewesen, den ich freiwillig und ohne Bezahlung noch mal hätte treffen wollen. Immerhin hatten zwei von sechs mir später eine Mail geschrieben, dass sie mittlerweile eine Frau kennengelernt hatten, die weiterhin mit ihnen ausgehen wollte. So schlecht konnte meine Beratung also nicht sein.

Und mir fiel gleich jemand ein, der dringend eine nötig hätte. Mist, ich wollte nicht an Basti denken. Ich hatte es mir verboten. Mein Magen zog sich zusammen, als ich an unsere gestrige Begegnung dachte. Dass er glaubte, wir hätten damals getanzt und ich hätte ihm dabei mit den spitzen Absätzen auf den Fuß getreten, machte mich wütend und fassungslos zugleich. Ich hatte mich die halbe Nacht hindurch geärgert, dass ich einfach gegangen war, statt ihn mit dem zu konfrontieren, was mir durch den Kopf gegangen war.

Dass er ein Depp war.

Dass er ein feiger Depp war.

Dass er ein mieser, feiger, blöder, ätzender Depp war, unsensibel und selbstgefällig. Ich hätte ihn anschreien sollen, aber ich konnte so etwas einfach nicht. Sobald ich mit jemandem stritt, kamen mir die Tränen – und zwar meist vor Wut. Sie machten es mir unmöglich meine logisch durchdachten Argumente vorzubringen. Ich starrte auf die kleinen Tröpfchen, die mittlerweile an der Fensterscheibe entlangwanderten und die Landschaft dahinter vollends verschleierten.

Warum gab es eigentlich keine App, mit der man streiten lernen konnte? Es gab doch für jeden Mist eine App – aber so eine wäre wirklich mal sinnvoll. Man würde sich einen Streitpartner kreieren und der würde einen beschuldigen oder man konnte ihn beschimpfen. Ein richtiger Master of Desaster. Und dann würde man Tipps bekommen, wie man es besser machen …

»Ist hier noch frei?«, hörte ich eine Frauenstimme neben mir und sah auf.

»Pia!«

»Rieke, so was!«

Meine alte Schulfreundin ließ sich stöhnend auf den Sitz neben mir fallen, ehe ich etwas erwidern konnte.

»Scheiß Kater«, sagte sie und kramte eine Wasserflasche aus ihrem Rucksack hervor.

Trotz dunkler Augenringe sah sie attraktiv aus wie immer. Wahrscheinlich hätte man ihr einen Müllsack über den Kopf stülpen können und sie hätte darunter hervorgeleuchtet.

»Du warst plötzlich weg«, sagte sie beinahe vorwurfsvoll.

Immerhin hatte es jemand bemerkt.

»War so müde, und diese immer gleichen Geschichten, wie toll alles war und wie glücklich jeder heute ist. Schrecklich.«

»Och, ich fand's ziemlich lustig.«

»Wie lange ging's denn noch?«, fragte ich. Die Neugier piesackte mich doch.

»Oh, keine Ahnung, ich glaube, ich war um drei im Bett.« Sie trank die Flasche halb leer und massierte sich dann die Schläfen.

»Die üblichen Verdächtigen?«

Sie nickte. »Grützke natürlich, Philippa – die hat sich vor allem um die Entsorgung der Buffetreste gekümmert – und noch ein paar, mit denen wir früher wenig zu tun hatten, die aber ganz lustig sind.«

Basti nicht. Wieso erleichterte mich das?

»Ach, und Basti natürlich. Hat mich in Papis Wagen heimgefahren. Echt ein Gentleman.«

Soso. Mir egal. Ob sie über mich geredet hatten? Wurscht.

»Und was hattest du so für einen Eindruck von Basti?«, entfuhr es mir. Wieso sprach ich schon wieder von diesem Kerl?

»Och, gut. Ich glaube, dem geht's gut. Er hat wie immer nicht viel erzählt, irgendwas von eigener Computerfirma, Programmieren und so, kennst ihn ja. Klang aber recht erfolgreich. Mir dagegen hat er versucht, alles aus der Nase zu ziehen. Wie früher auch immer. Aber inzwischen habe ich gelernt, ihn auf Granit beißen zu lassen, und wenig verraten. Wie er mir, so ich ihm. Aber ich finde, er ist echt ein lieber Kerl – und sieht er nicht wahnsinnig gut aus inzwischen? Was ein bisschen Pickelcreme, eine coole Brille und ein vernünftiger Haarschnitt alles ausrichten können, Wahnsinn!«

»Hat er denn ...« Herrje, mich interessierte das doch wirklich nicht! »Hat er eine ... Partnerin?«

»Keine Ahnung, du weißt doch, wie er ist. Er hat nur gelächelt und geschwiegen und mich nach meinem Beziehungsstatus ausgefragt.«

»Und der wäre?«

»Es ist kompliziert.«

So was hatte sie am Vorabend auch schon angedeutet. Irgendwie waren wir ganz schöne Geheimniskrämer, schien mir. Keiner wollte so richtig damit rausrücken, wie es um ihn bestellt war. Entweder weil man sich wichtig machen wollte oder weil man sich als Versager fühlte. Für mich galt in jedem Fall Letzteres. Aber Pia? Die war doch immer eine Überfliegerin gewesen, hatte an jedem Finger drei Verehrer gehabt, die Aufnahme auf die Kunsthochschule mit links geschafft, hatte gesprüht vor Ideen, war die Heldin im Kontakteknüpfen und Vernetzen gewesen.

»Fährst du eigentlich nach München?«, fragte ich. Immerhin kam ihr Auftauchen in diesem Zug ziemlich unerwartet für mich.

Sie nickte.

»Ein Kunstprojekt?«, bohrte ich weiter.

»So was in der Art.« Geheimniskrämerin, echt! »Ich kann noch nicht so viel darüber verraten, weißt du. Manchmal liegen Ideen in der Luft und kaum hast du was ausgesprochen – paff, schnappt sie sich ein anderer.«

»Aber ich doch nicht.«

Sie lächelte vielsagend.

»Was mit Malerei?«

Sie wiegte den Kopf leicht hin und her, presste sich zwei Finger gegen die Schläfe, trank erneut.

»Nein, eher was mit … Schrifttypen. Also, schon darstellend im weitesten Sinne, aber … ach, ich kann das nicht erklären. Wenn es so weit ist …«

… würde sie mich einweihen? … auswandern? … einen Preis dafür bekommen?

»Bist du denn länger in München?«, fragte ich. »Dann könnten wir uns mal treffen.«

»Oh ja, das wäre schön, wirklich!«

»Okay. Wo wohnst du?«

»Ach, erst mal bei der Schwester eines Freundes, irgendwo im Osten. Muss mal sehen, wie das alles so wird. Vielleicht bin ich in zwei, drei Wochen auch schon wieder auf dem Heimweg nach Berlin.«

Miss Unverbindlich trank ihre Wasserflasche leer. Dann sahen wir beide aus dem Fenster, wo Felder und Wäldchen, Dörfer und Kuhweiden an uns vorbeirauschten. Alles so schön friedlich und geordnet. Und es hatte nichts mit unserem Leben zu tun.

Gerne hätte ich ein wenig gedöst, geträumt, so lange, bis Basti nicht mehr als eine vage Erinnerung gewesen und Feist aus der Agentur ausgeschieden wäre, so lange, bis der Traumprinz mich gefunden hätte, so lange, bis ich mich endlich dem Leben gewachsen fühlte. Also bis zum Horizont und weiter.

Ein kurzer Seitenblick zeigte mir, dass es Pia nicht anders ging. Sie hielt die Augen geschlossen und aus ihrem Mund kamen ganz leise Schnarchgeräusche, so sanft, dass sie auch mich einlullten und für kurze Zeit diesem Mahlstrom der Gedanken ein Ende bereiteten.

Unsere Verabschiedung am Bahnhof fiel kurz aus, das Versprechen, sich bald zu treffen, schien auch von Pias Seite ernst gemeint zu sein.

Ich überlegte, auf dem Heimweg noch mal kurz in der Agentur vorbeizuschauen, um die Reste vom Freitag abzuarbeiten. Aber nein, beschloss ich. Sonntag sollte Sonntag bleiben. Ich würde morgen einfach richtig Gas geben. Dann war ich so beschäftigt, dass mich Feist nicht eine Sekunde in Beschlag nehmen könnte.

Stattdessen setzte ich mich vor das Starbucks am Weißenburger Platz in die Sonne, trank eine große Latte Macchiato und überlegte, was ich sonst noch so anstellen könnte, um nicht in meine leere Wohnung zurückkehren zu müssen. Überall schlenderten Pärchen entlang oder fuhren auf Fahrrädern durch die charmanten Straßen Haidhausens, und der Wind wehte Gelächter und lauen Maienduft zu mir herüber.

Warum. Immer stand da dieses *Warum* und drohte mich niederzudrücken. Warum schlenderte ich nicht? Warum griff niemand verliebt nach meiner Hand? Und warum saß nicht mal eine gute Freundin neben mir und half mir dabei, den Frustanfall zu verdrängen? Was war so falsch an mir?

Auch am vergangenen Abend hatte mich mal wieder kein einziger Mensch ernsthaft gefragt, wie es mir ging – abgesehen von Pia, Aron und Basti. Keiner hatte wissen wollen, was ich so tat. Was mich beschäftigte. Wieder einmal war das Durchspielen eventuell unangenehmer Gesprächssituationen im Vorhinein vollkommen überflüssig gewesen. Und trotzdem würde ich es beim nächsten Mal genauso machen.

Mir war schon klar, dass Gespräche auf Klassentreffen selten über Oberflächliches hinausgingen. Aber dass außer den üblichen Verdächtigen so gar keiner Interesse an mir gezeigt hatte? Es war genau wie damals gewesen. Als niemand mein Verschwinden beim Abiball bedauert hatte. Na ja, außer Aron vielleicht. Ich existierte gar nicht, wenn ich nicht anwesend war. Wurde unsichtbar, wenn jemand anderes neben mir stand. Verblasste irgendwie. Aber ich gehörte nun mal nicht zu den Menschen, die durch lautes Geschrei auf sich aufmerksam machten.

»'tschuldigung, kann ich den Stuhl?«, fragte ein junger Typ mit verspiegelter Sonnenbrille und Rapper-Käppi und hatte sich das freie Sitzmöbel im nächsten Augenblick auch schon geschnappt. Und damit war die letzte Möglichkeit futsch, dass sich das Leben zu mir an den Tisch setzte.

Fast war ich froh, dass der nächste Tag so hektisch war. Montage waren immer hektisch. Verärgerte Mails eines Kunden, der meinte, er würde zu lange auf unser Konzept warten. Einbestellte Fotografen, die nicht in der Location auftauchten. Ein Fotokopierer, der Papierschnipsel anstelle von Kopien ausspuckte. Und das Kaffeepulver war natürlich auch alle. Es war, als hätte sich der Sonntag bereits überlegt, was er anstellen könnte, damit der Montag noch unbeliebter wurde, als er es eh schon war.

Feist war schon drei Mal vor meinem Büro aufgetaucht und hatte über den satinierten Mittelteil der Glastür gespäht, der uns ein wenig Privatsphäre vorgaukeln sollte. Jedes Mal hatte ich gerade noch rechtzeitig zum Telefonhörer greifen können, um zu signalisieren, dass ich beschäftigt war. Vermutlich rettete mich das nicht auf Dauer, denn er würde dennoch mit irgendeiner ebenso dämlichen wie überflüssigen Zusatzaufgabe antanzen, die meinen Feierabend noch weiter hinauszögerte.

»Frau Sturm.«

Mist, jetzt hatte ich ihn übersehen. Meine Finger zuckten auf den Tasten erschrocken zusammen.

»Haben Sie schon Ihre Teile für die Date-O-Mat-Präsentation fertig? Heute Abend ist Deadline.«

»Ich bin dabei, ich schicke Ihnen nachher alles.« Den Kommentar, dass ich ihn am Morgen bereits per Termin-Update an die Präsentation am nächsten Tag erinnert hatte, verkniff ich mir.

»Und wie war das Klassentreffen?«

»Schön. Kommt Herr Faul eigentlich auch mit?«

»Mal sehen. Und wissen Sie, ich hab mir gedacht …« Jetzt kam die Zusatzaufgabe. »Es wäre cool, wenn uns bis morgen noch etwas so richtig Spektakuläres einfallen würde.«

Mit »uns« meinte er mich, ganz klar.

»Also Ihnen – oder Grit. Ich habe sie auch darum gebeten.«

Ach, richtig. Mit »uns« meinte er ja die Frau, die bald einen unbefristeten Vertrag haben würde. Ich bemühte mich, ruhig zu bleiben.

»In welche Richtung?«

»Wir sind natürlich nicht die Einzigen, die sich um den Date-O-Mat-Auftrag bewerben …« Als ob wir je die einzigen Bewerber wären. »… und ich habe so im Gefühl, dass diesmal die gewinnen, die die coolste App vorstellen können. Also, in der Richtung sind wir noch etwas schmalbrüstig aufgestellt … Denken Sie doch noch mal nach, ja?«

Am liebsten hätte ich gefragt, wofür Die 4großenF denn diese App-Firma eingekauft hatten, wenn jetzt doch wir wieder deren Arbeit machen sollten. Aber ich kannte die Antwort: Das sind alles Technik-Nerds. Von Inhalten haben die keine Ahnung.

»Hach, wissen Sie«, er hatte einen regelrecht schwärmerischen Ton drauf. »Das muss so richtig the next big thing werden. Was Großes. Witziges. Gechillt und gleichzeitig spektakulär. Sie verstehen?«

Eine Eier legende Wollmilchsau für die Dating-Portal-Szene. Na klar, verstand ich.

»Ihnen fällt da bestimmt was ein. Sie können in diesem Fall ja heute Abend ausnahmsweise mal ein paar Überstunden machen. Grit hat auch gesagt, sie bleibt gerne länger.«

Als ob ich sonst nie Überstunden machte! Vielleicht sollte ich das endlich mal klarstellen.

»Ja, logisch.« Super Rieke, komm schon. »Ich muss nur leider heute zum Yoga.« Wie originell.

»Ach, sind Sie auch so eine? Meine Frau geht inzwischen dreimal die Woche zum Yogakurs. Die ist so entspannt seitdem. Wahnsinn.«

Ich lächelte. Vielleicht sollte ich es wirklich mit Yoga versuchen. Damit ich auch entspannt bliebe, wenn mich Feist wieder so blöd von der Seite anredete.

»Sie können da ja sicher auch am Dienstagabend hingehen.«

»Stephan, kommst du mal?«, erlöste mich die Fett und schob ihren spilllerigen Körper in mein Büro. Unsere Marketingchefin, Mitbegründerin der Agentur, beachtete mich ebenso wenig wie früher meine Mitschüler, und schon deshalb mochte ich sie nicht. Ihr taupefarbener Hosenanzug verspielte sich vor der Zimmerwand, die in einem sehr ähnlichen Ton gestrichen war. Ich hegte schon länger den Verdacht, dass diese Chamäleontour Strategie war – sie konnte sich anschleichen, ohne gesehen zu werden, und dann zuschnappen. Genau wie gerade eben. Feist hatte vor Schreck den Kopf eingezogen, als er so plötzlich seinen Namen gehört hatte. Zwei Zentimeter kleiner als zuvor verließ er mein Büro. Die Fett folgte und zwinkerte mir zum Abschied zu. Was war das denn?

Bisher war ich immer froh gewesen, wenig mit Sybille Fett zu tun zu haben. Ich hatte auch keinen blassen Schimmer, wie sie zur Mitbegründerin der Agentur geworden war. Sie hatte so etwas verbissen Biestiges, dass ich ihr nicht zutraute Neukunden charmant zu umgarnen. Im Gegensatz zu Claus Faul.

Er war der Netteste der 4großenF. Wie schade, dass ich ihn selten zu Gesicht bekam. Er war großzügig, meistens gut gelaunt und wirkte sehr verständnisvoll. Außerdem verstand er was vom Fach. Mit seinem Kompagnon Werner Faust und ihm hatte ich das Vorstellungsgespräch gehabt und gleich Vertrauen zu Faul gefasst. Faust dagegen war mit Vorsicht zu genießen. Ein Choleriker ersten Grades, Typ Kotzbrocken deluxe. Gut, dass er vor allem fürs Finanzielle zuständig war, weswegen wir nur wenige Berührungspunkte hatten. Faul dagegen betreute das Personal, übernahm aber auch Projektleitung. Mit ihm machte es bestimmt deutlich mehr Spaß, eine Präsentation vorzubereiten als mit Feist. Auch wenn Karen Bundschuh, unsere Office Managerin, mir gleich zu Anfang den Rat gegeben hatte: Versuche nicht, bei einem der vier – egal bei wem – auf lieb Kind zu machen. Die anderen werden immer so beleidigt reagieren, als hättest du ihnen ein Schäufelchen weggenommen. Man wurde einem Projektleiter zugeteilt, und damit musste man zurechtkommen. Worum ich mich nach Kräften bemühte. Selbst bei Feist.

Egal, ich hatte soeben zum Ausformulieren meiner Teile des Konzepts noch eine weitere Aufgabe dazubekommen, die mich wieder Überstunden kosten würde. Und dabei saß auch noch die Konkurrenz direkt im Nebenzimmer. Mit dem Konzept war ich noch nicht wirklich weit gekommen, da mir beim

Zusammenfassen der einzelnen Punkte klar geworden war, wie viele Vorschläge unserer Chefs gar nicht zu Ende gedacht worden waren. Das musste ich jetzt übernehmen, wie es schien. Und das kostete natürlich Zeit.

Und jetzt auch noch: eine App.

An sich eine witzige Idee. Es gab natürlich schon einige, wie diese Tinder-App, bei der man im Bruchteil einer Sekunde entschied, ob einem der vorgeschlagene Mensch gefiel, und das Foto auf dem Display des Smartphones wegwischte oder eben nicht. Ich hatte es einmal ausprobiert, aber es kam mir vor wie durch einen Klamottenkatalog zu blättern und zu sagen, das T-Shirt ja, das nein. Dass ein echter Mensch dahintersteckte, vergaß man ganz schnell. Nichts für mich. Ehrlich gesagt bevorzugte ich die altmodische Art des Kennenlernens. Man begegnete sich per Zufall. Man erlebte etwas miteinander, das einen verband. Man rettete sich gegenseitig aus Todesgefahr. Den Enkelkindern würden meine Altersgenossen nur noch erzählen können: »Dein Opa war der Siebenundvierzigste, den ich bei einem Blind Date kennengelernt habe. Da habe ich mir gedacht, eh ich weiter fremde Männer treffe, nehme ich halt den. 47 war schon immer meine Lieblingszahl.« Und Opa würde seufzen: »Ja, und meine Lieblingszahl war die 108.« Oder so. Wenn es später überhaupt noch Paare gab, die ihren Enkelkindern etwas gemeinsam erzählten. Bis unsere Generation nämlich im Rentenalter ankam, lag die Scheidungsquote vermutlich bei 98 Prozent. Bereits jetzt warfen ja viele Paare beim kleinsten Streit alles hin und machten sich nicht die Mühe ihre Probleme auszudiskutieren. Streiten ist schließlich eine Kunst.

Streiten. Genau.

Heureka!

Die Streit-App, die ich mir auf der Zugfahrt ausgedacht hatte! Ich würde sie »DesasterMaster« nennen, weil man lernte, gegen den Master of Desaster zu bestehen. Vielleicht würde eine solche App die Gesellschaft verändern, dafür sorgen, dass die Menschen nicht bei der ersten kleinen Hürde alles hinschmissen, sondern dank *meiner* App lernten, konstruktiv miteinander zu streiten. Liebe und Vertrauen würden gefestigt und letztendlich vertieft. Bis ans Lebensende! Das war's! Das war die chillige, witzige, große *und* spektakuläre Wollmilchsau. Ich würde sofort in die Tasten hauen. Es kribbelte in meinen Fingerspitzen wie früher, wenn mir der Anfang eines Gedichtes eingefallen war. Eines davon hatte mit den Worten begonnen:

Der Himmel – die Erde
Er, der Himmel,
ich, die Erde,
Er, mein Himmel auf Erden.

Solche Zeilen hatte ich für Basti geschrieben, aber er hatte sie nie zu lesen bekommen. Glücklicherweise – wie hatte ich je denken können, er wäre eines Gedichts würdig? Wie gerne hätte ich ihn … Moment, die Streit-App. Ich musste meine Gedanken auf die Streit-App lenken, mit der ich die Welt retten würde.

Bevor ich mich zu hundert Prozent darauf konzentrieren und das Konzept in die Tasten hauen würde, checkte ich noch kurz meine privaten E-Mails. Und, hey – es gab tatsächlich eine Anfrage für ein Date-Coaching. Ein paar Typen hatten sich zusammengetan, um ihrem Freund ein Coaching bei mir zu schenken. Am liebsten noch in dieser Woche, am liebsten gleich am nächsten Abend, da habe er ausnahmsweise mal Zeit. Es sollte eine richtige Überraschung werden – sie würden ihm nicht genau sagen, was ihn erwartete.

Mir sollte es recht sein, Hauptsache, *er* war spontan begeistert. Ob ich mich über so ein Geschenk freuen würde? Zweifelhaft …

Sie verrieten noch, dass er achtundzwanzig Jahre alt sei, ein bisschen nerdig und dass er dringend eine Frau brauche, damit er nicht irgendwann das Aufgebot für sich und seinen Computer bestelle. Und weil er bisher nur den Umgang mit dem PC draufhabe, brauche er im Fach »Soziales« ein wenig menschlichen Nachhilfeunterricht und zwar nicht als YouTube-Tutorial! Ach, und übrigens, er heiße Scott Lucas und sehe sehr gut aus. Na dann.

Ich schrieb zurück, dass mir Dienstag um acht passte und dass wir uns in der Goldenen Bar hinter dem Haus der Kunst treffen würden. Ich würde einen Tisch auf seinen Namen reservieren. Bis dahin müsste ich das Konzept und die App-Idee längst abgeliefert haben.

Nun war es höchste Zeit zum Thema DesasterMaster zurückzukehren. Beziehungsweise zur Präsentation.

Wenn ich heute nicht bis spät am Abend hier sitzen wollte, musste ich mich sputen. Erst die Arbeit, dann das Vergnügen, beschloss ich und versuchte, eine klare Linie in die Präsentation zu bringen. Was natürlich viel langweiliger war, als sich Gedanken über eine App zu machen. Aber ich kannte mich – ich würde mich in Details und Grafiken und Formatierungen verlieren, nur um am Ende festzustellen, dass sich die Präsentation in der Zwischenzeit nicht von alleine geschrieben hatte.

Also konzentrierte ich mich so lange darauf, bis mein grummelnder Magen mir mitteilte, dass ich das Mittagessen nicht weiter hinausschieben könne. Halb drei schon. Auweia. Offensichtlich hatte niemand daran gedacht, mich zum Mittagessen mitzunehmen. Vermutlich hatte ich so beschäftigt ausgesehen, dass mich niemand stören wollte. Das war die geschönte Version. Die wahrheitsgemäße lautete: Sie hatten mich vergessen.

»Schätzchen!« Plötzlich tauchte Karen in der Tür auf. »Hab dir was mitgebracht. Du sahst so beschäftigt aus, da wollte ich dich nicht stören. Außerdem ist Grit auch mitgegangen, und na ja … Also: Bagel mit Frischkäse, Rucola und Silberzwiebeln – das isst du doch so gerne, oder?«

Ich wurde rot – nicht nur vor Freude, sondern weil ich mich vor mir selbst schämte. Sie zumindest hatte mich nicht vergessen.

»Danke, Karen«, sagte ich gerührt. Dass ich Silberzwiebeln verabscheute, war im Moment ziemlich nebensächlich. »Das ist total lieb von dir. Ich habe völlig die Zeit vergessen. Was bekommst du dafür?«

»Geht aufs Haus«, setzte sie noch einen drauf. »Ich muss wieder …«

Um drei Ecken herum hörte ich ihr Telefon im typischen Chef-Sound klingeln. Sie spurtete los. Karen war sicher schon Mitte fünfzig, kleidete sich aber immer jugendlich-sportlich, gerne grellbunt, was in einem wilden Kontrast zu ihrer etwas bibliothekarinnenmäßigen Frisur stand – ein akkurat geföhnter Bob mit grauen Strähnchen. Sie war passionierte Fahrradfahrerin und fast jedes Wochenende zu Mountainbike-Touren mit ihrer Freundin unterwegs.

Gerade wollte ich in den Bagel beißen, da stand sie plötzlich wieder vor mir.

»Stopp«, rief sie und: »Tut mir leid!«

Mit einer flotten Handbewegung war mein Bagel vom Unterteller verschwunden.

»Faul hat sich den bestellt«, fügte sie hinzu, »dann musste er dringend weg, jetzt ist er plötzlich wieder da und fragt nach seinem Bagel. Ist mir echt peinlich, Schätzchen, ich bring dir morgen einen mit, ja?«

Und schon war sie weg.

Na, vielen Dank auch.

Ich stöhnte unterdrückt. Eigentlich sollte ich jetzt aufstehen, rausmarschieren und eine extralange Mittagspause einlegen. Aber wäre die Arbeit auf meinem Schreibtisch bei der Rückkehr weniger geworden? Nein, wäre sie nicht. Und wer müsste sie erledigen? Karen? Grit? Feist? Nein, ich. Ich dachte an die fiesen Silberzwiebeln und beschloss froh zu sein, dass ich das Ding nicht hatte essen müssen.

Drei Stunden später fühlte ich mich zwar fast wie im Koma, aber meine Teile der Präsentation waren so gut wie fertig. Gleich noch ein paar Details absprechen, weiter über die App nachdenken, und dann stünde einer gelungenen Darbietung der PR-Künste der Agentur Die 4großenF morgen nichts mehr im Wege. Wenn ich Glück hatte, würde Feist meinen Namen bei Date-O-Mat unter der Rubrik Mitarbeit lobend erwähnen. Ja, *erwähnen*. Nach Grits vermutlich. Zu einem ernsthaften Lob hatte er sich in den letzten viereinhalb Monaten noch nicht hinreißen lassen.

Zwei weitere Stunden später fuhr ich den Computer herunter und versuchte die Übelkeit zu ignorieren, die mich angesichts meines leeren Magens überfallen hatte. Ein Müsli und zwei Schokokekse waren für einen ganzen Tag einfach nicht ausreichend. In Gedanken scannte ich alle Fächer meines Kühlschranks ab. Aber außer dem abgelaufenen Joghurt fiel mir nichts ein, was sich darin befinden könnte. Vielleicht würde ich mir einfach unterwegs eine Pizza holen.

Immerhin hatte ich in den letzten beiden Stunden alles, was mir zu der Streit-App eingefallen war, zusammengeschrieben und es dann per Mail an Feist geschickt. Ich fand, es las sich super. Sicherlich würde er mir morgen früh, rechtzeitig vor dem Termin, sein Feedback dazu geben.

Ich stand schon am Aufzug, als hinter mir glockenhelles Lachen erklang. Es kam eindeutig aus der Kaffeeküche. Grinse-Grit! Ich zuckte erschrocken zusammen, denn ich hatte gedacht, ich wäre inzwischen allein im Büro.

»Es ist Feierabend, ich sollte Sie nicht schon wieder nach dem Stand Ihrer Arbeit fragen.«

Und das war Feist. Unverkennbar. Jetzt sah ich sogar seinen Anzugrücken im Türrahmen.

»Toll«, sagte er zu Grit, »dass Sie sich hier so engagieren. Ich verspreche Ihnen, das bringe ich an geeigneter Stelle zur Sprache.«

So ein alter Sülzer!

»Haben Sie … Ach, nein.« Feist verstummte, er federte vor und zurück.

»Was denn?« Grits Stimme klang perfekt nach Mäuschen. Und nicht nach der knapp eins achtzig Pferdegröße, die sie einnahm. »Haben Sie meine Idee für die App etwa schon gelesen?«

Mist! Sie hatte auch eine App-Idee!

»Genau! Die wollte ich noch mit Ihnen besprechen, allerdings nicht hier. Wie wäre es mit einem Glas Wein? Also, rein unter Kollegen, dass wir uns da nicht missverstehen. Waren Sie schon mal in Loics Comptoir? So nett da! Und ist gar nicht weit.«

Ich besuchte das Lokal gelegentlich mit meinen Date-Coaching-Kunden. Hätte ich gewusst, dass mein Chef dort verkehrte, wäre ich garantiert nie hingegangen. Mist, ich müsste es von der Liste streichen, dabei war es für erste Dates bestens geeignet. Klein, aber nicht zu intim, mit moderaten Preisen und unauffällig-korrekten Kellnern.

»Oh, klar, warum nicht?« Jetzt flüsterte sie beinahe, war aber trotzdem klar zu verstehen. Bestimmt fuhr sie sich mit den Fingern durch ihre blonde Pferdemähne und bleckte das dazu passende Gebiss.

Feist keckerte wie eine wild gewordene Rabenkrähe.

Vor mir schloss sich quietschend der Aufzug. Ich hatte gar nicht mitbekommen, dass er inzwischen angekommen war.

Feists Gesicht erschien im Flur.

»Ach, Frau Sturm«, sagte er, und seine Augenbrauen zogen sich missbilligend zusammen. »Machen Sie nicht zu viele Überstunden – das wird zu teuer. Sie reiten die Firma noch in die Pleite.«

Grit quietschte vor Begeisterung. Mein Gott, was musste sie sonst für dröge Leute kennen, wenn sie über Feists Gelaber dermaßen lachen konnte.

»Bin schon weg.« Ich piepste auch nicht weniger als Grit. Nur deutlich weniger sexy. Eine glatte -4 auf meiner Keckheitsskala.

Schnell trat ich die Flucht durchs Treppenhaus an. Die Peinlichkeit, gemeinsam auf den Aufzug warten zu müssen, wollte ich uns allen ersparen.

Erlangen, den 22./23. Mai 2008

Boah, Rieke, echt ey, warum werde ich um diese Jahreszeit immer so sentimental? Oder liegt es einfach daran, dass ich ~~angesäuselt beschwipst betrunken~~ besoffen bin? Erstsemester-Party. Gäääähn. Kann man echt nur mit Alkohol aushalten. Bin in meiner Star-Trek-Uniform hingegangen, damit es nicht ganz so langweilig wird. Und alle so: Stirn gerunzelt, Augenbrauen zusammengezogen, Augen verdreht, Nase gerümpft, Mundwinkel verzogen. Kein Humor, das Volk hier. Immerhin hat mich ein Typ mit Zauselbart und Langhaarmähne auf Klingonisch angesprochen. Ein bisschen merkwürdig war nur, dass er das den ganzen Abend beibehalten hat, obwohl weder ich noch sonst wer ihn verstanden hat.

Hab ich irgendwann lieber nach ~~Weibern~~ Frauen Ausschau gehalten. Ja, gebe ich zu. War eh wurscht, es gab fast keine. Nur Aliens weit und breit. Ich inklusive. Bin in der Ecke gestanden, habe schnell viel Bier und Willi getrunken und so getan, als wäre ich ein Pappaufsteller. Hätte auch heimgehen können, aber der Lärm hat mir irgendwie gutgetan. Besser als das öde Studentenwohnheimzimmer. ~~Nicht mal das freudige Stöhnen von Menschen, die einander Ekstase bereiten, dringt durch die papierdünnen Wände. Nur~~ Überall Piepsgeräusche von irgendwelchen elektronischen Spielzeugen.

Vielleicht hätte ich mich statt für Informatik lieber für Philosophie ein~~geschrieben~~schreiben sollen. Vielleicht wäre ich dann auch besser darin, Briefe zu schreiben. Und könnte dir erklären, warum ich überhaupt zum Stift greife. So stöpsel ich hier planlos was zusammen – wie ein Siebtklässler an seinem ersten Motherboard.

Schreiben hilft, hat mir mal irgendwer gesagt. ~~Du etwa? Sorry, weiß ich nicht mehr so genau. Aber~~ Vielleicht warst ~~wirklich~~ du das sogar. Damals. Als wir anfingen, zusammen zu lernen.

Am Anfang, als wir noch diese blöde Lerngruppe hatten, hast du mich immer böse angeschaut, weil ich a) geschwiegen oder b) blöde Kommentare von mir gegeben habe. Aber soll ich dir was verraten? Ich wollte, dass die alle keinen Bock mehr auf diese blöde Gruppe hatten. Forchheimer und Philippa haben eh nur angegeben mit ihrem Scheiß-Wissen, die übrigen Mädels haben gekichert, Pia hat ständig mit ihrem Existenzialismusgefasel abgelenkt, und deine Augen wurden von Woche zu Woche angstdunkler vor Panik, du würdest diesen Mathe-Scheiß nie kapieren. ~~(Sorry, wenn ich besoffen bin, ist Scheiß so ein schönes Wort. Man kann so lange das Sch strecken, bis einem der Rest der Buchstaben einfällt)~~ Ich fand's so cool, dass du nicht auch ständig irgendwas gesagt oder gefragt hast. Du hattest echt so was Buddymäßiges, an der Bar stehen, trinken, schweigen und gut ist. Dafür ~~hätte ich dich damals schon knutschen können,~~ hab ich dich damals schon gemocht.

~~Beleidigt etwas angesäuert~~ Verdutzt war ich nur, weil du erst den Forchheimer wegen Mathe gefragt hast. Okay, er hatte weniger Pickel – aber sonst? War ich froh, als du nach kurzer Zeit gemerkt hast, dass er einfach nicht erklären kann. Und ~~reumütig freudig~~ ernüchtert zu mir kamst. Und als wir dann noch auf mein Deutsch-Problem stießen. ~~Soll ich dir was sagen: Ich hab mich extra ein bisschen doof gestellt. Damit du mir auch mal was erklärst. Nein, damit wir mehr zusammen sein konnten~~. Amphitryon von Kleist. Au weia. Hab ich zuerst gedacht. Aber irgendwie *hast du mich ~~echt angesteckt mit~~ begeistert für diesen klassischen Kram. »Auch der Olymp ist öde ohne Liebe.« Ach ja. Und unser Dasein erst …*

Ich glaub, am Anfang haben wir echt nur über Wahrscheinlichkeiten in der Mathematik geredet. Nicht in unserem Leben. Na ja, da gab's ja auch hauptsächlich Unwahrscheinlichkeiten. Die Unwahrscheinlichkeit, glücklich zu werden. Die Unwahrscheinlichkeit, geliebt zu werden. Die Unwahrscheinlichkeit, mit sich selbst klarzukommen. Diese vor allem. Blöder Schnaps. Immer schweif ich ab. Wollte doch eigentlich nur sagen … was denn jetzt? Ach, vergiss es … ich schick das nicht ab, hat alles keinen Sinn. Außerdem kannst du meine Krakelhandschrift ja eh nicht lesen.

Gruß
Basti

5. KAPITEL

I DATED A NERD

»Autsch«, hätte ich beinahe gesagt, blickte Feist aber nur fassungslos an. Hatte er mich wirklich gerade unter dem Tisch getreten?

Er sah mich nicht an, nickte dafür Gernot Kosch, dem Geschäftsführer von Date-O-Mat begeistert zu, und seine Hamsterbäckchen leuchteten neonrot.

»Ja, aber klar, natürlich, das verstehen wir, logisch«, gab Feist ungefragt von sich, und sein Nicken nahm die Geschwindigkeit eines TGV an. »Wir sehen diese Präsentation als Chance, noch genauer zu verstehen, in welche Richtung Ihre Wünsche gehen. Vielen Dank, dass Sie so offen sind. Wir werden Ihre Anregungen umsetzen. Komplett. Das verspreche ich Ihnen.«

Schleim, Schleim, Schleim …

Kosch, dem ich in einem Singleportal keine Zwei-Prozent-Chance auf ein Date gegeben hätte, hatte beinahe zehn Minuten davon geredet, dass er unser Konzept gelungen fände, aber Nachbesserungsbedarf sehe. Mit jeder Drehung seiner faserigen Sätze wurde das Ausmaß der Ablehnung deutlicher. Dabei hätte er es kurz machen können: Er fand unser Konzept für den Relaunch seines Portals schlichtweg scheiße. Ich betete, dass die Konzepte unserer Konkurrenten genauso schlecht beurteilt worden waren. Dabei war Feists Präsentation meiner PowerPoint-Mappe recht passabel gewesen, was sicher daran lag, dass ich den Computer punktgenau zu seinen Worten bedient hatte.

Ich hatte am Morgen noch auf die Schnelle die letzten Änderungswünsche von Faul, Faust und Fett eingearbeitet. Bei solch großen Aufträgen sprachen die nämlich auch mit. Ob sie genug eingearbeitet waren oder nicht.

Grit, so vermutete ich, stand in der Zeit vor dem Spiegel in der Toilette und machte sich schön. Noch schöner. Ihre Pferdemähne wirkte frisch gestriegelt, ihr Grinsen perlmuttweiß. Das Leuchten, das von ihr ausging, konnte jedoch auch das Nachglühen vom vorangegangenen Abend sein.

Feist kam nicht wie versprochen um halb neun Uhr ins Büro, sondern um halb zehn. Er redete irgendwas von Streptokokken, Kinderarzt und kaputtem Zweitwagen. Ihm blieben dann noch exakt viereinhalb Minuten zum Durchlesen der Änderungen, bis wir zum Termin bei Date-O-Mat aufbrachen. Natürlich hatte er die Mail mit meiner App-Idee nicht gelesen. Ich versuchte, ihm auf der Fahrt zum Kunden meinen Entwurf darzulegen, aber er würgte mich nach dreieinhalb Sätzen ab.

»Grit hat sich da was sehr Schönes ausgedacht. Was mit Locations, sehr großstädtisch, sehr cool.«

Diskussion beendet. Ich hatte versucht, nicht allzu schmallippig zu wirken. Grit hatte unterdessen weiter vor sich hin geleuchtet.

»Aber danke, dass Sie uns schon mal vorab einen ersten Einblick in Ihre Ideen gestattet haben«, sagte Kosch jetzt, und seine Stimme klang wie die eines tollwütigen Braunbären. »Sicher haben Sie jetzt noch eine kleine Überraschung für uns in der Hinterhand, gell, Herr Fett?«

»Feist«, sagte Feist, und seine roten Hamsterbäckchen zuckten. »Frau Fett ist unsere Marketingchefin.«

Einen Kunden korrigierte man nicht, das hatte ich schon

nach kurzer Zeit in der Branche gelernt ... Kosch runzelte entsprechend genervt die Stirn über seinen buschigen Augenbrauen, und Feist warf Grit einen flehenden Blick zu.

»Frau, äh, Sturm, nein, Frau Mersburg hat sich da noch etwas überlegt«, sagte er.

Kosch sah erwartungsvoll zwischen Grit und mir hin und her. Grit passte sich optisch unserem Arbeitgeber an und ließ ihre Wangen in entzückendem Neonpink aufglühen. Ich lehnte mich zurück. Dann sollte sie mal machen.

Langsam erhob sie sich, richtete sich zu voller Größe auf und lächelte erst einmal alle Anwesenden an. Neben Kosch waren zwei Projektleiter, die Pressedame, der obligatorische Online-Marketing-Nerd und ein Herr von der juristischen Abteilung anwesend.

»Wir haben uns Folgendes überlegt ...«, sagte sie, und für einen kurzen Moment hatte ich den Eindruck, sie überlege sich genau in diesem Moment, *was* wir uns überlegt haben könnten.

Grit fummelte etwas am Computer herum, als suche sie nach der passenden Datei, dann trank sie einen Schluck aus ihrem Wasserglas. Einen Tick zu hektisch. Prompt begann sie zu husten. Sie hustete und hustete. Lief rot an, fasste sich an die Kehle. Feist sprang auf und klopfte ihr auf den Rücken. Sie röchelte, hustete weiter. Alle beobachteten sie gebannt. Tränen liefen ihr über die Wangen. Beinahe bedauerte ich sie. Kraftlos sank Grit auf ihren Stuhl zurück. Und ich verstand. Was. Jetzt. Geschehen. Würde.

»...« Kein Laut drang aus Grits Kehle.

»Bitte, Frau Sturm, übernehmen Sie«, forderte Feist mich leise auf. »Sie sind da ja auch drin.« Und in die Runde gewandt: »Man muss auch delegieren können, nicht wahr?«

Kosch sah zwischen uns hin und her, als führten wir ein vietnamesisches Wassertheater auf, von dem er kein Wort kapierte. Ich weiß nicht, woher ich die Kraft nahm, tatsächlich aufzustehen. Ich hatte keine Ahnung, was für eine App-Idee Grit hatte vorstellen wollen. Und was Feist von meiner hielt, wusste ich erst recht nicht.

»Also.« Ich räusperte mich.

Mir wurde klar, dass ich unmöglich ebenfalls eine Husten-Nahtoderfahrung vortäuschen konnte. Tief Luft holen. Du schaffst das. Auch wenn es ausgesprochen unwahrscheinlich war. Bisher war der DesasterMaster für das ewige Pärchenglück nur eine grobe Skizze. Und nun sollte ich diese anpreisen, als wäre es die fertig ausgearbeitete Sensationsidee! Ich musste improvisieren. Feists Lächeln in meine Richtung hatte etwas Schlangenhaftes. Wenn ich Mist baute, würde er mich nachher mit Haut und Haar verschlingen. Und zwar nicht aus erotischen Gründen. Diese waren vermutlich daran schuld, dass die App-Idee von Grinse-Grit nicht ausgearbeitet war.

»Unsere Idee ist es …«, schon der zweite Auftakt, ganz schlecht, komm zum Punkt, Rieke, du kriegst das hin, »… ähm, also, unsere Idee ist der DesasterMaster. Hilft, äh, nicht mehr streiten …«

Was war das gewesen? Auf jeden Fall kein Satz. Ich fühlte, wie mich die Blicke aller durchbohrten, als wären es glühend heiße Nägel.

»Also, was ich meine. Mit der App lernt man das. Das Streiten. Also das richtige … für Pärchen.«

Meine Stimme war immer leiser geworden. Ich wusste einfach nicht, wo der Lautstärkeregler in meinem Hirn saß. Wahrscheinlich war er von dem Regler für das Ausschütten von roter Farbe über mein Gesicht verdeckt. Der bis zum Anschlag aufgedreht war.

»Aha, interessant«, brummte der Kosch-Bär höflich, doch die Ungeduld quoll selbst aus seinen wenigen Worten. In seinen Augen las ich nur eines: Enttäuschung.

Meine Kehle war zugeschnürt. Nichts ging mehr. Ich starrte Hilfe suchend Feist an, der weiß wie die Wand war. Nur Grit hatte einen zufriedenen Ausdruck im Gesicht.

»Ja, wissen Sie«, unterbrach Feist das Schweigen, »es geht gerade hoch her bei uns. Also, wir haben ja noch ein paar Tage. Da will nichts übereilt sein. Dann können wir … und es ist doch sowieso besser, wenn wir das schriftlich machen. Dann werden Sie auf Anhieb verstehen … und Frau Sturm ist ja noch ganz neu bei uns. Ich dachte, sie sollte auch mal die Chance …«

Kosch räusperte sich vollmundig. »Ja gut, dann schicken Sie uns das überarbeitete Konzept und die Skizze für die App bis zur Bewerbungs-Deadline: Montag, den dreizehnten Juni, elf Uhr. Danke, das wär's, meine Herren.« Er stand auf.

Der Marketing-Nerd schüttelte nur den Kopf und verließ ohne Gruß den Raum.

»Wissen Sie, das sind alles erste Ideen.« Feist schien nicht wahrhaben zu wollen, dass der Termin beendet war. Seine Miene wirkte wie die einer Eisskulptur. »Sie müssen uns nur sagen, was wir davon weiterverfolgen sollen.«

Der Jurist wiegte den Kopf, als bereiteten ihm unsere stotternd vorgetragenen Ideenfetzen nicht nur Kopfschmerzen, sondern gleich einen Hirntumor.

»Wenn Sie uns die Neufassung schicken, werden wir intern darüber diskutieren und Ihnen das Ergebnis zeitnah zukommen lassen.« Mit diesen Worten setzte Kosch einen Schlusspunkt und ließ die Papiere mit unserem Konzept in den Papierkorb fallen. »Danke, wir rufen Sie an, bis bald.« Die Tür knallte hinter ihm zu.

Feist sprach auf der Rückfahrt kein Wort. Ich konnte regelrecht spüren, wie die Gedanken in seinem Kopf übereinanderpurzelten. Besser, ich hielt meinen Mund. Grit dachte wohl ebenso, denn auch sie schwieg eisern.

Nachdem er im dritten Anlauf die Lücke seines Geschäftsführer-Parkplatzes getroffen und den Motor abgestellt hatte, blickte Feist mich das erste Mal seit unserem Aufbruch direkt an.

»Mann, Mann, Mann, Frau Sturm. Nächstes Mal: Vorher absprechen, ja? Ich bin davon ausgegangen, dass Sie sich mit der Kollegin Mersburg über deren App-Idee ausgetauscht haben. Die ist nämlich ganz hervorragend. Ihre dagegen ist vollkommen unbrauchbar! Wer will schon streiten lernen? Und DesasterMaster – was für ein Name! Das klingt viel zu negativ. Wie kommen Sie überhaupt auf so was? Setzen Sie sich lieber mit Grit zusammen und denken weiter über dieses Location-Dings nach. Und über eine Neuausrichtung unseres Konzepts. Morgen früh will ich erste Ergebnisse.« Dann stieg er aus.

Grit war schnell mit ihm auf einer Höhe. Ich trottete hinter ihnen her und wusste mal wieder nicht, was ich sagen sollte. Irgendwas wie »Sie waren es doch, der keine Zeit hatte, sich mein Konzept anzuschauen«, hätte sicher gepasst. Aber ich bekam keinen Ton über die Lippen. Wie hatte ich nur glauben können, es käme ein »Danke schön, Frau Sturm, dass Sie wenigstens versucht haben, meinen Arsch zu retten und sich an meiner Stelle zum Affen gemacht haben«. Und an Grinse-Grits Stelle natürlich auch.

Stattdessen sollte ich nun auch noch mit meiner Lieblingskollegin gemeinsam über deren App nachdenken, nur weil es mir nicht gelungen war, ihre Gedanken zu lesen.

Ich kam mir vor, als ginge ich wieder zur Schule und müsste mit Philippa und Lara gemeinsam ein Referat über die Französische Revolution ausarbeiten. Grit vereinte geballtes Wissen *und* gutes Aussehen. In ihr verschmolzen meine ehemaligen Klassenkameradinnen zu Supergrit.

Vor mir fiel die Agenturtür ins Schloss, und ich musste meinen Ausweis rauskramen, um sie erneut zu öffnen.

Um viertel vor acht fuhr ich den Computer herunter. Grit hatte total großzügig gesagt: »Ja klar, Henrike, geh ruhig. Ich mach noch ein bisschen weiter.« In Wahrheit war sie heilfroh, mich los zu sein.

Unsere gemeinsame Arbeit an der App war schleppend verlaufen. Das lag vorwiegend daran, dass Grit zu dem Typ Mensch gehörte, der jeden Vorschlag eines anderen mit »Nein, aber …« ablehnte – ausgenommen vielleicht, er kam von ihrem Chef oder vom Papst persönlich.

So war es den ganzen Nachmittag gegangen.

Dabei war ihre Idee nicht mehr als ganz nett. Allerhöchstens!

»Du postest zum Beispiel ein Foto von dir in deinem Urban-Gardening-Beet«, erklärte sie mir. »Und wer dir beim Pflanzen helfen – und dich kennenlernen – will, schickt ein Foto von sich. Gefällt er dir, teilst du ihm deinen Standort mit, und ihr könnt euch sofort treffen. Oder du schreibst, welchen Film oder welches Konzert du gleich besuchen willst – und zack meldet sich jemand, der mitgeht. So finden die Leute viel schneller zusammen und müssen nicht ewig chatten. Außerdem wissen sie gleich, was sie bei ihrem ersten Date unternehmen. Genial, oder?«

Ich flüsterte etwas, das man mit viel gutem Willen als »Ja« interpretieren konnte.

Da sie uns mit dieser ach so genialen App ewig lange beschäftigte, kamen wir mit der Überarbeitung des eigentlichen Konzepts keinen Deut weiter.

Kein Wunder! Jeden Einfall, der mir nur ansatzweise über die Lippen kam, zerschoss sie. Lieber dachte sie über einen passenden Namen für *ihre* App nach. Grit war für LoveLocation, was in meinen Ohren total nach Puff klang. Mein Location-Scout höre sich nach Pfadfindern an, befand sie, WhereLove-Lives nach Märchenland. Sie schlug dann noch HeartbeatMeet vor, zog dies aber zurück, als ich entgegenhielt, dass Date-O-Mats größter Konkurrent Heartbeat hieß. Und beharrte auf LoveLocation. Einfach, um sich durchzusetzen, vermutete ich.

Als ich inmitten unserer Endlosdiskussion einen Blick auf die Uhr warf, war es bereits schockierend spät. Ich musste dringend los zu meinem Date-Coaching. Aber ich versprach, am nächsten Morgen gegen sieben Uhr ins Büro zu kommen, um mich ausschließlich dem Konzept zu widmen. Dann könnten wir Feist sicher rechtzeitig etwas präsentieren.

Als ich die Bürotür hinter mir schloss, versuchte ich, all das zu vergessen, meine schlechte Laune zu ignorieren und mich auf den garantiert erfreulicheren Teil des Tages vorzubereiten.

Mir blieben nur noch zwanzig Minuten, um mich frisch zu machen und von Bogenhausen aus an der Isar entlang bis zum Haus der Kunst zu radeln, wo ich diesen Scott Lucas treffen würde. Wie sollte mir das gelingen, ohne dass ich nach dem Absteigen vom Rad eine Dusche benötigte? Ein paarmal im Verlaufe des Nachmittags war ich versucht gewesen, das Coaching abzusagen, weil es zeitlich eng zu werden drohte, hatte dann aber beschlossen, dass mir eine Unternehmung außerhalb des Büros guttun würde.

Hektisch schaute ich immer wieder auf die Uhr, während ich in der Bürotoilette etwas Schminke auflegte. Mist, ich hatte vergessen, nach einer Handynummer zu fragen, falls so etwas wie eine Verspätung dazwischenkommen sollte – ganz blöder

Fehler. Ich könnte in der Bar anrufen, aber da müsste ich die Nummer rauskramen und bis dahin … Ich atmete tief durch, verteilte zum Abschluss etwas Puder mit Goldglanz im Gesicht und sprühte mich mit viel Parfum ein. Das müsste gegen den Radel-Schweiß genügen. Als ich aus der Toilette kam, hörte ich Schritte auf dem Gang – vermutlich Feists – und ich legte einen sehr schnellen Abgang durchs Treppenhaus hin.

Die frische Luft erinnerte mich daran, dass es ein Leben außerhalb der Arbeit gab. Wie auch immer das genau aussehen mochte. Ich stieg in die Pedale, ignorierte Einbahnstraßen, rote Ampeln und Fußgängerwege und stand um vierzehn Minuten nach acht vor dem Haus der Kunst. Das war noch akzeptabel. Ich würde sicher noch etwas brauchen, bis ich von App-Conceptioner auf Dating-Coach umgeswitcht hatte, aber ich war ja Profi. Jedenfalls wollte ich das sein. Für einen Sekundenbruchteil poppte eine Szene vor meinem inneren Auge auf, wie es einmal sein sollte, aber vermutlich nie sein würde: Mein Dating-Coach-Terminplaner wäre bis zum Ende des Jahres voll mit Verabredungen, und der Preis für eine Beratung war um das Fünffache angestiegen. Ich residierte mittlerweile in einer Altbauwohnung in Bogenhausen, von der aus ich beim Frühstück auf dem großzügigen Balkon direkt zur Agentur hinüberschauen konnte, wo gerade die Morgenkonferenz zu Ende ging – ohne mich. Mein Butler machte mir die zweite Kanne Earl-Grey-Tee – *milk in first, please!* – und Grit, meine Zofe, hatte schon passende Kleider herausgelegt, in die ich nach einem langen Bad entspannt schlüpfen konnte. Gegen Mittag würde der Sekretär kommen und meine aktuellen Coaching-Reports aufnehmen. Nach einem langen Nachmittagsschläfchen würde ich meine Abendgarderobe anziehen und zum nächsten Date aufbrechen. Es würde herrlich werden! Und garantiert ein Traum bleiben. Ich lenkte meine Gedanken wieder auf das, was vor mir lag.

Nachdem ich mich kurz gestreckt und gedehnt hatte, um diesen grauenhaften Arbeitstag abzuschütteln, ging ich fix den üblichen Ablauf durch: Die ersten zehn Minuten ein Small Talk über das Wetter, die Anfahrt zur von mir gewählten Lokalität, wobei ich die historischen Besonderheiten der Goldenen Bar ansprechen würde. Als Nächstes folgten die Frage nach Lieblingsgetränken und die Empfehlungen für die Cocktails. Dann: Langsam den eigentlichen Grund des Abends näher beleuchten, mein Gegenüber auf Dating-Erfahrungen abklopfen und die ersten verfänglichen Fragen stellen – und zwar unauffällig (checken, ob er abfällig über frühere Freundinnen spricht, checken, ob er bizarre Hobbys hat, checken, ob er auch auf unangenehme Fragen – etwa nach dem Einkommen – den Anschein von Ehrlichkeit behält, checken, ob er eventuell ein Bigamist sein könnte, checken, was für ein Verhältnis er zu seiner Mama hat und – äußerst heikel – ob er eventuell merkwürdige sexuelle Vorlieben für Füße, Katzenkratzbäume oder ähnlichen Mist besitzt). Anschließend würde ich ein paar kleine Tipps geben, indem ich scheinbar aus dem Nähkästchen plauderte und ihn damit schon sanft auf die eigenen Schwächen hinwies. Am Ende würde ich betonen, wie angenehm der Abend gewesen war, versprechen, mein Resümee sehr bald zu schicken und ihn bitten, mich weiterzuempfehlen. Der Rest bestand dann nur noch in einem schnellen Abgang.

Ich atmete tief durch und schritt auf den Eingang der Goldenen Bar zu. Bisher hatte es mir nie Schwierigkeiten gemacht, meine Dating-Lehrlinge zu erkennen. Manche bestanden auf einem Erkennungszeichen wie einer Blume, aber meist fiel mir beim ersten Rundumblick sowieso auf, wer suchend und nervös auf seinem Barhocker klemmte.

Auch heute scannte ich die Bar schnell ab. Es war mäßig viel Betrieb, der Barkeeper grüßte mich freundlich. Es war nicht mein erster Besuch hier. Irgendwann, während einer meiner Klienten auf die Toilette gegangen war, hatte ich ihm erklärt, was ich hier so trieb – sonst dachte er eines Tages noch, ich wäre ein Callgirl, das sich ständig mit wechselnden Männern traf. Seitdem behandelte er mich noch zuvorkommender und ließ mich manchmal sogar wissen, wie mein Kunde auf ihn gewirkt hatte.

An den meisten Tischen saßen Grüppchen, viele Frauen waren dabei. Alleinstehende Männer – Fehlanzeige. Ob es sich dieser – wie hieß er noch? – Scott Lucas anders überlegt hatte? Vielleicht hatte er das Geschenk einfach nur blöd gefunden. Hatte behauptet, er ginge hin und sich stattdessen zu Hause an seinen PC gesetzt.

Doch mein Barmann deutete plötzlich mit dem Daumen in Richtung äußerster Thekenecke, gleich an der goldfarben gestrichenen Wand, wo es recht schummrig war. Ein Schüchterner vermutlich. Wahrscheinlich hässlich und schüchtern. Wobei die oft ganz niedlich waren, wenn man sie mal aus der Reserve gelockt hatte.

Ich ging langsam an der Theke entlang, allmählich gewöhnten sich meine Augen an die Dunkelheit. Der braunhaarige Mann im legeren Outfit, das aus Jeans und grauem Sakko bestand, wandte mir den Rücken zu und tippte hektisch auf seinem Smartphone herum. Na prima, er konnte es wohl kaum erwarten, mich zu treffen. Doch irgendwie schien er mein Kommen gespürt zu haben, denn er blickte auf.

Shit.

Am liebsten hätte ich mich einfach umgedreht und wäre gegangen. Was wollte der denn hier? Das konnte unmöglich mein Dating-Kunde sein. Oh my God!

»Rieke?« Er steckte das Smartphone in die Jeanshosentasche und stand vom Barhocker auf. »Was machst du denn hier? So eine Überraschung!«

»Hi Basti.« Ich war selbst verblüfft, *wie* zittrig meine Stimme klang. Basti Herterich! Ausgerechnet! Irgendwas in mir sträubte sich komplett dagegen, ihm zu sagen, in welcher Funktion ich hier war. Sollte er ruhig glauben, ich hätte ein tolles Date mit einem coolen Typen. Sollte er spüren, dass er mir scheißegal war. Doch seltsamerweise fühlte es sich eher nach Hochstapelei an. Keine Ahnung, warum. Ich und Dating-Coach! Mit einem Mal kam ich mir so anmaßend vor, als behauptete ich Nobelpreisträgerin für Literatur zu sein.

»Hab 'ne Verabredung«, blieb ich im Nebulösen. »Und du?«

»Ich auch. Und, ähm, ich weiß nicht mal, mit wem. Meine Kumpels hatten so eine saublöde Idee – sie haben mir einen Dating-TÜV-Termin geschenkt. Ich wollte sie nicht enttäuschen – und ich glaube, sie brauchten einen Dummen, der das ausprobiert, weil sie sich selbst nicht trauen.«

Mir blieben zwei Möglichkeiten. Mich umdrehen und gehen und seinen Dating-TÜV-Termin platzen lassen oder aber: mich outen.

»Schade, dass dir die Idee nicht gefällt«, sagte ich und versuchte, den klebrig aussehenden weißen Fleck auf dem Revers seines schlabbrigen Sakkos zu ignorieren. War das Taubenkacke?

»Na ja, *für mich* gefällt sie mir nicht. Ich hab im Moment einfach überhaupt keinen Kopf für so was. Eigentlich bin ich nur noch am Schuften, weil wir bald so ein Riesenprojekt zu Ende bringen müssen, und … Ach, entschuldige, ich will dich nicht aufhalten, sicher ist dein Date inzwischen da, oder?«

»Ich glaub schon.« Ich versuchte zu lächeln. Keine Ahnung,

ob es gelang. »Basti.« Tief Luft holen. »Sagt dir der Name Lucas Scott was?«

»Wie bitte?« Er streckte den Kopf vor, so wie er es früher auch immer getan hatte, wenn er überrascht war.

»Äh, Scott Lucas.«

»Ja, angenehm.« Er brachte überraschenderweise ein ziemlich charmantes Lächeln zustande und streckte mir die Hand entgegen. »Und Sie sind mein Dating-Coach?«

Ich stierte betreten auf den Fußboden. Dieser glänzte in einem goldenen Holzton. Einen Moment später spürte ich Bastis Hand auf meiner Schulter.

»Komm, Rieke, machen wir das Beste draus.«

Bewundernswert, wie schnell er sich in die Situation eingefunden hatte.

»Ja, klar, aber wenn du nicht willst, also ich meine, falls es dir peinlich ist und so …«

»Hey, meine Kumpels haben dafür bezahlt.«

Er hatte recht, ich sollte mich nicht wie Trotzköpfchen benehmen. Nur weil ich den Herrn hier kannte und hasste, hieß das ja nicht, dass ich ihn nicht beraten konnte. Ich sah in seine meerblauen Augen. Allein um derentwillen brachte ich es nicht übers Herz zu gehen.

»Lass uns rübergehen an unseren Tisch«, schlug er vor.

Ich bemühte mich, wieder Herrin meiner Sinne zu werden und folgte ihm. Wir setzten uns nebeneinander unter die ebenso historische wie überdimensionale Landkarte Italiens auf eine bequeme, mit Leder bezogene Holzbank. Bildete ich mir das ein oder starrten uns alle Anwesenden neugierig an? Nicht beachten!

Sag lieber etwas. Basti griff nach der Speisekarte und gewährte mir damit ein wenig Aufschub. Ich durchforstete mein Hirn nach Small-Talk-Themen. Mir kam es merkwürdig vor, ihn so belanglose Dinge zu fragen, wie die, ob er gut hergefunden hatte oder ob er bei diesem Wetter unter Heuschnupfen litt. Er war mein Kunde, aber er war nun mal nicht irgendein Kunde. Basti klappte die Speisekarte zu und sah mich an. Mach schon!

»Scott Lucas«, fiel mir endlich ein. »Wie kommst du zu diesem Namen?«

»Können wir zuerst was zu trinken bestellen? Und gerne auch was zu essen. Ich bin kurz vorm Verhungern.«

Mein Magen fing sofort an zu knurren. Wegen der Arbeit mit Grit war heute mal wieder die Mittagspause ausgefallen. Und nach der Radl-Fahrt hatte ich riesigen Durst. Wir bestellten beide den Kalbstafelspitz mit Polenta und vorneweg etwas Hummus und Oliven.

»Und?«, fragte Basti, als der Kellner gegangen war. »Beinahe hätte ich gefragt, wie ausgerechnet *du* zu diesem Job kommst, aber eigentlich …« Seine Wangen röteten sich, und er verstummte. Basti nestelte an seiner Brille, bis er sie schließlich abnahm und in der Anzugtasche verstaute.

»Vermutlich hast du nie darüber nachgedacht, dass auch ich in meinem Leben gewisse Erfahrungen mit Männern …«

»Komm schon, Rieke«, unterbrach er. »So war das nicht gemeint. Ich bin irgendwie … verwirrt. Was ich eigentlich fragen wollte: Wie gehst du normalerweise so vor? Bei einem Coaching, meine ich.«

Ich hob den Kopf und schaffte es immerhin, ihm in die Augen zu blicken. Ich bekam Geld dafür, dass ich hier saß, machte ich mir klar. Ich atmete tief durch. Sei ein Profi!

»Das kommt auf den Kerl mir gegenüber an. Manche sind ganz schön schüchtern und bekommen den Mund nicht auf, die muss ich erst mal aus der Reserve locken. Andere dagegen fangen sofort an zu plaudern.«

»Das ist bestimmt einfacher.« Er lächelte.

»Manchmal. Nur bei denen, die nicht mehr aufhören zu reden, da ist es so richtig anstrengend.«

»Wird dir mit mir nicht passieren.« Basti lehnte sich zurück, legte einen Arm auf die Lehne der Bank und ließ den Blick durch den Raum schweifen. Er bemühte sich sehr, entspannt zu wirken, aber ich nahm es ihm nicht ganz ab.

Ich folgte seinem Blick. Vor uns baumelte ein riesiger Lüster. Am goldenen Gestänge hingen in drei Etagen riesige gläserne Tropfen, die das Licht spendeten und der Bar ihren warmen Glanz verliehen. Okay, ein bisschen konnte ich schon nach dem üblichen Skript vorgehen, beschloss ich.

»Der Kronleuchter stammt aus den Zwanzigerjahren und hing früher im Hotel Savoy in Zürich«, gab ich mit meinem Wissen an. »So was erzähle ich gerne zur Auflockerung. Die Goldene Bar ist ja ein ziemlich geschichtsträchtiger Ort. Schließlich wurde das Haus der Kunst von den Nazis erbaut.«

»Spannend«, sagte Basti und sah mir in die Augen. »Aber jetzt möchte ich es doch wissen: Wie bist du zu dem Job gekommen?«

Das klang immerhin aufrichtig interessiert. Ich schluckte und spürte, wie meine Finger nervös über das Lederpolster der Bank strichen.

»Na ja, ich dachte, ich bin ja ganz gut darin, Menschen zu beobachten und einzuschätzen … Okay, vielleicht ist es etwas anmaßend, aber ich habe einfach gedacht …« Mist. Was hatte ich denn gedacht? Dass ich anderen sagen könnte, ob sie richtig oder falsch tickten? Er hatte recht – ich war eine vollkommene Fehlbesetzung für den Job.

»Äh, sorry …« Basti setzte sich aufrechter hin und nickte dem Kellner zu, der ihm eine Fritz-Cola und mir ein Glas Weinschorle (nie zu viel Alkohol bei den Treffen! Das macht einen schlechten Eindruck!) hinstellte, bevor er die Vorspeisen auftischte. Ich hätte am liebsten sofort alles verschlungen.

»Tut mir leid. Ich wollte weder deine Geschäftsidee noch deine Fähigkeiten anzweifeln. Ich habe dich nur als eher zurückhaltend in Erinnerung«, sagte er, als der Kellner gegangen war. »Hab mir nicht vorstellen können, dass du so … offensiv auf Männer zugehst. Aber wahrscheinlich prädestiniert dich gerade deine Zurückhaltung für den Job. Du bist sicher fantastisch im Einschätzen und Analysieren. Zu dir sind doch schon in der Schule immer alle mit ihren Problemen gekommen.« Dass er sich daran erinnerte!

»Weil alle wussten, ich plaudere nichts aus.«

Er zuckte ein wenig zusammen, dann prostete er mir zu. Die Weinschorle beruhigte mich ein wenig. Ich hatte mich sogar fast schon an den Anblick des Taubenkackekleckses gewöhnt.

»Na ja, ich habe ja eine rein beratende Funktion. Da sind die Fronten von Anfang an geklärt, und das macht es mir einfacher.«

Ich naschte eine Olive. Basti schien die Leckereien gar nicht zu bemerken.

»Und war es deine Idee, das anzubieten?«, fragte er. »Ich meine, dein Agentur-Job ist doch sicher auch ziemlich anstrengend.«

»Klar, aber ich hatte so eine Phase, da habe ich ziemlich viele Dating-Portale ausprobiert und mich mit einer ganzen Reihe Männern verabredet. Fast alle Treffen waren schrecklich. Und Bekannte haben mir von ganz ähnlichen Erfahrungen berichtet. Da dachte ich mir irgendwann, diese Männer müsste mal jemand coachen, wie man sich bei einem Treffen etwas, na ja, sagen wir mal, *gefälliger* verhält. Und zwischen zwei Agentur-Jobs habe ich dann den Dating-TÜV aufgebaut.«

»Was sind denn so die gröbsten Fehler der Herren?«

Basti hatte in der Zwischenzeit doch zugegriffen – die Oliven waren verschwunden, und vom Hummus war nur noch ein kleiner Rest übrig. Doch da kam schon das Essen, und der feine Duft ließ mir das Wasser im Munde zusammenlaufen. Gott, hatte ich Hunger. Der erste Bissen war eine Offenbarung. Wunderbar! Aber wieso war meine Schorle schon alle? Ich bestellte einen Weißwein.

»Großer Fehler: mit vollem Mund reden, vermute ich«, nahm Basti das Gespräch wieder auf und probierte ebenfalls sein Fleisch.

Ich nickte. Wir schwiegen eine Zeit lang und konzentrierten uns auf unseren Tafelspitz. So gut hatte ich schon lange nicht mehr gegessen. Das Fleisch war zart, die Polenta luftig und das Auberginengemüse raffiniert gewürzt. Als mein erster Hunger gestillt war, legte ich das Besteck beiseite und erzählte ihm weiter von meinen Erfahrungen.

»Viele sind einfach total unhöflich. Kommen zu spät, sind nachlässig oder unpassend gekleidet, entschuldigen sich nicht mal, sehen dich beim Zuhören nicht an, daddeln auf ihren Handys rum, fallen dir ins Wort. Oder sie essen dir die Vorspeise für zwei weg.«

»Ups, ertappt!« Basti sah erschrocken auf den leeren Oliven- und Hummusteller.

Ich lachte. »Dich meinte ich gar nicht. Bei solchen Kerlen funktionieren schon die Basics nicht. Sie meckern aber, dass Frauen ihnen nie eine zweite Chance geben. Das seien alles oberflächliche Hühner, die nur nach einem reichen Mann Ausschau halten würden. Und viele von denen stellen dir keine einzige persönliche Frage. Die reden nur von sich. Was sie wollen, und was sie – noch wichtiger – nicht wollen. Die haben ein fertiges Lebenskonzept im Kopf und sind kein Stückchen offen für Anregungen, Widersprüche, andere Meinungen.«

»Ich fand Männer immer schon ziemlich seltsam.« Die kleinen Lachfältchen um seine Augen ließen ihn noch attraktiver erscheinen.

Wenn das so weiterging, würde ich ernsthaft Schwierigkeiten haben, ihm Tipps zu geben, schließlich redete ich die ganze Zeit.

»Komm, jetzt habe ich aus dem Nähkästchen geplaudert, jetzt verrätst du mir das Geheimnis deines neuen Namens.«

Er verschränkte die Arme vor der Brust. Ein heikles Feld offenbar.

»Hm?«, machte ich.

»Hm«, antwortete er.

»Es ist dir unangenehm«, stellte ich fest.

Eine große Gabel voll Polenta verschwand in seinem Mund. Auch eine Antwort. Ich trank einen Schluck Wein.

»Fragen ausweichen steht auch auf der Negativliste«, bohrte ich weiter.

Basti schob den Teller von sich, lehnte sich zurück und verschränkte die Arme hinter dem Kopf. Ergeben. Er seufzte.

»Aber du darfst nicht lachen.«

Ich schüttelte vehement den Kopf.

»Woher der Scott kommt, ahnst du vielleicht?«

»*Star Trek*?«

Er nickte.

»Ich bin seinerzeit auf die Erstsemesterparty in einem *Star-Trek*-Kostüm gegangen. Einfach so. Ich war ja so blöd und dachte, ich müsste unbedingt Informatik studieren. Die Quittung war: Die Leute da waren von Anfang an öde, völlig spaßbefreit. Und – die schlimmste Überraschung – nicht mal von *Star Trek* hatten sie Ahnung. Obwohl es ein Mr-Spock-Kostüm war, nannten mich alle Scotty. ›Oh, beam me up, Scotty‹ begrüßten sie mich jedes Mal, wenn sie mich sahen. Und weder mein Hinweis auf Mr Spock, noch meine Erklärung, dass dieser Satz nie – wirklich nie! – in der Serie gefallen ist, änderte was an ihrer Reaktion. Na ja, und irgendwann nannten mich alle nur noch Scotty.«

»Das finde ich jetzt gar nicht so verwunderlich«, schmunzelte ich. »Und besser als Spocky. Und der Nachname?«

Er räusperte sich, senkte den Blick, sah mich dann durchdringend an. »Durch eine Eheschließung.«

Mein Besteck landete mit einem so lauten Knall auf dem Porzellanteller, dass es im ganzen Lokal zu hören war. Davon war ich überzeugt. Er war … verheiratet? Darauf einen Schluck Wein.

»Aber …«

»Aber ja.« Er grinste spitzbübisch. »Wir haben sehr spontan geheiratet und sehr spontan ein halbes Jahr später die Scheidung eingereicht. Manchmal denke ich, ich habe es nur getan, um meinen Nachnamen loszuwerden. Was mein Vater gar nicht lustig fand.«

Sein Vater. Au weia, gleich noch so ein heikles Feld. Ich beschloss, *nicht* nach seinem Vater zu fragen.

»Wie alt warst du da?«

»Zweiundzwanzig.«

»O-kay.« Ich trank den Rest meiner Weinschorle in einem Zug aus. Das hätte ich ihm nun wirklich nicht zugetraut. Sebastian Herterich heiratet mit zweiundzwanzig. Und ist mit zweiundzwanzigeinhalb geschieden. Wow!

»Scott Lucas.«

Ich rutschte ein wenig von ihm fort und betrachtete ihn genauer. Nicht nur sein Name machte ihn zu einem anderen, er hatte sich auch äußerlich sehr verändert. Mit ein wenig Fantasie konnte ich mir vorstellen, dass ich ihm heute zum ersten Mal begegnete. Ein gut aussehender Mann Ende zwanzig, dunkelbraunes Haar, leichter Undercut, die meerblauen Augen mit den Treibholzsprenkeln darin, die gerade, aristokratische Nase, der schmale Mund mit den ausgeprägten Nasiolabialfalten und dunkle Bartstoppeln. Gelassen und erfolgreich wirkte er, abgesehen von dem Taubendreck, und er hatte bereits eine richtige »Vergangenheit«. Garantiert hatte er an jedem Finger auch mindestens eine Anwärterin auf sein Herz.

»Und seitdem versteckst du dich hinter deinem Computer, damit so was nicht noch mal passiert?« Hoffentlich hatte ich mich nicht zu weit rausgelehnt.

Er lächelte. »Eigentlich verschanze ich mich, seitdem ich vierzehn bin, hinter dem Computer. Und die zwei Mal, die ich mich hervorgewagt habe, endeten beide katastrophal. Ich weiß schon, warum ich da immer noch am liebsten sitze. Da ist es einfach sicherer.«

Zwei Mal. Zwei Katastrophen. Ob er unsere Geschichte dazuzählte? Ich getraute mich nicht zu fragen. Stattdessen winkte ich dem Kellner mit meinem Weinglas, und dieser nickte bestätigend. Obwohl mir eher nach einem Schnaps war.

»Geschockt?«

»Nein, um Himmels willen. Einer heiratet, einer bekommt Familie und Hodenkrebs, eine spielt Diät-Jo-Jo und die nächste macht sich als Dating-Coach zum Affen. Wir haben alle unsere Päcklein zu tragen.«

»Du machst dich doch nicht zum Affen! Wie kommst du darauf? Das war schon immer dein Problem, Henrike Sturm – du stellst dein Licht zu sehr unter den Scheffel. Hast du doch gar nicht nötig. Schon damals nicht, das wolltest du nur nie wahrhaben. Vielleicht hast du es dir sogar ausgesucht, weil so ein Schattendasein auch Vorteile hat.«

»Das müsstest du doch wissen. Du versteckst dich doch auch gerne.«

»Aber aus anderen Gründen. Ich bin einfach gerne allein. Rücksichtnahme finde ich schwierig. Wenn ich im Flow bin und vor mich hin bastle, lasse ich mich ungern stören. Das wirkt schnell unsozial.«

»Hm.« Es schien, als wollte er die Welt vor sich schützen. Auch ein Ansatz. Mich vor der Welt schützen, das war eher meine Betrachtungsweise. Letztlich kam es aufs Gleiche raus, und ich hatte den starken Verdacht, wir machten uns beide gerne etwas vor, warum wir so lebten, wie wir lebten.

»Wie lange bist du eigentlich schon in München?«, fragte ich nach.

»Bald vier Jahre. Nach dem Tod meines Vaters bin ich hierhergezogen. Das hat gut gepasst, weil unsere Firma damals ein wenig expandiert hat – ein guter Grund, das verschlafene Erlangen endlich zu verlassen.«

»Oh, das tut mir leid. Ich meine, mit deinem Vater.« Schnell nahm ich noch einen Schluck Wein. Ich würde nicht weiter darauf eingehen.

Er legte den Kopf schräg, wischte sich mit den Fingern über die Augen.

»Es war Krebs«, sagte er. »Am Ende war es ein blöder Krebs. Wie lange bist du schon in München?«

»Ach je, neun Jahre, echt schon eine Ewigkeit. Ich habe hier studiert, Kommunikationswissenschaft, und bin dann irgendwann in die PR reingerutscht.«

»Träumst du nicht mehr vom Schriftstellerdasein?«

Ich schüttelte den Kopf. »Schon lange nicht mehr. Obwohl: Vielleicht verarbeite ich meine Dating-TÜV-Erfahrungen irgendwann mal zu einem Buch.«

Er lachte, sagte aber nichts. Eine Pause entstand. War sie peinlich? Unangenehm? Ich trank meinen Wein. Vorsicht, Rieke! Da schwappte schon was lustig in meinem Kopf herum.

Basti wirkte mittlerweile ganz entspannt. Ich hingegen überlegte krampfhaft, wie ich das Gespräch auf ein unverfängliches Thema lenken könnte. Bei fremden Männern fragte ich in so einem Fall immer nach Reisen oder Hobbys – dazu konnte wirklich jeder was sagen. Mittlerweile hatte ich Grundwissen über Themen, von denen ich vorher nie gedacht hätte, dass sie Menschen ernsthaft interessierten. Wellensittichzucht. Die höchsten Berge des Allgäus. Aquaristik. Die besten Alben von Muddy Waters. Squash. Die wichtigsten Torjäger Borussia Mönchengladbachs in den Siebzigerjahren. Solche Sachen.

Doch zwischen uns standen Dinge, die ich nicht ansprechen wollte. Ich wollte nicht einmal darüber nachdenken.

Mir wurde klar, dass es kaum etwas aus den letzten zehn Jahren gab, das ich ihm hätte erzählen können. Nein, ich hatte keine illustren Hobbys. Nein, aufregende Reisen hatte ich auch nicht gemacht. Warum sollte ich von einem verregneten Griechenlandurlaub oder einer von Durchfall geprägten Türkeireise sprechen? Es war belanglos. Und meine Arbeit – darum ging es hier nicht, und ich hatte auch keine Lust, Die 4großenF in den Feierabend mit hineinzunehmen.

»Was denkst du?«, fragte er plötzlich.

Nichts, wollte ich sagen. Aber das war nicht ehrlich.

»Ich denke darüber nach, wie ereignisarm mein Leben seit dem Abi war. Welche Träume wir damals hatten. Was wir alles ausprobieren und erleben wollten. Und wie wenig ich verwirklicht habe.«

»Du wolltest doch immer nach Patagonien. Schon da gewesen?«

Das hatte er sich tatsächlich auch gemerkt? Mit einem Mal wurde mir ganz flau im Magen. Vielleicht hatte ich ihm bei der Abifeier Unrecht getan – und zwar sowohl bei der vor ein paar Tagen als auch bei der vor zehn Jahren. Vielleicht hätte er bei beiden Gelegenheiten ganz andere Dinge gesagt, wenn ich ihm zugehört hätte. Na gut, während man in einem Scherbenmeer und zehn Litern Bowle schwimmt, kann man nicht allzu gut zuhören. Besser, wenn ich nicht darüber nachdachte. Ich räusperte mich.

»Nein«, sagte ich schnell. »Viel zu teuer so eine Reise. Und allein – ich weiß nicht. Und du?«

»Ach, ich wollte ja immer nur programmieren. Das mache ich bis heute. Nicht mal ein anständiges rotes Saab-Cabrio hab ich mir gegönnt.«

»Du meinst, wer bescheidene Ansprüche hat, hat mehr vom Leben?«

Er zuckte die Schultern.

»Er wird zumindest nicht enttäuscht. Na ja, und mein Traum, mit der Voyager mal zu Deep Space Nine zu fliegen, hat sich ja leider auch noch nicht erfüllt.«

»Immer noch Trekkie, oder?«

»Verhaltener. Aber einmal Trekkie – immer Trekkie.« Er sah auf seine Uhr, ein etwas klobiges Teil. Im ersten Moment hatte ich gedacht, sie wäre kaputt, weil die drei Zeiger wie abgebrochen auf dem Ziffernblatt herumrutschten. Erst auf den zweiten Blick entdeckte ich die unauffällige digitale Anzeige in der Mitte.

»Haha, lustig«, sagte ich und deutete auf das Ding.

Er grinste breit. Ich kicherte weiter. Hihi, das war wirklich lustig.

»Ja, allerdings sagt sie mir, dass ich dringend heim muss, schon nach elf. Morgen wird ein anstrengender Tag.«

»Oh ja, geht mir ähnlich.« Ich trank den restlichen Wein.

»Wobei, so jung kommen wir nimmer zusammen.« Hihi. Verdammt, wo kamen die abgehalfterten Sprüche her?

Basti lächelte irritiert. Süß. Doch wirklich.

Ich spürte einen Druck im Hinterkopf, der mir sagte, ich sollte dringend den Mund halten und zu Bett gehen, wenn ich nicht morgen mit Kopfschmerzen aufwachen wollte. Plötzlich stand der Kellner da. Ich hatte gar nicht mitbekommen, dass Basti nach ihm gerufen hatte.

»Och, du willst wirklich schon gehen?«

Basti grinste und verlangte nach der Rechnung. Der Kellner kam kurz darauf mit einem kleinen Silbertablett zurück, auf dem der Kassenbon lag, und stellte zwei Schnäpse vor uns hin. Er wies mit dem Kopf in Richtung des Barkeepers.

»Neuer Obstbrand. Alte Pflaume. Kai meinte, Sie sollten den dringend probieren.« Ich hob spontan das Stamperl, prostete erst Basti, dann dem Kellner und schließlich Kai zu. »Nicht lang schnacken, Kopp in Nacken«, wie meine norddeutsche Großtante immer sagte. Hm, brannte … kaum. Sehr süffig. Obwohl ich ja sonst gar keinen Schnaps …

»Basti, warum trinkst du nicht?« Basti schob dem Kellner das Geld zu, und dieser drehte sich um und verschwand. So ein Spaßverderber, der Basti.

»Nein, ich mag so was nicht«, sagte er.

Spielverderber. Erwähnte ich das schon? Ich ließ mich nicht lange bitten und trank den zweiten Schnaps auch. Irgendjemand wisperte in mein Ohr: »So geht das aber nicht, Henrike Sturm, dies ist ein beruflicher Termin, da kann man sich nicht so gehen lassen.«

»Ach, halt doch den Mund«, sagte ich. Und gleich darauf: »'tschuldigung, Bastilein, du warst nicht gemeint.« Ich hängte mich bei ihm ein, und wir verließen gemeinsam das Lokal. Auf einmal war alles ganz einfach.

Kaum erreichte mich der erste Hauch frischer Nachtluft wurde ich allerdings leicht nervös. Was jetzt? Normalerweise bekamen meine Kunden in den nächsten Tagen ihren Report und das war es dann. Aber Basti – den konnte ich doch nicht rein geschäftlich abfertigen. Oder?

»Ich freue mich, dass wir uns mal in Ruhe unterhalten konnten«, sagte er.

Neben uns rauschte der Eisbach, vor uns wölbten sich die alten Bäume des Englischen Gartens. Ich wollte mich auf einmal unbedingt an ihn lehnen. Es klang so endgültig, was er gesagt hatte. Ob er mich nicht wiedersehen wollte? Ich verspürte einen klitzekleinen Anflug von Wehmut. Und bekam einen Schluckauf.

Ich starrte auf sein schwarzes T-Shirt. *Programmer – an organism that turns caffeine and pizza into software*, stand darauf. Was sollte das eigentlich heißen? Ich wollte es noch mal lesen, aber er sah mich so komisch an. Ah, eine Antwort. Richtig, er wartete auf eine Antwort.

»Ja, fand ich auch su…«, hob ich an.

»Frau Sturm, was für eine Überraschung! Sie haben ja doch ein Privatleben. Wie schön.«

Feist, ausgerechnet. Mir entfuhr ein lauter Hickser, und ich presste den Mund vor die Hand. Nein, die Hand vor den Mund.

Mein Chef erklomm die letzten Stufen zum Eingang und stellte sich neben uns. Seine Frau folgte vorsichtig schwankend – hatte sie auch getrunken? Oder torkelte ich? Nein, sie trug fette Zehn-Zentimeter-Absätze. Und beinahe so etwas wie ein Ballkleid, während er einen dunklen Anzug anhatte.

»Ja, Herr Feist, Sie auch, äh, ich meine … sogar Ihre Frau …«

Doch Feist hörte meinem peinlich-angesäuselten Gestammel gar nicht zu, sondern starrte Basti unverhohlen an.

»Ich kenne Sie …«, sagte er.

Basti lächelte schmallippig.

»Scott Lucas«, antwortete er. Von wem sprach er? Oh, von sich! »Angenehm.«

»Schrecklich, dieses Operngedöns«, fuhr Feist nach einigen Augenblicken der Stille fort. »Aber wir haben halt ein Abo. In der dritten Generation. Tja. Da hilft mir hinterher immer nur ein großes Bier. Kommst du, Gerswid?«

Aufatmend war seine Frau auf der obersten Stufe angekommen. Sie überragte ihren Mann bestimmt um zehn Zentimeter, hatte die gleichen Hamsterbäckchen wie er und Schweißperlen auf der Stirn, lächelte mich aber dennoch freundlich an.

»Ach, Frau Sturm? Mein Mann schwärmt ja so von Ihnen, von Ihrer Leistungsbereitschaft und Ihrem großen Engagement. Toll! Ich habe Sie mir nur viel größer vorgestellt.«

Sie war definitiv betrunken.

»Komm schon.« Feist zerrte seine Frau uncharmant am Arm weg, ehe ich erklären konnte, dass ich nicht Grit sei. »Schönen Abend Ihnen noch.«

Nach zwei Schritten löste er sich von ihr und war schnell in der Goldenen Bar verschwunden. Sie brauchte noch ein wenig länger, um sich bis zum Eingang vorzukämpfen, ohne sich dabei den Knöchel zu verstauchen.

»Allerliebst«, zischte ich Basti zu. Und hickste.

»Schrecklicher Typ! Für den würde ich echt nicht arbeiten wollen.«

»Ich auch nicht!«

»Warum machst du's dann?«, fragte er.

»Irgendwer muss ja meine Miete zahlen.«

Wir schlenderten zu meinem Fahrrad – er schweigend, ich hicksend. Die nächste bedrohliche Frage ploppte in meinem Hirn auf. Wie – um Himmels willen – verabschieden?

»Meins steht da hinten«, bemerkte Basti.

Auch er war ein Radler, was mich aus einem unerfindlichen Grund freute.

»In welche Richtung musst du?«

Während ich gen Osten zeigte beziehungsweise in die Richtung, in der ich Osten vermutete, deutete er nach Süden. Oder war das Norden? Okay. Dann also. Ich holte tief Luft. Hicks. Er lachte warm.

»War ein schöner Abend«, sagten wir fast gleichzeitig.

Basti war schneller, senkte den Kopf. »Oh, Kacke!«

Er wischte an dem weißen Taubendreckklecks herum, den er offensichtlich erst jetzt entdeckt hatte.

»Fieses Kaugummi«, murmelte er dabei. »Ich hab die blöde Angewohnheit, die auf ein Stückchen Papier auf meinen Schreibtisch zu kleben, statt sie gleich wegzuschmeißen. Und das Sakko lag gleich daneben. Na, das gibt bestimmt Punktabzug.«

Ich schüttelte den Kopf. Etwas zu heftig. Alles drehte sich.

»Also, du möchtest trotzdem … Also ich meine, äh, na egal. Möchtest du einen Report bekommen?«

»Klar, natürlich. Das Urteil einer Fachfrau lasse ich mir doch nicht entgehen. Und meine Kollegen freuen sich schon auf den Verriss.«

»Zu früh gefreut.«

Die Andeutung eines Lächelns war wärmender als ein ganzes.

»Darf ich noch was fragen?«

»Immer.« Er kam noch einen Schritt näher.

»Auf dem Klassentreffen, am Ende …« Ich musste husten. »Was wolltest du da eigentlich über meine Schuhe sagen?«

Er lachte und sah hinauf in den Nachthimmel. Dann blickte er mir fest in die Augen. Die Treibholzsprenkel schienen sanft auf der Oberfläche seiner Iris zu kreiseln. Ich spürte seine Hand auf meinem Unterarm.

»Ich wollte dich fragen, ob das die waren, die mir beim Abiball gegens Schienbein geflogen sind, nachdem du … Na ja, du weißt schon. Die Bowle und so.«

»Ah.« Ich hörte mich kichern. »Ich glaube, ich hatte da was falsch verstanden.«

»Du hast gedacht, ich hätte vergessen, wie der Abiball für dich geendet hat.«

Ich hörte kein Fragezeichen am Ende seines Satzes. Und er grinste unerwartet spitzbübisch. Um einen Grund dafür zu schaffen, dass mir das Blut in die Wangen stieg, beugte ich mich schnell zu meinem Fahrradschloss hinunter. Im selben Moment beugte sich Basti für ein Abschiedsküsschen vor. Mein Kopf verfehlte nur knapp sein Kinn. Wir kicherten beide ein wenig dümmlich. Ich richtete mich auf. Die Welt war ein Karussell. Hicks.

»Weißt du«, sagte er langsam, »was am besten gegen einen Schluckauf hilft?«

Ich sah mich selbst von außen, wie ich blöde den Kopf schüttelte, den Mund leicht geöffnet.

»Das hier«, und dann spürte ich seine Lippen auf meinen. Sehr entschieden. Als wolle er, dass sich sein Mut auszahle. Vor Schreck verschluckte ich mich beinahe. Und bekam einen Lachanfall. Er ließ mich irritiert los. »Noch mal«, wollte ich gerade flüstern. Doch er kam mir zuvor.

»Ich sollte an meinen Schreibtisch gehen und weiter programmieren«, sagte er mit einem schiefen Grinsen.

»Warum?« Lallte ich wirklich so, oder spielten mir meine Ohren einen Streich?

»Schon gut, Rieke Sturm. Ich gehe jetzt besser.«

Warum blieb er dann stehen?

»Los, geh schon«, sagte ich.

»Erst will ich sehen, wie du dein Fahrradschloss aufschließt.«

Ich warf den Kopf in den Nacken und kramte den Schlüssel aus meiner Tasche. Dann kniete ich mich hin. Hatte er mich gerade geküsst? Nee ... das konnte nicht sein.

»Hast du mich gerade geküsst?«

»Schließ dein Rad auf, ich will nicht die ganze Nacht hier stehen.«

Ich gluckste.

»Hey, der Schluckauf ... Er ist weg.« Ich stand wieder auf.

Er sah mich streng an und deutete auf das Schloss.

Ach so.

Ich ging erneut in die Knie, fummelte mit dem Schlüssel rum. Er hatte mich geküsst. Doch, auf jeden Fall. Und jetzt legte er seine Hand auf meine.

»Kannst du das noch mal machen?«, fragte ich.

Ohne zu antworten nahm er mir den Schlüssel ab und plötzlich war das Fahrrad schlossbefreit. Hihi. Wie geschickt er war.

»Du bist toll«, sagte ich und zog mich am Fahrradsattel wieder hoch.

Es krachte.

Was war das jetzt?

»Vorsicht, Rieke, du demolierst alle Räder«, sagte er sanft.

Ich trat näher zu ihm hin. Vielleicht musste jetzt ich ihn küssen? Ich legte ihm eine Hand in den Nacken. Warum schob er mich weg? Er bückte sich und hob mein Fahrrad auf. War das umgefallen?

»Ich glaube«, sagte er, »ich bringe dich besser nach Hause.«

»Wow!« Ich stöhnte auf. »Du gehst ja ran, Sebastian Herterich. Äh, Pardon, Lucas Scott, Scott Lucas.«

Wir fuhren mit der U-Bahn. Mit einer Hand hielt er den Fahrradlenker, mit der anderen mich. Ans Küssen dachte er offensichtlich nicht mehr. Gemein. Irgendwann standen wir vor meiner Haustür.

»Willst du jetzt auch noch mit raufkommen?«, brachte ich hervor.

Irgendwie fühlte ich eine große Müdigkeitswelle über mich hinüberschwappen. Ich gähnte.

»Ich schiebe dich wenigstens die Treppe hoch«, antwortete er, nahm mir den Schlüssel ab und sperrte auf.

Puh, noch nie war mir der Aufstieg zu meiner Wohnung so schwergefallen, aber irgendwann war auch das geschafft.

Ich saß auf meiner Bettkante, während er irgendetwas mit meinen Füßen anstellte.

»Das kitzelt!«, rief ich und kicherte. »Küss mich lieber noch mal.«

Er stellte meine Schuhe ordentlich neben das Bett und setzte sich dann neben mich, nahm meine Hand. Ich lehnte meinen Kopf an seine Schulter.

»Weißt du, Rieke, vielleicht ist jetzt nicht der richtige Zeitpunkt – aber ich glaube, es ist höchste Eisenbahn, dass ich mich bei dir entschuldige. Sind Entschuldigungen nach zehn Jahren noch gültig?«

Ich nickte, mein Kinn verharrte auf der Brust.

»Logisch. Wofür entschuldigst du dich denn?«, quetschte ich hervor und sah ihn wieder an.

»Na, dass ich dich damals verdächtigt habe. Dass ich dich einfach angeschrien habe, ohne dir die Chance zu geben, dich zu verteidigen. Und das auch noch vor allen Leuten. Mir tat das später so leid. Ich kann dir gar nicht sagen, wie sehr. Vor allem, als ich dann erfahren habe, was wirklich passiert war. Mein Gott, wie blöd ich war. Aber ich war einfach total durch den

Wind. Das mit meinem Vater, das hat mich so mitgenommen, ich konnte nicht klar denken. Und nach dem Abiball, da warst du sofort weg, ab nach Australien – am nächsten Tag schon.«

»Australien.« Warum sprach er denn jetzt von Australien?

»Rieke?«

»Hm?«

»Hast du mich verstanden?«

»Hm.«

Erlangen, 15. Mai 2009

Rieke, Rieke, Rieke, wieso habe ich nicht auf dich gehört und mich für was anderes entschieden? Programmieren kann ich ja eh schon. Wozu auch noch Zeit vergeuden mit reinrassigen Nerds, die mir nichts Neues beibringen können?

Eigentlich wollte ich die Unterlagen für die Zwischenprüfung raussuchen, aber dabei sind mir diese Briefe in die Hände gefallen, die ich nie abgeschickt hatte. Und stell dir vor: Ich konnte sie sogar entziffern:-)

Mann, schon wieder drei Jahre her, das Abi. Kaum zu glauben. Und kein einziges Lebenszeichen von dir. Lauter Nullen, keine Eins. Obwohl damals … ~~ich hätte~~ Es gab eine Zeit, in der ich geschworen hätte, das wird was mit uns. ~~Wir schienen füreinander gemacht. Was für ein kitschiger Scheiß. Nein, ich bin nicht betrunken. Eher Realist.~~ Ich hab's verbockt, damals. Es war meine Schuld, und ich war ein ignoranter Arsch. Jetzt kann ich es ja zugeben. Dabei hätte ich doch wissen müssen, dass ich auf dich zählen kann. Mich auf dich verlassen. Kein Wunder, dass du uns keine Chance mehr gegeben hast. Hätte ich auch nicht an deiner Stelle.

Weißt du, wann ich das erste Mal gemerkt habe, dass da was – tja was? – Größeres zwischen uns war? Weißt du noch, als wir nach einem durchlernten Abend ins Abraxas gegangen sind? Als wir uns nur bei einem Bier abkühlen und rumhängen wollten – nix reden, einfach alles vergessen, was mit Abi und allem anderen zu tun hatte? Ich glaube, ich hatte dir da schon von meinem Vater und den Unfällen erzählt. Hatte ich?

An der Bar standen jedenfalls Forchheimer und Grütz-

ke. Die haben sofort angefangen zu kichern, als sie uns gesehen haben, und wir haben uns gleich in die andere Ecke verzogen. Aber das hat sie nicht abgehalten. Sie sind aufgestanden, zu uns rübergekommen, und Forchheimer hat rumgeschwallt von wegen, warum wir so frustriert aussehen. Dass wir den Abistoff bestimmt immer noch nicht verstanden hätten. Und dann hat Grützke diesen Satz gesagt. Muss ich den wiederholen? Er steht wie eine Graffitischmiererei auf meiner inneren Menschenabschottungsmauer. Unauslöschlich.

»Ey, Henrieke«, hat der Grützke gegrölt, genau in dem Moment, als die sonst ständig dudelnde Musik im Abraxas für einen Moment still war. »Ist doch klar, wenn er dich sieht, der Herterich – härter wird er nich!«

Und dann haben sie sich fast bepisst vor Lachen, alle beide. Und immer – weißt du's noch? – immer, immer, wenn sie einen von uns beiden in den nächsten Wochen gesehen haben, haben sie gewispert und geflüstert und gezischelt und gerufen: »Härter wird er nich, der Herterich!«

Und wie haben wir reagiert? Als hätten wir sie nicht gehört. Und auch den ganzen Abiturjahrgang nicht, der schallend gelacht hat. Für die war das endlich mal wieder ein wahnsinnig lustiger Spruch, unter dem mein Vater schon in den Siebzigerjahren gelitten hat. Ich habe nichts gesagt und du auch nicht, und ich war dir dafür so dankbar. Vielleicht hat uns der blöde Spruch einander sogar nähergebracht. Gefühlsmäßig, ohne dass wir viel darüber reden mussten. Was aber wiederum auch ein Fehler war. Da hätten wir üben können, heikle Dinge anzusprechen. Zum Beispiel, dass zum gemeinsamen Lernen allein viel zu viel Gefühl im Spiel war. Dass die Sehnsucht schon zu-

schlug, bevor sich eine Tür zwischen uns schloss. Wir taten einfach, als wäre nichts. Nicht mit uns und nicht mit den anderen. Dabei war da plötzlich so ein Gefühl von: »Wir gegen den Rest der Welt.« Oder täusche ich mich? Trügt mich die Erinnerung?

Ich habe immer davon geträumt, dass man Gefühle in ablesbaren Zeichen darstellen kann. Wie einen Binärcode. 010 011 000 110 100 101 100 101 011 000 100 1 100 101. So schreibt man Liebe. Wie großartig wäre es, wenn jedes einzelne Bit übermitteln könnte, was das Gefühl von Liebe ausmacht. Man müsste nicht groß drum herumreden, sondern der andere – du! – würde mit einem Blick auf den Code kapieren, was los ist. Dann hätte ich mich sicher mehr getraut. Aber so – was hätte ich auch sagen sollen: Die reden Bullshit, aber ich bin tatsächlich total scharf auf dich? Hätte ich mich nie getraut. Wir waren zwei kleine Mauerblümchen, die beide fest in der knochentrockenen Erde eingebuddelt waren, und keiner konnte sich befreien. Und dennoch: Wir haben die anderen reden lassen und uns weiter getroffen. Einander Dinge anvertraut, die wir noch nie zuvor jemandem erzählt hatten. Du hast mir gestanden, dass du dich wie ein Alien in deiner Familie fühlst. Oder eher, als ob deine Eltern die Aliens wären. Deine hektische Mutter, der weggebeamte Vater, dein soziopathischer Bruder – keiner, der sich auf dich einließ.

Und ich … ich habe dir erzählt, was ich mir zusammengereimt hatte – denn gesprochen hat mit mir niemand. Meine Mutter tat, als wäre nichts gewesen, und mein Vater hat sowieso nicht mehr geredet. Du warst die Erste, die ich ins Vertrauen gezogen habe. Und die Einzige. Andere haben es ja dann über andere Kanäle erfahren. Ich verstehe bis heute nicht, warum meine Eltern nicht da-

rüber reden wollten. Depressionen sind doch keine Tabukrankheit mehr. Und mein Vater konnte ja nichts dafür, dass sich gleich mehrfach Selbstmörder ausgerechnet vor seinen Zug geschmissen hatten und er in der Folge seinen Dienst nicht mehr verrichten konnte. Nichts, wofür man sich schämen müsste, im Gegenteil, nachvollziehbar, therapierbar. Doch nachdem ihm dies zum dritten Mal passiert war, riss die letzte Mauer ein, hinter der er sich vor der Welt versteckte. Nichts ging mehr. Immer sah er nur diesen Blick vor sich, diesen letzten Blick, den ein Selbstmörder auf ihn richtete, bevor sein Zug über ihn hinwegdonnerte, ohne dass er auch nur die geringste Chance hatte, zu bremsen. Es kamen Frühpensionierung, Albträume, Langeweile, Geldsorgen, das Gefühl, überflüssig zu sein, Antriebslosigkeit … Mittlerweile hat er es einigermaßen im Griff. Er sitzt in seiner kleinen Tankstelle, am Rande eines Münchner Industriegebiets, verkauft Sprit fürs Rasen und für den Rausch, führt gelegentlich kleine Reparaturarbeiten durch und will von der Welt sonst nichts wissen. Manchmal habe ich den Eindruck, er hat seinen Frieden mit der Sache gemacht. Er redet immer noch nicht viel, aber manchmal, wenn ich ihn besuche, ein, zwei Mal im Jahr, wirkt er fast gelassen und heiter. Bedürfnislos. Hätte er in einem anderen Jahrhundert gelebt, wäre er vielleicht ins Kloster gegangen.

Wozu schreibe ich eigentlich so viel, wenn ich doch weiß, dass ich diesen Brief genauso wenig abschicken werde wie die davor? Gleich kommt eine Kommilitonin zum Lernen für die Zwischenprüfung. Cosima Lucas, die einzige Frau hier. Von der wird man noch was hören in der Welt. Cleveres Mädchen. Nicht mein Typ, viel zu kratzbürstig, aber eine gute Lernpartnerin und auch ein Trek-

kie. Egal, warum schreibe ich das auf? Ich müsste nur deinen Namen googeln und schon wüsste ich, wo du bist. Vermutlich hockst du auf einer Doktorandenstelle, strebsam, wie du bist. Oder bist die Newcomerin auf den Lyrik-Bestsellerlisten oder … Ach, keine Ahnung. Vielleicht bist du auch auf Weltreise, sitzt mit einem Aborigine auf dem Ayers Rock oder mit einem indischen Prinzen am Ufer des Ganges. Kämpfst mit einem Eisbären am Nordpol (und gewinnst natürlich). Oder du fährst mit einem alten roten Saab-Cabrio den Pan-American Highway entlang, runter bis nach Patagonien, so wie wir es uns immer erträumt haben. Ach, verdammt, ich geh jetzt lernen.

6. KAPITEL

DAS BLÖDE AN DEM PROBLEM IST, ES IST MEINS

Der Kater saß direkt in meinem Kopf und brüllte unablässig: »Weiterschlafen!« So laut, dass ich davon aufwachte. Und der Blick auf die Uhr zeigte, dass er mich hereinlegen wollte: Es war bereits zehn nach halb neun!

Mit einem Ruck, der meinen Schädel fast explodieren ließ, fuhr ich hoch. Hatte ich nicht um sieben im Büro sein wollen? Und dann fiel mir alles wieder ein. Beziehungsweise: Mir fiel auf, wie viel mir nicht einfiel. Wann war ich ins Bett gegangen? Vor allem: Wie war ich da hingekommen? Ich trug beim Aufwachen nur meine Unterwäsche, meine Klamotten lagen verstreut vor dem Bett. Meine letzte Erinnerung war … Hier musste ich lange nachdenken. Goldene Bar. Scott Lucas. Basti Herterich. Schöner Abend. Viel Wein. Oh Gott, und Schnaps. Und dann?

Irgendwie hatten wir länger vor dem Eingang gestanden. Und am Fahrrad. War ich heimgeradelt? Allein? Die Fragen, die ich nicht beantworten konnte, quälten mich mehr als die Kopfschmerzen. Oder sie verschärften diese. Hatte mich Basti heimgebracht? War da was gewesen? Zwischen uns? Mein Herz hämmerte wie verrückt. Warum nur? Mein Körper wusste etwas, das er meinem Verstand nicht anvertrauen wollte. Verdammt, verdammt … Ich konnte ihm doch keine Mail schicken und fragen, ob wir … Nein! Unmöglich.

Die Zeiger der Uhr bewegten sich unerbittlich voran!

Irgendwie gelang es mir, nur fünfundzwanzig Minuten später vor der Agentur zu stehen. Viel zu spät, aber trotzdem. Ich versuchte krampfhaft, mich auf die Arbeit zu konzentrieren, mich nicht über Grit zu ärgern, nicht über Feist, nicht über mein löcheriges Gedächtnis. Ich war allein durchdrungen von Apps und Konzept, Locations und Präsentation. Und von Übelkeit.

Selbst mittags verweigerte mein Magen noch immer die Nahrungsaufnahme. Was nicht nur auf die Übelkeit zurückzuführen war. Ich kannte mich. Es war vor allem ein handfestes Indiz für emotionale Überreizung.

Vor meinem Büro gingen Menschen auf und ab, die mich für meine Arbeit bezahlten. Nicht dafür, dass ich Tagträumen nachhing. Oder Reports für meinen Nebenjob schrieb. Ich konnte es mir nicht verkneifen und schrieb einen ersten Entwurf.

Lieber ~~Basti~~ Scott,

zunächst einmal herzlichen Dank für den ~~wundervollen~~ netten Abend. Es war wirklich ~~großartig~~ schön dich wiederzusehen. Ich finde, es war eine tolle Idee von deinen Kollegen, dir dieses Coaching zu schenken. Nicht, dass du es besonders nötig hättest, meine ich. Du bist nämlich ~~wirklich ein toller Mann,~~ ein angenehmer Gesprächspartner. Konzentriert, aufmerksam, mitdenkend, empathisch, humorvoll, einfühlsam, interessant, kein Selbstdarsteller, bescheiden ~~– so jemanden wünscht man sich nicht nur zum Freund, sondern gleich zum Vater seiner Kinder.~~

Himmel, nein – so ging das nicht. Ich konnte doch nicht so eine Eloge schreiben. »Vater seiner Kinder« – ich gehörte geohrfeigt! Das klang ja wie ein Heiratsantrag. Wo war mein analytischer Verstand? Wo meine Objektivität? An seinem Jackett hatte Kaugummi geklebt, er hatte mir die Vorspeise weggefuttert, und er hatte dafür gesorgt, dass ich mich besinnungslos betrank. Okay, das war nicht wirklich seine Schuld. Dafür hatte er … Verdammt, mehr fiel mir beim besten Willen nicht ein. Ich schloss den Report. Nicht, dass mich mein Chef noch damit erwischte. Oder Grit. Die dann petzen ging.

Feist hatte heute schon ein paarmal merkwürdig lächelnd zu mir hineingespäht, ohne etwas zu sagen. Er führte etwas im Schilde, das spürte ich. Und ich spürte auch, dass es nichts Gutes war.

Halb drei erst. Der Tag zog sich wie Kaugummi. Kaugummi auf dem Anzugrevers. Hach. Ich sollte ihm eine kurze Mail … Das verlangte schon die Höflichkeit. War er gut heimgekommen? Hatte er auch Kopfweh? Ach nein, wenn ich mich recht erinnerte, hatte er keinen Alkohol getrunken. Nicht einen Schluck. Wie auch? Ich hatte ja das ganze Lokal leer getrunken.

Schluss jetzt, rief ich mich zur Ordnung. Doch statt in tiefere Überlegungen für die saublöde Flirt-App einzusteigen, verstrickte sich mein Geist schon wieder in ganz tiefe Überlegungen zum Phänomen Scott Lucas. Was mich faszinierte, war diese Mischung aus Vertrautheit und Fremdheit. Er war der erste Mann, nein: Junge, gewesen, den ich geküsst hatte. Was sich anfühlte, als wäre es Lichtjahre her. Und hätte in einem anderen Universum stattgefunden. Denn gleichzeitig hatte ich das Gefühl, ich wäre ihm gestern Abend das erste Mal begegnet. Basti und Scott waren nicht im Geringsten identisch. Unter dem Umriss des erwachsenen Scott lugte zwar überall sein jungenhaftes Basti-Ego hervor, aber ich schaffte es einfach nicht, die beiden in Einklang zu bringen.

Das Klingeln des Telefons riss mich aus meiner tiefschürfenden Analyse, die meiner Firma wenig diente.

»Feist will dich sprechen«, zischte Karen mir ins Ohr, und ich zog sofort den Kopf ein. Schweren Schrittes machte ich mich auf den Weg zu meinem Chef. Sicher wollte er Ergebnisse sehen, Erkenntnisse, Geistesblitze.

Mitnichten. Feist hatte etwas anderes im Sinn.

»Woher kennen Sie den Mann? Diesen Scott Lucas?«, fragte er ohne Umschweife.

Oh.

Ein Schleier wurde vor meinen Augen weggezogen. Deswegen hatten wir vor dem Eingang gestanden – wir hatten Feist getroffen. Und seine schwankende Gerswid. In High Heels.

Anstatt zu antworten: »Was geht Sie das an?«, sagte ich reflexhaft: »Aus der Schule. Also, wir sind zusammen zur Schule gegangen.« Als ob die Wiederholung erst den Wahrheitsgehalt der Kernaussage bestätigte.

Feist neigte den Kopf, kniff ein Auge zum Schlitz zusammen und klopfte hektisch mit dem Zeigefinger auf die Tischplatte.

»Sehr schön«, sagte er. »Sehr schön. Was wissen Sie darüber, was er aktuell so tut?«

Ich holte tief Luft. Stockte. Nichts. Ich wusste nichts. Er hatte kaum etwas über sein gegenwärtiges Leben erzählt.

»Nur, dass er gerade mit einer Sache beschäftigt ist, die ihn viel Zeit kostet und die ihn sehr in Anspruch nimmt.«

»Verstehe. Und inhaltlich – da hat er nichts gesagt?«

Mir war klar, dass spätestens jetzt der Punkt erreicht war, an dem ich Feist mit dem Hinweis auf meine Privatangelegenheiten hätte stoppen müssen. Aber er saß mittlerweile auf der Tischkante und blickte auf mich herab. Für einen Moment kam ich mir vor wie damals bei der Orgasmus, die mich peinlich befragt hatte, ob ich mit Sicherheit sagen könne, dass es Grützke gewesen sei, der die Glastür zum Chemietrakt eingeschmissen hatte. Mein Hirn fühlte sich leer an, und ich schüttelte den Kopf, nein, Scott Lucas hatte nichts gesagt.

»Ich weiß aus sicherer Quelle, dass sich seine Firma auch um den Auftrag bei Date-O-Mat bewirbt. Diese kleine Klitsche! Leider preisgekrönt! Den wollten wir aufkaufen, aber er hat ja abgelehnt. Wenn wir jetzt wüssten, was *er* denen vorschlagen will, dann … Na, Sie finden das raus.« Feist rutschte von der Tischkante, dann setzte er sich wieder hinter seinen Schreibtisch und grinste mich zufrieden an.

»Äh, was?«, wagte ich schließlich zu fragen. Wie piepsig das klang! Dabei hätte ich riesige Spruchbänder ausrollen und ein Megafon benutzen sollen: WHY?

»Ja, kriegen Sie raus, woran er arbeitet. Ich meine – Ideen, die liegen in der Luft. Wer weiß am Ende schon, wer wann als Erstes welche Idee gehabt hatte. Es soll zu Ihrem Nachteil nicht sein. Er ist doch ein guter Freund von Ihnen, da wird er Ihnen bestimmt gerne erzählen, womit er sich so beschäftigt.«

Feist griff zum Telefonhörer und wies Karen barsch an, sie möge ihn mit Kosch verbinden, ja, dem Date-O-Mat-Geschäftsführer, und mich scheuchte er mit einem Augenzwinkern aus dem Raum.

Als ich die Türklinke schon in der Hand hatte, rief er mir noch nach: »Und ich kann sehr bald mit einer Information rechnen, nicht wahr, Frau Sturm? Und zwar ganz *entre nous* – Sie verstehen?«

Ich trank den bitteren, abgestandenen Kaffee, den ich in der Küche fand, viel zu schnell. Mein Magen rebellierte prompt. Im Schrank fand ich noch einen faden Keks, und der Zucker ließ mich einigermaßen zu mir kommen.

Wieso wehrte ich mich nie gegen Feist? Saublöd! Wenn ich

ihn recht verstanden hatte, hatte er mich gerade damit beauftragt, eine andere Firma auszuspionieren!

Ich setzte mich an meinen Schreibtisch und gab bei Google »Scott Lucas« ein. Über 84 Millionen Einträge. Ein Gitarrist und Sänger einer Indie-Grunge-Band, ein Politiker, ein Amerikanistik- und ein Arabistik-Professor und schließlich: »Wunderkind und Chef des Start-up-Unternehmens TrekStarApp mit Sitz in München (wired-Magazin 11/2011)«. Das musste er sein.

Ich sah mir die Homepage an und erstarrte vor Ehrfurcht. Zu seinen Kunden gehörten BMW und Porsche genauso wie Red Bull, Moët & Chandon und diverse Medienunternehmen. Für alle hatten Basti und sein Kompagnon Antonio Tumulka Apps entwickelt. Sie hatten tatsächlich mehrere Preise eingeheimst: 2013 einen Art-App-Award für eine Anwendung, die Landschaftsaufnahmen in abstrakte Flächen verwandelte, sie mit sphärischer Musik unterlegte und den Betrachter in scheinbar fremde Universen entführte. 2014 war ihre Genuss-App München als Super-App prämiert worden, und 2015 hatten sie einen zweiten Platz mit einer App belegt, mit der man schnell verfügbare Leihgeräte – von der mobilen Zapfanlage bis zum Gabelstapler – ausfindig machen konnte. Woran sie aktuell arbeiteten, verriet die Website nicht. Und ich sollte das herausfinden! Um unseren Konkurrenten im Kampf um den Date-O-Mat-Auftrag auszuschalten, war Feist jedes Mittel recht.

Ich starrte auf das Foto von Basti und seinem Co-Chef Antonio Tumulka. Beide standen im Trekkie-Anzug auf einer Dachterrasse, um sie herum antiquiert-futuristische Möbelstücke und pseudowissenschaftliche Geräte, im Hintergrund Münchner Gewerbegebietsbrache. Das Foto war von weit oben aufgenommen, und um die beiden Männer herum leuchtete so etwas wie eine blaue Aura. Fehlte nur noch ein reinretuschiertes Raumschiff. Sie grinsten wie kleine Jungs, auch wenn Tumulka einen Bart wie Catweazle trug. Die anderen Mitarbeiter traten ebenfalls in Science-Fiction-Manier auf: Eine recht mollige Kollegin hatte sich wie Lieutenant Uhura zurechtgemacht – mit üppiger brauner Perückenmähne und hochgeschlossenem Kostüm – die Empfangsdame, wie die Bildunterschrift verriet. Zwei Programmierer hatten sich in Sulu-Pose geworfen, ein anderer machte einen auf Spock – sogar die langen Ohren hatte er sich angeklebt. Und alle sahen sehr fröhlich aus. Beinahe war ich neidisch. Nicht nur, weil sie in Basti sicher einen tollen Chef hatten.

Sie haben eine neue Nachricht, ploppte plötzlich eine Anzeige auf meinem Bildschirm auf. Betreff: »Gestern Abend«. Mit zittrigen Fingern klickte ich sie an. Tatsächlich: Sie kam von Basti. Nein, von Scott.

Hi Rieke,

wollte mich nur noch mal für den Abend bedanken. Ich hoffe, du hast die Nacht überlebt. Im Nachhinein fiel mir auf, dass du mir gar keine Dating-Tipps gegeben hast. Das müssen wir noch mal nachholen. Trotzdem sind meine Jungs hier von meinem Bericht so begeistert, dass sie dich auch alle buchen wollen. Ich hoffe, es ist dir recht, wenn ich deine Kontaktdaten weitergebe. Manche sind harte Fälle, sei gewarnt!

Bis bald,
Gruß
Scott

Ich wollte so tun, als sei dies eine ganz normale E-Mail von einem ganz normalen Bekannten. Warum schrieb er »Gruß«? Nicht »liebe Grüße«? Und wieso hoffte er, ich hatte »die Nacht überlebt«? Was war in der vergangenen Nacht passiert? Obwohl ich alleine war, lief ich rot an. Ich presste mir die Finger gegen die Schläfen, als könnte ich auf diese Weise meine Denkfähigkeit ankurbeln. Aber erwartungsgemäß passierte gar nichts. Wir hatten Feist getroffen – alles danach … eine einzige trübe Suppe des Vergessens.

Und warum erwähnte er das mit den fehlenden Tipps? War das eine leichte Kritik? Bestimmt. Wahrscheinlich hatte er den Abend unzumutbar gefunden und wollte seine Jungs nur nicht enttäuschen. Auweia – und was für Typen schickte er mir da? Ob die ein Trekkie-Kostüm anhatten, wenn ich sie traf? Aber wahrscheinlich war das eh nur so dahingesagt, und es würde sich niemand melden. Oder hatte ich irgendwann im Laufe des Abends etwas gesagt, das auf meine miese finanzielle Lage hinwies, und er wollte mir auf diese Weise ein Almosen zukommen lassen?

Was war das überhaupt für eine bescheuerte Mail? Ich sollte ihm zurückschreiben … dass er … sich das alles in die Haare schmieren konnte und gar nicht so tun müsste, als ob … Gruß. Wie blöd! Gruß! Das würde ich in den Report mit aufnehmen. Zu sachliche Ansprache. Überhaupt – er hatte viel zu wenig von sich erzählt, war geradezu verschlossen gewesen. Ich wusste ja nicht einmal, womit er sich aktuell beschäftigte und ob wir uns zum Abschied vielleicht geküsst hatten. So was wäre mir doch garantiert in Erinnerung geblieben. Männer! Diese haarigen, schweigsamen Biester!

Immerhin standen in der Mail all seine Kontaktdaten und ich speicherte sie mir umgehend im Handy ab.

Kling.

Die nächste Mail.

Kling. Kling.

Noch ein paar.

Kling.

Alle hatten den gleichen Betreff: »Ein Date mit dem Dating-TÜV. Eilig.«

Die Texte in den Mails waren ebenfalls nahezu identisch. Vier Typen wollten ein Coaching von mir. Und zwar möglichst umgehend.

Ich musste grinsen. Irgendwie war das ja süß. Und lukrativ. Sie wollten alle das Deluxe-Paket für 180 Euro mit der tief gehenden Analyse. Offensichtlich hatten sie bei TrekStarApp gut bezahlte Jobs. Und ich würde gut zu tun haben, das sah nach arbeitsreichen Wochenenden aus. Mein Bankkonto würde jubeln.

Und noch etwas daran war sehr reizvoll: Vielleicht würde mir einer meiner neuen Coaching-Klienten erzählen, woran sie gerade arbeiteten – ich würde Basti nicht aushorchen müssen und könnte Feist zumindest so ein paar Bröckchen hinwerfen – was angesichts Grits überragender Beliebtheit dringend nötig war.

So langsam besserte sich meine Laune. Ich zog meinen Kalender heraus und stellte fest, dass die nächsten Abende sich durch gähnende Leere auszeichneten, was Termine anging. Was ich auch ohne Kalender gewusst hätte. Damit es nicht ganz so bedürftig wirkte, schlug ich Bastis Kompagnon Antonio Tumulka vor, ihn am nächsten Abend, also am Donnerstag, zu treffen, die anderen drei Kandidaten verteilte ich auf die nächste Woche. Wow, sah das im Terminkalender gut aus. Ich kam mir einen Moment lang regelrecht begehrt vor. Den Gedanken, dass sie mich natürlich nur trafen, um zu erfahren, wie sie erfolgreich andere Frauen anbaggern konnten, schob ich schnell beiseite.

Basti schrieb ich eine kurze, neutral klingende Mail zurück:

Hallo Scott,

danke für die Weiterempfehlung. Ja, deine Kollegen haben sich schon gemeldet. Freut mich, dass dir der Abend gefallen hat.

Gruß
Rieke

PS: Haben wir uns eigentlich geküsst?

Nein, den letzten Satz strich ich wieder. Aber die Nüchternheit, die blieb. Zumindest in meinen Zeilen.

Irgendwann war es tatsächlich halb acht, und ich konnte guten Gewissens meinen Computer herunterfahren. Na ja, nicht wirklich guten Gewissens – da wäre noch die eine oder andere Mail gewesen, die ich hätte beantworten können, aber ich musste endlich einkaufen gehen, sonst würde mir mein Kühlschrank wegen Unterbeschäftigung kündigen. Immerhin hatte ich einige Verbesserungsvorschläge für das Date-O-Mat-Konzept ausgearbeitet – und das trotz des Katers, der mir bis in die Nachmittagsstunden zu schaffen gemacht hatte. Genau wie die Gedankenblase, die immer wieder aufgeploppt war: Was war am vorangegangenen Abend noch geschehen? Leider hatte Basti auf meine E-Mail nicht mehr reagiert, auch wenn ich im Fünfminutentakt das Eingangspostfach beschwor. Telepathie funktionierte einfach nicht digital.

Um viertel vor acht sprintete ich in den Edeka-Laden drei Straßen weiter, schaufelte essbar aussehende Dinge in meinen Einkaufswagen und reihte mich in die Schlange vor der Kasse ein. Vor mir standen ausschließlich Männer um die dreißig, die Tiefkühlpizzen, Chipstüten, Wiener Würstchen, Bier, Cola und Kinder-Schokolade-Großpackungen auf das Band legten. Hier und da fand sich noch ein Apfel oder ein Joghurt. Rein theoretisch waren dies alles potenzielle zukünftige Lebensgefährten. Natürlich konnte keiner von ihnen Basti das Wasser reichen. Ich war auch nicht an ihnen interessiert, natürlich nicht. Aber ich fragte mich einmal mehr, warum einem der eine Mann plötzlich Herzklopfen bereitete, während der andere einem so egal war wie ein abrasiertes Schamhaar. Und woher wusste man, dass der Herzklopfverursacher besser zu einem passte als der Schamhaartyp? Wenn ich Basti nicht kennen würde, und er stünde in der Schlange – würde ich merken, dass er ein Herzklopfer war? War er das denn? Oh ja, allerdings, das musste ich zu meinem Erstaunen zugeben. Ich hatte heute so oft an ihn gedacht, dass mein Herz schon lange nicht mehr klopfte, sondern nur noch raste. Hm …

Mein Blick wanderte durch die Glasscheiben hinaus, wo sich die sinkende Sonne in den Fensterfronten des Versicherungskonzerns gegenüber spiegelte. Wahrscheinlich saßen die Schamhaarmännchen den ganzen Tag in diesem Hochsicherheitstrakt menschlichen Weltzähmungswillens und beteten, dass der Versicherungsfall für wen oder was auch immer nicht eintrat und ihnen Arbeit erspart bliebe. Das große Eingangsportal öffnete sich und spuckte eine weitere Herde dieser Hohepriester des Sicherheitsdenkens auf die Straße. Unter ihnen fiel mir eine Frau im dunklen Kostüm auf, die auf ihren zu hohen Absätzen ungelenk die Straße überquerte und gleichzeitig versuchte, ihre Haare mit einer Spange zu bändigen. Autofahrer hupten, und sie knickte bei dem Versuch, schnell von der Spur herunterzukommen, beinahe um. Der enge Rock widersetzte sich massiv ihrem Versuch, die Fahrbahnabtrennung in der Straßenmitte zu überwinden. Sie fuchtelte mit den Armen, wankte, schwankte und gelangte schließlich doch hinüber. In diesem Moment kreuzten sich unsere Blicke. Pia.

»57,83!«, brüllte mich jemand an.

Verstört blickte ich auf den genervten Kassierer herab und zückte meine EC-Karte. Pia stand noch immer dort draußen, als wäre sie eine Statue, die man an der falschen Stelle platziert hatte.

»Geheimzahl bitte«, brüllte der Kassierer weiter, und ich beeilte mich mit dem Bezahlen.

So schnell es ging, raffte ich meine Einkäufe zusammen. Wie immer hatte ich eine Tüte zu wenig.

Als ich endlich vor dem Supermarkt stand, einen Salatkopf und eine Chipstüte unter den Arm geklemmt, war Pia verschwunden. Doch als ich mich zu meinem Fahrrad drehte, bemerkte ich aus dem Augenwinkel eine Bewegung.

»Pia!«, rief ich.

Sie versuchte so schnell wie möglich im Supermarkt zu verschwinden. Ein prall gefüllter Einkaufswagen versperrte ihr den Weg, und in drei langen Schritten war ich bei ihr.

»Ach, Rieke, Süße, so ein Zufall«, stotterte sie, während sich ihre Wangen immer röter färbten.

»Hi!« Ich hauchte ihr ein Bussi auf die Wange. »Arbeitest du hier?« Ich deutete auf den Bürobau gegenüber.

Sie kramte in ihrer Handtasche, vermutlich nach einem Einkaufswagen-Chip, und vermied so den Blickkontakt zu mir.

»Ach, ich, ähm … hatte einen Beratungstermin. Musste mal meine ganzen Versicherungen checken lassen. Man ist ja so schnell überversichert, und ich habe kein Geld, das ich für solchen Quatsch zum Fenster rauswerfen kann.«

»Ciao, Pia, schönen Feierabend«, sagte ein Anzugträger und tippte ihr im Vorbeigehen auf die Schulter.

Ich sagte nichts.

»Das war der Berater«, sagte sie.

Ich nickte.

»Wie läuft's in München?«, erkundigte ich mich. »Kommt dein Kunstprojekt voran?«

Sie spitzte die Lippen und knetete den Chip zwischen den Fingern.

»Ja, ich muss noch … Da gibt es noch … Na ja, mit den Sponsoren ist noch nicht alles geklärt. Aber ich bin auf einem guten Weg.«

Aha. Was hätte ich sagen sollen? Lüg mich doch nicht an?

»Ich muss jetzt … Der Laden macht gleich zu.« Sie sah nicht aus, als ob sie das bedauerte. »Wie wär's wenn wir uns am Wochenende mal treffen? Dann erzähl ich dir alles.«

Und schon spürte ich ihre Lippen auf meiner Wange und sie war im Laden verschwunden.

Was war nur aus Pia geworden? Wohin war die strahlende, selbstbewusste Frau verschwunden? Während ich die Einkäufe auf meinem Fahrrad verstaute, blickte ich über die mittlerweile roséfarben schillernde Glasfassade gegenüber. Hatte nicht ihr Vater in Würzburg eine Agentur für genau diesen Versicherungskonzern betrieben? Ach, Pia.

»Ihr benutzt einen was? Einen Hundeschädel?«

Die Fältchen um Tonios Augen vermehrten sich rasant, so heftig lachte er. Normalerweise ging mir ausführliches Erläutern von Spielregeln total auf den Geist, aber in diesem Fall wollte ich es wirklich verstehen.

Seit gut einer Stunde saß ich mit Antonio Tumulka vor dem Milchhäusl im Englischen Garten (sein Vorschlag), und wir teilten uns ein Stück Topfenstrudel zum Bier.

Antonio – »sag Tonio zu mir« – trug nicht nur einen Fusselbart, sondern auch riesige Ohrringe, die seinen ausgeleierten Ohrläppchen grauenhafte Schmerzen bereiten mussten. Die Löcher waren so groß, dass locker ein Centstück durchpasste. Er hatte seine etwa schulterlangen Haare zum Zopf gebunden, und zum ausgeleierten T-Shirt (Aufschrift: *Real Life? Send me a link*) trug er Jeansshorts und schmutzige Sneakers. Trotzdem war er irgendwie lustig. Und seine braunen Augen strahlten eine einnehmende Wärme aus.

»Natürlich kein echter Hundeschädel, Mann … Frau!« Er futterte das letzte Stück Strudel. »Der ist aus Schaumstoff. Und man darf ihn nicht treten.«

»Wuff«, sagte ich. »Jugger – hab ich noch nie gehört. Und da gibt's echt Meisterschaften?«

»Klar, Turniere, Ligen, internationale Wettbewerbe, alles, was das Herz begehrt. Wir treffen uns immer sonntags zum Training, kannst ja mal zuschauen kommen. Gleich auf der großen Wiese dort hinten, da, wo wir vorhin langgelaufen sind.«

»Und wie heißen noch mal eure Wurfspeere?«

»Pompfen. Und es sind Keulen. Die längste heißt Q-Tip. Ein bisschen erinnern sie an Wattestäbchen.«

»Allerliebst.«

Mir gelang es nicht, ihn ernst zu nehmen. Männer (und Frauen!), die mit überdimensionalen Wattestäbchen aufeinander losgingen, sich mit langen Ketten bewarfen, wie er mir ausführlich beschrieben hatte, und dabei einen Hundeschädel ins gegnerische »Mal« befördern sollten, das stellte ich mir martialisch vor – aber auf eine lächerliche Art. Außerdem musste ich es endlich schaffen, ihn von seinem Lieblingsthema abzubringen, damit er mir erzählte, womit er in seiner Firma beschäftigt war. Und was Basti so machte. Außer sich mir gegenüber auszuschweigen.

Feist hatte mich heute schon wieder mit bedeutsamen Blicken bedacht, und ich war ihm mit gesenktem Haupt so schnell wie möglich ausgewichen.

»Jugger ist bestimmt ein guter Ausgleich zur vielen Arbeit vor dem Computer«, lenkte ich ein.

Tonio nickte.

»Und du hast eure Firma gemeinsam mit Bas… Scott gegründet?« Offenbar musste ich bei Adam und Eva anfangen.

Er nickte erneut.

»Ihr seid ganz schön erfolgreich, oder?«

Ein vages Kopfschütteln. Außerdem blickte er so entrückt auf den kleinen, leeren Spielplatz neben dem Milchhäusl, dass mir der Verdacht kam, er weilte gedanklich noch immer bei der letzten Jugger-Olympiade.

»Ähm«, hob ich an. »Kleiner Tipp: Bei einem Date sollte man sich niemals zu offensichtlich an einen anderen Platz träumen.«

Er zuckte zusammen. »Oh, sorry, klar. Ja, also, ja. Ähm.«

Rhetorisch war er nicht sehr gewandt – jedenfalls dann, wenn es nicht um Jugger ging.

»Seid ihr ein gutes Team – Bas… Scott und du?«

»Klar, super. Ein super Team. Wir kennen uns noch von der Uni in Erlangen.«

»Woran arbeitet ihr denn gerade so?«

Er trank den letzten Rest Bier in einem Schluck aus, und als er das Glas auf dem Tisch abstellte, schien es, als legte sich in seinem Hirn ein Schalter um. Sein Blick wurde klar, und er taxierte mich aufmerksam.

»Oh, das ist geheim. Ganz streng geheim. Einmal, ganz am Anfang ist es uns passiert, dass uns jemand eine Idee geklaut und es tatsächlich geschafft hat, sie vor uns am Markt zu positionieren. So ein Fehler passiert uns nicht noch mal, das haben wir uns damals geschworen. Wir sind zwar alle ein bisschen spinnert – aber blöd sind wir nicht.« Er zog das Unterlid mit dem kleinen Finger ein wenig nach unten.

Ich hob beschwichtigend die Hände. »Ah, okay, na klar, wollte nicht indiskret sein. Kann ich verstehen, dass ihr vorsichtig seid.«

Er grinste. Und schwieg.

Und ich auch.

»Tja«, sagte ich nach einer Weile ein wenig ratlos.

»Tja«, antwortete er.

Ich sollte das nicht tun. Das gehörte sich einfach nicht! Mir wurde schlagartig klar, dass ich auf keinen Fall Werksspionage betreiben wollte. Ich musste Feist sagen, dass ich nichts herausbekommen konnte, und fertig. Und ich würde mich ab sofort darauf konzentrieren, Tonio als Kunden wahrzunehmen, der mich dafür bezahlte, dass ich ihn zu seinem Dating-Verhalten beriet.

»Erzähl doch mal, wie läuft es denn typischerweise ab, wenn du eine Frau triffst?«, fragte ich also brav.

»Wollen wir noch ein bisschen rumlaufen?«, fragte er.

Wir erhoben uns und spazierten gemächlich durch den Englischen Garten.

»Ehrlich gesagt«, sagte er nach ein paar Schritten, »treffe ich mich eigentlich nie mit Frauen.«

»Wie?«

»Na ja, hin und wieder krieg ich mal so 'nen Rappel und stelle mir vor, ich verrotte irgendwann noch in meiner Wohnung vorm Computer, weil ich – außer Scott und ein paar von den Jungs – keinerlei Sozialkontakte habe. Wenn das passiert, dann schau ich schon mal in so eine blöde Partnerbörse. Aber über einen Chat ist da nie was hinausgegangen.«

»Angst, jemanden im Real Life zu treffen?«

Er zuckte ratlos mit den Schultern, riss im Vorbeigehen ein

Blatt von einem ausladenden Busch ab und zerbröselte es zwischen den Fingern.

»Entweder merke ich ganz schnell, dass die Wei… äh, die Frauen, dass die total unterbemittelt sind, oder ich finde sie so ultra, dass ich mich einfach nicht traue, sie zu treffen.«

»Ein super Rezept, um ewig Single zu bleiben«, sagte ich.

Tonio konnte einen solchen Dackelblick hinlegen, dass man für einen Moment den Zottelbart und die Ohrlöcher vergaß.

Automatisch hatten wir den Weg in Richtung Hofgarten eingeschlagen, und ich erkannte schon mein geparktes Fahrrad.

»Vielleicht wäre es einfacher für dich, jemanden in natura kennenzulernen«, überlegte ich. »So per Zufall. Über Freunde. Kollegen. Wie man das früher gemacht hat.«

Er lachte laut auf. »Meine Kollegen sind meine Freunde, und die kennen auch keine Frauen. Außer Scott – der kennt immerhin dich.«

Immerhin? Was wollte er denn damit sagen?

»Ach ja, und … Scott geht's gut?«

Herrje, war das plump.

»Hat viel zu tun.«

Kam da noch was? Offensichtlich nicht.

»Also, Tonio, du bekommst bald meine ausführliche Analyse. Ich hoffe, sie hilft dir weiter.«

Er schlug mir kumpelhaft auf die Schulter, nuschelte so etwas wie »Danke, Sis«, und trollte sich in die anbrechende Dunkelheit.

Ein schwieriger Fall. Welche Frau sollte sich in einen Catweazle mit Computeritis und Hang zu Hundeschädeln verlieben? Ich kannte keine!

Wie praktisch jeder liebte ich den Freitag. An diesem musste ich mir das Wochenende jedoch hart erarbeiten.

Am Morgen hatte ich noch gehofft, dass ich die Mittagspause nutzen könnte, um weiter an Bastis/Scotts Bericht zu arbeiten – auch, weil mich das davon abgehalten hätte, ständig Mails, SMS, WhatsApp und sonstige Übermittlungswege von Nachrichten zu checken, die ein gewisser Scott Lucas zu versenden gewillt sein könnte. Aber Feist überschüttete mich geradezu mit Arbeit, sodass ich ohnehin keine Zeit für kontrollsüchtige Blicke hatte. So würde eben das Wochenende für die Berichte draufgehen. Und ich hatte weder Zeit zu bedauern noch zu hinterfragen, warum sich Basti Herrgott noch mal nicht meldete.

Am Morgen hatte mein Chef schon wieder damit angefangen: »Haben Sie schon etwas herausbekommen? Sie wissen, Montag in zwei Wochen, um elf Uhr, müssen wir alles abgegeben haben. Die Zeit drängt!«

»Keine Chance«, hatte ich geantwortet. »Die haben da höchste Geheimhaltungsstufe, da rückt keiner was raus.«

Feist runzelte missbilligend die Stirn, um dann mit zuckersüßer Stimme hinterherzuschieben: »Es wird Ihnen gelingen, Frau Sturm, da bin ich ganz sicher. Sie lassen einfach Ihren mädchenhaften Charme spielen, und dann wird der Knabe weich. Oder Sie bieten sich als Beta-Testerin an, da geht bestimmt was.«

Ich raffte all meinen Mut zusammen. »Ähm … eigentlich brauchen wir doch gar kein fremdes Konzept. Die Kollegin Mersburg arbeitet doch weiter an dieser großartigen Idee für die Location-App, oder?«

Feist kniff die Augen zusammen.

»Ach das, das ist doch alles Humbug …«

Großartig, was für ein Vertrauen unser Chef in unsere Kreativität hatte. Er setzte lieber auf Spionage als auf seine eigenen Leute.

Seit dieser kurzen Unterredung schrieb er mir im Zehnminutentakt Mails, die beinahe uferlose Arbeitsaufträge enthielten. Und so brütete ich selbst abends um halb neun noch über Tabellen und Grafiken, erfand Überschriften und verwarf Kurzbeschreibungen.

Immerhin riss mich irgendwann eine WhatsApp aus meinem mönchischen Dasein: »Sehen wir uns am Wochenende? Wann hast du Zeit? LG, Pia«. Wir verabredeten uns für Sonntag im Englischen Garten. Vielleicht konnten wir ja ganz zufällig bei diesem Jugger-Training vorbeischlendern. Irgendwie wollte ich mir das gerne anschauen, so durchgeknallt, wie es geklungen hatte.

Um halb zehn machte ich mich endlich auf den Heimweg. Immerhin brannte in zwei weiteren Büros – unter anderen in Grits – noch Licht. Ich war nicht die Einzige, die hier so lange geknechtet wurde.

Eigentlich hätte ich am Samstag mal wieder putzen müssen, aber weil ich von der Woche so erschöpft war, schlief ich bis halb elf. Und dann musste ich mich dringend an meine beiden Dating-TÜV-Analysen setzen, bevor mir nächste Woche die restlichen Dates mit Bastis Mitarbeitern ins Haus standen.

Tonio Tumulka hatte ich in eineinhalb Stunden abgehandelt. Er war ein Klassiker, und ich konnte auf mein Standardrepertoire zurückgreifen. Behutsam legte ich ihm nahe, sein Äußeres ein bisschen zu relaunchen, und schaffte es sogar, dabei den Ausdruck »Catweazle« zu vermeiden. Außerdem bekam er meine neueste Link-Liste mit Websites, auf denen er sich informieren konnte, worüber die Frau von heute gerne redete. Von Psychothemen über aktuelle Kinofilme bis hin zu neuen Büchern und – ja! – auch Mode und Beautythemen. Ganz unten standen noch Links zum Thema »Kinderwunsch, und wie ich als Mann darauf reagiere«, aber ich hätte ein Monatsgehalt darauf verwettet, dass er die niemals anklicken würde.

Dann wandte ich mich der Analyse von Scott Lucas zu. Zunächst löschte ich alles, was ich bisher geschrieben hatte. Anschließend dachte ich nach.

Tagträumte.

Hatten wir uns geküsst?

Ja.

Nein.

J … Nein.

Ich spielte mit dem Gedanken, ihm eine WhatsApp zu schicken.

Googelte seinen Namen. Betrachtete ein Bild von ihm.

Schrieb die Anrede.

Tagträumte.

Oder doch?

Nein, da war kein Kuss gewesen.

Checkte mein Handy.

Mehrmals.

Nichts.

Überprüfte meine Internetverbindung.

Alles okay.

Erstellte die Rechnung für Tonios Analyse.

Verzweifelte.

Tippte eine WhatsApp.

Verwarf sie.

Schließlich kramte ich die Analyse des einzigen Mannes heraus, der mir sympathisch gewesen war, und übernahm ganze Textblöcke. Für eine tief gehende Analyse war das ein bisschen wenig, aber Scott hatte ja keinen Vergleich. Dass das Ganze etwas unpersönlich klang, verdrängte ich.

Es war schon später Nachmittag, als ich endlich fertig war. Und ich war viel zu erledigt, um danach noch zu putzen.

Ich las die Analyse von Zweifeln gepeinigt noch einmal durch, entschloss mich aber, sie ihm schnell zu schicken, ehe mich schlechtes Gewissen und allzu große Zweifel überkamen. Was weg war, war weg. *Conclusio,* war der letzte Abschnitt überschrieben.

Zusammenfassend lässt sich sagen, dass dein Auftreten im Großen und Ganzen geeignet ist, bei entsprechenden Frauen Interesse zu wecken. In Zukunft solltest du noch stärker auf dein Äußeres achten (Kaugummiflecken! Nerd-T-Shirt!) und deinen Gesprächsanteil erhöhen. Natürlich möchte keine Frau einen Dauerredner, aber etwas mehr persönliche Details und interessante Fakten aus deinem Leben schaden mit Sicherheit nicht. Ich gehe davon aus, dass dir vor allem die Praxis fehlt, dich mit Frauen, deren Biotop nicht ausschließliches ein Raum mit einem Computer darin ist, adäquat zu unterhalten. Ich kann dir nur raten: Praxis, Praxis, Praxis. Der Rest kommt dann ganz von selbst.

Ich hatte schon brillantere Analysen geschrieben, aber ich war so glücklich, sie endlich abgeschlossen zu haben, dass ich ganz schnell auf »Senden« klickte. Und der Datei den Wunsch hinterherschickte, dass er das alles nicht zu wörtlich nahm. Wenn ich ehrlich war, musste ich zugeben, dass mir die Vorstellung, er würde sich mit vielen, vielen, vielen, ja, ganz vielen Frauen treffen, eiskalte Schauer über den Rücken jagte.

Las Vegas, 1. Juni 2010

Ach, du Scheiße!

Das glaub ich jetzt nicht. Zwickt mich mal einer. Rieke, du?

Ich sitze am Morgen nach der Hochzeitsnacht – nach meiner Hochzeitsnacht! – auf dem knarzenden Bett eines abgewrackten Motels und schreibe meiner Ex, die gar keine richtige Ex ist, einen Brief, den ich vermutlich genauso wenig abschicken werde, wie die Exemplare der vergangenen Jahre. Ich sollte mich im Honeymoon-Gefühl aalen und meine frischgebackene Ehefrau wund poppen. Fürchte, das wird nichts. Sie ist seit gut einer halben Stunde im Bad verschwunden, und ich höre nichts als Wasserrauschen. Als wollte sie sich unsere Eheschließung vom Leib waschen. Heute schon.

Gestern war alles noch so leicht, so easy going, so selbstverständlich und klar. Gestern. Da sind wir an dieser kleinen Hochzeitskapelle vorbeigekommen, die damit warb, dass sie einem Trekkie-Anzüge zur Trauung anbot. Wir fanden das wahnsinnig komisch. Irgendwie hatten wir beide den Eindruck, Cosima genauso wie ich, dass diese ironische Überhöhung eines Hochzeitsrituals in einem Star-Trek-Anzug den Akt des Heiratens in irgendeiner Form rechtfertige.

»Komm, wir schauen mal«, hatte sie gesagt. »Nur mal schauen.«

Zehn Minuten später trug ich ein eng anliegendes, leuchtend blaues Shirt mit dem Star-Trek-Winkel auf der Brust sowie eine enge schwarze Hose und hob die Hand zum vulkanischen Gruß in die Höhe. Immerhin hatte ich auf die Ohren-Attrappe verzichtet.

»Veränderung ist der wichtigste Motor aller Existenz«, rief ich munter und gab Cosima einen langen Kuss.

Sie sah in dem roten Uhura-Minikleid extrem sexy aus und erwiderte meine Zärtlichkeiten leidenschaftlich.

Dann zückte ich meine Kreditkarte und verdrängte sofort, dass sie für diesen Hochzeitsakt mit vierhundertfünfzig Dollar (inklusive der Papiere immerhin!) belastet wurde.

Cosima und ich sind seit drei Monaten so etwas wie ein Paar. Eigentlich haben wir beide viel zu wenig Zeit für eine Beziehung, so sehr nimmt uns das Lernen in Anspruch (und mich das Programmieren, denn ich muss – im Gegensatz zu ihr – Geld verdienen), aber nun haben wir uns zwei Wochen Los Angeles und Las Vegas gegönnt und genießen die Zeit miteinander wirklich. Aus meiner Perspektive gab es bis gestern nichts, was gegen eine Eheschließung sprach. Wir teilen die Leidenschaft für Star Trek, binäre Codes und Easter-Eggs, außerdem kann man wunderbar mit ihr über Betriebssysteme und Browser streiten.

Auch wenn mir klar war, dass wir darüber nie einer Meinung sein würden (ich: Linux, sie: Mac OS X), so empfand ich gestern eine Trauung als beinahe zwangsläufig. Außerdem bin ich mittlerweile zweiundzwanzig und habe noch nie etwas wirklich Unvernünftiges getan. Es schien an der Zeit zu sein.

Vielleicht hat uns gestern auch der Joint so übermütig gemacht, den wir uns schon zum Frühstück geteilt hatten. Heute ist das Dope aufgeraucht, und alles wirkt irgendwie fahl. So aschig. So nebulös wie der Mutara-Nebel anno 2285. Soll ich ihr gleich sagen, dass alles ein einziger, großer Fehler war? Eine Dummheit? Ach, Rieke, ich ver-

misse dich. Du könntest mir jetzt sagen, was ich tun soll. So wie damals.

Das einzig Positive ist: Ich bin meinen Nachnamen los. Endgültig. Auch wenn ich jetzt heiße wie der Star-Wars-Erfinder. Bye-bye Mr Herterich. Welcome Mr Lucas. Und bye, Rieke, gehab dich wohl und sei klüger als ich.

7. KAPITEL

LIFE HAS NO CTRL + Z

Warum starrte mich der gut aussehende Typ mit den Strahleaugen so an? Ich überlegte gerade, ihm ein Lächeln zu schenken, als mir klar wurde, dass er ganz knapp an meinem Ohr vorbeisah. Das war eine Millisekunde, bevor sich von hinten ein Arm um meinen Hals legte und Pia mir einen feuchten Schmatzer auf die Wange drückte. Ihr galt das Glotzen, keine Frage. Wie hatte ich nur glauben können … Egal jetzt.

»Endlich«, entfuhr es mir.

Ich musste mich stark bemühen, ihr nicht meine Armbanduhr unter die Nase zu halten, um ihr zu zeigen, dass sie achtzehn Minuten zu spät war, mehr als das berüchtigte akademische Viertelstündchen.

»Sorry.« Sie zog umgehend einen reumütigen Flunsch und zuppelte an meinem Blusensaum herum. »Mein Fahrrad war platt, also, das von der Schwester von dem Freund, bei der ich gerade wohne. Und ich habe ewig gesucht, bis ich eine Luftpumpe gefunden habe.«

Früher wäre das Fahrrad gleich ganz kaputt gewesen, aber auch Pia wurde älter und die Verspätungen im gleichen Maße kürzer wie die Ausreden. Das war doch schon mal ein Fortschritt.

Wir bummelten los in Richtung Chinesischer Turm, und ich war froh, dass sie munter drauflosplapperte. So musste ich noch nicht die Frage stellen, die ich zu Hause beharrlich geprobt hatte. Nach vielem Hin und her hatte ich mich für die geradlinigste Variante entschieden: »Pia, was machst du wirklich hier in München?« (Diese Formulierung hatte mit »Komm, Pia, gib's zu, du hast hier gar kein Kunstprojekt am Laufen« hart konkurriert. Letztere hatte ich schließlich als zu vorwurfsvoll abgetan.)

»Und du so?«, fragte Pia schließlich, nachdem sie über die unfreundlichen Münchner, die öden Kneipen und die aalglatt-saturiert-gelangweilte Kunstszene der bayerischen Landeshauptstadt gemeckert hatte.

Ich hatte lange darüber nachgedacht, ob ich ihr von meiner Begegnung mit Basti erzählen sollte, und war auf die absurde Idee gekommen, dies spontan zu entscheiden. Spontan war jetzt. Oder in fünf Minuten.

»Alles gut«, sagte ich erst einmal.

Von den Drangsalierungen meines Chefs und dem ungewohnten Ansturm auf meinen Dating-TÜV wollte ich nicht sofort berichten.

Schließlich erzählte ich ihr, dass mich ein Typ eingeladen hatte, bei einem Jugger-Spiel zuzuschauen, das ganz in der Nähe stattfand. Es könnte sein, dass ich so tat, als sei dies eine genauso bekannte Sportart wie Fußball oder Tennis, jedenfalls warf sie mir einen irritierten Blick zu.

»Beim … was?«

»Ist so ein Nerdspiel. Da hauen die sich mit Pompfen um und hechten einem Hundeschädel hinterher.«

»Aha. Klingt eher nach einer Kunstperformance.«

»Oder so.«

»Dann nichts wie hin.«

Wir holten uns zwei Brezeln an einem Kiosk, überquerten den Eisbach und schlugen den Weg gen Norden ein.

Jetzt, überlegte ich und öffnete den Mund.

»Boah, und teuer ist das hier, krass. Eine Brezel – siebzig Cent, die haben echt ’nen Knall. Und nicht ein einziger Späti irgendwo, schon eine Scheißstadt, dieses München«, machte Pia mit ihrer Hasstirade weiter. »Späti – kennst du, oder? So ein Kiosk, der immer offen hat. Sogar Heiligabend.«

»Pia«, unterbrach ich sie. »Ich war auch schon mal in Berlin. Aber erzähl mal, wie kommst du mit deinem Kunstprojekt voran?«

»Ganz gut.« Sie wedelte eine imaginäre Fliege vor ihrem Gesicht weg. »Jemand hat mir erzählt, an der Isar gäbe es irgendwo so was Ähnliches wie einen Späti. Kennst du den?«

»An der Reichenbachbrücke.« Nein, ich würde sie nicht so einfach entwischen lassen. »Pia, was machst du wirklich hier in München?« Ging doch.

Die Redensart »jemandem fällt das Essen aus dem Gesicht« fand in Pias Zügen eine nie zuvor erreichte Veranschaulichung. Mit einem Schlag verließ sie alle Muskelkraft oberhalb des Halses. Brezelkrümel hielten mühsam die Balance auf ihrer Unterlippe.

»Wie … meinst du das?«, stotterte sie.

Jetzt galt es, dranzubleiben. Vor uns lag eine Lichtung, und ich erkannte etwa fünfzehn Menschen, die mit langen Stangen und Ketten bewaffnet hintereinander herrannten. Ich blieb stehen. Zuerst würden wir unser angefangenes Gespräch beenden.

»Ach, schau da …«, hob sie an und deutete mit dem letzten Brezelstück in Richtung Spielfeld. Das kam ihr wohl gerade recht. Mir nicht!

»Du kommst aus einem Versicherungskonzern marschiert. Du bleibst sehr vage, wenn ich nach deiner Kunst frage, während du früher bei diesem Thema immer losgesprudelt hast, du …«

»Schon gut.« Sie stand ganz still. Glitzerten da Tränen in ihren Augen? »Können wir uns setzen?«

Am Waldrand standen ein paar freie Bänke, und wir nahmen auf einer Platz.

»Erzähl schon«, versuchte ich ihr Mut zu machen.

»Ach, es ist alles so scheiße.« Das fing ja nicht gerade vielversprechend an. »Ich hab's komplett verkackt in Berlin. Seit über zwei Jahren habe ich schon nichts mehr auf die Beine gestellt. Irgendwann hat sich keiner mehr für das Scheißzeug, das ich gemacht habe, interessiert. Ehrlich gesagt, nachdem ich mich von Andreas, meinem fünfzehn Jahre älteren Lebensgefährten und Galeristen getrennt habe.«

Auf den würde ich später zurückkommen.

»Scheißzeug?«, fragte ich also zunächst. »Sei nicht so streng mit dir. Manchmal weiß nur keiner …«

»Ach was, es war alles Schrott. Ich hab einfach keine künstlerischen Visionen mehr. Ich bin achtundzwanzig, und mein Gehirn ist so blutleer wie das einer Zweiundachtzigjährigen.«

»Vielleicht brauchst du nur etwas Abstand? Die Batterien aufladen?« Ich strich ihr sanft über die Schulter.

Sie stützte die Ellenbogen auf den Knien ab, das Kinn auf den Handtellern.

»Das habe ich ja zwei Jahre lange probiert. Hab vom Erbe meiner Mutter gelebt, das heißt, von dem Rest, der noch da war. Bin sogar nach Mexiko gefahren, hab dort nach Inspiration gesucht, aber nix. Ich bin einfach leer da oben.« Sie richtete sich auf, schlug sich mit der flachen Hand gegen die Stirn.

»Und du hast gehofft, dass du ausgerechnet in München Inspiration findest?«

Sie lachte laut auf, für einen Moment blitzte die freche, kluge und wunderschöne Pia auf, die ich immer so bewundert hatte. Mit dem Zipfel ihres T-Shirts wischte sie sich Tränen von den Wangen.

»Nee. Mein Vater hatte keinen Bock mehr, mich zu unterstützen, und hat mir einen Job besorgt. Als Sekretariatsassistentin in dem Versicherungskonzern, für den er in Würzburg arbeitet. *That's it.* Assistentin der Assistentin. Und es ist furchtbar. Nur Sesselpupser.«

Sie atmete tief durch. Sie schien erleichtert, dass sie sich endlich bei jemandem ausgesprochen hatte. Ich zog sie in meine Arme, strich ihr über den Wuschelkopf und wiegte sie hin und her.

Autsch!

Der Schlag gegen meinen Hinterkopf kickte mich glatt von der Bank herunter. Pia versuchte mich festzuhalten, und so hing ich irgendwie zwischen Bank und Kies. Vor mir lag ein Hundeschädel aus Plastik.

»Oh, Entschuldigung, äh, tut mir leid«, hörte ich eine Stimme hinter mir. Eine bekannte Stimme. Und es war nicht Tonios.

»Basti!« Pia stand so abrupt auf, dass ich doch noch Kontakt mit dem Erdboden aufnahm. »Hey, wie schön!« Sie fiel ihm überschwänglich um den Hals und busselte ihn auf die Wange. Er lachte verlegen und schob sie von sich.

»Äh, sorry, ich bin total verschwitzt.«

»Kein Problem.« Pia hatte irgendeinen unsichtbaren Schalter betätigt – den ich garantiert nicht besaß – und strahlte, als ob sie der glücklichste Mensch auf diesem Planeten wäre. Und zwar stets und zu jeder Zeit. »Mensch, Basti, schön dich zu sehen«, sagte sie gleich noch mal.

Basti trat auf mich zu, streckte die Hand aus und half mir beim Aufstehen.

»Hast du dich verletzt? Tut dir was weh? Ist dir schwindelig?«

Ich schüttelte den Kopf. Was sich ein wenig anfühlte, als ob ich Karussell fuhr. Und mich an unsere letzte Begegnung erinnerte – bei der mir außerdem noch schlecht gewesen war. Nur nicht rot anlaufen, Rieke!

»Mir ist der Jugg weggerutscht, und irgendein Depp hat ihn mit der Pompfe weggeschlagen. Total regelwidrig.«

»Nix passiert«, bekräftigte ich. »Wusste gar nicht, dass du dieses drollige Spiel auch spielst.«

»Wenn sich's nicht vermeiden lässt.«

Basti und Pia hakten mich rechts und links unter, und wir gingen auf den Spielfeldrand zu. Dort stand mit hochrotem Kopf, der von Megastrubbelhaaren gekrönt war, Tonio und grinste etwas verschämt.

»Na, der ging ja voll ins Aus«, begrüßte er mich. »Tut mir total leid, das war reiner Reflex. Hat's arg wehgetan?«

Ehe ich verneinen konnte, fügte er an: »Trotzdem schön, dass du vorbeischaust.« Er lächelte mich an, aber sein Blick wanderte immer wieder zu Pia.

»Äh, Pardon, das ist meine alte Freundin Pia. Also …«

»Unsere gemeinsame Schulfreundin Pia«, korrigierte Basti.

Pia hängte sich bei ihm ein und lehnte den Kopf an seine Schulter.

»Ein Mini-Klassentreffen sozusagen. Echt schön!«, ergänzte sie.

»Hey, können wir mal weitermachen, ihr Nasen?«, unterbrach ein Zweimetermann unsere kleine Runde.

Basti zog den Kopf ein – oder bildete ich mir das nur ein?

»Der Käpt'n ruft«, flüsterte Basti, bevor er sich zum Gehen wandte. »Aber ihr bleibt noch ein bisschen, ja?«

»Na, logo«, rief ihm Pia nach.

»Muss mit dir noch über die Analyse reden, Rieke, gell?« Er zeigte mir die Zähne und marschierte dann endgültig davon.

»Was für eine Analyse meint Basti?«, fragte Pia.

»Hm«, antwortete ich nur. »Aber sag noch mal, das mit der Versicherung – das ist doch bestimmt nur für den Übergang, oder?«

»Das hoffe ich doch sehr«, sagte sie, starrte aber gebannt auf das Spielfeld, wo der Zweimetermann gerade eine ziemlich kleine Frau mit einer gut drei Meter langen Kette attackierte.

Die Spielerin sprang behände in die Luft, die Kette rauschte ins Nichts. Plötzlich jubelten ein paar Läufer laut auf. Der Hundeschädel war offensichtlich im Tor, ach nein, das hieß hier ja »Mal«, gelandet und Bastis Mannschaft bekam einen Punkt.

»Bekloppt«, sagte Pia. »Aber lustig. Und wer war der Typ mit dem Zauselbart?«

»Der wie Catweazle aussieht? Das ist Bastis Kompagnon Tonio. Lustiger Typ.«

»Du kennst schon seine ganze Firma oder was?«

»Noch nicht, aber bald.« Ich grinste. Sollte sie auch mal Rätsel raten.

»Siehst du Basti hier in München oft? Ich meine, auf dem Klassentreffen, da …«

»Nein, ich habe ihn einmal getroffen. Das war eher ein Zufall.«

»Und da hat er dich zu dem Spiel eingeladen. Hättste doch gleich sagen können, dass er das war.«

»Stimmt«, gab ich ihr recht, weil ich keine Lust auf Erklärungen hatte. Außerdem lenkte sie schon wieder von sich ab.

Auf dem Spielfeld wurde jetzt gebuht und gegrölt. Tonio kniete beinahe demütig in der Mitte, sein Stab – also die Pompfe – lag neben ihm auf dem Boden.

Irgendjemand schlug eine ähnliche Waffe gegen Bastis

Brust, sodass dieser leicht wankte, und auch er kniete sich hin. Um sie herum rannten alle weiter. Ein Freudenschrei, Umarmungen und dann ertönte ein Gong.

Basti und Tonio rappelten sich auf und reichten ihren Mitspielern die Hand. Dann schleppten sie sich sichtlich ermattet auf uns zu. Tonio hochrot, Basti schweißüberströmt, schleiften beide ihre beeindruckend lange und massiv wirkende Pompfe hinter sich her.

»Verrat mich nicht«, zischte Pia mir noch zu, um dann gleich wieder ihr herzallerliebstes Lächeln aufzusetzen.

Ich brauchte einen Moment, bis ich verstand, und nickte kurz.

Basti trank aus einer Plastikflasche und goss sich den restlichen Inhalt – vermutlich Wasser – über den Kopf. Er schüttelte sich wie ein Hund, und Pia juchzte auf. Tonio grinste.

Ob Basti irgendeine Bemerkung dazu machen würde, warum er sich nicht gemeldet hatte? Oder darüber, ob wir einen Kuss getauscht hatten? Den er unbedingt wiederholen wollte? Klar, Rieke, rief ich mich zur Ordnung. Vor all den Leuten. Ganz bestimmt.

»Wer hat gewonnen?«, fragte ich.

»Wir natürlich«, sagte Tonio. Dann stach er Basti mit dem Ende seiner Pompfe in den Fuß. »Obwohl du natürlich keinen einzigen Punkt gemacht hast, du Lusche. Haben die beiden Damen dich abgelenkt, oder was?«

Basti grinste schief und verdrehte in unsere Richtung die Augen. Er versuchte vergeblich, seine nasse Brille an seinem noch nasseren T-Shirt trocken zu wischen, und setzte sie schließlich auf, obwohl sie mit Schlieren übersät war.

»Der Herr zwingt mich, mitzuspielen«, erklärte er. »Nur dann darf ich unter der Woche Überstunden am Rechner machen. Er meint, ich bräuchte Bewegung. Dabei …« Er klopfte auf Tonios Bäuchlein, das sich unter dessen durchgeschwitztem T-Shirt abzeichnete. »Aber, Pia, erzähl, was treibt dich nach München? Bist du zu Besuch?«

»Die Kunst«, antwortete meine alte Freundin, ohne mit der Wimper zu zucken.

Beinahe hätte ich sie korrigiert, aber dann fiel mir ihre Bitte ein. Okay, wenn sie meinte. Es war ihr Leben.

Während Tonio mich in ein Gespräch verwickelte, hörte ich mit einem Ohr zu, wie Pia Basti von irgendeinem Konzept erzählte, das sie nur hier verwirklichen könne, und war beeindruckt, wie überzeugend sie klang.

»… gefallen?«, hörte ich Tonio gerade noch fragen und nahm an, es bezöge sich auf das Spiel.

»Ja, klar, war voll lustig. Wobei, das war schon ganz schön brachial.«

Er zog die Augenbrauen wie von der Pompfe getroffen zusammen. »Das hast du aber nicht in deiner Analyse geschrieben«, stotterte er. »Also, ich meine, das kannst du mir ruhig sagen, ich weiß schon, dass mein Benehmen oft …«

Ich lachte laut auf. Pia sah neugierig zu uns.

»Ich meinte das Spiel«, erklärte ich. »Nicht die Analyse.«

Er schien erleichtert und lachte ebenfalls.

»Was redet ihr da immer von Analysen?«, wollte Pia nun wissen.

»Dating-TÜV«, kommentierte Basti kurz.

Sie sah ihn ratlos an.

»Wir waren bei Riekes Dating-TÜV«, führte Tonio aus.

Pia sah immer noch verdattert drein. »Hä?«

Also erklärte ich ihr, was mein Dating-TÜV war und dass Bastis und Tonios halbe Firma meine Dienste in Anspruch nehmen wollte. Während des Redens stellte ich fest, dass es richtig Spaß machte, davon zu berichten.

»Cool.« Pia klang beeindruckt. »Kann ich mich da auch mal anmelden?«

»Ist nur für Jungs«, antwortete ich.

»Ja, schade eigentlich«, sagte Basti. »Rieke macht das nämlich so klasse, dass es einen total motiviert, ihre Tipps gleich mal auszuprobieren.«

Hoffentlich sah man mir nicht an, dass ich diesen Satz nicht gerade herbeigesehnt hatte.

»Ich hab ihre Analyse gestern erst bekommen und mich gleich bei vier Partner-Agenturen angemeldet. Nächste Woche habe ich bereits drei Dates.« Er straffte seinen Brustkorb und verschränkte die Arme davor.

»Nicht dein Ernst«, entfuhr es mir, und ich zwang mich zu lächeln. Zeig Begeisterung, Rieke, los, du kannst das. Dafür hatte er also Zeit! Dafür! Aber sich bei mir melden – das war nicht drin. Depp! Da konnte es keinen Kuss zwischen uns gegeben haben. Das war garantiert nur ein alkoholgeschwängerter Traum gewesen. Besser so!

»Wow, scheint ja echt wirkungsvoll zu sein.« Pia schien beeindruckt. »Schade nur, dass du dann so wenig Zeit hast. Ich hätte dich auch gerne mal wieder getroffen.«

»Sie könnte uns ja mal in der Firma besuchen«, schlug Tonio vor. »Ich meine, in der Mittagspause.«

»Welche Mittagspause?«, fragte Basti ganz ernst. »Du bist ja noch länger in München, Pia, da klappt das bestimmt auch mal abends.«

Unwillkürlich trat ich ein paar Schritte zurück, befühlte meinen Hinterkopf, ob nicht doch irgendwo eine Beule war, und kam mir zunehmend überflüssig vor. So war es früher schon gewesen. Sobald Pia dabei war, vergaßen Männer jede andere. Und selbst Frauen reagierten so auf sie. Man verblasste einfach neben ihr.

»Wir können uns ja mal zu viert treffen«, schlug Pia nun vor, griff nach meinem Ellenbogen und zerrte mich zu sich heran. Wegen solcher Gesten konnte ich ihr nicht böse sein. Ihre Wirkung hatte keine böse Absicht. Sie war einfach vorhanden.

»Klar gerne.« Den ultrakurzen Seitenblick, mit dem Basti mich bedachte, konnte ich nicht deuten. Hieß der »bloß nicht« oder »au ja«?

»Sorry, Leute«, sagte er dann. »Ich bin so verschwitzt, ich muss dringend duschen gehen. Und es wartet eine ganze Menge liegen gebliebene Arbeit auf mich. War die letzten Tage viel unterwegs. Bis bald!«

Er schwenkte seine Pompfe zum Gruß und marschierte los. Nach zwei Schritten drehte er sich um und sah mich an.

»Hast du eigentlich meinen Zettel gefunden?«

Ich schüttelte ratlos den Kopf. Welchen Zettel?

»In deiner Küche … Schau mal nach.« Er zwinkerte mir zu.

»Okay. Ciao.«

Tonio blickte unschlüssig zwischen uns hin und her.

»Tja«, sagte er dann. »Man sieht sich.«

Mit hängenden Schultern lief er seinem Kumpel hinterher.

»Drolliger Typ«, sagte Pia. »Und jetzt brauche ich dringend was zu trinken.«

Wir schlenderten in Richtung Chinesischer Turm, während Pia sich über die Jugger lustig machte. Ich hörte ihr nur mit halbem Ohr zu. Er hatte einen Zettel in meiner Küche hinterlassen (wo nur? Und was stand drauf?) – also hatte er mich tatsächlich nach Hause gebracht. Verdammt, was dann wohl geschehen war? Offensichtlich war es so schlimm gewesen, dass er sich gleich in der nächsten Woche mit drei Dates ablenken musste. *Drei*. Aber klar – sobald Basti sein Profilbild bei einem Dating-Portal hochlud, gingen die Anfragen natürlich im Sekundentakt ein. Dass auch er offensichtlich drei Damen so interessant fand, dass er sie gleich treffen wollte, machte mich sprachlos. Und während er zu viel unterwegs gewesen war, um sich bei mir zu melden, hatte er immerhin die Zeit gefunden, sich auf Datingportalen rumzutreiben.

Als wir das letzte schattige Plätzchen an einem der Biertische erreichten, war ich noch immer nicht so ganz im Hier und Jetzt.

»Was ist los?«, fragte Pia. »Willst du ein Radler oder so eine Maß?«

»Nur ein Wasser«, antwortete ich und fuhr mit dem Finger die Bierkrugränder auf dem Holz nach.

»Ach so, und, Rieke? Einen – wie heißt das? – Ooohbaatzdaa dazu?«

Ich räusperte mich und verbesserte ihre Aussprache. Obazdn. Ganz schlicht. Geschlossenes O. Keine langen As. Und ja, ich würde mir einen mit ihr teilen.

Sie verschwand in Richtung der Getränke- und Essenausgabe und ich verteidigte unseren Platz. Die Kastanienbäume um uns herum standen in voller Blüte, und es herrschte beinahe eine Stimmung wie auf dem Oktoberfest. Ich kam mir vor wie ein Alien.

Ich sollte mich freuen, dass er gleich Nägel mit Köpfen gemacht hatte, so sah's aus. Ich hatte ihn inspiriert. War doch großartig. Das würde sowieso nichts werden mit uns.

Pia kam mit einem Tablett zurück, auf dem ein goldgelbes Bier und ein Wasser standen. Genau so waren wir – sie leuchtete golden, und ich war einfach nur wässrig, fad, leicht zu übersehen.

»Puh, da geht's zu«, stöhnte sie und setzte das schwere Tablett ab. Beim Anblick des Obazdn und der zwei Brezeln wurde mir klar, wie hungrig ich war.

»Rieke, was ist los?«, machte sie weiter. »Du siehst irgendwie … ich weiß nicht, unglücklich aus. Oder hast du doch einen Schaden von diesem Hundeschädel davongetragen?«

Ich grinste und griff nach einer Brezel.

»Nee, nee, alles in Ordnung, bin nur knapp vorm Verhungern.«

Wir stießen an und stippten dann unsere Brezeln in den weichen Käse. Köstlich! Wenn sie noch einmal über München meckerte …

»Basti hat sich ja echt zu einem Schnuckelchen entwickelt«, sagte sie plötzlich.

Ich kaute kräftig auf meiner Brezel herum. Wie sie sich an ihn geschmiegt hatte vorhin! Und das, obwohl er so verschwitzt gewesen war. Wieso wirkten die beiden eigentlich so wahnsinnig vertraut miteinander? Das war mir schon auf dem Abitreffen aufgefallen.

»Aber sag mal …«, fragte ich dann, um von Basti abzulenken. »Warum hast du eigentlich wieder diese Kunstnummer ausgepackt?«

»Na, du hast doch auch deine Geheimnisse. Muss ich doch nicht gleich jedem sagen, dass ich hier als Sekretärin versauere. Außerdem – wenn sich's ergibt, dann mache ich schon noch Kunst, keine Angst.«

Da war ich wohl ein bisschen forsch gewesen, so wie sie die Augenbrauen missmutig zusammenzog.

»Sorry, hast ja recht. Ich denke mir nur, man redet sich auf Dauer um Kopf und Kragen. Und Sekretärin ist doch jetzt auch nicht so schlimm. Bist ja keine Klofrau oder so was.«

»Nee, natürlich ist das nicht schlimm. Aber wenn jeder meint, du wärst die große Künstlerin und dann musst du zugeben, du bist gescheitert … Ich möchte mal sehen, wie lässig du damit umgehen würdest. Du redest ja nicht mal über deine

Erfolge. Dating-TÜV – ist doch total cool.« Sie trank hastig ein paar Züge Bier.

»Na ja, ist aber auch noch nicht sehr erfolgreich. Ich hatte bisher ja erst wenige Klienten.«

Mit Wucht knallte sie ihren Bierkrug auf den Tisch.

»Das ist so typisch für dich, du machst dich immer klein. Ist doch scheißegal, ob du schon fünfzig Typen beraten hast oder fünf. Wichtig ist doch, dass du's überhaupt verwirklicht hast. Mit der Zeit werden es immer mehr werden. Mit wie vielen triffst du dich nächste Woche?«

»Drei«, antwortete ich mit gesenktem Kopf.

»Drei! Grandios!« Sie schlug mir auf die Schulter. »Und wenn ein Netter dabei ist, sag mir Bescheid, okay?«

»Bist du auf der Suche?«

»Du etwa nicht?«

Ich zuckte ratlos mit den Schultern. Mein Problem war eher, dass ich eventuell schon jemanden gefunden hatte, damit aber völlig überfordert war. Mir über meine Gefühle klar zu werden und dann den Schatz zu bergen – das war viel schwieriger.

»Seit deinem Galeristen bist du Single?«, fragte ich schnell.

»Nee, Quatsch, da gab's schon noch ein paar, nur nichts Festes.«

»Aber ein fünfzehn Jahre älterer Galerist – entschuldige, war da ein kleines bisschen Berechnung dabei?«

Sie schüttelte vehement den Kopf und strich sich den letzten Rest vom Obazdn auf ihre Brezel. »Nö, das war echte Liebe. Dass er wunderbarerweise mich *und* meine Collagen liebte, war echtes Glück. Er hat schon auch Geld mit meinen Sachen verdient, so war's nicht.«

»Und warum habt ihr euch getrennt?«

Mein Wasser war inzwischen lauwarm, und ich schüttete den

Rest in die Büsche hinter mir. Hätte doch besser ein Bier nehmen sollen.

»Wir haben uns immer öfter gestritten, weil er wollte, dass ich bei den Collagen bleibe, während ich was Neues ausprobieren wollte. Deshalb bin ich nach Mexiko gereist. Wollte ein bisschen Abstand haben, mich neuen Einflüssen aussetzen. Frida Kahlo und so. Als ich zurückkam, hatte er eine neue Muse. Achtzehn Jahre jünger als er. Ich hatte gedacht, bei jemandem, der so viel älter ist als ich, könnte es mir wenigstens nicht passieren, dass ich gegen eine Jüngere ausgetauscht werde. Wurde ich aber. Knallhart. Und sie war nicht nur jünger, sie klebte fleißig Collagen, die meinen verdammt ähnelten. Das war's dann.«

Kaum vorstellbar, dass sich ein Mann freiwillig von Pia trennte. Aber wenn ich drüber nachdachte – schon in der Schule war immer sie diejenige gewesen, die verlassen wurde. Vielleicht konnte jemand wie sie auf Dauer nur eine Enttäuschung sein. Wenn man auf so einem hohen Niveau der Attraktivität einstieg, konnte man sich später nicht mehr steigern und den Partner positiv überraschen.

»Also, keine Galeristen mehr«, fasste ich zusammen.

»Das ist mal sicher«, bestätigte sie. »Und seit wann bist du solo? Komm schon.«

Ich drehte das leere Glas in meinen Händen. Tja, wie lange schon? Viel zu lange jedenfalls.

»Drei Jahre?«

»Drei?« Sie streckte entsprechend viele Finger in die Luft. »Hattest du seitdem wenigstens mal einen One-Night-Stand?

»Keine Zeit dafür. Irgendwie musste ich immer arbeiten oder nach Arbeit suchen oder so.«

»Du spinnst! Aber sag mal …« Pia blinzelte mich durch die dicken Wände ihres leeren Bierglases hindurch an. »Wie kommt denn ein Zettel von Basti in deine Küche?«

Ich lachte in den Frühlingshimmel.

»Das würde ich auch gerne wissen.«

Neunzig Minuten später konnte ich mir die Antwort zusammenreimen. Nach einer etwas längeren Suche hatte ich den Zettel tatsächlich gefunden. Er war wohl vom Küchentisch in den Altpapierbehälter darunter geflattert. Aber das war er, keine Frage: Diese Handschrift war einmalig. Ich erkannte sie auch nach zehn Jahren sofort wieder. Damals hatte er sich Notizen zu Kleist gemacht. »Auch der Olymp ist öde ohne Liebe.« Und ich brauchte ewig, bis mir klar wurde, dass er nicht »Auch dein Ohr ist öde ohne Hiebe« geschrieben hatte. Oh, wie gut ich mich daran erinnerte. Vor allem auch daran, dass ich mich fragte, ob er je würde entziffern können, was er so eifrig mitschrieb, oder eher: »hieroglyphte«. Seine Schrift war einfach komplett unleserlich.

Ich konzentrierte mich also wie wild und nach acht bis zehn Minuten hatte ich die Botschaft tatsächlich entziffert:

Ich hoffe, dein … (Topf? Zopf? Mopp? Ah …) *Kopf explodiert morgen beim Aufwachen nicht. Es war ein …* (verwegener? verwunschener? wurmhaltiger? Ah …) *wunderschöner Abend, und ich bedaure sehr, dass ich die nächsten Tage in …* (Bällen? Besen? Bären? Ah …) *Berlin unterwegs bin und vermutlich sehr wenig Zeit haben werde. Vor allem hoffe ich aber, dass du dich morgen früh erinnerst. An den* (Muss? Plus? Fuß? Oh Gott!) *Kuss und dass du meine …* (ENTSCHULDIGUNG!!!) *Entschuldigung akzeptiert hast. Deine …* (Anmache??? Ah, uff …) *Aussprache war am Ende etwas undeutlich.:-) Kuss, Basti*

WAS? Wir hatten uns tatsächlich geküsst? Und er hatte sich entschuldigt? Bei mir? Für damals? Gab es nicht irgendwo eine Überwachungskamera, auf der ich nachsehen konnte, ob er nicht schwindelte? Verdammt! Da betrank man sich einmal – ein einziges Mal! Und verpasste das aufregendste Ereignis einer ganzen Dekade. Ich hätte mir in den Hintern beißen können! Er musste ja denken, ich wäre eine entsetzlich dumme Nuss – hatte überhaupt nicht reagiert auf sein … entzückendes Zettelchen, auf seine lieben Worte. Ich hatte ihm eine gnadenlos nüchterne E-Mail geschrieben und ihm die kalte Schulter gezeigt. Plötzlich lief es mir eisig den Rücken hinunter: Kein Wunder, dass er sich nächste Woche mit drei anderen Frauen traf. Das hatte ich mir selbst eingebrockt. Aber so was von!

8. KAPITEL

YOU READ MY T-SHIRT. THAT'S ENOUGH SOCIAL INTERACTION FOR ONE DAY

In der folgenden Woche drehte sich meine Welt nur um zwei Dinge: den von Feist angeheizten Konzept-App-Stress und meine Dates mit den Nerds. Das dritte Thema – Bastis Verabredungen mit anderen Frauen – blendete ich aus. Das fiel mir nicht einmal besonders schwer, denn ich musste ständig neue Strategien entwickeln, um mir Feist vom Hals zu halten. Wenigstens hatten ihm meine Änderungsvorschläge für das neue Konzept gut gefallen, und hinsichtlich der App übte er sich angeblich in Geduld. Von Grits Location-App war verdächtig wenig zu hören. Warum war sie in Feists Gunst plötzlich so gesunken? Nur, weil ich den App-Guru Scott Lucas persönlich kannte? Sein Ruf musste ja legendär sein.

Tauchte Feist dennoch in meiner Nähe auf, klemmte ich mir mal den Telefonhörer ans Ohr und tat, als führte ich unendlich lange und intensive Gespräche mit einem Kunden, mal vereinbarte ich einen zusätzlichen Termin außer Haus, statt meinen Gesprächspartner zu uns einzuladen, und wenn ich meinen Chef gar nicht loswurde, fütterte ich ihn mit Infohäppchen, die ich mir ausgedacht hatte: »Oh ja, scheint ein Riesending zu sein, an dem die dran sind. Scott ist guter Dinge.« Oder: »Wow, wenn das was wird! Das krempelt die Dating-Welt komplett um – hat Scott zumindest gesagt.« Und um weiteres Gequengel zu stoppen: »Scott meint, bald ist die Beta-Phase erreicht.

Er hat schon Andeutungen gemacht, dass ich eventuell testen darf. Aber er hat sich noch nicht festgelegt. Ende der Woche kann ich Ihnen mehr erzählen.«

Feists Blick war argwöhnisch, aber noch auszuhalten. Mittlerweile machte es mir richtig Spaß, mir die verwegensten Vermutungen auszudenken. Oft überlegte ich mir diese beim Fahrradfahren und notierte mir daheim die schönsten Formulierungen ins Smartphone, um sie am nächsten Morgen vor Arbeitsantritt noch mal zu verinnerlichen, damit es glaubhaft klang.

Die drei Nerd-Coachings forderten mich ebenfalls, wenn auch auf ganz andere Weise. Die größte Herausforderung war, wie ich die Dates schnell und unkompliziert beendete, ohne unhöflich zu wirken, und gleichzeitig mit genügend Analysematerial für meine de-Luxe-Berichte heimkehrte. Warum? Darum:

Montag:
Ein fülliger, glatzköpfiger Mann um die dreißig in einem knallengen orangefarbenen T-Shirt (Aufschrift: *You read my t-shirt. That's enough social interaction for one day!*) und zerlöcherten Jeans mit verschmierten Brillengläsern und schlaffem Händedruck, begrüßt mich mit den Worten: »Matthias, aber alle nennen mich Goldfisch, ist schon okay.«

Den Rest des Abends antwortet er auf alle meine Fragen mit »Ja«, »Nein«, »Kann ich so nicht sagen« oder »Hm«. Außerdem klingt sein Lachen wie das einer Ziege, und er verschlingt Unmengen an Pommes. Sein längster Wortbeitrag: »Oh Shit, hab mein Portemonnaie vergessen. Kannst du mir was fürs Essen auslegen?«

Meine Ausrede, um die Flucht zu ergreifen (21.20 Uhr): »Wie blöd, ich hab meiner Nachbarin versprochen, ihre Katze zu versorgen – die hat seit gestern Abend nichts mehr zu fressen bekommen. Tut mir leid, ich muss dringend weg.«

Seine Reaktion: »Hm.«

Mittwoch:
Ein langer Lulatsch namens Greg (Nomen est omen!) stakst eine viertel Stunde zu spät drei Mal an meinem Tisch vorbei, ehe er kapiert, dass er mit mir verabredet ist. Bevor er sich zu mir setzt, fingert er ein Ungetüm von Brille aus der Brusttasche seines cognacfarbenen Cordsakkos (unter dem er ein ausgeleiertes weißes T-Shirt mit der Aufschrift *Give me dirty hostnames* trägt), setzt sie umständlich auf und starrt mich aus nächster Nähe an. »Ah, du bist das«, sagt er schließlich. Er ist ein lieber, gutmütiger Typ mit einem Faible für 3-D-Drucker, bloß sein Humor geht mir ziemlich auf den Keks. Alles im Raum scheint ihn an primäre und sekundäre Geschlechtsmerkmale zu erinnern, die er gerne wenig blumig umschreibt. Ich bin froh, dass es zur Vorspeise keine Spargelspitzen und zum Nachtisch keine Litschis gibt.

Meine Ausrede, um die Flucht zu ergreifen (21.35 Uhr, nach einem Toilettenbesuch und mit viel Überwindung): »Du, tut mir leid, ich hab gerade, du verstehst schon, meine Tage gekriegt. Und nichts dabei. Also, na ja, jedenfalls muss ich ganz schnell heim.«

Seine Reaktion: Prusten hinter vorgehaltener Hand.

Donnerstag:
Oskar. Oskar sieht gut aus, ein bisschen klein, hat aber ein hübsch geschnittenes Gesicht unter einem netten Undercut in Haselnussbraun, dazu ein T-Shirt mit der Aufschrift: *I'm not crazy, I'm a limited edition* in passendem Rehbraun. Dass sein

rechtes Augenlid ständig zuckt, daran gewöhnt man sich. Einigermaßen. Weniger daran, dass er mit der Gabel gegen Gläser, Teller und Blumenväschen schlägt. Ständig. Muss ein Tick sein. Auf Fragen antwortet er sofort mit einer Gegenfrage, die er dann selbst beantwortet.

Ich: »Wofür bist du denn bei TrekStarApp zuständig?«

Er: »Die Frage ist: Wofür bin ich nicht zuständig? Hehe. Das wüsste ich auch gerne.«

Schweigen. Auf eine Antwort warte ich vergebens.

Ob er das Asperger-Syndrom hat?

Meine Ausrede zur Flucht (20.55 Uhr): »Sollen wir noch in einen Nachtklub gehen?«

Seine Reaktion: »Was sollen wir denn da? Außerdem muss ich ins Bett.«

»Okay, ich will dich nicht aufhalten.«

Sein Gesichtsausdruck wirkt erleichtert.

Kurz und gut, ich war froh, als ich die Nerd-Dates hinter mir hatte. Was für eine Woche!

Am Samstag versuchte ich, mich voll auf die Berichte zu konzentrieren. Aber meine Gedanken schweiften ständig ab. Ich sah vor meinem inneren Auge, wie Basti eine Blondine mit ultralangen Beinen traf, die einen Doktor in Physik hatte. Dann eine kurvige Brünette, die warmherzig und dabei so lustig wie Loriot war. Schließlich noch eine Rothaarige, die als Tantra-Sex-Lehrerin und Olympiasiegerin im Marathon beeindruckte.

Ob er die auch alle geküsst hatte? So wie mich. Angeblich.

Um 12.47 Uhr ploppte eine Nachricht auf meinem Handy auf.

Ich glaub, ich hab was falsch verstanden. Dates = Desaster. Können wir mal phonen? Gruß, B.

Mein Herz schaltete sofort in den Turbogang. Mit zittrigen Fingern wählte ich ohne nachzudenken seine Nummer.

Er meldete sich sofort. »Rieke, danke, dass du anrufst.«

Mist, wäre es nicht besser gewesen, ihn ein bisschen zappeln zu lassen? Ich sollte einfach nicht spontan sein, das war nicht gut! Aber seine angenehme Stimme, so warm und dicht an meinem Ohr, verscheuchte meine Zweifel.

»Kein Problem«, sagte ich. Sollte ich hinzufügen: »Für besonders gute Kunden ein kleiner Extra-Service.« Ich war mir nicht sicher, wie er das aufnehmen würde.

»Ich weiß auch nicht«, redete er weiter, bevor ich meine launige Replik anbringen konnte. »Ich bin nur so ... verwirrt. Und ich glaube, eigentlich war das eine blöde Idee.«

Was? Diese Frauen zu treffen?

»Ich meine«, fuhr er fort, »vielleicht sollte ich nicht ausgerechnet dir von diesen Dates erzählen. Nachdem ... wir ... aber ... Wie soll ich das erklären? Weißt du, dein toller Bericht, der hat mir echt Selbstvertrauen gegeben. Ich habe mich auf einmal voll in der Lage gefühlt, fremde Frauen zu treffen. Nur so als ... Übung. Und außerdem bist du doch Fachfrau. Für Dates.« Er seufzte.

»Ja, klar. Und du bist ein freier Mensch und kannst treffen, wen du willst.« Mein Gott, konnte ich souverän klingen! »Also, jetzt erzähl schon.« Und sag mir, dass du mein Verhalten total schofelig fandest und dich deshalb mit anderen Weibern getroffen hast. Warum hatte ich seinen Zettel nur übersehen? Ich lehnte mich in meinem Schreibtischstuhl zurück und nuckelte an einem Bleistift. Das beruhigte.

Er seufzte erneut.

»Basti?«

»Ja. Es ist mir peinlich.«

Wieder Schweigen.

»Sollen wir später noch mal telefonieren? Wenn du dich sortiert hast?«

Irgendwas knarrte im Hintergrund. Wo er wohl gerade war?

»Bist du daheim?«

»Nein, in der Firma. Hab noch so viel zu tun. Muss die ausgefallenen Abende nacharbeiten.«

Manchmal fragte ich mich, warum er überhaupt Frauen traf. Er schien sowieso keine Zeit für eine Beziehung zu haben.

»Also«, sagte er und räusperte sich. Ich sah geradezu vor mir, wie er sich einen Ruck gab. »Die Erste war rothaarig, ziemlich sexy. Sie ist bestimmt fünfmal zum Rauchen rausgegangen und hat nicht viel gesagt. Und ich auch nicht. War ein ziemlich schweigsamer Abend.«

Ich lachte. »Das passiert schon mal, nicht so schlimm. Wart ihr euch trotzdem sympathisch? Ich meine, es gibt Menschen, die müssen nicht ständig quasseln.«

»Ehrlich gesagt, fand ich sie ziemlich langweilig. Weil's der erste Abend war, habe ich gedacht, ich müsste etwas länger ausharren. Ich wollte uns eine Chance lassen, aber nach zwei Stunden Schweigen habe ich gesagt: ›Ich pack's dann.‹ Daraufhin ist sie aufgestanden, hat mich auf den Mund geküsst und ist gegangen.«

»Oh.« Äh. Was sollte ich dazu sagen?

»Seitdem hat sie mir täglich drei, vier SMS geschickt, sie wolle mich gerne wiedersehen. Man könne so toll mit mir schweigen.«

»Na ja, wenn sie sexy war …«

»Sie war langweilig. Und ich war an diesem Abend megalangweilig. Hab am Anfang nur vom Job erzählt. Und, dass ich aus Würzburg stamme, mehr nicht. Von ihr weiß ich nix. Außer, dass sie mal als Tantra-Lehrerin gearbeitet und sich jetzt mit einem Secondhand-Shop für Erotika selbstständig gemacht hat. Mann, war das öde.«

»Tantra-Lehrerin?«, fragte ich bang. »Hast du sie deshalb getroffen?«

»Das hat sie mir erst an dem Abend erzählt, ganz ehrlich. Hey, Rieke, wenn ich das gewusst hätte, hätte ich mich nie getraut, sie zu kontaktieren.«

Hm. Und das sollte ich glauben? Okay, ruhig Blut. Ich war hier nicht die eifersüchtige Freundin (doch!), sondern die empathische Therapeutin (grrrr!).

»Und – antwortest du auf ihre SMS?«

»Bisher nicht. Nein. Ich wüsste gar nicht, was ich schreiben soll. Und außerdem kamen ja dann noch die zwei Blondies.«

»Ach so, und wie war's mit denen?«

»Noch schlimmer!«

Ich biss in den Bleistift und spürte das Holz zwischen meinen Zähnen knacken, etwas Lack blätterte ab. Ich versuchte, die Stücke unauffällig aus dem Mund zu bekommen.

»Bist du noch da, Rieke?«

»Ja. Erzähl schon.«

Er seufzte erneut.

»Na, die eine war so ein Möchtegern-It-Girl. Sah schon gut aus: groß, schlank, lange Beine, High Heels und teure Handtasche. Und sie stand total auf Neue Medien und alles, was mit Internet zu tun hatte und mit Apps und so. Sie fragte mich die ganze Zeit aus, wollte alles wissen, was ich so mache. Das ging mir so auf die Nerven! Sie hatte riesige babyblaue Augen und starrte mich die ganze Zeit an, sagte ununterbrochen Wörter wie ›phänomenal‹ oder ›bezaubernd‹, und schließlich rutschte sie immer näher und legte mir eine Hand aufs Knie. Die hat mir Angst gemacht. Da musste ich einfach gehen. Hab behauptet, ich hätte vergessen, die Katze von meinem Nachbarn zu füttern. Da wollte sie gleich mitkommen. Katzen wären so niedlich! Ich hab versucht, ihr das auszureden, und behauptet, die Katze sei scheu und würde kratzen, wenn jemand in ihre Nähe kommt, den sie nicht kennt.«

Ich konnte mir das Lachen nur schwer verkneifen. Und ich spürte, wie meine Anspannung nachließ. Der Arme!

»Immerhin hat die sich seit Mittwoch nicht mehr gemeldet.« Seiner Stimme war anzuhören, dass er darüber nicht traurig war.

»Und Nummer drei?«

»Boah, war das eine Prolltussi! Weiß auch nicht, wieso ich das nicht schon im Chat gemerkt habe. Da hat sie so auf intellektuell gemacht, hat was von Geschäftsfrau gefaselt und so. Die war Leiterin einer *Forever-21*-Filiale. Ist ja nichts dagegen zu sagen, aber ich glaube, die hat den ganzen Abend über nicht kapiert, womit ich mich beschäftige. Und dann hat sie nur davon erzählt, wie sich ihre Kolleginnen dissen und anzicken, wie sich ihre Oma mit ihrer Mutter streitet und ihr Bruder mit seinem Sportkumpel, und wie sehr sie das alles aufregt. Ich glaube, mir sind ein paarmal die Augen zugefallen, weil ich so müde war. Irgendwann hat sie gesagt, sie müsse mal, und dann tauchte sie nicht mehr auf. Und ich war total erleichtert. Mann, Rieke, das ist nichts für mich, ehrlich. So unwohl habe ich mich noch nie gefühlt. Grausam!«

»Armes Hasi«, sagte ich und kicherte möglichst unauffällig. »Ich sage meinen Kunden immer, die Menge macht's. Man muss leider viele Frösche küssen, bevor eine Prinzessin draus wird. Ist so. Ich weiß nicht, ob's der richtige Weg ist, nach drei Dates schon aufzuhören.« Ich sagte das nicht gern, aber ich war ja Profi. Äußerlich zumindest.

»Läuft das bei Verabredungen denn immer so?«

»Ja, sehr oft.«

»Aber warum machen die Leute das dann?«

»Na, weil sie sich nach einem Menschen in ihrem Leben sehnen, den sie lieben können und der sie liebt.«

»Ach.« Er zögerte. »Manchmal glaube ich, Partnerschaften sind komplett überbewertet. Wenn man sich von seinem öden Leben ablenken will – okay. Aber ehrlich gesagt: Mir geht's doch gut allein. Ich hab alles, was ich brauche.«

Mir fiel die Kinnlade herunter. Das dachte er nicht wirklich, oder?

»Und Liebe? Vertrauen? Geborgenheit? Fürsorge und Anteilnahme? Brauchst du alles nicht, oder was?« Ich spürte, wie ehrliche Empörung in mir aufwallte.

»Nee, na ja, schon«, sagte er. »Manchmal. Aber … nur einfach nicht jetzt.«

Das war die dümmste Argumentation, die ich je gehört hatte.

»Dann warte doch bis zum nächsten Leben«, polterte ich, zögerte ganz kurz und unterbrach dann die Verbindung. Dazu fiel mir echt nichts mehr ein.

Kraftlos ließ ich das Telefon sinken. Wie war der bloß drauf? Ich wurde einfach nicht schlau aus ihm. Erst küsste er mich (oder okay, vielleicht auch ich ihn, wer wusste das schon so genau …), dann traf er sich mit anderen Frauen und weinte sich anschließend bei mir aus. Er musste verwirrt sein – das war die einzig plausible Erklärung. Es schien zu viel zu sein für so eine, sagen wir, unerfahrene Männerseele. Ich verstand das ja in gewisser Weise, denn ich wirkte sicher auch nicht immer geradlinig: Erst küsste ich ihn (oder ließ mich küssen), dann schrieb ich ihm rotzige E-Mails und meldete mich nicht mehr.

Vielleicht war das auch sein Weg, mir klarzumachen, dass er … was? Mich wiedersehen wollte? Wahrscheinlich wollte er mir durch die Blume zu verstehen geben, dass das mit den Dates nichts für ihn war und ich mir keine Sorgen machen müsste: Sobald er irgendwann doch Zeit für eine Beziehung hätte, wäre ich seine erste Wahl? Wahrscheinlich war es so – und ich hatte es nur falsch interpretiert. Sicher hatte er parallel irgendetwas an seinem Computer gearbeitet und gar nicht mitbekommen, was er überhaupt gesagt hatte, und ich hatte überreagiert …

Ich griff zum Telefon und rief ihn erneut an. Diesmal würde *ich* mich entschuldigen, weil ich ihn so angegriffen hatte. Wie unprofessionell von mir. Ich ließ es so lange klingeln, bis die Mailbox ansprang. Nachrichten nach dem Pieps. Lieber nicht … Enttäuscht legte ich auf. Zumindest würde er sehen, dass ich es noch mal bei ihm versucht hatte.

Himmel! Und jetzt? Ich hatte doch eine Freundin wiedergewonnen, fiel mir ein. Pia! Vielleicht sollte ich ihr erzählen, was hier gerade so abging. Und mir von ihr mal einen Ratschlag in Sachen Männerseele holen.

Natürlich war Pia nicht zu erreichen. Vielleicht war sie übers Wochenende nach Berlin oder zu ihrem Vater nach Würzburg gefahren. Ich fühlte mich einsam und stellte überrascht fest, dass ich Pia innerlich schon längst als echte Freundin reaktiviert hatte und daher ein wenig enttäuscht war, dass sie mich nicht in ihre aktuellen Pläne eingeweiht hatte.

Draußen schien die Sonne, es war frühsommerlich warm, und ich dämmerte in meinem Dachzimmer vor mich hin. Ein Wort nach dem anderen quälte sich aus meinem Hirn und wanderte aufs Papier, aber die Berichte klangen so uninspiriert wie die Neujahrsansprache der Kanzlerin. Ich kramte zur Anregung in alten Analysen und holte mir die des Mannes hervor, der als Dating-Partner eine einzige Zumutung war: John Obergrußberger.

Als ich sie öffnete, bemerkte ich sofort die vielen Streichungen und Wortkorrekturen. Das konnte nicht die Fassung sein, die ich an meinen Kunden geschickt hatte. Ob ich die endgültige aus Versehen nur auf dem Bürocomputer abgespeichert hatte? Aber ich passte immer genau auf, kopierte alle Analysen sorgfältig auf einen Stick und dann auf meinen Rechner zu Hause. Ich durchforstete die Dateiablage. Ich fand keine andere Fassung. Keine Frage: Ich musste John Obergrußberger die unkorrigierte Fassung geschickt haben – voller Beleidigungen und Schmähungen. »Angeekelt« las ich und »widerlich« und »hässlich«. Auweia – das war ja megapeinlich! Ich wäre vor Scham am liebsten im Boden versunken, und das, obwohl ich allein in meinem Zimmer war. Ein Wunder, dass der Kerl den vollen Preis bezahlt und sich nicht beschwert hatte. Hoffentlich sah ich den nie wieder!

Ich ärgerte mich, dass mir so ein Fauxpas unterlaufen war und zweifelte an meinen Kompetenzen. An all meinen Kompetenzen. Dass ich den Brief unbesehen abgeschickt hatte, war so typisch für mich – alles machte ich falsch! Nicht mal mit Basti richtig telefonieren konnte ich. Musste gleich den Hörer aufknallen!

Aber was er über Liebe und Partnerschaft gesagt hatte, konnte Basti unmöglich ernst gemeint haben. Tief in ihm musste doch irgendwo diese Sehnsucht schlummern – nach Zugehörigkeit, nach blindem Verstehen, nach Zärtlichkeit und Vertrauen. Danach sehnte sich doch jeder Mensch. Oder nicht? Ich mich schon, und zwar massiv. Vor allem in diesem Moment.

Kurzerhand speicherte ich meine halb fertigen Berichte und entschied, endlich mal wieder ins Kino zu gehen. Eine alte Schmonzette gucken, das wäre mir das Liebste. Ich hatte Glück. Im Filmmuseum lief im Rahmen einer Rob-Reiner-Retrospektive *Harry und Sally*, einer meiner Lieblingsfilme. Ich saß im dunklen Kinosaal und sprach die Dialoge mit.

»Ich will genau das, was sie hatte.« Und: »Du wirst es nicht glauben, Harry, aber ich habe es nicht als Opfer betrachtet, niemals mit dir geschlafen zu haben.« Und natürlich: »Männer und Frauen können nie Freunde sein. Ihnen wird immer der Sex dazwischenkommen.« Ach, wenn er doch nur mal dazwischenkäme!

Ich verließ das Kino ob all der Romantik tränenüberströmt, auch wenn es ungefähr das achtzehnte Mal gewesen war, dass ich den Film gesehen hatte. Das Happy End war die reine Katharsis. Irgendwie fühlte ich mich besser, ohne zu wissen warum. Vielleicht war mir Hoffnung geschenkt worden. Wenn die es schaffen, warum nicht auch ich? Den Grund, »weil der Mann meiner Träume gar nicht der Mann meiner Träume sein möchte«, ignorierte ich.

Zu Hause blinkte mein Anrufbeantworter. Ehe ich darüber nachdenken konnte, ob ich ihn abhören wollte, hatte ich schon auf »Abspielen« getippt. Eine Nachricht von 19.42 Uhr, zehn Minuten, nachdem ich das Haus verlassen hatte.

»Hi«, hörte ich Bastis Stimme. »Rieke, hi. Du hast es noch mal bei mir probiert, habe ich gesehen. Tja, verstehe nicht so genau, warum unser Gespräch vorhin … warum das so lief. Manchmal bin ich echt so ein Vulkanier, bisschen vom anderen Stern. Kapiere gar nicht, was ich da sage. Die Wahrheit ist: ›Er stellt sich Fragen. Ist das alles, was ich bin? Ist da sonst gar nichts mehr?‹ Falls dir dieses Zitat nichts sagt – ich würde es dir erklären, wenn du mich mal besuchst. Würde mich echt freuen. Du kannst mir bestimmt noch ein bisschen Hilfestellung in Sachen Dating und Beziehungen geben. So unter Freunden? Also, ich meine, ich würde dir auch noch mal was zahlen für deinen Rat. Und was kochen, das kann ich inzwischen. So ’n bisschen zumindest. Also so, dass ich nicht verhungere. Falls ich mal daheim bin. Okay, sorry, ich fang schon wieder an. Also – komm doch mal vorbei. Ruf einfach kurz an, ja? Ciao! Schönen Abend, tschüss, Rieke. Ciao.«

Als er fertig gesprochen hatte, ließ ich die Nachricht gleich noch einmal ablaufen. Ich seufzte viel lauter als er vorhin am Telefon. Wie süß! Er wollte für mich kochen. Ich sollte ihn besuchen. Ich musste nur anrufen. Kurz anrufen. Hm. Das wollte gut vorbereitet sein. Ich würde sehr ausgiebig darüber nachdenken müssen, was ich ihm sagen würde. Und was nicht. Aber warum wollte er mich bezahlen? Meinte er, ich würde nur gegen Geld mit ihm reden? Oder hatte ich so einen bedürftigen Eindruck gemacht?

Als ich ins Bett ging, war ich immer noch unschlüssig und verschob eine Reaktion auf den nächsten Tag. Ich stellte meinen Handywecker und bemerkte, dass ich eine WhatsApp übersehen hatte. Pia hatte mir um 20.53 Uhr geschrieben:

Hi, Süße! (lila Herz-Icon) *Wo bist du????* (Fernglas-Icon) *Sitze gerade mit Basti und Tonio im Biergarten* (Bierglas-Icon) *am Flaucher* (Ruderbötchen-auf-Fluss-Icon)*, is herrlich hier …* (Sonne-Icon) *Schade, dass du nicht dabei bist!* (weinendes Smiley) *Haben uns ganz spontan getroffen, dich aber nicht erreicht. Blöd!* (zähnezeigendes Smiley, Kackehaufen-Icon) *Na, dann beim nächsten Mal* (Winke-Icon, Bussi-Smiley, Herzaugen-Smiley, Schlaf-Smiley)

Basti war mit ihr und Tonio im Biergarten? Während ich heulend im Kino saß? Das war ja mal wieder total typisch! Aber so was von … Roter-Wutanfall-Smiley.

Erlangen, 15. Juli 2011

Servus Rieke,

ich mal wieder. Heutzutage Briefe zu schreiben ist ja eigentlich ganz schön uncool. Und sie nicht abzuschicken noch uncooler.

Ich könnte versuchen, dich unter deiner alten Handynummer anzurufen oder anzusimsen oder auf Facebook nach dir zu suchen. Aber irgendwie ist das, was ich dir mitteilen will, für diese modernen Medien nicht geeignet. Außerdem brauche ich manchmal etwas Handfestes. Etwas schlicht Analoges. Ein Blatt Papier. Einen Stift.

Ich gebe zu, dass ich gelegentlich über das Papier wische und mich wundere, warum es nicht von selbst eine neue Seite aufmacht. Vielleicht bin ich überarbeitet.

Na ja, außerdem ist das, was ich sagen wollte, zu … keine Ahnung, zu intim oder so. Oh, keine Sorge, es ist keine große Sache, nur, ich weiß nicht, ich hätte so gerne, dass du es weißt: Heute ist meine Scheidung durchgegangen, glücklicherweise total glatt.

Unser USA-Urlaub letztes Jahr war noch ziemlich schön, vor allem die Tage im Silicon Valley. Zurück zu Hause haben wir unsere Eheschließung sogar beglaubigen lassen. Ich bin seitdem Herr Lucas. Und das fühlt sich wirklich gut an. Ansonsten wurde uns schnell klar, dass unsere Heirat ein total dämlicher Einfall war, ganz klar. Und ich bin ehrlich gesagt froh, dass Cosima jemand ist, der nicht lange drum herumredet. Sie hat schon nach ein paar Wochen gesagt: »Komm, das wird nichts, lass uns die Scheidung einreichen.« Ich hätte das ja noch ewig rausgezögert. Vielleicht, weil ich nicht mit ihr hätte streiten wol-

len, vielleicht aber auch weil, na ja, weil ich zu beschäftigt war.

Mein bester Kumpel Tonio und ich haben nämlich eine ziemlich coole Idee gehabt für … ach, das sagt dir ja eh nichts, ist auch egal. Auf jeden Fall werde ich mich beruflich verändern – ich mache den Sprung vom Studenten zum Unternehmer. Wenn's denn klappt. Hätte nie gedacht, dass ich mal so 'n Start-Upper werde.

Was du wohl machst? Denkst du noch manchmal an mich? Ich könnte es dir nicht übel nehmen, wenn nicht. Ehrlich gesagt, denke ich jedes Mal an dich, wenn ich ein Sandwich esse. Und ich esse oft Sandwiches. Ist billig und geht schnell. So wie damals. Ich sehe uns noch in eurer Küche stehen. Es ist gegen halb drei in der Nacht, totale Stille um uns herum. Der Kühlschrank spendet ein bisschen Licht und bescheint Schinken, Käse, Tomaten, Salat und Mayo. Und ein aufgeschlagenes Deutschbuch. Morgen steht die Deutsch-Abiprüfung an. Eigentlich sollten wir beide längst schlafen, aber … kannst du dich erinnern?

Haben wir nicht erst woanders gelernt, bevor wir zu dir gegangen sind? Ich glaube, wir waren erst mit mehreren Leuten unterwegs. Pia war auch dabei. Sie hat mal wieder alle mit ihren Scherzen aufgemuntert.

Du warst die Einzige, die gemerkt hat, dass ich nicht mitlache. Und du warst die Einzige, die gefragt hat, was los ist. Als ich raus bin und eigentlich heimwollte. Du bist mir hinterhergekommen. Hast mich aufgehalten. Ich wollte dir nichts sagen, aber du, du hast darauf bestanden. Ich weiß nicht warum – es war ja sonst eher nicht deine Art, so auf andere zuzugehen. Aber ich glaube, du hast gemerkt, dass es mir nicht gut ging. Wolltest vielleicht deinem Namen als Kummerkastentante Ehre machen.

Egal, wir sind dann einfach losgelaufen, irgendwohin, und plötzlich standen wir vor deiner Tür. Und ich hatte Hunger, einen Riesenhunger. Weil ich mir alles von der Seele gequatscht hatte und dadurch mal wieder etwas anderes spüren konnte als nur den Druck und die Angst. Ich habe deine Zuneigung gespürt, so wohlig wie eine warme Dusche. Und dann den Hunger. Du hast gelacht und mich hinter dir her in die Küche gezogen. Und während du uns Sandwiches zubereitet hast, habe ich einfach weiterreden können. Dinge, von denen niemand etwas wusste.

Ich hatte solche Angst, dass mein Vater sich was antun würde. Ein paar Tage zuvor war der dritte Selbstmörder vor seinen Zug gesprungen, und er hatte sofort die Kündigung eingereicht. Das war seine letzte Aktion. Danach war er wie erstarrt. Was, wenn er genau dasselbe machte wie die?

Meine Mutter war komplett überfordert und hat einfach das Haus verlassen. Ich habe geahnt, wo sie hin ist – zu ihrem neuen Lover. Nur wusste ich damals noch nicht, wer das war.

Mein Vater, völlig ahnungslos und gar nicht in der Lage, sich mit ihr auseinanderzusetzen, ist dann abgehauen. Hat einen Zettel auf dem Tisch liegen lassen: »Macht euch keine Sorgen. Habe in München was zu erledigen.« In München lebte damals noch meine Oma hochbetagt im Altenheim. Er ist öfter mal dorthin gefahren, wenn er Streit mit meiner Mutter hatte.

Das habe ich dir damals alles erzählt, und dir auch gestanden, dass ich Angst hatte, er würde sich das Leben nehmen. Du hast mich nicht unterbrochen. Obwohl ich zwischendurch ziemlich lange an meinem Sandwich he-

rumgekaut habe. Vielleicht auch, um das zu sortieren, was alles in meinem Kopf durcheinanderwirbelte. Ich habe dich beschworen, niemandem davon zu erzählen. Aus Angst, sie würden mich noch mehr verspotten. Du hast es versprochen. Ja, das hast du.

Und dann hattest du diesen Mayoklecks am Kinn. Ich habe gar nicht darüber nachgedacht. Ich habe meinen Finger ausgestreckt, und den Klecks weggewischt. Und mit einem Mal waren all diese Sorgen verschwunden. Denn das Einzige, was ich noch sah, warst du. Du standest mit dem Rücken zum Küchenfenster, und ein großer, fetter Mond beschien dein Haar, es war so ein überirdisches Leuchten um dich. Da musste ich meine Hand auf dein Gesicht legen, ganz ohne Mayofleck. Und du hast dich in die Höhlung meines Handtellers geschmiegt. Und dann an mich. Dein Körper an meinen. Und alles war verschwunden. Alles Schlimme, Beängstigende, Böse Wir standen lange so da, bevor du mich dann geküsst hast. Ich habe mich gewundert, wieso du mich küsst, aber nur ganz kurz, dann habe ich nur noch deine Zartheit wahrgenommen, die mich umhüllt hat.

Irgendwann hat etwas geknackt, und heute weiß ich, dass es dein Bruder war, der die Küchentür geöffnet und ganz schnell wieder geschlossen hat. Der Ursprung dieses Knackens hat uns jedoch – leider – nicht interessiert. Es hat nur dafür gesorgt, dass wir uns voneinander gelöst haben. Hätten wir gewusst, dass Nils am nächsten Tag nichts Besseres zu tun haben würde, als seinen Kumpels – von denen leider einige die kleinen Brüder unserer Mitschüler waren! – alles brühwarm zu erzählen, hätten wir ihn vermutlich mit einem Pflaster auf dem Mund in der Garage kaltgestellt.

Stattdessen sind wir arglos und ohne ein Wort zu sagen Hand in Hand die Treppe zu deinem Zimmer hinaufgeschlichen. Diese neue Freiheit, den anderen einfach berühren zu dürfen, hat so unglaublich geschmeckt, warm und vielversprechend und vollmundig.

Wir sind auf dein Bett gesunken und haben uns weitergeküsst. Haben unsere Münder erforscht, jeden Winkel, voller Neugier und Erstaunen. Als wären wir beide gerade erst zum Leben erwacht. Wir haben nicht darüber gesprochen, aber ich bin mir ziemlich sicher, dass es auch für dich das erste Mal war. Dabei – außer Küssen und ein bisschen Streicheln ist ja gar nichts gewesen. Und doch war es so viel. Ich bin froh, dass damals nicht mehr passiert ist, irgendwie habe ich die Nacht so viel weihevoller in Erinnerung. Mein Gott, was für ein pathetisches Geschwafel. Aber ich habe das damals so empfunden.

Ich weiß nicht, wann, aber es war schon hell, da bin ich nach Hause geschlichen und wir dachten beide, niemand hätte etwas mitbekommen.

Kaum zwei Stunden später saßen wir dann im Prüfungsraum nebeneinander, beide mit ziemlich kleinen Augen. Ein Wahnsinn, dass du in dieser Verfassung das jahrgangsbeste Deutsch-Abi Bayerns geschrieben hast. Aber vielleicht – ich wage kaum, das zu schreiben – warst du ja doch beflügelt. Ich dagegen war komplett zerrissen – einerseits war mein Herz ganz bei dir, andererseits habe ich vor der Prüfung gezittert. Und dann, gerade als ich das Handy abschalten wollte, kam eine SMS meines Vaters: »Es hat alles keinen Sinn mehr. Verzeih, mein Sohn, werde glücklicher.«

Ich weiß nicht mehr, wie ich die nächsten vier Stunden durchgestanden habe. Ich weiß ebenso wenig, wie ich es geschafft habe, sinnhaltige Sätze über Kleists Amphitryon hinzuschreiben, die dann auch noch für zehn Punkte gereicht haben.

Was ich aber weiß, ist, dass ich abgehauen bin, kaum dass die Prüfung vorbei war. Und mir auf dem Gang schon wieder blöde Bemerkungen über dich und mich anhören musste. Ich wollte nur noch zum Bahnhof, den nächsten Zug nach München erwischen. Ohne Plan, ohne Geld, ohne alles. Und der Akku von meinem Handy war auch noch platt. Ich konnte dir nichts erklären.

Mann, Rieke, ich merke gerade, das hier wird echt ein Roman. Noch dazu ein ziemlich unleserlicher. Und Tonio hat mich jetzt schon drei Mal angefunkt, weil er mit mir a) die Scheidung und b) einen Geldgeber für unsere künftige Firma feiern will. Aber ich weiß ganz sicher, ich schreibe diesen Brief morgen fertig. Und dann schicke ich ihn ab. Du hast nach so langer Zeit einfach das Recht, alles zu erfahren. Und ich möchte wieder an dich denken können, ohne Schuldgefühle dabei zu empfinden. Vielleicht gäbe es dann die Möglichkeit … Okay, Tonio, ich hab's kapiert, ich komm schon.

Mach's gut, Rieke!

9. KAPITEL

GIVE ME DIRTY HOSTNAMES

Bis Montagmittag hatte ich mir – neben dem Text für zahllose E-Mails und Telefonate und meinen Redebeiträgen für eine Sitzung – fünf Antwortmöglichkeiten auf Bastis Anruf überlegt.

In jedem Fall würde ich schriftlich reagieren. Mündlich käme ich bestimmt nicht so souverän rüber – denn so selbstbewusst, wie meine geschriebenen Erwiderungen wirkten, konnte ich niemals klingen. Die Tatsache, dass ich immer noch nicht sicher war, ob ich zu- oder absagen wollte, erschwerte den Prozess allerdings.

1.

Lieber Scott (auch das ging mir schriftlich einfacher über die Lippen, äh, die Tasten),

vielen Dank für deinen Anruf. Da ich im Moment mit meiner normalen Arbeit und dem Dating-TÜV so viel zu tun habe, muss ich dich vertrösten. Ich melde mich, wenn ich wieder Luft habe.

Eine gute Zeit dir
Rieke

Hm, ganz schön förmlich.

2.
Lieber Scott,

thanx für deinen Call.

Melde mich asap.
LG R.:-)

Modern, das schon. Aber ziemlich knapp. Und etwas fröstelig. Das riss der Smiley auch nicht raus.

3.
Lieber Scott,

hab mich super gefreut, echt. Ja, unbedingt bald sehen, bin gerade ziemlich busy, schnüff, die Arbeit und so …

Melde mich, versprochen!

Bussi
Rieke

Klang recht entspannt und locker, aber vielleicht … irgendwie war das nicht meine Sprache. UNAUTHENTISCH.

4.
Lieber Scott,

wie gerne möchte ich mich von dir bekochen lassen, klingt spannend. Schade, dass ich gerade so wenig Zeit habe. Aber wir finden schon einen Termin, ja?

Bis bald!

Alles Liebe
Rieke

Oho, die Meisterin der höflichen Unverbindlichkeit – no, no, no!

5.
Lieber Scott,

ich habe mich total über deinen Anruf gefreut und würde mich sehr gerne mit dir treffen. Wann? Bald, ja? Ich kann eigentlich immer, zumindest wenn es nach 20.00 Uhr ist.

Freu mich,
deine Rieke

Neeeeee, viel zu bedürftig.

Während ich ratlos den Kopf in die Hände stützte und zwischen meinen Entwürfen und siebzehn frischen Mails auf meinem Computer hin- und herstarrte, ploppte eine achtzehnte auf.

scott@trekstarapp.com, las ich als Absender. Ach, du … Mit flatternden Herzklappen klickte ich sie an.

Hi Rieke,

stornierter Termin am Dienstagabend – da könnte ich kochen. Danach sieht's länger finster aus. Was meinst du? 20.30 Uhr? Würde mich freuen,

LG
Basti

Uiuiuiui …

Das klang authentisch, sympathisch, entspannt, ehrlich und verbindlich.

»Sehr gerne, ich bringe den Wein mit, ja? Schick mir noch deine Anschrift«, schrieb ich umgehend zurück und klickte auf »Senden«.

Mein Herz pochte noch schneller. Ohne weiter darüber nachzudenken, hatte ich einfach zugesagt. Und versprochen, Wein mitzubringen.

Was, wenn ich mich wieder betrank?

Was, wenn er mich diesmal langweilig fand?

Was, wenn er von früher redete?

Was, wenn er wissen wollte, wie ich die Entschuldigung fand?

Was, wenn wir anfingen zu streiten?

Was, wenn er mir von seinem Projekt erzählte?

Und was, wenn ich mich *richtig* in ihn verliebte?

Herrje, Rieke, es ging um einen Abend, nicht um das restliche Leben.

Das restliche Leben bis Dienstagabend auszublenden, war ziemlich schwer. Meine Gedanken schweiften von der eigentlichen Arbeit immer wieder ab, und den Montagabend verbrachte ich nicht damit, die Berichte für meine drei Super-Nerds fertig zu schreiben, sondern mit tiefschürfenden Überlegungen: Was sollte ich anziehen? Welchen Wein sollte ich mitbringen? Oder lieber alkoholfreien Sekt? Traubensaft? Wie sollte ich zu Basti gelangen – öffentlich, per Fahrrad oder gar mit einem Taxi? Er wohnte gar nicht weit von seiner Firma am Valleyplatz entfernt, in der Wackersbergerstraße 4, das musste gleich hinter der Großmarkthalle sein. Ich würde die U-Bahn nehmen, sonst käme ich viel zu verschwitzt an und dann könnte ich mir den Aufwand mit der Garderobe auch sparen.

Am Dienstag stellte ich fest, dass ich vollkommen umsonst geplant hatte: Ich vergaß daheim die Bluse mit den kleinen grünen Pünktchen, die ich zum Umziehen hatte einpacken wollen. Auch das Kosmetiktäschchen ließ ich im Badezimmer liegen. Vor lauter Nervosität? Hey, ich traf einen alten Kumpel von der Schule. Mehr nicht.

Als ich um kurz vor acht am Bahnsteig ankam, jetzt schon von des Tages Mühen verschwitzt und verschmiert, vermeldete die Anzeige, dass die U-Bahn defekt wäre und dass die nächste in frühestens dreißig Minuten fahren würde. Hieß im Klartext: in frühestens sechzig Minuten.

Also doch das Fahrrad. Ein Taxi zu nehmen war viel zu teuer. Ich reihte mich in den Radler-Feierabend-Corso entlang der Isar ein und wurde bis zur Abzweigung an der Lagerhausstraße nur dreimal angeklingelt und viermal geschnitten. Immerhin stürzte ich nicht.

Rund um die Wackersbergerstraße verbarg sich ein kleines Stück ursprüngliches München mit zum Teil wunderschönen alten Häusern aus der Gründerzeit, die noch nicht kaputtsaniert und gentrifiziert waren. Dazwischen befanden sich sogar großzügige Gärten und Grünflächen. Nur das Müllheizkraftwerk, das im Hintergrund immer wieder zu sehen war, störte den idyllischen Eindruck. Und wo war nun die Nummer 4?

Nummer 3 bis 11 gehörte zu einem wunderschönen Häuserensemble, Nummer 2 war ein altes Lagerhaus, Nummer 6, jenseits der nächsten Kreuzung, beherbergte einen kleinen Lotto-Laden. Gegenüber schlummerte versteckt hinter üppigen Büschen eine alte Tankstelle, die so aussah, als ob sie schon lange nicht mehr in Betrieb sei. Verwundert betrachtete ich das hohe, elegant geschwungene Zapfsäulendach, das eine unglaubliche Eleganz ausstrahlte. Irgendwer hatte darunter zwei weiße, barock geschwungene Eisenstühle und einen passenden Tisch drapiert, ein paar Töpfe mit Oleanderbüschen standen ringsherum. Wieso war mir noch nie aufgefallen, wie faszinierend so eine alte Tanke aussehen konnte? Ich ging darauf zu und entdeckte zwischen den Büschen so etwas wie einen Eingang. Von hier aus sah man das ehemalige Kassenhaus der Tankstelle, an dessen Seite eine üppige Glyzinie emporkletterte. Das Häuschen war komplett verglast und hell erleuchtet. Unter der Decke baumelte ein riesiger Lüster. An einer Theke stand ein Mann, der sich nun umdrehte, lachte und mir zuwinkte.

Ich rührte mich nicht von der Stelle. Er wohnte in einer Tankstelle? Nun öffnete sich die Tür, und Basti rief meinen Namen. Verwundert stellte ich das Fahrrad vor einer Art Garage ab, in der früher vermutlich eine kleine Werkstatt gewesen war. Langsam ging ich auf ihn zu.

»Hast du gut hergefunden? Eigentlich ist die Tankstelle ja nicht zu übersehen«, begrüßte er mich. Stimmt, er hatte doch irgendetwas von seinem Vater und einer Tankstelle erzählt.

Ich neigte mich vor und küsste ihn auf beide Wangen. Irgendwie hatte ich erwartet, er würde nach Benzin und Öl riechen, aber er duftete nach einem swimmingpoolblauen Rasierwasser und ein wenig nach Zwiebeln.

»Ich wusste gar nicht …«, stammelte ich.

»Hatte ich nichts von der Tankstelle erzählt?« Er kniff skeptisch ein Auge zusammen. »Ich erzähle doch ständig von der Tankstelle. Sie ist zwar ein Traum, raubt mir aber gelegentlich den letzten Nerv. Manchmal habe ich das Gefühl, der Geist meines Vaters schwebt noch immer hier herum.«

Wir standen kurz vor der Eingangstür, und er rieb sich die Hände. Ich lächelte wortlos. War sein Blick ein kleines bisschen unsicher? Ich sollte dringend etwas sagen. Vielleicht, dass ein Mayo-Klecks auf seinem T-Shirt klebte? Direkt über dem Spruch: *Nerd? I prefer the term intellectual badass.* Doch dann hielt er mich sicher für eine Sauberkeitsfetischistin. Aber wie wäre es mit …

»Kann es sein … äh, es riecht ein bisschen …«

»Ach herrje, so was!« Er flitzte zurück an die Theke und öffnete eine überdimensionierte, silbern schimmernde Maschine aus Edelstahl, die ziemlich antiquiert aussah und mich an das alte Waffeleisen von meiner Oma erinnerte. Nur mit mehr blinkenden Knöpfchen, einem viel zu filigranen Griff und klobigen Standfüßen.

»Komm doch rein«, rief er über die Schulter. »Ich weiß nicht, wie oft ich an diesem alten Teil rumgeschraubt habe. Der Mann auf dem Flohmarkt hat behauptet, es wäre in Ordnung.« Er beugte sich über die Küchenmaschine und fingerte geschäftig daran herum.

Ich betrat das Glashaus. Der etwa sechzig Quadratmeter große Raum war in mehrere Zonen gegliedert. Neben der Fensterfront zur Glyzinie hin erstreckte sich eine moderne Küche mit betongrauen Fronten und weinroten Glastüren. In die Theke, die frei im Raum stand, waren Gasherd und Spüle eingelassen. Die Mitte des Raums dominierte ein großer Refektoriumstisch, an dem locker zehn Leute Platz fanden. Die Stühle, die daran standen, waren ein wildes Durcheinander an aufgemöbelten Flohmarktstücken und Designklassikern. Schließlich gab es noch eine Sofalandschaft in einem dunklen Türkiston, die nach einem riesigen High-Tech-Fernseher ausgerichtet war. Es sah aus wie im *Schöner-Wohnen*-Katalog. So viel Geschmack hätte ich Basti nie zugetraut. Und so wenig *Star Trek* auch nicht. Merkwürdig … Die einzige Reminiszenz war ein etwa DIN-A1-großes Foto der Enterprise in den Weiten des Weltalls, das auf Acrylglas gedruckt und von William Shatner persönlich in Gold signiert war.

Basti ließ von der widerborstigen Küchenmaschine ab.

»Ähm, ich dachte, wir essen draußen, ist so schön heute Abend.« Er wies auf das Eisenmöbel-Ensemble unter dem Zapfsäulendach. »Die Büsche ringsum sind mittlerweile recht dicht. Früher haben einem die Nachbarn immer auf den Teller geguckt, aber jetzt geht das nicht mehr. Na ja, leider esse ich viel zu selten. Also, da draußen.«

Er kratzte mit einem Messer an einer schwärzlichen Brotscheibe herum, gab aber nach ein paar Sekunden auf.

»Die ist nicht mehr zu retten.« Er warf den Toast achtlos beiseite und angelte sich aus einer Klarsichtpackung zwei weitere Scheiben.

Es gab tatsächlich …

»Ich dachte, ich mache uns Sandwiches, ich hoffe, das ist okay?«, fragte er.

Ich nickte. So langsam sollte ich auch mal den Mund aufmachen.

»Sandwiches«, murmelte ich vor mich hin und spürte dabei seinen Blick auf mir.

Er knetete den Toast nervös zwischen Daumen und Zeigefinger. Bald wäre der Brotfladen doppelt so flach und doppelt so breit. Dann grinste er.

»Ich hab …«

»Soll ich vielleicht …«, begann ich im gleichen Moment.

Wir mussten lachen.

»… den Tisch decken?«, beendete ich.

Er zeigte mir, wo ich Teller, Gläser und Besteck fand, und ich brachte die Sachen nach draußen.

Es war ein geradezu samtiger Abend, die Sonne war noch nicht untergegangen und man konnte den herannahenden Sommer riechen. Irgendwo kreischten Mauersegler.

Als ich zurückging, beobachtete ich durch die riesigen Fenster, wie Basti sich konzentriert über eine Sandwichscheibe beugte, diese sorgsam mit Mayo bestrich, mit Schinken, dünnen Gurkenscheiben und Tomaten belegte und etwas Käse darüberstreute. Er sah so hingebungsvoll aus, als programmiere er gerade eine neue App. Zumindest stellte ich mir vor, dass er dabei so ausschaute. Ein paar dunkle Strähnen hingen ihm in die Stirn, und als er sich bei meinem Hereinkommen aufrichtete, musste ich sehr an mich halten, ihm die Haare nicht aus dem Gesicht zu streichen. Mit einem Mal platzte die Erinnerung an unsere einzige Nacht in mein Bewusstsein. Ich versuchte, mich an seine Küsse zu erinnern – zumindest an die von vor zehn Jahren. Der letzte war ja leider für immer vom Alkohol vernebelt worden. Aber auch von den früheren Küssen wusste ich kaum noch etwas – nur, dass sie schön gewesen waren. Details hatte ich vergessen. Ich ging zurück in die Küche.

»Alles okay?«, fragte er und schob sich die Brille hoch, wobei er diese prompt mit seinen Mayofingern verschmierte.

Ich nickte enthusiastisch. »Klar«, sagte ich betont lässig.

»Ich hoffe, du bist wegen meines blöden Kommentars neulich nicht mehr sauer.«

Ich sah ihn fragend an.

»Als ich gesagt habe, dass ich keine Beziehung brauche. Das war … na ja, aus dem Zusammenhang gerissen … sozusagen.« Er lachte jungenhaft. »Weißt du, manchmal fühle ich mich echt wie ein Vulkanier – daher das berühmte Zitat, das mit ›Er stellt sich Fragen‹. Ich stell mir auch ständig Fragen. Auf der Suche nach den eigenen Gefühlen. Auf der Suche nach dem Sinn unseres Daseins. Geht mein Leben in die richtige Richtung? Aber je mehr ich mich frage, umso weniger Antworten finde ich. Merkwürdig, aber auch – *faszinierend*.«

Dieses Lieblingswort von Mister Spock kannte sogar ich und nickte zustimmend.

Basti sah einen Moment wie abwesend aus dem Fenster. »Irgendwie haben mich diese … diese Frauen völlig kirre gemacht. Wenn du Männer treffen würdest, die so sind, da würdest du auch Single bleiben wollen, glaub mir.«

Ich nickte. »Ich weiß schon, warum ich Männer nur als Coach treffe.«

»Aber zum Glück gibt es ja auch noch nette Frauen.«

Etwa Pia? Oder ich? Oder ganz eine andere?

»Hm, sieht nach einem leckeren Tröpfchen aus.«

Er betrachtete die Weinflasche, die ich in der Mittagspause in einem kleinen Weinladen in der Nähe des Büros erstanden hatte. Erst hatte ich mit einem Montepulciano geliebäugelt, aber der kam mir zu schwer vor. Es sollte ja ein lockerer Abend werden. Außerdem wusste ich nicht, ob Basti lieber Rot- oder Weißwein trank – also hatte ich einen Rosé genommen, den ich im Agentur-Kühlschrank vorgekühlt hatte. Dass er beinahe zwanzig Euro gekostet hatte, verdrängte ich.

Basti deutete auf die Tür und nahm eine Platte, auf der sich die Sandwiches stapelten. Einen Moment befürchtete ich, dass die Mitarbeiter seiner Firma auch noch alle vorbeischauen würden, so viele Sandwiches waren es.

Wir ließen uns unter dem eleganten Dach nieder, und ich genoss den Blick auf das wunderschöne Wohnzimmer.

»Eine Wahnsinnsbleibe«, fiel mir ein. »Aber wo sind deine *Star-Trek*-Devotionalien?«

»In meinem Kinderzimmer«, erwiderte er todernst.

Ich schaute ihn offenbar so skeptisch an, dass er anfing zu lachen.

»Meine Innenarchitektin hat sich denen komplett verweigert«, erklärte er dann.

»Deine Innenarchitektin?«

»Ja, klingt saublöd, ich weiß. Aber als ich endlich hier einziehen konnte – was war das für ein Kampf mit den Behörden! – hatte ich überhaupt keine Zeit, es einzurichten. Na ja, und da hat mir Cosima eben ihre Inneneinrichterin empfohlen. Ich finde, sie hat das ganz schön gut hinbekommen.«

Wer war jetzt wieder Cosima? Konnte ich danach fragen?

»Cosima? Meine Ex-Frau?«, half er mir weiter, als hätte er meine Gedanken gelesen. »Wir haben noch losen Kontakt. Sie hat längst so einen Finanzhai-Heini geheiratet, vier Kinderlein bekommen und jetsettet durch die Welt.«

Ich spürte, wie mein Magen knurrte, und warf einen begehrlichen Blick auf die Sandwiches. Basti schnappte sich das oberste und biss beherzt hinein.

»Oh, nimm doch«, sagte er nach zwei Bissen. »Sorry.«

Ich griff ebenfalls zu, und nach wenigen Happen waren wir beide nur noch damit beschäftigt, herunterkleckernde Mayo, abstürzende Tomaten und zäh fließenden Käse von unseren Klamotten und Händen fernzuhalten und unfallfrei in den Mund zu bekommen. Aber: Es schmeckte saugut.

Als ich mein Sandwich verputzt hatte und vergeblich Ausschau nach einer Serviette hielt, konnte ich mir eine Bemerkung nicht verkneifen: »Also, wenn du mal wieder eine Frau mit deinen Küchenkünsten beeindrucken willst – vielleicht machst du lieber was, das nicht so kleckert. Die wenigsten Mädels stehen auf klebrige Finger und fettverschmierte Münder.«

Er sah mich verblüfft an.

»Sorry«, fiel mir ein. »Einmal Dating-Coach, immer Dating-Coach.«

»Ach so, klar, logisch. Ja, hab ich gar nicht darüber nachgedacht. Sandwiches – blöd von mir.« Er schlug sich mit der Hand an die Stirn. »Magst du vielleicht Hände waschen gehen?« Ich grinste und ging in die Küche, wo ich mir in der Spüle die Finger und den Mund säuberte. Er selbst verschwand kurz auf der Toilette.

Kaum hatten wir uns wieder gesetzt, gähnte er unterdrückt. Na, der schien sich ja gut mit mir zu amüsieren.

»Hast du eigentlich immer so viel zu tun?«, fragte ich.

Er streckte sich lang aus, dehnte die Arme über dem Kopf.

»Zurzeit ist es besonders schlimm«, sagte er dann. »Heute Abend nicht im Büro zu sitzen, das ist echt die absolute Ausnahme! Wir nehmen an einer Ausschreibung teil, die nächsten Montag endet. Dann geht es gleich weiter mit … Na egal, ich will dich nicht langweilen. Jedenfalls hoffe ich, es wird bald besser. So in einem halben Jahr.«

Oh, oh, er sprach von der Ausschreibung. Schnell ablenken. Ich wollte zu diesem Thema nichts hören!

»In einem halben Jahr? Wie stehst du das durch?«

Er zuckte mit den Schultern. »Wenig Schlaf, kein Privatleben.«

»Puh. Macht dir das Spaß?«

»Na ja, schon. Ich meine, es ist cool, wenn man sieht, wie die eigenen Ideen umgesetzt werden. Ich kann echt kreativ sein, sechs Leute tanzen nach meiner Pfeife, und ich darf jeden Tag Pizza essen. Was will man mehr?«

»Bist vielleicht doch ein ›intellectual badass‹«, sagte ich mit einem Blick auf sein T-Shirt, bemühte mich dabei aber, es weich klingen zu lassen. Es machte Spaß, ihn ein wenig aufzuziehen. »Und wie du neulich am Telefon schon sagtest: Du willst gar keine Beziehung. Aber du befindest dich in guter Gesellschaft: Die meisten Männer sind schlichtweg große Kinder, die Sex haben.«

»Genau.« Er grinste. »Beziehungsunfähig. Asozial. Sexbesessen. Ich liebe es, wenn mir Frauen mal so richtig die Meinung sagen.«

»Na komm, ihr Programmierfuzzis setzt doch noch eins drauf: Ihr vermisst den Sex nicht mal. YouPorn ist immer verfügbar und zickt nie rum.«

»Nur das Haptische kommt ein wenig zu kurz.« Er hielt meinem Blick stand, sah mich in einer Mischung aus Angriffslust, Amüsiertheit und Koketterie an. Ja, auch Männer konnten kokett schauen.

»Ach, und deswegen hast du dich dann doch mal zu drei Dates verabredet – könnte ja was Haptisches dabei sein.«

»Nein.« So ernst, wie er plötzlich dreinschaute, meinte er es vermutlich auch.

»Nein?«

»Nein. Also eigentlich … Ich sollte nicht darüber sprechen, es hat was mit dieser Ausschreibung zu tun.«

Das Blöde war, dass ich bereits wusste, was das Thema der Ausschreibung war. Seine Begründung war sicher plausibel, würde mir aber viel Stoff zum Weitererzählen bieten. Was ich unbedingt vermeiden wollte. Ohne Erfolg.

»Es hat was mit Online-Dating zu tun, und ehrlich gesagt, habe ich das noch nie gemacht …«

Ich hob erstaunt die Augenbrauen.

Er lachte. »Ehrlich noch nicht. Und ich dachte, ich müsste mir mal anschauen, wie es auf diesem Markt zugeht. Damit ich überhaupt kapiere, wovon unser Auftraggeber in spe spricht. Also habe ich mich bei Dat… bei zwei Marktführern angemeldet und es ausprobiert. Dass sich gleich so viele Frauen mit mir treffen wollten, hätte ich nie gedacht. Und dann kam mir die Idee, bei einem persönlichen Treffen herauszufinden, was die Frauen bei Dating-Portalen vermissen, damit wir entsprechend unser Angebot gestalten können.«

»Verstehe.« Das war gar keine schlechte Idee, musste ich zugeben. Auf einmal klang alles ganz harmlos. Feldrecherche, na klar!

»Vielleicht war das Timing ein bisschen ungeschickt.«

Täuschte ich mich oder wurde er ein wenig rot?

»Na, viel habe ich dabei auch nicht erfahren«, erzählte er weiter. »Ich bin halt nicht so der investigative Typ. Die Fragen fielen mir immer erst ein, wenn die Frauen schon weg waren.«

Was sollte ich dazu nur sagen? Ich war mir immer noch unsicher, was ich von ihm wollte – außer ihm möglichst bald noch einmal möglichst nahe zu kommen. Allerdings war ich unsicher, ob er was von mir wollte. Vielleicht sah er in mir nur einen guten Kumpel. So wie die meisten Männer bisher.

Es war schon wieder eine lange Redepause entstanden. Vielleicht könnte ich ihn von dem Date-O-Mat-Auftrag ablenken, wenn ich ihn nach unserem letzten Treffen fragte. Und danach, was dort geschehen war. In mir stritten zwei Seelen: Die eine war enorm neugierig, die andere furchtbar schüchtern.

»Sag mal …« Ich sehnte mich nach einem Schluck kalten Rosé, aber es konnte natürlich sein, dass er mein Mitbringsel aufbewahren wollte – für ein Treffen mit einer anderen Frau etwa. War es nicht viel zu riskant, ihn auf unseren Abend anzusprechen? Was, wenn er mich auslachte oder mir eine Abfuhr erteilte?

Quatsch, sagte die neugierige Seele.

»Hm?«

Stand sein Stuhl schon die ganze Zeit so dicht neben meinem? Dieser Schwimmbadduft benebelte meine Sinne. Das war auch so ein Männerding: Immer ein bisschen zu viel Duftwasser auftragen.

»Ähm, neulich … du weißt schon … als wir … und ich … öh …«

»Als ich dich betrunken die Treppe deines Hauses ins Dachgeschoss hochschleppen musste?«

»Ich hätte es weniger charmant ausgedrückt. Was ist da geschehen?«, fragte ich endlich.

»Du hast mir einen Heiratsantrag gemacht, und ich habe ihn abgelehnt.«

»Was? Oh Gott …«

Bei manchen Menschen sah schmunzeln ja eher verklemmt aus. Bei ihm verdammt sexy.

»Nein. Ich habe, sagen wir mal, Perlen vor die Säue gekippt.« Klang auch nicht viel besser. Seine Finger strichen über meinen Unterarm. Er lachte. »Schade, dass du dein Gesicht nicht siehst. Misstrauen pur. Also, ganz im Ernst: Ich habe mich bei dir entschuldigt. Mit zehnjähriger Verspätung.«

»Wegen des Abiballs?«

Er nickte.

Ich war fassungslos. Da hatte ich ja echt was verpasst. Darauf einen Rosé.

»Meinst du, wir können mal den Wein aufmachen, ich bin etwas durstig.«

»Oh, du hast gar nichts zu trinken? Ach je, ich bin einfach ein miserabler Gastgeber.«

Er sprang auf und ging in die Küche, wo der Wein noch neben dem Herd stand. Inzwischen musste der Rosé schön warm sein.

Er hatte sich also tatsächlich entschuldigt. Ob es ihm sogar recht gewesen war, dass ich in meinem Zustand gar nicht alles mitbekommen hatte? Vielleicht *behauptete* er das jetzt auch nur? Es war gemein, ihm so etwas zu unterstellen. Aber irgendwie fühlte ich mich betrogen. Der Alkohol hatte mich um das Gefühl der Genugtuung gebracht – ich wusste ja nicht einmal, was Basti gesagt hatte. Und mehr noch: Ich wusste immer noch nicht, warum er damals so ausgerastet war und welches Vergehens er mich überhaupt beschuldigt hatte.

Er kam mit zwei Gläsern und zwei Flaschen zurück. Mir goss er von dem Wein ein, sich selbst eine Cola. Okay …

»Prost«, sagte er und hielt sein von kalten Wassertropfen beschlagenes Glas in die Höhe. Eiskalte Cola …

Weil er noch immer stand, erhob ich mich, blieb aber auf meiner Seite des Tisches. Ganz schön hart diese Eisenstühle, fiel mir dabei auf.

»Prost«, antwortete ich und schluckte schwer am warmen Rosé.

»Ist er nicht gut? Du schaust so …«

»Bisschen warm.«

»Ach so, dachte schon, er wäre schlecht. Ich trinke ja gar keinen Wein. Hin und wieder ein Bier, aber selten. Ich mag dieses dumpfe Alkoholgefühl im Kopf nicht.«

»Verstehe.«

Basti kam auf meine Seite des Tisches und besah sich das Etikett der Weinflasche näher.

»Sieht edel aus.«

Erschreckt sah er mich an. Als ob ihm jetzt erst klar wurde, dass ich mich für den Wein in Unkosten gestürzt hatte. Vielleicht tat es ihm leid, dass er mein Mitbringsel verschmäht hatte und es jetzt auch noch so gut wie ungenießbar war.

»Vielleicht kannst du den Rest in die nächste Spaghetti-Bolognese-Soße kippen. Gibt ein gutes Aroma«, schlug ich vor.

»Langsam wird es zum Running Gag, dass es dauernd etwas gibt, wofür ich mich bei dir entschuldigen kann.«

Ich hätte ihn zu gerne gefragt, was er mir denn letzte Woche gesagt hatte. Aber er war um den Tisch herumgekommen und stand jetzt irritierend dicht vor mir. Das Cola-Glas hatte er beiseitegestellt.

»Du riechst gut«, sagte er und schnupperte an meinem Hals.

»Nach verschwitzter Fahrradtour. Du riechst viel besser.«

Er lächelte. »Wusstest du, dass es Geruchsstoffe sind, die einen Menschen für den anderen attraktiv machen? Und zwar kein Parfum.«

»Die guten alten Pheromone.«

»Genau«, sagte er. »Weißt du, diese Treffen mit diesen Frauen – mir ist da eine, wie ich glaube, großartige Idee gekommen. Allerdings ist das technisch recht aufwendig, und deshalb arbeiten wir da gerade auf Hochtouren. Für diese Ausschreibung, von der ich dir erzählt habe.«

Oh Gott, nein! Nicht schon wieder. Halt den Mund! Ich will es nicht hören.

»Ich hab nämlich nach den Dates, als ich mit Toni davon geredet habe, Sätze gesagt wie: ›Da hat die Chemie nicht gestimmt.‹ Und: ›Ich glaube, die konnte mich nicht riechen.‹ Und ich dachte mir … Ach, scheiße, ich darf da eigentlich gar nicht drüber reden …«

Dann lass es!

»Aber ich glaube, du wärst auch total begeistert …«

Ich kippte mein Glas in einem Zug herunter. »Gibt's noch einen Schluck Wein?«

»Langsam habe ich den Eindruck, du erträgst mich nur betrunken.« Er lachte und goss mir nach. »Jedenfalls entwickeln wir gerade eine App, mit der du die Zusammensetzung deines Körpergeruchs analysieren lassen kannst.«

Ich verstand nur Bahnhof. Wie sollte denn mein Körpergeruch in die App reinkommen? Egal, ich wollte sowieso nicht noch mehr hören. Das müsste ich ja dann Feist berichten. Und das war das Letzte, was ich wollte. Lieber dachte ich mir selbst irgendeinen Schmarrn aus. Könnte ja später behaupten, ich sei einer Fehlinformation aufgesessen. Genau – das war die Lösung! Ich gluckste erleichtert.

»Rieke?«

»Ja«, brachte ich hervor. »Ich hör dir zu, wirklich.« Oder besser nicht.

»Dein Körperschweiß wird analysiert, die Daten kommen in eine Datenbank, und der Computer spuckt dir den Partner aus, der chemisch gesehen am besten zu dir passt. Natürlich kombiniert mit deinen sonstigen Wünschen, was Alter, Beruf, Hobbys und so weiter angeht.«

Wow. Was für eine geniale Idee. Ein komplett neuer Ansatz. Nur: Wie sollte ich das vergessen? Ich sollte Basti schleunigst gestehen, dass mein Chef mich zwang, ihn auszuspionieren! Aber dann würde er denken, ich sei nur deshalb hier. Er würde denken, ich ließe mich von Feist unterdrücken. Er würde denken, ich sei ein schwacher Mensch, leicht zu lenken, fremdbestimmt. Nein, ich konnte es ihm nicht sagen. Auf gar keinen Fall! Ich würde das auch so hinkriegen. Hauptsache, er erzählte mir nicht noch mehr von der App. Ich brauchte eine Idee für einen Themenwechsel – und zwar sofort! Musste auch gar nicht geistreich sein.

»Ähm«, fiel mir ein. »Wieso hast du eigentlich vorhin gesagt, der Geist deines Vaters schwebe hier noch herum?« Puh, war das plump. Aber es hatte ja schnell gehen müssen.

Er sah mich an und runzelte die Stirn. »Na ja, meinem Vater hat die Tankstelle gehört. Schon meinem Opa. Hab ich doch erzählt. Und als mein Vater aus Würzburg zurück nach München gezogen ist, hat er versucht, sie wieder zu betreiben.« Er räusperte sich. »Weißt du, wir testen gerade die Möglichkeiten, mit welchen Materialien man den Hautschweiß am besten …«

Sein Gesicht war jetzt nah vor meinem. Er sah mir in die Augen, ohne zu zwinkern. Er wirkte so begeistert, geradezu aufgeregt. Wegen meiner Nähe?

»Eventuell kann man in die Handyhülle Sensoren einbauen, die …«

Da legten sich ganz wie von selbst, wie von Geisterhand geführt, erst mein Arm um seinen Hals und dann meine Lippen auf die seinen.

Es waren bestimmt zwei Sekunden, in denen er einfach nur so dastand. Gerade wollte ich mich zurückziehen. Panik stieg in mir auf. Ich war zu weit gegangen. Aber da, erst zögerlich, dann umso vehementer, spürte ich seine weiche Berührung, die Resonanz auf mein Vorpreschen. Immerhin schien er es nicht unangenehm zu finden, denn jetzt tastete er zart mit seiner Zungenspitze meine Lippen ab. Als ob er den Geschmack des Weins darauf suchte.

Kein ganz unangenehmes Ablenkungsmanöver.

Ich gewährte ihm Einlass, und nun küssten wir uns endlich so wie damals – so neugierig und vorsichtig, so fordernd und zurückhaltend. Plötzlich wusste ich wieder, wie es gewesen war. Genauso schön wie jetzt.

»Ist das dein ultimativer Dating-Tipp?«, fragte er, und ich merkte jetzt erst, dass er sich von mir gelöst hatte.

Mein Kopf fühlte sich an wie eine zu heiß gegrillte Chili, und das lag nicht nur an der Hitze unseres Kusses.

»Äh«, stotterte ich.

Die rußfarbenen Treibholzsprenkel in seinen meerblauen Augen funkelten dunkel.

»Vielleicht könnte das Trägermaterial auch auf Spucke reagieren.«

Warum war ihm ausgerechnet heute so nach Plaudern zumute – nach stimmungstötendem Ausplaudern?

Sollte ich ihn gleich noch einmal küssen? Doch die Gefahr bestand, dass ich es wieder so schön fand wie beim ersten Mal. Und das war nicht der Plan. Der Plan war, ihn von der App abzulenken. Nicht, sich zu verlieben. Er wollte schließlich keine Beziehung. Hatte gar keine Zeit dafür.

Diesmal küsste er mich.

Nun war ich es, die ein paar Sekunden brauchte, um zu reagieren. Vermutlich war ich dabei ein wenig zu enthusiastisch, denn nun küssten wir uns sehr lange. Sehr, sehr lange. Bis es irgendwo knackte und ich erschrocken »Mein Bruder!« ausrief.

»Glaub ich kaum«, erwiderte Basti und lächelte.

Seine Augen ließen mich nicht los. Ich fühlte mich ganz atemlos, und er griff nach meiner Hand, streichelte sie und kitzelte mich mit der Nase am Hals. Aber irgendwie pochte mein Herz angstvoll. Als würde Nils tatsächlich in jedem Moment auftauchen und wieder alles zerstören.

»Gehen wir rein?«, fragte er. »Wird langsam frisch.«

München, irgendwann im Mai 2012

Rieke, mein Vater ist gestorben. Da ist ein großes Loch in mir, durch das alles durchfällt. Jeder Gedanke. Vielleicht kann mir das Schreiben helfen, die Gedanken festzuhalten.

Ich konnte ihn nicht retten. Und er selbst sich auch nicht. Die Krankheit war einfach größer als er. Nicht die Depression, sondern der Krebs. Darmkrebs mit Metastasen in Lunge und Leber. Ist gleich: Todesurteil. Wir ahnten, dass es passieren würde. Aber es ging so verdammt schnell.

Vor vier Monaten hat er sich unwohl gefühlt, keinen Appetit mehr gehabt, wurde immer schlapper. Eine richtige Diagnose zu stellen war schwierig, die Ärzte waren sich nicht sicher, wie schlimm es tatsächlich ist. Und gestern – bäng. Aus, vorbei.

Ich fühle mich … keine Ahnung, irgendwie gar nicht. Heute bin ich den ganzen Tag herumgerannt: Bestatter, Trauerredner, Ämter, Anzeige aufsetzen, Leute informieren. Übermorgen ist die Beerdigung, völlig unwirklich.

Es ist halb drei in der Nacht. So ruhig hier überall. Wie auf dem Friedhof. Was für ein blöder Vergleich. Nachts ist alles heller, wenn du verstehst, was ich meine.

Sorry, bin irgendwie schräg drauf. So wie damals, als ich nach dem Deutsch-Abi so schnell abgehauen bin, weil ich dachte, er würde sich was antun. Ich hatte dir nicht mal erzählt, dass er mir diese blöde SMS geschickt hatte. Ich saß im Zug, mit klopfendem Herzen, weil mir alles viel zu langsam ging. Was, wenn ich ihn nicht retten könnte? Hoffentlich würdest du das verstehen, wenn ich dir nach meiner Rückkehr alles erzählte.

Meinen Vater fand ich in München im kleinen Einzimmerappartement meiner Großmutter im Pflegeheim. Er saß auf dem einzigen Stuhl und sah aus dem Fenster. Vor ihm standen all die Tablettenpackungen und Röhrchen meiner Großmutter. Glücklicherweise hatte er sie noch nicht angerührt. Ich weiß gar nicht, ob meine Oma ihn überhaupt bemerkt hatte. Sie war zu dem Zeitpunkt schon ziemlich dement und starb ein paar Monate später.

Er sah mich fragend an und ich bat ihn, mit mir zu kommen. Er folgte willenlos. Ich brachte ihn in ein Krankenhaus. Die Ärzte nahmen ihn auf und überstellten ihn später in die Psychiatrie. Ich wartete ein paar Tage, konnte aber nichts tun und fuhr zurück nach Würzburg. Einmal hatten wir telefoniert, und ich weiß noch, dass du mir Mut zusprachst, dass du mir erklärtest, wie gut man heute Depressionen behandeln konnte. Du gabst mir dein Wort, dass du niemandem etwas erzählen würdest. Wir konnten uns beide ausmalen, welche hämischen Bemerkungen das wieder nach sich gezogen hätte.

Ich fuhr erst am Tag des Abiballs zurück. Ich hatte dir gesagt, dass ich rechtzeitig da sein würde. Ich hatte mich so auf dich gefreut. Und dann traf ich Pia. Gleich am Bahnhof. Und das Erste, was sie zu mir sagte, – mit einem Gesichtsausdruck, der irgendwo zwischen Bestürzung und einer riesengroßen Sensationslust lag – war: »Und – lebt dein Vater noch?« Ich dachte, ich höre nicht richtig. Ich hab sie gefragt, was sie damit meinte, und sie sagte mir auf den Kopf zu, dass ich doch wohl Angst gehabt hätte, dass er sich umbringt. In meinem Kopf lief sofort ein Film ab – mit dir in der Rolle der Verräterin. Denn du, Rieke, warst die Einzige, der ich davon erzählt hatte.

Ich hatte vergessen, dass ich von München aus natür-

lich mit meiner Mutter telefoniert und ihr alles berichtet hatte. Es war auch nicht wichtig, denn meine Mutter lebte quasi in einem anderen Universum – sie hatte nichts mit dir, Pia, den Leuten aus der Schule zu tun. Und so stand für mich augenblicklich fest: Du musstest die undichte Stelle gewesen sein. Pia stritt es nicht ab, als ich sie danach fragte. Sie sagte nicht wörtlich, ja, Rieke hat es mir gesagt. Ich weiß nicht mehr genau, was sie sagte, aber für mich klang es, als könntest es nur du gewesen sein. Und ich war enttäuscht. So maßlos enttäuscht.

Pia war auf dem Weg zum Abiball gewesen, und ich sagte, ich käme gleich nach. Erst mal ging ich einfach in so eine Bahnhofskneipe und bestellte einen Schnaps. Und noch einen. Und noch einen. Und noch einen. Dann wurde ich wütend. Und machte mich auf den Weg zur Schule.

Mit jedem Meter, den ich näher kam, wuchs mein Zorn. Ich hatte mich so gefreut, dich wiederzusehen, aber jetzt war da nur noch … Abscheu. Du hattest allen davon erzählt, was mein Vater für ein Loser war. Dessen war ich mir sicher, zumindest in diesem Moment.

Ich sah dich sofort, wie du da in deinen hochhackigen Schuhen am Buffet standst – mit Sehnsucht im Blick. Ich sehe noch genau vor mir, wie du gelächelt hast, als du mich sahst. Schon die Reinheit dieses Blickes hätte mir sagen müssen, dass ich komplett auf dem Holzweg war. Aber ich hatte keine Antenne dafür. Ich spürte nur Wut und Enttäuschung, und so schrie ich dich an. Ohne eine Begrüßung, ohne dir eine einzige Chance zu geben, dich zu rechtfertigen. Ich machte meinem Ärger Luft, und du versuchtest, mir auszuweichen. Leider nach hinten. Plötzlich war da nur noch Scheppern und eine Riesenschweinerei, und du lagst am Boden und alle lachten. Dann kick-

test du mir deine Schuhe gegens Schienbein und ranntest weg. Und ich? Ich sah dir hinterher – und dann tat ich, als sei nichts geschehen und setzte mich mitten in die Reihen zwischen meine Mitschüler. Keiner sagte einen Ton. Nicht mal Pia.

Ich habe keine Ahnung, wie ich diesen Abend durchgestanden habe. Vermutlich hat der Schnaps es erträglich gemacht. Der, den ich schon getrunken hatte, und der, den ich auf dem Fest herunterkippte. Ich betrank mich an dem Abend. Mein erster echter Rausch. Mann, war das scheiße. Am Tag danach jedenfalls. Während ich besoffen war, konnte ich alles vergessen. Ich tanzte sogar mit der Orgasmus! Ausgelassen, wie man mir erzählte.

Am nächsten Morgen traf es mich mit einem umso schmerzhafteren Hammerschlag. Du meine Fresse! Was hatte ich nur getan! Ich fuhr zu euch nach Hause, doch da grinste mich nur dein Bruder blöd an.

»Tja, Herterich«, sagte er, »falls du Rieke-Frigike suchst – die ist schon losgedüst. Nach Australien. So weit weg von dir wie möglich.«

Das hat mir den Boden unter den Füßen weggezogen, genau wie jetzt, da mein Vater tot ist. Als steckte ich vom Kopf bis zu den Füßen in einer Wolke. Und zwar nicht in Wolke sieben.

Wenige Tage später sah ich meine Mutter mit einem anderen Mann. Mit Pias Vater. Er holte sie ab und küsste sie zur Begrüßung auf den Mund. Ich schrie sie an, was das wäre, und sie meinte nur, ich solle mich nicht wie ein kleiner Junge benehmen. Es sei doch logisch, dass sie nicht wie eine Nonne leben würde, nur weil mein Vater sich von ihr abgewandt hatte, dieser Schlappschwanz. Und da war mir klar, woher Pia alles wusste.

Ach, Rieke, jetzt, wo mein Vater tot ist, prasseln so viele Erinnerungen auf mich ein – aus meiner Kindheit, meiner Teenager-Zeit, auch und gerade an die Tage rund ums Abitur – und ich erkenne, dass ich ihm ähnlicher bin, als ich dachte. Warum habe ich ausgerechnet die Eigenschaften von ihm übernommen, die mir den sozialen Kontakt mit meinen Mitmenschen so erschweren? Die Schweigsamkeit und die Grübelei.

Ob sich das jemals ändert? Drück mir die Daumen, Rieke!

Dein Basti

10. KAPITEL

REAL LIFE? SEND ME A LINK

Vogelgezwitscher weckte mich. Mir war eiskalt. Und mein Arm war eingeschlafen. Ich streckte ihn aus und zuckte erschrocken zurück, als er gegen warme Haut stieß. Vorsichtig öffnete ich die Augen nur ein ganz klein wenig. Hellgraues Morgenlicht flutete den Raum. Groß, hoch, fremd. Und da lag er. Hingegossen geradezu. Die glatte, breite Brust unbedeckt, ein Zipfel der Decke, die wir uns geteilt hatten, verbarg seine Lenden kaum.

Ich war glücklich, dass ich am Vorabend nur sehr wenig getrunken hatte und mir sofort alles wieder einfiel. Ja, wir waren reingegangen. Ja, wir hatten uns auf das gemütliche Sofa gesetzt. Und ja, wir hatten dort weitergemacht, wo wir draußen aufgehört hatten. Irgendwann waren wir nur noch Arme, Beine, nackte Haut, mehr nackte Haut, ganz viel nackte Haut, kitzelnde Haare und verhakte Gliedmaßen. Wir stöhnten uns in den siebten Himmel und wurden nicht satt voneinander. Und alles fühlte sich an, als fügten sich unsere Molekularteilchen wie bei einem Puzzle ineinander. Auch ohne App wussten wir: Die Chemie stimmte zu hundert Prozent.

Einmal fragte ich, ob wir nicht in sein Schlafzimmer gehen sollten, aber er versprach, der Sonnenaufgang im Wohnzimmer sei viel schöner. Es beruhigte mich so ungemein, dass er nicht von mir erwartete, irgendwann in der Nacht zu verschwinden, dass ich einfach liegen blieb, liebte, döste, liebte, einschlief. Und jetzt erkannte ich: Er hatte nicht zu viel versprochen. Das

Morgenlicht ließ die Konturen schärfer hervortreten, draußen sah ich nur Hecken, Büsche und den letzten Zipfel des geschwungenen Daches. Eine Oase mitten in der Großstadt. Ein Ort, um ganz bei sich zu sein. Bei uns.

»Guten Morgen«, flüsterte er mir ins Ohr, und ich drehte mich zu ihm, kuschelte mich in seine Arme, ließ mich halten und streicheln, und das Karussell drehte sich von vorne, bis mich meine Sinne beinahe verließen und ich nur noch eine pochende, zuckende, erhitzte, schreiende Körperlandschaft war, die nur fühlte, nicht dachte.

»Mann, Mann«, keuchte er, als wir schließlich wieder ruhig nebeneinander auf dem Sofa lagen. »So viel Haptik hatte ich schon lange nicht mehr.«

Ich wuschelte ihm durchs Haar. Wie unglaublich, das einfach tun zu dürfen, ohne darüber nachzudenken.

»Coole Uhr«, sagte ich dann und deutete auf etwas, das wie ein Bilderrahmen über dem Flatscreen an der Wand hing. Darin leuchteten in einer quadratischen Fläche Worte auf, die die Zeit angaben.

»Es ist … fünf … vor … halb acht«, las ich vor.

»Scheiße!«, rief er und sprang auf. »Tut mir leid, ich muss dringend los, wir haben so ein irrsinniges Pensum heute, das schaffe ich sonst nicht.« Er rannte den Gang entlang, kehrte um, küsste mich auf die Stirn, rannte wieder los, bog von einem Zimmer ins andere ab, kam mit einem Haufen Klamotten auf dem Arm zurück und verschwand.

»Kaffeemaschine steht neben dem Kühlschrank«, schrie er, vermutlich aus der Dusche. »Ach, Mist, aber das Kaffeepulver ist alle.«

Mit einer Mischung aus Belustigung, Neugier und Irritation betrachtete ich sein Treiben. Es dauerte etwa zehn Minuten, dann war er fort. Ein letzter Kuss, das Bekenntnis, dass wir uns bald wiedersehen würden … und dann lag nur noch der Duft seines Schwimmbad-Rasierwassers in der Luft.

Ich rekelte mich noch ein wenig auf dem bequemen Sofa herum, sog den Duft der Nacht ein, den unsere Decken verströmten, und war einfach nur glücklich.

Irgendwann zwang mich meine Blase doch, aufzustehen. Ich ging auf der Suche nach dem Badezimmer – gestern Abend hatte ich nur das Gästeklo benutzt – den Gang nach links entlang. Die stirnseitige Wand war mit einer Fototapete verkleidet, die mir im Dunkeln nicht aufgefallen war. Überlebensgroß: die Crew des ersten Raumschiff Enterprise. Spock erkannte ich und Kirk, Uhura, Scotty und Sulu. Darüber stand: *To boldly go – where no man has gone before.* Ich kam mir auch sehr kühn vor – schließlich war ich noch nie hier gewesen – auf dem fremden Basti-Planeten.

Rechts und links waren drei Türen. Gleich hinter der ersten lag tatsächlich das Badezimmer, schneeweiß und wie frisch eingebaut. Auf dem Boden lagen Klamotten vom vorangegangen Abend und ein feuchtes Handtuch. Ich erleichterte mich, wusch mich und zog mich an.

Als ich zurück in den Gang trat, übermannte mich die Neugier. Was sich wohl hinter den anderen Türen verbarg? Ob es dort ebenso schick designt war? Denn wenn man vom Wohnzimmer auf die anderen Räume schloss, hatte die Inneneinrichterin vermutlich auch dort ganze Arbeit geleistet – und Basti hatte den Geldbeutel weit aufgemacht.

Hinter der zweiten Tür entdeckte ich so etwas wie ein Arbeitszimmer. Ein Computer mit riesigem Bildschirm thronte auf einem Schreibtisch bestehend aus zwei Holzböcken mit einer schlichten MDF-Platte darauf. Dutzende von Büchern standen in windschiefen Ivar-Regalen und die Wände hingen voller Plakate. Auf denen was zu sehen war? Richtig – Szenen aus den Raumschiff-Enterprise-Folgen der letzten fünf Jahrzehnte. Hier war die Inneneinrichterin offensichtlich noch nicht vorbeigekommen.

Blieb noch die letzte Tür. Vermutlich sein Schlafzimmer. In dem ich vielleicht bald öfter zu Besuch war. Besser, ich bin vorbereitet, schoss es mir durch den Kopf. Schwungvoll öffnete ich die Tür. Es polterte. Schnell betrat ich den Raum. Gerade wollte ich die Tür schließen, als etwas Haariges auf mich zustürzte. Mein Herz setzte beinahe aus. Ich konnte einen Schrei nicht unterdrücken.

Mit vorwurfsvollem Blick sah mich Captain Kirk an. Alle Klamotten, die auf der lebensgroßen Puppe gehangen hatten, waren zu Boden gefallen. Was nicht weiter auffiel. Denn überall lagen Kleidungsstücke herum. Und zerknüllte Papiere. Leere Pizzakartons. Nerdige Tassen mit schwarzen Kaffeeresten darin. Kein Wunder, dass er mir das nicht hatte zeigen wollen. Ein riesiges schwarz-weißes Raumschiff klebte als Wandtattoo über dem Bett, das natürlich mit *Star-Trek*-Bettwäsche bezogen war. Hier hatte ein kleiner Junge all seine Fantasien ausgelebt. Vorbei an der Frau Innenarchitektin. Deren Einfluss war in diesem Raum nirgends zu erkennen. Das Bett hatte einen schlichten Holzrahmen, und was an Kleidung nicht auf dem Boden lag, hing an einer fahrbaren Garderobenstange oder stapelte sich in weißen Plastikkisten von Ikea.

Ehe ich darüber nachdachte, warum die Wohnung vorne hui und hinten pfui war, nahm ich Bastis Kopfkissen in die Arme und vergrub die Nase darin. Es roch nicht nach fremden Planeten und Außerirdischen. Es roch nach ihm. Nach Basti. Genau so, wie er schon vor zehn Jahren gerochen hatte. Und heute Nacht. Sicher gab es eine ganz einfache Erklärung für diesen disparaten Zustand seines Domizils.

Es konnte sein, dass ich Feist eine Spur zu selig anlächelte.

»Nun, Frau Sturm, haben Sie mir etwas zu sagen?« Er lächelte sogar zurück.

Ja, ich habe die ganze Nacht gevögelt und es war himmlisch, und ich heirate bald einen reichen Firmenchef, der Ihnen Ihren wichtigsten Auftraggeber ausspannt, und das ist mir so was von wunderbar scheißegal.

»Äh, nein, ich bin an der Sache dran.«

»Heute ist Mittwoch. Wie wollen Sie das denn noch hinbekommen?« Er spähte zur offenen Tür hinaus, wo gerade jemand vorbeigegangen war. »Grit, komm doch mal.«

Ach, man war schon per Du.

Grinse-Grit betrat federnd den Raum. Ob die auch die ganze Nacht gevögelt hatte? Mit Feist? Igitt!

»Ich möchte, dass ihr euch zusammen in die Sache reinhängt«, eröffnete er uns. »Grit habe ich schon eingeweiht. Sie weiß, woran Sie arbeiten.«

»Also, arbeiten …«

»Schon gut, wir müssen die Dinge ja nicht immer so konkret benennen. Je weniger ich von der Umsetzung mitbekomme, umso besser. Ich spreche euch mein vollstes Vertrauen aus.« Er wedelte mit der Hand, ein Zeichen, dass wir den Raum verlassen sollten. »So, Karen«, schrie er dann. »Verbinden Sie mich mal mit dem Bengtheim, danke.« Die Audienz war beendet.

Ich versuchte, über den Flur in mein Zimmer zu huschen, doch Grit heftete sich an meine Fersen.

»Was planst du denn jetzt?«, fragte sie mit naivem Augenaufschlag. »Verrate mir doch mal deine Strategie, dann können wir abgleichen, welches das beste Vorgehen wäre. Ich könnte mir vorstellen, dass es sich lohnen würde, ihn einfach mal in seiner Firma zu besuchen. Sieht der eigentlich tatsächlich so gut aus wie auf den Fotos im Internet?«

Feist hatte sie in keiner Beziehung im Ungewissen gelassen, so schien es. Und sie war offensichtlich nicht mal sauer, dass er ihre Idee von der Location-App nicht weiterverfolgen wollte.

Sie sah mich abwartend an.

Meine Strategie? Puh …

»Du hast noch gar keine Strategie!«

»Äh, doch.« Nicht rot werden! »Also, ich denke, ja, ein Besuch wäre nicht schlecht. Wir sollten nur nichts überstürzen.«

»Nein. Ich kann da aber auch alleine hingehen, wenn dir das unangenehm ist. Dann sage ich einfach, du hast …«

»Nee, weißt du, diese Nerd-Typen – die sind so richtig schreckhafte Kaninchen. Da muss schon jemand auftauchen, dem sie vertrauen.«

»Und *dir* vertrauen sie?«

Immerhin vögle ich einen von ihnen. Ich konnte es kaum glauben. Wir hatten es tatsächlich die ganze Nacht getan. Die zwei größten Mauerblümchen der Schule.

»Was grinst du denn so?«

Ich zog erschrocken die Schultern hoch, kratzte mich am Ohr.

»Ich mach das schon«, versuchte ich sie auszubremsen. »Ich muss heute Abend sowieso da vorbei. Kein Problem. Morgen früh habe ich das Material. Wir können es dann ja zusammen aufbereiten.«

»Aber ich glaube schon, dass es besser wäre …«, insistierte sie. Diese Mistbiene, diese grinsende …

»Du, sorry, ich höre mein Telefon. Entschuldige mich, ja?« Und schon hatte ich ihr meine Bürotür vor der Nase zugeschmissen.

Ich würde heute Abend bei seiner Firma vorbeifahren. Ich musste sowieso noch mein Fahrrad bei Basti abholen, da lag TrekStarApp ja quasi auf dem Weg.

»Rieke! Hallo?« Pia stupste mich an.

»Ach so, ja, ich nehm das Puten-Panini, danke.«

Die Bedienung nickte knapp und verschwand. Wie lange sie da wohl gestanden hatte?

»Also, wenn du schon mit mir Mittagessen gehst, obwohl du völlig durch den Wind bist, könntest du mir wenigstens erklären, was passiert ist.« Pia nahm Besteck und Servietten aus einem Krug, verteilte sie und schenkte mir einen strengen Fräulein-Rottenmeier-Blick.

Ich wollte ihr nicht sagen, dass ich es mit Basti wild und hemmungslos getrieben hatte. Die ganze Nacht. Und dass mich gerade die Müdigkeit einholte. Das klang ja total pubertär.

»Ach, mein Chef geht mir auf den Geist«, lenkte ich ab. »Der glaubt, ich wäre seine persönliche Arbeitssklavin. Nur weil er weiß, dass ich Single bin, lädt er mir eine Überstunde nach der anderen auf.«

»Den musst du in die Schranken weisen, aber sofort.« Ihre Augen funkelten angriffslustig.

»Na ja, bei jeder Gelegenheit reibt er mir unter die Nase, dass meine Probezeit ja noch nicht rum sei. Und meine Lieblingskollegin Grinse-Grit ist auch scharf auf den Posten. Und er wird nur eine von uns nehmen. Da muss ich schon gefügig bleiben.«

Wieder einmal wurde mir klar, dass ich ihm bringen musste, was *er* wollte – wollte *ich* nicht demnächst auf der Straße stehen. Blieb mir wirklich nichts anderes übrig, als Bastis Idee zu klauen? Rieke, die Spionin – als Bond-Girl hatte ich mich nie gesehen. Und nie sehen wollen …

Aber ich hatte keine Lust mein moralisches Dilemma mit Pia zu diskutieren. Denn dann würde ich auch ausplaudern müssen, was am vergangenen Abend passiert war. Und nichts in mir verspürte den Drang, Pia davon zu erzählen. Vielleicht, weil ich so unsicher war, was das alles bedeutete. Waren wir jetzt zusammen?

»Wie war's eigentlich neulich mit Basti und Tonio im Biergarten?«, fragte ich. Der beste Weg, von mir abzulenken. Ich nahm einen großen Schluck von meiner Maracujaschorle. Der kühle Saft beruhigte meine Nerven.

»Ach, nett«, sagte sie. »Aber denk dran, mit ausbeuterischen Chefs darf man nicht zu freundlich sein.«

Sie konnte genauso mauern wie ich. Mist.

»Ja, das krieg ich schon hin, mach dir da mal keine Sorgen.« Ups, das war vielleicht einen Tick zu schnippisch.

»Ich sage das nur, weil du eben so durch den Wind warst, dass du sogar die Bedienung übersehen hast. Aber wenn du meinst.«

Wir vermieden es, einander anzusehen und betrachteten stattdessen die übrigen Gäste in dem kleinen Café um uns herum.

»Ist ein lustiger Typ, dieser Tonio, findste nicht?«, versuchte ich, die Verstimmung zwischen uns aufzulösen.

»Hm.«

»Schon nerdig, aber auch irgendwie … freakig.«

»Also, würde ich den jetzt nicht kennen, dann würde ich denken, du beschreibst ein Alien.«

»Ist er ja auch irgendwie. Mit seinem Zauselbart und den langen Haaren …«

»Sag jetzt nicht, er sieht aus wie Catweazle.« Pia sah fast ein bisschen empört aus.

»Aber er sieht nicht so gut aus wie Basti.«

»Scott«, korrigierte sie mich grinsend.

»Du nennst ihn echt Scott?«

»Klar, das ist ihm, glaube ich, schon wichtig«, sagte Pia. »Und irgendwie ist er für mich auch nicht mehr Basti. Er hat nicht mehr viel gemein mit diesem schüchternen, verpickelten Computerfuzzi von damals. Na ja, außer dem Computerfuzzi.«

Scott. Ich würde mich nie daran gewöhnen.

Die Bedienung brachte uns unsere Panini und wir kauten etwas lustlos darauf herum. Mir tat es leid, dass ich Pia so angepampt hatte.

»Wie läuft es denn bei deiner Versicherung?«, wechselte ich das Thema. Sie war offensichtlich nicht gewillt, noch etwas vom Biergartenbesuch mit »Scott« zu erzählen.

»Ach ja, meine Chefin ist schon ganz okay, aber wenn ich den ganzen Buchungsscheiß nicht langsam in den Griff bekomme, wird sie bestimmt ungeduldig. Gestern hat sie …«

Ich konnte mich nicht länger auf sie konzentrieren. Mein Smartphone zeigte eine WhatsApp-Nachricht an. Von Basti, äh … Scott. Unauffällig versuchte ich, sie unterm Tisch zu öffnen, während ich Pia weiter interessiert zunickte.

»… eine Fortbildung wäre vielleicht …«

Ich hoffe, es geht dir gut? Wollte noch sagen: Bin bis Montag busy wg. Ausschreibung, fliege Montagabend ins Silicon Valley. Wunder dich nicht, wenn ich nicht erreichbar bin, okay?

Das war kurz und knapp. Ob er die Nacht schon bereute?

»… in einem halben Jahr …«

Wollte er mich auf Abstand halten? Immerhin teilte er mir mit, dass er keine Zeit hatte.

»Hörst du mir überhaupt zu?«

Ich war eine Scheißfreundin!

»Ja, klar. Nur mein, ähm … Chef hat mir gerade eine WhatsApp geschickt … und …«

»Er verfolgt dich sogar beim Essen?« Pia schüttelte den Kopf. »Blödian! Schreib, er kann dich kreuzweise!«

Ich grinste und nahm das Handy, um eine Antwort zu tippen.

Okay, danke für die Info. Melde dich, wenn du wieder da bist. CU

»So, dem habe ich es aber gegeben«, sagte ich.

Offenbar eine Spur zu triumphierend, denn Pia streckte die Hand nach meinem Handy aus.

»Zeig!«

»Ähm«, stotterte ich. »Ähm, ich hab geschrieben, warte, ich lese es dir vor …« Ich tat so, als müsse ich die Nachricht erst heraussuchen. Was könnte ich nur geschrieben haben? Herrje …

»Ach, da …« Idee! Ich brauchte eine Idee! »Wenn Sie mich noch einmal bedrängen, gehe ich zum Betriebsrat!« Ich sah sie Beifall heischend an.

»Ihr habt einen Betriebsrat? Ich wusste gar nicht, dass eure Agentur so groß ist.«

»Na ja, symbolisch, quasi … also, zur Gewerkschaft. Verdi. Oder wer auch immer da zuständig ist. Gleichstellungsbeauftragte. Ist doch egal.«

Pia verzog den Mund. »Das kannst du besser, Rieke, bist doch eine Frau des Wortes. Dem musst du schon mit härteren Bandagen kommen.«

Ich nickte und tat so, als wäre ich beschämt. »Der Typ saugt mir alle Energie aus. Und Fantasie.«

»Übrigens«, sagte Pia und legte mir die Hand auf den Arm, »ich hätte da ja einen netten Kollegen. Ist nicht meine Kragenweite, ist ein bisschen zu sehr Softie, aber für dich wäre der prima. Willst du den nicht mal treffen?«

Ich zuckte mit den Schultern. »Weiß nicht.«

»Ach, du Mäuschen, verschwinde nicht schon wieder hinter deinem eigenen Schatten. Der würde dich bestimmt süß finden. Und der ist echt 'n ganz Lieber.«

Es klang, als ob sie vom Hund ihrer Oma sprach. Am liebsten hätte ich ihr in diesem Moment doch von dem fantastischen Kerl erzählt, in dessen Armen ich in der letzten Nacht gelegen hatte. Ich ließ es bleiben. Pia hätte sofort alles wissen wollen – und ich war noch nicht bereit, mein Geheimnis zu teilen. Es fühlte sich alles noch so fragil an. Als könne der Traum platzen, wenn ich darüber redete.

»Aber die Woche nicht mehr«, wendete ich stattdessen ein.

Die erste halbe Stunde schaffte ich es ganz gut, mich auf meine Arbeit zu konzentrieren. Dabei konnte ich wohltuend stringent, strukturiert, geradlinig vorgehen. Und ich hatte dabei keine Zeit, über mein Privatleben nachzudenken. Feist war glücklicherweise zu einem Auswärtstermin gefahren, und er hatte Grit mitgenommen. Doch egal, wie sehr ich es zu verdrängen versuchte: Immer häufiger blitzten Szenen der letzten Nacht vor meinem inneren Auge auf und ich vermisste Basti von Minute zu Minute mehr. Warum hatte er nicht wenigstens geschrieben, wie lange er sich in diesem blöden Silicon Valley herumtreiben würde? Wie viele Tage es wohl waren, bis wir uns wiedersehen würden? Und wie sollte ich die überstehen? Die Sehnsucht rumorte in meinem Herzen wie eine aufgebrachte Meute von Wutbürgern. Erneut las ich seine Nachricht. Wie wär's mit einem kleinen Smiley gewesen? Einem winzig kleinen? Dem, mit dem Knutschmund etwa. Oder den Herzaugen?

Das war natürlich Quatsch. Gerade ich sollte mich nicht über nüchterne Botschaften von Männern wundern. Ich wusste doch, dass Frauen oft zu hohe Erwartungen hatten. Meinen Dating-TÜV-Absolventen brachte ich mühsam bei, dass Frauen oft nicht kommunizierten, um einen Inhalt rüberzubringen, sondern um eine Stimmung, ein Gefühl zu vermitteln. Und das erwarteten sie auch von den Männern, die damit gar nichts anfangen können. Die sagten etwas, weil sie etwas mitteilen wollen. *Kaffee ist alle*, zum Beispiel. Oder: *Komme später*. Bei einer Frau hieße der gleiche Text: *Schatzilein, damit wir morgen zusammen im Bett ein Käffchen schlürfen können, bring doch bitte eine Packung Kaffee mit. Ganz lieb, freu mich!* Oder: *Mist, jetzt habe ich mich so auf den Abend mit dir gefreut, und da will mein blöder Chef, dass ich erst noch zehn Mails abarbeite. Wie blöd! Ich denke an dich!*«

Ich riet den Männern also immer, ein wenig spielerischer, persönlicher, verbindlicher zu schreiben, als sie das normalerweise tun würden. Bastis Nachricht hätte also lauten können: *Ich vergehe vor Sehnsucht, meine geliebte Göttin, und jetzt muss ich auch noch für Tage in ferne Welten, um das Einhorn zu jagen. Ich bete zu Amor, dem Gott der Liebenden, dass er mich bald in deine Arme zurückführt und wir uns nie, nie wieder trennen müssen. 100 100 001 0100 Küsse.*

Nein, okay. Das hätte nicht mal eine Frau geschrieben. Aber so ein kleines, kleines Babysmiley?

Ich sehnte den Feierabend herbei, wenn ich ihn – wie ich Grit versprochen hatte – in der Firma besuchen würde. Ich könnte ihm ja noch einen … einen Talisman für seine Reise mitgeben. Und dann könnte ich ihn nicht nur küssen, sondern auch sehen, ob ihm die letzte Nacht genau so viel bedeutete wie mir.

11. KAPITEL

HAVE YOU TRIED TURNING IT OFF AND ON AGAIN?

Während ich um kurz nach sieben mein Fahrrad aufschloss, überlegte ich, wie ich mich verhalten sollte.

Ich würde nicht lange bleiben. Wollte ihn ja nicht stören. (Hoffentlich waren die drei Super-Nerds schon heimgegangen und fragten nicht, wo ihre teuren Premium-Berichte blieben …)

Ich würde ihn nicht anschmachten.

Ich würde ihn von mir aus nicht küssen.

Ich würde mir nichts über die App anhören.

Ich würde ein bisschen mit Tonio schäkern. Nur so. Damit Basti nicht glaubte … Ja, was?

Ich würde locker und unverkrampft sein.

Ich würde nicht bedürftig wirken.

Ich würde …

Der Weg zu seiner Wohnung war mir schon beinahe vertraut. Erst jetzt fiel mir das Garagentor mit dem großen Glaseinsatz auf, das an die Tankstelle angrenzte. Es sah fast aus wie eine Feuerwehrausfahrt. Was vielleicht an dem roten Auto lag, dass ich durch das Fenster erkennen konnte. Es war großzügig mit einer Plane abgedeckt, aber ich erkannte es sofort an der einzigen Ecke, die herausblitzte. Ein Saab-Cabrio. Ein rotes Saab-Cabrio. So eines wie das, von dem wir immer geträumt hatten. Hatte er beim Abi-Treffen nicht gesagt, er hätte sich keins geleistet? Vielleicht war das hier eine Neuanschaffung. Schade, dass er es mir nicht gezeigt hatte.

Ich schloss mein Fahrrad auf und radelte von der Wackersbergerstraße zum Valleyplatz, wo seine Firma residierte. Unterwegs stellte ich mir sehr lebhaft vor, wie meine Haare im Fahrtwind flatterten – während ich in einem roten Cabrio fuhr, nicht auf einem alten Hollandfahrrad. Ach, Mist, fiel mir dann ein: Ich hatte ihm doch einen Talisman für die Reise besorgen wollen! Aber was bloß? Hier gab es kaum Geschäfte – vor allem keine coolen.

Schließlich stand ich vor dem weißen, vierstöckigen Geschäftshaus Ecke Valley- und Danklstraße. Ein schlichtes Schild – allerdings im typischen *Star-Trek*-Schriftzug – verwies auf TrekStarApp im vierten Obergeschoss. Ob sich alle mit so komisch gespreizten Fingern wie Mister Spock begrüßten? Und trugen die Frauen Uhura-Perücken, wie auf dem Foto?

Und da sollte ich jetzt also reingehen – einfach so, lässig und lustig und unverkrampft. Ah ja.

Während ich vor dem Haus auf und ab schlenderte, fiel mir aus dem Augenwinkel ein kleiner Laden schräg gegenüber auf. *Antikes und Modernes,* verhieß ein altertümlich anmutendes Schild über dem Eingang. Ohne lange nachzudenken, betrat ich das Geschäft und hatte sofort den Eindruck, ich sei in einem Messie-Paradies gelandet. Bis zur Altbau-Decke stapelten sich alte Bücher und Zeitschriften, dunkelbraune Schränke quollen über von Stoffen, Decken und Kissen, auf beinahe jedem Quadratzentimeter Parkett stand ein Tischchen, ein Schränkchen, Vitrinchen oder Sesselchen. Auf der winzigen Theke mit einer altmodischen Registrierkasse balancierte ein Glasaufbau voller Setzkasten-Klimbim. Nicht wohlgeordnet, sondern wie achtlos hineingeworfen. Weit und breit war kein Verkäufer zu sehen. Ich überflog den Plunder nur und wollte schon den Rückzug antreten. Da sah ich es. Ein kleiner, silberner Schlüsselring mit Anhänger. In Form eines Saab-Cabrios.

»Hallo«, rief ich in die Dunkelheit eines kaum erkennbaren Hinterzimmers.

Es raschelte. Ich erwartete ein kleines altes Männchen mit fleddrigem Bart und vollgekleckertem Karohemd, aber es kam ein Junge, vielleicht fünfzehn oder sechzehn, einen Ring im Nasenflügel, mit Bürstenfrisur und in einen Camouflage-Anzug gekleidet.

»Ja?«, fragte er misstrauisch, und ich deutete auf den Schlüsselanhänger.

»Den hätte ich gerne, was kostet der?«

»Fünf Euro?«, schlug er nach kurzem Zögern unsicher vor.

Das schien mir ein gutes Angebot. Ich zahlte schnell, ehe er es sich anders überlegen konnte, und verstaute den Anhänger in der Tasche meines Blazers.

»Maxi?«, hörte ich auf dem Weg zur Tür die schwache Stimme einer gewiss steinalten Frau.

»Komm gleich, Oma«, sagte der Bub ganz lieb, was im krassen Gegensatz zu seinem martialischen Äußeren stand.

Frischen Mutes ging ich zurück zum Firmeneingang. Immerhin hatte ich jetzt einen Grund, Basti zu besuchen. Ein Geschenk! Hurra! So konnte ich sagen, dass ich diesen Anhänger zufällig entdeckt hatte und ihn nur schnell vorbeibringen wollte, um ihm Glück für den Auftrag zu wünschen.

Leichteren Herzens näherte ich mich der Tür im Erdgeschoss, die nur angelehnt war, und fuhr mit dem Aufzug zum Empfang hinauf. Im ersten Moment dachte ich, am Empfangstresen säße Tine Wittler auf dem Emo-Trip. Sie hob ihre fleischige Hand, schob sich damit eine Strähne ihres schwarzgefärbten Haares hinters Ohr und presste an einem Kuli, der zwischen ihren korallenroten Lippen steckte, ein »Hi« vorbei.

Eine Minute später beugte sie den Kopf leicht nach hinten, spuckte den Kuli aus, tippte auf einer Tastatur herum und sagte: »Ja, bitte?«

»Ähm«, stotterte ich. »Ich wollte zu Bas… zu Scott Lucas.« Hoffentlich war das hier nicht wie bei Feist. Bei dem mussten Externe Wochen im Voraus einen Termin für eine Audienz vereinbaren und wurden nur vorgelassen, wenn sie schwerwiegende Gründe vorbringen konnten.

»Alles klar«, sagte sie und brüllte in die Tiefe des Gangs, der sich rechterhand anschloss: »Scott! Besuch!«

Ihr Grinsen wirkte anzüglich. Und es passte nicht zu ihrer Gothic-Montur und den mit tiefschwarzem Kajal umrahmten Augen. Hatte er etwa schon allen hier von mir erzählt? Nach dem Motto: Ich hab da im Real Life was erlebt, mit einer total analogen Frau, die war voll haptisch!

Ich klemmte ein zögerliches Lächeln zwischen meinen Wangen und wagte einige vorsichtige Schritte in die Richtung, in die sie gerufen hatte. Rechter Hand öffnete sich der Raum zu so etwas wie einem großzügigen Besprechungsbereich. Allerdings nicht mit einem Konferenztisch und passenden Stühlen eingerichtet, sondern mit Unmengen von Sitzsäcken in bunten Farben, einer riesigen Lümmelcouch und einem Tischkicker vor der Fensterfront. An den Wänden hingen Urkunden von Preisverleihungen und witzige Fotos von Menschen im Trekkie-Outfit, die vermutlich die Mitarbeiter zeigten. In zwei Sitzsäcken lungerten junge Typen herum, die sowohl als Praktikanten, wie auch als Hausmeister hätten durchgehen können, und tippten hektisch auf ihren Laptops herum. Ob das schon Feierabend oder noch Arbeit war, ließ sich nicht erkennen.

Auf der linken Seite wurde jetzt eine Tür aufgerissen und Basti stürzte heraus. Er sah blass aus und wirkte hektisch. Er schien tatsächlich wenig Zeit zu haben.

»Hi«, sagte ich und strich mir durch die Haare. Was garantiert viel lässiger wirkte, als ich mich fühlte. Mein Kopf lief rot an, als ich merkte, dass ich mir außerdem noch mit der Zungenspitze über die Lippen gefahren war.

»Hi«, antwortete er, und seine Mimik war dabei seltsam unbewegt.

So standen wir dann. Eine kleine Weile. Bis es fast peinlich wurde. Und ich mir ein Herz fasste.

»Ähm, ich …« Ich durchsuchte meine Handtasche nach dem Talisman. »Ich wollte dir nur eine Kleinigkeit geben …«

Da kam Bewegung in ihn, so als ob er jetzt erst erkannt hätte, wer ich war. Mit einem Schritt war er bei mir und zog mich in seine Arme. Die Tasche klemmte zwischen uns. Doch die Berührung seiner Lippen lenkte mich ab. Er küsste mich mitten auf den Mund. Ich hörte ein Raunen aus Richtung der Hausmeister-Praktikanten. Applaudierte da jemand? Ich schob ihn sanft von mir weg und wusste noch immer nicht, was ich sagen sollte.

»'tschuldigung«, flüsterte er verlegen. So ungestüm kannte er sich wohl selbst nicht.

»Hey, Rieke, wie nett«, rief jemand aus einer ganz anderen Richtung.

Ich bemerkte jetzt erst, dass am Ende des Ganges eine zierliche Wendeltreppe nach oben führte. Über diese kam Tonio gerade herunter.

»Schön, dass du uns mal in unserer ganz persönlichen Enterprise besuchst. Hat dir Scotty schon alles gezeigt? Hey, Eddie, Karl, sagt mal schön Hallo zur Tante.«

Die Hausmeister-Praktikanten machten den Spock-Gruß, nuschelten etwas in ihre Bärte und starrten dann wieder auf die Bildschirme vor sich. Ihre Finger rasten über die Tastaturen.

»Unsere Praktis«, erklärte Tonio. »Besprechen gerade ihre neuesten Ideen.«

Ich starrte die beiden schweigenden Jungs verblüfft an.

»Falls du dich fragst, warum sie nicht reden – sie chatten via Skype.«

»Mit einem dritten?«

»Nein, nein, nur die zwei. Das ist effektiver.«

»Ah, verstehe.« Schöne neue Nerd-Welt.

Basti wandte sich zum Gehen und hob, ein Winken andeutend, die Hand.

»Moment!«, rief ich ihm nach und durchwühlte erneut die Abgründe meiner Tasche. Ich hatte den Talisman erst vor fünf Minuten dort hineingesteckt – er musste doch irgendwo sein!

»Also«, fuhr Tonio unbeeindruckt fort, während Basti auf meine Tasche starrte, als müsse er sich sehr zurückhalten, sie mir nicht aus den Händen zu reißen. Er wirkte mehr als angespannt. »Da drüben ist die Kammer des Schreckens – also Scotts Büro. Aber schau 's dir ruhig an, Tiere, die beißen könnten, hat er nicht da drin.«

Basti grinste verlegen. »Der muss gerade was sagen. Um zu seinem Schreibtisch vorzudringen, brauchst du ein Laserschwert«, sagte er und hob dann einladend die Hand, um mich in sein Büro zu bitten.

Tonio ging in Boxerposition und tat, als ob er Basti gleich eine fette Rechte verpassen wollte.

»Ey, bringt mal einen Kaffee«, rief er dann den Praktis zu und ließ von Basti ab.

»Ach, danke, für mich nicht«, hörte ich mich sagen. »Ich habe nicht so viel Zeit. Ich muss dringend die drei Berichte für eure Kollegen fertig machen.«

Sah Basti enttäuscht aus? Eher erleichtert.

»Ich hab auch noch so viel zu tun«, sagte er.

Tonio ließ sich weder von ihm noch von mir beeindrucken. »Oh, die Herren sind dir komplett verfallen«, behauptete er. »Wenn sie nicht gerade überlegen, wie sie unsere Programmierung lahmlegen können, skypen sie nur von dir. Wir haben sie eingesperrt, damit sie nicht über dich herfallen.«

Ich grinste. Es wurde wieder still.

»Wolltest du mir nicht was geben?«, fragte Basti plötzlich, eine Spur ungeduldig.

Wieso kam ich mir gerade vor wie eine Versicherungsvertreterin, die er schnell wieder loswerden wollte? Dabei hatten wir noch vor ein paar Stunden … Liebe gemacht. Und jetzt schien ich ihm vollkommen egal zu sein. Diese Nerds waren auch nicht anders als andere Typen. Kaum waren sie auf ihre Kosten gekommen, wollten sie einen abservieren. Der Kuss vorhin war bestimmt nur ein Zeichen von Verlegenheit gewesen.

»Hast du Pia mal wieder gesehen? Ich würde mir gerne mal ihre Kunst anschauen«, schaltete sich Tonio erneut ein. »Vielleicht kannst du ja eine Atelierbesichtigung für uns arrangieren.«

»Das bezweifle ich«, zischte ich eine Spur zu aggressiv.

»Warum?«, fragten beide Männer wie aus einem Mund.

Ich schüttelte den Kopf und besah demonstrativ die Urkunden an der Wand. »Und das sind die Preise, die ihr bekommen habt? Beeindruckend!« So leicht würde ich es Basti nicht machen. Wenn er mich tatsächlich loswerden wollte, würde er schon etwas sagen müssen.

»Hm«, nickte Basti.

Eddie – oder Karl – kam nun doch mit einem Kaffee. Eine Espressomenge bedeckte den Boden eines riesigen Bechers, auf dem sich lasziv eine vollbusige Blondine rekelte. Daneben war zu lesen: *I dated a nerd*.

Basti verdrehte die Augen, nahm ihm die Tasse aus der Hand, kippte den Inhalt mit einer beiläufigen Geste in den Topf der Yuccapalme neben sich und hängte den Becher an einen der Äste.

»Los, Scott, zeig Rieke doch mal, was wir hier so machen, um all die Preise einzuheimsen.« Tonio boxte ihm den Ellenbogen in die Seite.

Basti zuckte zusammen, setzte aber ein entschlossenes Gesicht auf.

»Na gut, natürlich, warum nicht?«, antwortete er. »Komm mit, wenn du magst.« Er wirkte, als habe er sich in sein Schicksal gefügt.

Ich zuckte mit den Schultern, nickte aber.

»Nur kurz«, beeilte er sich hinzuzufügen.

Tonio, Eddie und Karl hatten die Arme vor der Brust verschränkt und sahen interessiert zwischen uns hin und her, als beobachteten sie ein Tennismatch.

»Gerne, aber nur, wenn ich dich nicht aufhalte.« Ich – Sklavin meiner Höflichkeit.

Er schüttelte den Kopf und ließ so seine letzte Chance mich loszuwerden ungenutzt vorbeiziehen. Basti fasste mich an der Schulter und schob mich in Richtung der Treppe.

»Ins Allerheiligste?«, rief Eddie – oder Karl – entsetzt.

»Schnauze«, hörte ich Tonio sagen.

Wir stiegen die Treppe hinauf, an deren Ende Basti eine Luke nach oben drückte.

»Das kommt mir jedes Mal vor, als ob ich in ein Space Shuttle einsteige«, sagte er, und in seiner Stimme lag Kleine-Jungs-Begeisterung.

Er kletterte weiter hinauf, stieg über eine Leiter und richtete sich dann auf. Ich kraxelte hinterher und erkannte blauen Himmel über mir. Wir standen auf dem Dach.

»Willkommen im Wolkenkuckucksheim«, sagte er und sah aus, als könne er selbst nicht glauben, wo er hier gelandet war. Auf einem fremden Planeten!

Ich sah mich um. Man hatte einen wunderbaren Blick über München. Erstaunlich, wie viel Grünflächen die Stadt doch bot. Mal wieder störte das Heizkraftwerk die Optik, aber gen Süden konnte man sogar die Bergkette der Alpen erkennen. Am westlichen Rand des Flachdaches stand ein verglaster Kasten, der wie ein verirrter Wintergarten aussah, in dem die Pflanzen fehlten.

»Das ist unsere geheime Kommandozentrale«, erklärte Basti.

Wollte ich das wissen? Was, wenn er wieder von der blöden App erzählte, die mich überhaupt nichts anging. Dann müsste ich ihn wieder küssen … ob er wollte oder nicht. Er streckte seine Hand nach meiner aus und ich nahm sie. Seine war ein wenig feucht, aber auch vertraut. Ganz leicht berührten sich unsere Finger, und ich spürte, wie sehr wir beide uns bemühten, so zu tun, als sei dies ganz selbstverständlich.

Als wir an der Tür des Glaskastens ankamen, ließ er mich los. Er tippte ein paar Zahlen in einen kleinen Kasten, und beinahe lautlos sprang die Tür auf. Im Glashaus herrschten dank einer Klimaanlage angenehme Temperaturen. In der Mitte stand ein großer Tisch, darauf lagen Papiere, Zettel, dicke Edding-Stifte und Kaffeetassen. (*Das Gute an dem Problem ist, es ist deins*, las ich. Und *It's life, but not as we know it* Oder unter dem Konterfei von Spock: *Illogical.*) Ringsherum warteten mindestens sechs Flipcharts auf ihren nächsten Einsatz. Alle waren bekritzelt oder beschrieben, mit Pfeilen und Kreisen übersät, und ich verstand kein Wort.

»Wow, cool. Das ist euer Thinktank, oder?«

Basti grinste so stolz, als hätte er gerade seine erste Eins in Mathe geschrieben.

»Genau, und er ist völlig analog.«

»Aha.«

»Das heißt, wir arbeiten hier ohne Computer, ohne Tablets, Smartphones, iPods oder was auch immer. Hier gibt's nur gute alte Zettel und Stifte. Und die Ideen verlassen den Raum erst, wenn die Verträge unter Dach und Fach sind.«

Er trat jetzt näher auf mich zu, so nah, dass er das Kinn auf die Brust legen musste, um mir in die Augen zu schauen.

In meinem Kopf tauchten Bilder der letzten Nacht auf, und mir wurde heiß, obwohl der Raum wohltemperiert war.

»Ideenklau und Spionage greifen inzwischen so um sich«, sagte Basti nun, »dass wir uns nicht mehr anders schützen können. Wir hatten mal eine Hospitantin, die sich als Industriespionin entpuppte. Sie war sehr hübsch, und wir haben uns alle nichts gedacht … oder wollten uns nichts denken. Als wir dann allerdings mit unserem fertig entwickelten Produkt zum Kunden kamen, hat der nur müde abgewinkt. Ein anderer Anbieter war uns zuvorgekommen. Und unsere Hospitantin war dort Mitarbeiterin im Marketing. Seitdem … sind wir vorsichtig.«

Scheiße! Ob er mich schon unter Verdacht hatte? Aber warum zeigte er mir den Raum dann überhaupt? Wollte er mich auf die Probe stellen? Oder war er doch so arglos? Wie entsetzt er wäre, wenn er davon erfahren würde, dass mich Feist auf ihn angesetzt hatte … Nein, vor dieser Erfahrung musste ich ihn, musste ich uns unbedingt schützen. Ich würde es zu verhindern wissen, dass mein Chef an die Informationen gelangte. Am Montag lief die Frist ab, und bis dahin würde ich noch durchhalten.

Ich nickte und lächelte. »Auweia.« Mehr sagte ich lieber nicht dazu.

»Außerdem tut es der Kreativität saugut, nicht ständig von irgendwelchen Devices abgelenkt zu werden.«

Warum kam jetzt seine Nase so nah? Und sein Mund?

»Ich steh total auf analog«, flüsterte ich.

»Und ich erst.«

»Hattest du nicht noch rasend viel zu …?«

Da berührten seine Lippen schon meine. Und ich schloss die Augen. So entdeckte ich wenigstens keine Details über diese Pheromon-App.

Gefühlte drei Stunden später wurde mir wieder bewusst, wo ich mich befand. Noch immer im Think-Tank-Glashaus. Und sobald meine Lippen ein wenig abgekühlt waren, ertappte ich mich dabei, wie ich versuchte, den einen oder anderen Stichpunkt auf einem der Flipcharts zu entziffern. Ich konnte gar nicht anders. Wenn irgendwo Buchstaben aneinandergereiht waren, musste ich sie einfach in einen logischen Zusammenhang bringen. Berufskrankheit.

LoveScent, stand so fett und knallrot auf einer Tafel, dass ich gar nicht daran vorbeischauen konnte. Basti folgte meinem Blick.

»So heißt diese Geruchs-App, von der ich dir gestern erzählt habe«, erklärte er ungefragt.

Ich senkte sofort den Blick.

»Und schau da – der Außenstehende kapiert natürlich gar nichts, aber das ist unser Moodboard zum Thema. Daneben sind alle Aspekte aufgelistet, die's braucht, damit das Ding funktioniert – jetzt mal so laienhaft erklärt.«

Wenn ich schon wieder versuchte abzulenken, etwa mit der Frage, warum sie keine Pflanzen hier drin hatten (ich kannte die Antwort eh: Keiner würde sie gießen!), würden wir uns gleich zwischen den Flipboards wälzen. Und dann kämen sicher GothicGirlKarlEddieGoldfischGregOskarTonio und tauschten sich per Skype über unsere bodengymnastischen

Übungen aus, wobei der Fokus auf der Frage liegen würde, was wir da eigentlich machten. Glücklicherweise kam mir mein Magen zuvor. Er knurrte laut und vernehmlich.

»Hunger?«, fragte Basti prompt.

Wollte er mich zum Essen einladen? Aber nein – mit einem geschickten Griff fuhr er den Rollladen eines Alu-Schranks hoch. Dahinter kamen neben unzähligen Kaffeekapsel-Packungen ebenso unzählige Päckchen Kekse, Schokolade und Gummibärchen zum Vorschein.

»Bedien dich«, forderte er mich auf. »Ich muss leider wieder runter. Die Arbeit ruft.«

Sprachlos starrte ich ihn an.

»Tut mir leid, Rieke.« Er blickte Hilfe suchend an die Decke.

»Vielleicht …«, hob ich an, ließ dann aber resigniert den Kopf hängen.

Er trat dicht an mich heran, hob mein Kinn und sah mir tief in die Augen.

Ich schöpfte neuen Mut. »… am Wochenende?«, beendete ich meine Frage. »Du fliegst doch erst am Montag?«

Er küsste mich auf die Falten, die sich zwischen meinen Augen gebildet hatten, als wolle er sie ausbügeln. Es kitzelte.

»Wir haben noch so viel mit der Ausschreibung zu tun – am Montag läuft die Frist ab. Tonio und ich werden uns in meine Werkstatt zurückziehen und verschiedene Tests durchführen. Außerdem muss ich für Amerika noch einiges vorbereiten.« Er seufzte. »Es ist eh schon alles kurz vor knapp und kaum zu schaffen. Tut mir leid.«

Ich senkte den Kopf, bis mein Kinn fast auf meiner Brust lag. Er schob mich von sich.

»Ich hab dir gesagt, dass ich furchtbar viel zu tun habe. Ich würde auch viel lieber … mit dir … aber …«

»Schon gut«, murmelte ich und ging an ihm vorbei in Richtung Ausgang, den Blick starr auf den Holzboden gerichtet. Beinahe hätte ich Tonio so die Glastür gegen die Stirn gedonnert. Er schien wie aus dem Nichts aufgetaucht zu sein.

»Hey, ihr zwei Turteltäubchen!« Tonio tätschelte meine Schulter und wandte sich dann an Basti. »Du wirst unten gebraucht, Scotty, kommst du? Oskar und Greg sind da auf ein Problem gestoßen, wegen … na ja, das sagen sie dir dann.«

»Komme«, sagte er ohne einen Funken Protest. Das kam ihm eher sehr gelegen.

Wir verließen das Glashaus, und Tonio verriegelte die Tür, indem er einen weiteren Zahlencode eingab. Der Himmel hatte sich rosarot verfärbt. Wie hingetupft wirkende weiße Wölkchen ließen ihn wie ein impressionistisches Gemälde aussehen.

»Oh, geil«, freute sich Tonio. »Das müssen wir festhalten.«

Ehe ich mich wehren konnte, hatte er Basti und mich herangezerrt, ein Handy an einem Selfiestick in die Höhe gereckt, und die Herren riefen – der eine mehr, der andere weniger begeistert: »Affenscheiße!«

»Saugeil«, freute sich Tonio gleich darauf, tippte auf der Touchscreen-Oberfläche herum und zeigte mir das Foto dann. Unter dem Wahnsinnshimmel war das Glashaus im Anschnitt zu sehen, davor Tonio mit herausgestreckter Brust und gefletschten Zähnen, Basti etwas verwirrt, aber unglaublich gut aussehend, und ich mit verschränkten Armen, den Blick auf den Boden gerichtet und in einer so verklemmten Beinhaltung, als hätte ich gerade einen Anschiss vom Direx kassiert.

»Lösch es!«, sagte ich lahm.

Tonio lachte nur. »Zu spät. Hab's schon geteilt. So hohen Besuch bekommt man schließlich nicht alle Tage. Miss Dating-TÜV persönlich.«

»Har har«, machte ich und knuffte Tonio gegen den Oberarm.

»Ähm, sorry, die warten unten auf mich.« Basti sah unschlüssig drein. »Ich ruf dich an, sobald ich aus den Staaten zurück bin, okay? Dauert ja nicht ewig.«

Ich nickte, und er verschwand. Einfach so. Ohne einen Abschiedskuss.

Tonio sah mich kurz forschend an, dann lief er seinem Kompagnon hinterher. Ich folgte ihm über die Dachtreppe den Gang hinunter. Als er die Tür zum Besprechungszimmer öffnete, drehte er sich noch einmal um.

»Sei ihm nicht böse«, sagte er. »Die nächsten Tage sind ziemlich wichtig für uns. Wenn wir den Auftrag nicht kriegen … Na ja, ich will den Teufel nicht an die Wand malen. Jedenfalls ist Scott im Moment sehr mit unserer Zukunftssicherung beschäftigt.«

»Na dann …« Hilflos hob ich die Hand. »Bis bald.«

Tonio nickte und betrat den Raum.

Als ich an der Gothic-Variante von Tine Wittler vorbeischritt, fühlte ich mich elendig. Einsam und verlassen. Hatte Basti wirklich so wenig Zeit oder wollte er mich loswerden? Vielleicht war alles ein großer Fehler gewesen. Vielleicht hätte ich ihn nie zu Hause besuchen dürfen.

Ich schob mein Fahrrad am Valleyplatz vorbei in Richtung U-Bahn. Irgendwie fühlte ich mich viel zu verwirrt und zu müde, um eine gute halbe Stunde bis Haidhausen zu radeln. Was bedeutete diese dumpfe Wolke in meinem Kopf? Vielleicht war das Kuddelmuddel aus Enttäuschung, unterdrückter Leidenschaft und Zukunftspessimismus einfach zu viel für einen kleinen Schädel wie meinen. Ich starrte auf den Asphalt unter meinen Füßen, als ob ich hoffte dort irgendeinen Hinweis zu finden, wie es mit meinem verkorksten Leben weitergehen könnte. Jede normale Frau würde mit dem Mann ihres

Herzens Tacheles reden und nicht wie eine Tanzkursabsolventin in der ersten Stunde unsicher von einem Bein aufs andere treten, während sie zuschaute, wie alle anderen außer ihr aufgefordert wurden.

Als ich um die Ecke in die Implerstraße einbiegen wollte, stieß ich mit dem Vorderreifen gegen eine Passantin.

»Oh Gott, Entschuldigung«, rief ich aus und tätschelte der Frau den Arm. »Pia!«

Was machte die denn hier?

»Was machst du denn hier?«, fragte sie und rieb sich das Schienbein.

»Tut's weh?«

Ich beugte mich herab und konnte an ihrem Bein etwas aufgeschürfte Haut erkennen.

»Geht schon«, behauptete sie, kramte ein Taschentuch aus ihrer Tasche, spuckte darauf und wischte über die Verletzung. »Warum schiebst du dein Fahrrad? Hat's 'nen Platten?«

»Nein, ich …« Herrje, wie sollte ich das erklären? »Ich bin müde und hatte keine Lust zu radeln.«

»Du siehst irgendwie blass aus.« Sie starrte mich besorgt an. »Wo kommst du denn gerade her?«

Eine Welle brandete in mir auf, die sich anfühlte, als wollte mein eigener Körper mich ausspucken, an den Strand spülen, zurücklassen. Ich hatte das mir fremde und dennoch nicht zu unterdrückende Gefühl, ich müsste mich jemandem mitteilen. Und sie war doch meine Freundin, oder?

»Ich war bei Basti«, sagte ich also so nüchtern wie möglich.

»Du triffst Scott?«, fragte sie prompt, und ihre Augen funkelten vor Neugier.

»Ja. Nein. Also … ich habe mir nur mal die Firma angeschaut. Sehr spannend, was die da treiben. Ein kleiner Haufen, der echt viel auf die Beine stellt. Sehr beeindruckend.«

Sie nickte und hakte glücklicherweise nicht nach. Das neugierige Funkeln war erloschen. Jetzt erst bemerkte ich, dass sie ebenfalls ziemlich unglücklich aussah. Ob sie vielleicht auch eine Freundin brauchte?

»Und was machst du hier?«, frage ich daher. Inquisition, die zweite.

»Äh«, fing sie an. »Na ja …«

Füllten sich ihre Augen gerade mit Tränen? Das war doch mein Part!

»Pia, was ist los?« Ich strich ihr über den Oberarm und beobachtete ungläubig, wie ein unterdrücktes Schluchzen ihr die Kehle zuzuschnüren schien.

»Wollen wir vielleicht irgendwo was trinken gehen?«, fragte ich sanft. »Schau, da drüben ist ein kleines Bistro. Ich hab nichts weiter vor.«

Sie nickte und versuchte, unauffällig zu schniefen. Ich grub in den Tiefen meiner Erinnerung nach einer Situation, in der ich meine alte Freundin ähnlich unglücklich erlebt hatte. Aber mir fiel nichts ein.

Wir setzten uns an einen der kleinen Tische, die vor dem Haus standen, um uns herum ältere Herren, die schweigend an ihrem Feierabendbier nippten. Ein wenig spießig hier, so mit Bastkörbchen für Servietten, Zuckertüten und Milchweißer, aber egal. Wir waren ja nicht wegen des Chill-Faktors hier. Eine ebenso propere wie unechte Blondine im Wurstpellen-Outfit nahm unsere Bestellung auf. Pia strich nervös mit der Hand über die Getränkekarte, ehe sie sich überwinden konnte, das Gespräch zu beginnen.

»Ich renne hier schon seit einer halben Stunde wie bescheuert durch die Gegend«, sagte sie schließlich.

»Und suchst nach was?«

»Nach Mut, nehme ich an.«

»Wofür?«

»Ich wollte auch mal bei TrekStarApp vorbeischauen.«

»Was?« Das rutschte mir vermutlich eine Spur zu impulsiv heraus. Wollte sie mir etwa sagen, dass sich ihr Herz ebenfalls für Basti erwärmt hatte? War er deshalb so abweisend gewesen? Er hatte uns beide »ausprobiert« und sich dann …

»Na ja«, redete sie weiter. »Ich hab nach einem Vorwand gesucht, um da nicht so blöd dazustehen, aber den Herrn erwischt man ja sonst nirgends. Der scheint Tag und Nacht in seiner Firma zu hocken.«

Komm, sag's schon, betete ich, dann habe ich es hinter mir. Dann kann ich das Kapitel Basti für immer abhaken. Denn dass ich gegen Pia nicht bestehen konnte, war ja megaklar. Wieso war ich nicht früher darauf gekommen, dass Basti und sie sich auf diese Weise nahestanden? Beinahe schämte ich mich für meine Naivität.

»Ich hab schon überlegt, ob ich mir dahinten in dem Heimwerkerladen ein paar Zutaten für so eine blöde Pompfe besorge und ihn bitte, mir beim Zusammenbauen zu helfen.«

Sie wollte sich von Basti eine Pompfe bauen lassen?

»Oder ich könnte mich als mobile Friseurin ausgeben und ihm eine Rasur verpassen.« Sie konnte schon wieder schmunzeln. Aber wieso wollte sie ihn rasieren – er hatte doch gar keinen Bart, von einem dunklen Schatten mal abgesehen.

»Oder ich könnte ihm sagen, dass ich für ein Kunstprojekt Männer mit langen Haaren skizzieren muss.«

»Sorry, Pia«, unterbrach ich sie. »Von wem redest du?«

Sie sah mich irritiert an, hob dann das Tegernseer Helle, das uns die Bedienung inzwischen gebracht hatte, und prostete mir zu. »Na, von Tonio, von wem sonst?«

Ich musste so lachen, dass mir der Bierschaum durchs halbe Gesicht flog. Von Tonio! Sie redete von Tonio! Na klar, von wem sonst? Tonio, ach, der gute alte Tonio. Was wären die beiden für ein hübsches Pärchen. Vor allem, wenn er sich endlich mal den Bart abnehmen ließ. Mein Gott, wie gut sich Erleichterung anfühlte! Als hätte ich es geschafft, den Mount Everest und den Kilimandscharo an einem Tag zu besteigen.

»Was hast du denn gedacht?«, fragte sie nach, wartete meine Antwort jedoch nicht ab, sondern fuhr ohne Atempause fort: »Ich weiß auch nicht, ich finde den total knuffig, und das wäre mal so ein normaler Typ.«

»Ein normaler Typ? Ähä. Der Jugger spielt, wie Catweazle aussieht und dir den Einkaufszettel als Binärcode aufs Handy schickt. Normal, klar.«

»Ach komm, der ist echt süß. Neulich im Biergarten, wir haben so gelacht! Und er hat sich total für meine Kunst interessiert. Scott saß wie eine fischige Betschwester daneben, aber Tonio musste ich nur anschauen, und wir haben schon losgegackert.«

»Na ja, und wo ist dann das Problem? Der freut sich bestimmt, wenn du mal vorbeischaust. Und er ist definitiv auf der Suche, sonst hätte er doch nicht bei meinem Dating-TÜV mitgemacht.«

Sie senkte den Blick in ihr Bierglas. Alle Fröhlichkeit war ausgelöscht.

Dann seufzte sie, öffnete eins der Zuckerpäckchen und verstreute den Inhalt auf der Tischplatte. Ihr Zeigefinger zitterte ein wenig, als sie die Krümel in Form eines *T* zusammenschob.

»Na ja, ich glaube, der findet mich schon auch ganz gut, aber er fährt voll auf mein Kunstblabla ab. Wenn er rauskriegt, dass ich bei einer Versicherung jobbe, dann hält der mich bestimmt für eine Blenderin. Und er hat ja recht. Da im Biergarten, da habe ich voll so getan, als würde ich mitten im nächsten Projekt stecken. Total wichtigtuerisch.«

Ich rutschte ein bisschen näher an sie ran, denn der Opi neben uns machte keinen Hehl daraus, dass er unser Gespräch mit Interesse verfolgte. Ich senkte die Stimme.

»Ich glaube, *du* hast das größere Problem mit deinem Status, deshalb willst du nichts sagen. Vielleicht ist ihm das wurscht. Aber du musst es ihm schon beichten, damit du herausfindest, wie er das sieht.«

Sie wischte hektisch über das Kondenswasser an ihrem Bierglas, stippte den Finger in das Zuckerhäufchen und leckte ihn ab.

»Und du bist doch Künstlerin«, versuchte ich sie aufzumuntern. »Das ist doch nichts, was man ablegt, nur weil man zwischendurch mal Geld verdienen muss.«

Endlich sah sie mich an. Ihre schönen grünen Augen wirkten matt.

»Ich weiß, du hast ja recht. Aber ... ich erzähl dir jetzt was, das habe ich noch nie jemandem erzählt.«

Was kam denn jetzt?

»Ich hab in Berlin, nachdem es mit meinem Galeristen aus war und keine Sau sich mehr für mich interessiert hat, so eine richtig fette Erschöpfungsdepression bekommen. Ich lag wochenlang einfach im Bett und hab gar nichts gemacht. Kaum noch gegessen, alle Kontakte abgebrochen, Klappe zu. So einen Scheiß will ich nicht noch mal erleben. Irgendeiner von den vielen Onkel Doktors, die ich aufgesucht habe, hat mir dann eine Pillenkombi gegeben, mit der es so leidlich wieder geht. Die nehme ich immer noch. Wenn ich jetzt aber noch mal so eine Riesenenttäuschung erlebe, ich weiß auch nicht ...«

Ich streichelte ihren Arm.

»Das tut mir leid. Aber schau mal, wenn du das Tonio so erzählst wie mir jetzt – ich kann mir nicht vorstellen, dass er darauf blöd reagiert. Und wenn doch – na ja, dann weißt du wenigstens schnell, dass er nicht der Richtige für dich ist.«

Sie legte nun ihre Hand auf meine.

»Du bist echt süß, Rieke.«

Vielleicht war ich nur so süß, weil ich so erleichtert war. Weil ich nun sicher sein konnte, dass zumindest Pia nichts von Basti wollte. Und dieses Wissen tobte sich in Form einer Welle der Glückseligkeit in meinem Körper aus. Ich vergaß völlig, dass er keine Zeit für mich hatte und vorhin so fürchterlich unverbindlich gewesen war.

Eine Zeit lang schwiegen wir, sie nachdenklich, ich erlöst. Ich süffelte an meinem Bier, das mir bei jedem Schluck schaler vorkam. Mir wurde klar, warum ich lieber Wein trank. Immerhin wendete sich der Opa von uns ab. Es war ihm offensichtlich zu langweilig mit uns.

»Ich muss oft an Bastis Papa denken«, sagte Pia plötzlich. In der Erinnerung war er doch wieder Basti für sie.

»Wieso?«

»Na ja, der hatte doch auch mit Depressionen zu kämpfen. Er hat sogar versucht, sich das Leben zu nehmen. War danach in der Psychiatrie.«

»Ach, du wusstest davon? Das hat die Familie doch geheim gehalten.« Vielleicht hatte Basti ihr später davon erzählt?

»Na, mein Vater hatte doch ein Verhältnis mit Bastis Mutter.«

Mir fiel die Kinnlade herunter. »Wann?«

»So in der Zeit unseres Abiturs. Hat nicht lange gehalten, aber eine Zeit lang dachte ich, Basti würde mein Stiefbruder werden. Das wusstest du nicht?«

Ich schüttelte den Kopf. »Woher denn?«

»Na, du warst doch damals ganz dicke mit Basti. Wir haben alle diskutiert, ob ihr vielleicht ein Paar wärt.«

»Bis zum Abiball.«

»Bis zum Abiball.« Plötzlich glühte ihr bis eben noch so blasses Gesicht rot auf. »Du hast es nicht gewusst, oder?«

»Was?«

»Ihr habt nie mehr darüber geredet, was damals vorgefallen ist? Warum er auf dem Abiball so sauer war?«

Ich schüttelte den Kopf. »Na ja, er hat sich bei mir entschuldigt. Allerdings erst vor ein paar Tagen.«

Sie sah mich forschend an. »Und?«

»Und, ähm … aus bestimmten Gründen … weiß ich gar nicht mehr genau, was er gesagt hat«, gestand ich. »Jedenfalls ist er nicht ins Detail gegangen.«

Ich konnte nichts dagegen tun, dass ich eine Haarsträhne zwischen die Finger nahm und so tat, als suchte ich nach gesplissten Strähnen. Genau, wie ich es in der Schule immer gemacht hatte, wenn ich am liebsten unsichtbar sein wollte.

»Gibt's nicht!« Pia schien erschüttert zu sein. »Oh Gott, Rieke, wenn ich das geahnt hätte … Das tut mir so leid.« Sie sah so zerknirscht aus, als hätte sie gerade die Hochzeit von Prinz William und seiner Kate gesprengt.

»Wovon redest du? Was tut dir leid?«

»Ich hab Basti damals auf den Selbstmordversuch seines Vaters angesprochen. Und er war felsenfest überzeugt, du hättest es mir weitergetratscht. Er hatte nicht die leiseste Ahnung, dass unsere Eltern was miteinander hatten – und dass seine Mutter es meinem Vater erzählt hatte, der es mir brühwarm ausplauderte.«

»Was?« Ich klammerte mich an der Tischkante fest, stemmte die Füße gegen den Boden. Was hatte sie gesagt? Ihr Vater hatte ein Verhältnis mit Bastis Mutter gehabt? Unglaublich! Aber etwas anderes war noch viel unglaublicher!

»Und weil er dachte, ich hätte sein Familiengeheimnis ausgeplaudert, bin ich vor zweihundertfünfzig Leuten in einem Bowlegefäß gelandet? Dabei warst du es, die ihren Mund nicht halten konnte?«

Sie verbarg ihr Gesicht in den Händen und nuschelte: »Es tut mir so leid.«

Ich lehnte mich weit zurück. Holte tief Luft. Versuchte, ruhig zu bleiben.

»Also hatte ich deinetwegen keinen Abiturball und bin überstürzt nach Australien aufgebrochen. Deinetwegen wollte ich danach mit niemandem von der Schule je wieder was zu tun haben und deinetwegen habe ich jahrelang jedem Mann misstraut, weil ich immer sofort das Gefühl hatte, mir könnte das Gleiche passieren wie damals mit Basti. Besten Dank auch!«

»Wenn du das so sagst … dann geh ich besser und werf mich in die Isar.«

»Besser ist das.« Ich war so empört, dass ich nicht wusste, was ich sagen sollte. Ich starrte eisig vor mich hin, wollte sie nicht anschauen.

»Glaub mir, ich wollte dir nicht schaden. Ich habe ja nicht geahnt, was ich auslöse. Es war eine saudoofe Zwickmühle. Also …« Sie holte tief Luft. »Ich war wirklich in Sorge, sowohl um Basti als auch um seinen Vater. Ich habe beide immer gemocht … seine Mutter dagegen, puh, anstrengend! Die mochte ich mir nicht als Stiefmutter vorstellen. Ich war mir ziemlich sicher, dass Basti nichts vom Verhältnis unserer Eltern wusste und dass ihn das Wissen darum in dieser Situation noch mehr belasten würde. Außerdem hatte ich meinem Vater versprochen, niemandem etwas zu sagen. Es war echt Kacke. Und dann kam Basti und glaubte, du hättest alles ausgeplaudert. Das war für mich in der Situation die beste Lösung. Ich habe gedacht, wir könnten das alles im Nachhinein gerade rücken, echt! Ich wollte euch wirklich nicht schaden. Und ganz ehrlich – ich habe das nicht so ernst genommen zwischen euch. Ich dachte, das ist so ein bisschen Geflirte, mehr nicht.«

»Ja, konnte sich ja keiner vorstellen, dass sich irgendein Typ für das Mauerblümchen interessieren könnte. Nicht mal der ›Härter-wird-er-nicht‹-Typ … Ich fasse es nicht! Du warst doch meine Freundin!« Ich war so laut, dass der Opi uns wieder seine volle Aufmerksamkeit schenkte.

»Du warst nicht das Mauerblümchen, als das du dich immer gefühlt hast. Ich glaube eher, manche Typen waren eingeschüchtert.«

»Bitte?« Was war das denn für eine steile These?

»Na, du warst immer sehr straight, wusstest, was du wolltest. Es war schwer, dich zu beeindrucken.«

»Ist mir neu, aber gut.« So hätte ich mich nie beschrieben, aber wie oft sahen andere Dinge in uns, die wir selbst nicht ahnten? »Und wieso hat keiner von euch die Eier gehabt, mir alles zu erklären, als ich wieder da war?«

»Ach, Rieke.« Sie lehnte sich zurück und fixierte den Opa so lange, bis er sich endlich abwandte. »Ein Vierteljahr war rum, ich war schon in Berlin, unsere Eltern längst wieder getrennt und Basti, keine Ahnung, der war in der Versenkung verschwunden. Als Zivi irgendwo in der Walachei, Lohr am Main oder so, in der Psychiatrie. Wir hatten keinen Kontakt mehr zueinander. Und ich habe mir eingeredet, dass es vielleicht besser so war.«

In einem Punkt hatte sie recht. Auch ich war nach meiner Rückkehr ganz schnell zu neuen Ufern aufgebrochen. Von Würzburg hatte ich nichts mehr wissen wollen und war innerhalb von zwei Wochen nach München umgezogen. Wer mich auf die Zeit unseres Abiturs angesprochen hätte, den hätte ich mit einem Blick getötet.

Ich fühlte mich mit einem Mal erschöpft, wie nach einem Marathonlauf. Jahrelang hatte ich versucht, all diese Ereignisse auszublenden. Dass ausgerechnet der erste Junge, dem ich mein Herz geschenkt hatte, mir nicht vertraute und mir unterstellte, ich hätte ihn verraten, noch dazu ohne dass ich ahnte, warum – das war ein Schmerz, den keine Zeit hatte heilen können.

Wie schon nach dem Kuss, nur etwas sanfter, prasselten all die Bilder, die mich schon so lange verfolgten, auf mich ein. Bastis wütendes Gesicht. Meine Fassungslosigkeit, weil ich nicht die geringste Chance bekam, mich zu verteidigen. Und all die Zuschauer, die mich anstarrten, auslachten, ausschlossen.

»Ist alles okay, Rieke?«, fragte Pia, die mir meinen Gemütszustand anzusehen schien.

»Ich muss das erst mal verdauen«, brachte ich hervor. Pia winkte der Kellnerin und zahlte unser Bier.

»Ich lad dich ein, das ist das Mindeste, was ich tun kann«, sagte sie. »Es war abscheulich von mir, dass ich dir nie etwas davon gesagt habe. Ich habe lieber den Kontakt zu dir abgebrochen, statt dir die Wahrheit zu sagen. Ich habe mich so geschämt damals. Aber ich hätte auch niemals gedacht, wie sehr dich das alles verletzen würde.«

Ich wich nicht zurück, als sie meine Stirn an ihre zog. Sie war meine Freundin gewesen. Sie hatte sich verplappert, weil sie Basti vor der Wahrheit schützen wollte und ihrem Vater ein Versprechen gegeben hatte. Ich konnte ihr unmöglich böse sein. Es war alles so lange her. Nicht mehr zu ändern. Und es war so wohltuend, meine beste Freundin wiedergefunden zu haben. Ich wollte nicht engstirnig und nachtragend sein.

»Schon gut«, sagte ich also. »Ist ja alles schon zehn Jahre her. Irgendwann ist auch mal gut mit den alten Geschichten.«

12. KAPITEL

I'M NOT THE HELPDESK

»Nettes Foto«, sagte Feist hinter mir, und ich schüttete den Kaffee beinahe neben statt in meine Tasse.

Ich fuhr herum.

Breitbeinig grinsend sah er mich an und schwenkte sein Smartphone. Mist, er hatte auf Twitter das Foto entdeckt, das Tonio gestern von uns gemacht hatte. Klar, dass er TrekStar-App folgte.

»Da waren Sie ja im Herzen des Kreativuniversums – fein gemacht! Dann schießen Sie mal los.«

Dir direkt in die Stirn, aber gerne. Ich schüttete viel zu viel Zucker in den Kaffee und rührte hektisch um. Was sollte ich denn jetzt sagen?

Einerseits war ich sauer, dass Basti mir gegenüber so einen Wischi-waschi-ich-hab-keine-Zeit-Kurs fuhr, andererseits kam es so was von überhaupt nicht infrage, ihn zu verraten, dass ich jetzt nur noch mit einem Lügenmärchen weiterkam.

»Nun, Frau Sturm? Haben Sie so viele Details erfahren, dass Sie die gedanklich erst mal aufbereiten müssen?« Er kam ein wenig näher an mich heran und fuhr mit dem Finger über meinen nackten Unterarm. Er roch nach Zigarette, Kaffee, Aftershave und vergorener Babymilch. Ich musste würgen und täuschte einen Hustenanfall vor. Er ging kaum auf Abstand, und ich trat einen Schritt zurück.

»Jetzt packen Sie doch mal Ihre moralischen Bedenken

weg«, versuchte er sich in Gedankenlesen. »Klar, Sie sind mit den Jungs befreundet, aber die müssen doch gar nicht mitkriegen, wer die undichte Stelle ist.«

Der Typ war so was von widerlich! Jetzt fummelte er auch noch in seiner Hosentasche herum. Noch weiter konnte ich nicht ausweichen, ich spürte schon die harte Kante der Spüle in meinem Rücken.

»Außerdem …« Er zog die Hand hervor und umklammerte einen kleinen silbernen Stick, und sprach mit gesenkter Stimme weiter, zischelnd, sodass er wie eine Schlange klang: »Hier ist ein Dokument drauf, das Ihnen nicht gefallen dürfte. Fängt mit *K* an und hört mit *ündigung* auf. Leider unüberwindbare Differenzen zwischen Ihnen …«, bei diesem Wort tippte er mir aufs Brustbein, »… und uns. Wir sind die mehreren. Und Grit leistet ja ganz hervorragende Arbeit.« Sein Grinsen war so breit wie das einer Hyäne.

»Sie drohen mir?«, hätte ich kühl sagen sollen, um ihm danach mit dem Arbeitsgericht zu drohen. Aber ich war wie gelähmt. Lots Frau – zur Salzsäule erstarrt *und* in Eis gefroren.

»Hm?« Er ging ein wenig auf Abstand, und ich atmete tief ein und aus. Selbst der eingebrannte Kaffee in der Kanne roch besser als er. Diesem Mistkerl würde ich kein Sterbenswörtchen sagen, *never ever*!

»Ich weiß leider nicht viel mehr«, brachte ich schließlich über die Lippen. »Die haben mir zwar die Firma gezeigt, aber da gab es nirgends auch nur einen einzigen Hinweis auf die aktuelle App.«

»Papperlapapp«, sagte er und schnaubte. »Ihre Loyalität in Ehren, aber die haben Sie offensichtlich für die falsche Seite. Da oben, dieses Glashaus – das ist doch der Think-Tank, da war doch bestimmt irgendwas angepinnt, aufgemalt. Die müssen ihre Ideen ja irgendwie festhalten. Dass da oben nichts herumsteht, was man hacken kann, haben unsere angekauften App-Freunde ja schon herausgefunden.«

Er kämpfte tatsächlich mit allen Tricks – sogar mit den miesesten!

»Da oben ist alles analog«, antwortete ich schnell. »Keine Computer, nix. Und niemand darf hinein. Ich auch nicht.«

»Aber was ist denn dann da drin?«, löcherte er mich.

»Flipcharts. Mehr konnte ich nicht sehen.«

Er grinste über das feiste Feist-Gesicht. »Na also! Und was stand auf den Flipcharts?«

»Keine Ahnung«, log ich ohne ein Fünkchen schlechtes Gewissen.

Er stöhnte. »Sie sind ein hoffnungsloser Fall. Ich gebe Ihnen eine letzte Chance: Bis heute Nachmittag haben Sie mir etwas zu berichten, oder ich drucke die Kündigung aus und lasse die anderen drei F unterschreiben. Haben wir uns verstanden?«

Mein Kopf nickte, ehe meine Lippen die Worte »Du mich auch!« formten – und die konnte ich mir dann auch ersparen. Feist nahm einen Schluck aus seiner Kaffeetasse (Aufdruck: *Jemand muss den Job ja machen*), die auf der Theke stand, hielt kurz inne und spuckte die Flüssigkeit knapp an mir vorbei in die Spüle.

»Bäh, der war ja noch von gestern«, polterte er. »Machen Sie mal einen neuen.« Er stürmte davon.

Dem würde ich garantiert keinen Kaffee kochen!

Ich starrte auf meinen Bildschirm und hoffte, er würde anfangen mit mir zu reden.

»Alles nicht so schlimm«, sollte er sagen. »Das wird schon wieder.« Oder: »Ich hab einen tollen Plan, wie du aus dem Schlamassel rauskommst.« Oder: »Komm, wir ziehen um ins Fantasia-Land und du wirst Prinzessin.« Aber leider blieb er komplett stumm. Nur ein gequältes Piepsen erscholl, wenn mal wieder eine neue E-Mail einging. Die ich derzeit alle ignorierte.

Was konnte ich nur tun, um meinen Job zu behalten und Bastis Liebe endgültig zu gewinnen? Irgendwie … es war nicht nur, dass er so wenig Zeit hatte. Als ich ihn gestern in der Firma besucht hatte, war da trotz der Küsse eine Barriere zwischen uns gewesen. Und ich konnte mir nicht erklären, warum sie da stand. Er schien irgendwas zu verbergen. Nur was? Die Treibholzsprenkel in seinen blauen Augen waren mir düster erschienen, als ob sie mir ein »Nein« signalisieren wollten.

Und wenn ich jetzt auch noch meinen Job hinschmiss, würde ich in spätestens zwei Monaten gemeinsame Sache mit den Obdachlosen unter der Wittelsbacher Brücke machen.

Vielleicht könnten mir meine Eltern ja kurzfristig aushelfen. Oder in Pias Versicherung war eine Assistenz-Assistenz-Stelle zu vergeben. Oder ich lernte einen Millionär kennen, der mich vom Fleck weg heiratete. Die letzte Möglichkeit schien mir die realistischste.

Pling. Eine WhatsApp. Vielleicht von Basti? Oder von Pia? Ich schaute auf das Display. Von meiner Mutter! Seit wann hatte die WhatsApp? Hatte ihr wahrscheinlich mein Bruder aufgeschwatzt. Ihre Botschaft war mehr als kryptisch:

Hallo Schaft, den Bauer und ich gegen auf Beifahrer einmal zum die ganze Elke, frag nicht nach dem Pizzeria aber er wird sonst noch spießig, groß, Massa

Hitzschlag, dachte ich im ersten Moment. Autokorrektur im zweiten.

Wie bitte?, schrieb ich also zurück. Es dauerte eine ganze Weile, bis die Auflösung des Rätsels eintraf.

Hallo Schatz, dein Vater und ich gehen auf Kreuzfahrt, einmal um die ganze Welt. Frag nicht nach dem Preis, aber er wird sonst noch depressiv. Gruß, Mama.

Ah, jetzt! Was? Eine Weltreise? Meine Eltern? Da sie dabei offensichtlich unser gesamtes Erbe verprassten, durfte ich meinen Job auf gar keinen Fall verlieren.

Mit meinen Eltern um Geld streiten zu wollen, wäre ohnehin aussichtslos. Mein Vater stritt nie, er schwieg. Und meine Mutter vernichtete meine Argumente in so atemberaubender Geschwindigkeit mit ihren Gegenargumenten, dass mir jedes Mal schwindlig wurde.

Ein großes schwarzes Loch tat sich vor mir auf, und ich drohte darin zu versinken. Ich konnte fast schon den Strudel an meinen Füßen spüren, der sehr schnell höher und höher stieg. Sicher würde mich eine Pampe aus Babymilch, altem Kaffee, matschigen Sandwiches und schalem Bier verschlingen.

Doch mit einem Mal lugte am Horizont ein ganz diffuser Sonnenstrahl hervor. Es gab noch eine Möglichkeit. Eine sehr naheliegende. Ich würde Feist davon überzeugen, dass wir auf fremde Ideen gar nicht angewiesen waren. Warum war mir das nicht schon früher eingefallen? Ich konnte immer noch meine Streit-App reaktivieren – zumal er damals meine Mail mit der Idee des DesasterMasters ja nicht gelesen hatte! Wenn ich die richtig aufbereitete, könnte ich ihn bestimmt noch dafür begeistern. Ich öffnete die Datei und las, was ich vor ein paar Tagen geschrieben hatte. Gar nicht schlecht. Ich musste nur den Blickwinkel ändern. Vielleicht funktionierte es.

Drei Stunden später, kurz nach zwei, rief ich in einem Anflug unbändigen Mutes Karen an. »Ist der Chef zu sprechen?«

»Welcher?«

»Der feiste.«

Ich hörte sie kichernd an ihrem Computer herumklicken.

»Sein Mittagsschlaf müsste vorbei sein. Pardon, sein Power-Nap. Na klar, komm vorbei.«

Ich atmete tief durch, ging im Geiste noch mal die Stichpunkte durch, die ich mir gemacht hatte, nahm meinen Ausdruck und erhob mich. Der Boden wankte wie Schiffsplanken auf dem Atlantik, aber das ignorierte ich. Solange mich der Babymilch-Sandwich-Kaffee-Pampf nicht verschlang, war alles gut.

Erhobenen Hauptes ging ich auf Feists Bürotür zu. Klopfte. Oh je, das war zu zaghaft, das hatte er garantiert nicht gehört. Ich wollte lauter klopfen, aber meine Finger stießen gegen Grits Brust, da die Tür sich abrupt von innen geöffnet hatte. Was heckte die schon wieder mit ihm aus?

»Frau Sturm!« Er bemühte sich tatsächlich um einen freundlichen Gesichtsausdruck. »Ist Ihnen doch noch was eingefallen? Wie schön, nur hereinspaziert, setzen Sie sich doch.«

Ein wenig kam ich mir vor wie der Weihnachtsmann, der einem Sechsjährigen klarmachen musste, dass es statt des Tablets nur ein paar selbst gestrickte Socken gab.

Feist lehnte sich in seinem Angeberstuhl zurück und verschränkte die Hände hinter dem Kopf. Sein Grinsen war so fies wie das von J. R. Ewing. Warum hieß er eigentlich nicht *Fies*? Hätte doch viel besser in die Firma gepasst.

»Also, Herr Fie… Feist«, stotterte ich drauflos und bemühte mich, meinen Rock möglichst weit nach unten zu ziehen, was mir auf dem Besucherstuhl mit der leicht nach hinten abfallenden Sitzfläche nicht gelingen wollte. »Es tut mir leid, wenn ich Sie in Sachen TrekStarApp enttäuscht habe. Aber ich habe mir überlegt, dass wir es doch gar nicht nötig haben, die Konkurrenz auszuspionieren.«

»Auszuspionieren? Das ist ein großes Wort«, unterbrach er mich sofort. »*Inspirieren* fände ich angemessener.«

Ich lächelte, erwiderte jedoch nichts. Los, weiter.

»Ich habe mir stattdessen ein paar Gedanken gemacht, was wir Date-O-Mat anbieten könnten. Und zwar eine Harmonie-App.«

Feist sah mich verständnislos an.

Ich würde mich trotz seines skeptischen Blickes nicht verwirren lassen. »Die Idee ist ... mithilfe der App lernen Männer und Frauen, wie sie gegenseitige Vorwürfe und Anklagen verhindern können und eine wahrhaft harmonische Beziehung führen. Jeder erschafft sich einen Avatar, mit dem er üben kann. Der wird von uns mit den üblichen Beziehungskillersätzen gefüttert. Wenn ich mich meinem Avatar gegenüber falsch verhalte, wird er immer unfreundlicher. Erst wenn ich mich konstruktiv und bejahend verhalte, lenkt er ein. Toll wäre, wenn man sich bei der Auseinandersetzung selbst filmen würde, um hinterher analysieren zu können, was man schon richtig gemacht hat. Daneben könnte die App Tipps und Tricks geben, wie man eine harmonische Beziehung verwirklichen kann.«

Wow, das klang gar nicht schlecht, ich war selbst überrascht. Und das Wort »Streit« hatte ich nicht ein einziges Mal verwendet. Feist hatte tatsächlich bis zum Ende zugehört, auch wenn seine Miene eher undurchsichtig war.

»Ach, kommen Sie«, sagte er schließlich genervt, »das ist doch das Gleiche wie Ihre Streit-App, nur euphemistischer verpackt. Nein, nein, ich weiß nicht. Ich will das, was die anderen da basteln.«

Ich fiel in mich zusammen. Meine letzte Chance war dahin.

»Frau Sturm?« Seine Stimme klang mit einem Mal ganz freundlich. Sah ich *so* unglücklich aus? »Sie müssen schon verstehen, Sie sind noch Anfängerin und da kann ich nicht ... Wissen Sie, ganz ehrlich, wenn das abkackt gegen das große Ding von TrekStarApp, also, da riskiere ich … Die anderen drei F finden sowieso, dass ich … Also, probieren Sie es doch noch mal bei Ihrer Quelle. Wir sind doch so dicht dran …« Er presste Daumen und Zeigefinger aneinander.

Irgendetwas in mir erschlaffte. Sauerstofftank leer. Blutbahnen verstopft. Gewebe abgestorben.

»Aber ich hab's doch versucht«, hörte ich mich sagen. »Immer wieder. Aber diese Typen – die sind mit allen Wassern gewaschen. Hey, das sind Nerds! Waschechte Nerds! Denen können Sie nicht mit einem netten Augenaufschlag und einem verführerischen Lächeln kommen, das verstehen die gar nicht. Die denken, Ihnen ist was ins Auge geflogen. Oder sie fragen, ob Sie Zahnschmerzen haben!«

Feist hatte die Hände zusammengelegt, als bete er. Nervös trommelten die Fingerkuppen gegeneinander. Er legte den Kopf schief.

»Das kann ich mir sogar vorstellen«, sagte er in beinahe verständnisvollem Ton. »Die hier bei uns sind genauso.«

Endlich wagte ich es, Luft zu holen. »Die machen sich einen Spaß daraus, nur nichts durchsickern zu lassen.« Ich legte noch mehr Verzweiflung in meine Stimme. »Die wissen, wo ich arbeite, da ist es doch ganz klar, dass sie mir nichts sagen. Es tut mir leid. Wirklich, ich habe mein Bestes gegeben.«

Er stand auf und ging ein paar Schritte vor der breiten Fensterfront auf und ab. Die Sonne knallte von außen gegen die Scheiben. Für einen kurzen Moment sah ich mich in einem Freibad unter hohen Pappeln liegen, nur die Schreie der Badenden im Ohr und den Geruch von Sonnenmilch in der Nase. Mehr wollte ich nicht.

Feist kam zurück und stützte sich auf seinen massiven Schreibtisch.

»Ich habe noch eine Idee, wie wir doch etwas herausfinden können« sagte er. »Mal sehen, könnte klappen. Flipcharts, sagten Sie?«

Ich nickte. »Mindestens fünf oder sechs Stück.«

»Die haben Sie gesehen? In diesem Glashaus?«

»Ja, aber ich konnte nichts darauf erkennen, Tonio und Basti, Scott, also, die beiden Chefs …«

»Ja, ja, schon gut.« Er legte den Zeigefinger auf die Lippen. »Ich melde mich bei Ihnen. Das wird, ich spüre es. Das wird.« Dann machte er eine Handbewegung, als verscheuche er eine Fliege, und ich durfte gehen.

Ich war fast an der Tür, als er sich räusperte.

»Äh, Frau Sturm, also – von meiner Seite aus – bemühen Sie sich nicht mehr um das Date-O-Mat-Projekt. Sie haben ja sicher noch andere Dinge zu tun. Die Mitarbeit von Grit … äh, Frau Mersburg ist vollkommen ausreichend.«

»Okay«, antwortete ich verblüfft und schloss die Tür leise hinter mir.

Er entband mich von dem Projekt? Einerseits war ich froh, weil er mich dann vermutlich auch wegen TrekStarApp nicht mehr drangsalieren würde. Andererseits: Was plante er? Es war geradezu beängstigend, wie siegesgewiss er mit einem Mal schien. Karen sah mich mit großen Augen an, als ich an ihr vorbei gehen wollte.

»Alles klar?«

»Mal sehen«, blieb ich vage.

Bestimmt hatte sie die Kündigung aufsetzen müssen, das wurde mir unter ihrem mitleidigen Blick klar.

»Wäre schön, wenn du uns erhalten bleiben würdest«, sagte sie, als ich in Richtung meines Büros weiterging, und bestätigte damit meinen Verdacht. Immerhin schien ich in ihr eine Kollegin zu haben, die meine Anwesenheit schätzte.

Aber was nützte mir das, wenn mein Job auf der Kippe stand? Und was hatte Feist jetzt vor? Bestimmt nichts Gutes! Ich ärgerte mich mal wieder am meisten über mich selbst. Ich hatte ihm die Streit-App nicht leidenschaftlich genug vorgestellt, da war ich sicher. Normalerweise hätte ich drei Tage gegrübelt, bevor ich überhaupt den Mund aufgemacht hätte. Stattdessen hatte ich alles in den Sand gesetzt. Verdammt!

Während ich bei Feist im Büro gewesen war, hatte ich eine Nachricht von Pia bekommen.

Liebe alte Freundin, ich hoffe, du hast mein Geständnis gestern gut verkraftet. Und sei nicht zu sauer auf Basti – ist ja auch nur ein Mann. Ein ziemlich nerdiger noch dazu. Ich treff mich am Samstag übrigens mit Tonio zum Spazierengehen an der Isar – und dann wird Klartext geredet. Press thumbs!:-)

Na, dann würde ja wenigstens eine von uns glücklich werden. Hach. Wobei … wieso hatte Tonio Zeit zum Spazierengehen mit Pia, während Basti angeblich das ganze Wochenende mit ihm in der Werkstatt verbringen wollte?

Während ich dumpf grübelnd auf meinen Computer starrte, der sich noch immer nicht dazu herabließ mir irgendwelche Lebensfragen zu beantworten, marschierten immer wieder Kolleginnen und Kollegen durch den Gang an meinem Büro vorbei. Manche lächelten herein, manche waren in Gedanken versunken. Auch nach fast einem halben Jahr hier verband mich nichts mit ihnen. Klar, mit dem einen oder anderen konnte ich ganz gut arbeiten, wir scherzten auch mal – vorzugsweise im Mailverkehr – aber ich war noch mit keinem Einzigen abends ausgegangen. Dabei waren auch ein paar Frauen in meinem Alter dabei, die einen netten Eindruck machten. Aber alle wirkten immer so busy und arbeiteten oft bis spät abends, und soviel ich wusste, hatten die meisten einen Freund, mit dem sie dann höchstwahrscheinlich ihre spärliche Freizeit verbrachten. Da blieb natürlich keine Zeit, sich für die – einigermaßen – neue Kollegin zu interessieren. Außer Karen hatte mich bisher niemand etwas Persönliches gefragt. Wenn die anderen ihre Kollegen aufzählen sollten, würden sie mich bestimmt vergessen. So wie in der Schule früher. Was? Du bist früher von der Abifeier weg? Kann ich mich gar nicht dran erinnern …

Schluss jetzt! Ich sollte dringend weiterarbeiten. Feist hatte recht, ich hatte noch anderes zu tun. Etwa den längst fälligen Abschlussbericht einer Kampagne beenden, den ich wegen der Date-O-Mat-Präsentation zurückgestellt hatte.

Ich durchwühlte meine Unterlagen, fand aber den Ordner mit den Reichweiten-Erhebungen nicht, den ich für meine Aufstellung dringend benötigte. Hatte Grit ihn sich nicht heute Morgen ausgeliehen? Und natürlich nicht zurückgebracht. Ich marschierte in ihr Zimmer, aber es war verwaist. Wo hatte sie den blöden Ordner hingestellt?

Ich entdeckte ihn auf dem Fußboden direkt neben ihrem Schreibtischstuhl, setzte mich kurz darauf und hob ihn auf. Mein Blick fiel dabei auf ihr geöffnetes Mailprogramm. Eine Botschaft von Feist, die ein Ausrufezeichen im Betreff enthielt, mit »wichtig« markiert war und eine Lesebestätigung anforderte, war nicht zu übersehen.

»Samstag, zwölf Uhr, Flaucher-Ostseite, nördlich Tierparkbrücke – bitte pünktlich sein und nicht auf diese Mail reagieren. Zu niemandem ein Wort. Vor allem nicht … du weißt schon. Sofort löschen! Wir treffen uns kurz in der Kaffeeküche«, schrieb er.

Was zur Hölle war das denn? Sollte sie etwa undercover mit

Sonnenbrille und Trenchcoat erscheinen oder ihr Pfadfinderabzeichen tragen? Schnell sprang ich auf und verließ Grits Büro. Wer mit »du weißt schon« gemeint war, konnte ich mir vorstellen.

Was hatten die beiden vor? Ein mulmiges Gefühl kroch bis in meinen Nacken. Ich konnte mir nicht vorstellen, dass sich Feist und Grit zu einem romantischen Picknick trafen – auch wenn der innerstädtische Isarstrand dazu bestens geeignet war.

Vielleicht sollte ich dort ebenfalls auftauchen. Feist baldowerte garantiert irgendetwas Fieses aus, um seinem Konkurrenten zu schaden. Und wenn ich mitbekäme, was das war, könnte ich Basti und Tonio im Notfall warnen.

Ich schlich mich unauffällig in Richtung der Kaffeeküche und hörte tatsächlich Stimmen. Aber nicht die von Feist und Grit. Sondern von Faul und Faust. Das konspirative Rendezvous hatte ich offensichtlich verpasst. Doch auch das, was die beiden Fs besprachen, klang sehr interessant.

»Wenn der wieder nur abblockt und nichts auf den Tisch legt«, hörte ich Faul, »dann werfen wir ihn endgültig raus. Wir zahlen ihm seine Anteile aus und fertig.«

»Das geht nicht so einfach, ich habe das schon juristisch checken lassen. Feist ist einfach zu lange dabei. Und ob wir Stephanie auf unsere Seite ziehen können, da bin ich mir nicht sicher.« Das war Faust. »Die beiden sind doch ganz eng. Die waren doch früher sogar mal ein Paar.«

»Wäre ein schöner Doppelname geworden: Fett-Feist.« Jetzt kicherten die beiden wie Viertklässler.

»Okay.« Faul holte tief Luft. »Dann warten wir unsere Vorstandsklausur noch ab. Das ist seine letzte Chance. Angeblich hat er ja ein dickes Ding an der Angel, hat er dir das auch erzählt? Ich meine, wenn er es tatsächlich schafft, Date-O-Mat als Kunden zu gewinnen …«

»… dann wären deine und meine Weihnachtsgratifikation gesichert.«

Das Viertklässler-Gegacker verwandelte sich blitzschnell in ein Wall-Street-Wolfsgeheul. Daher wehte der Wind – Feist stand ordentlich unter Druck und musste Erfolge aufweisen. Ob Konkurrenz-Spionage der richtige Weg war, erschien mir allerdings zweifelhaft.

Neben mir öffnete sich Feists Bürotür, und die beiden Agentur-Wölfe, die gleichzeitig aus der Kaffeeküche traten, hielten augenblicklich die Klappe. Freundlich lächelten sie mich an, als könnten sie kein Wässerchen trüben.

»Frau Sturm, ist noch was?« Feist blieb nun neben uns stehen. Er zog ein Golfset hinter sich her, aus dem drei Schläger herausragten. »Wir fahren jetzt zur Vorstandsklausur. Am Montag ist dann der große Tag, gell?« Er zwinkerte verschwörerisch, und ich nickte irritiert. »Aber wir sind ja bestens vorbereitet für die Präsentation.« Wieso wirkte er so sicher? Und warum zwinkerte er mir zu? Immerhin hatte er mich doch von dem Projekt entbunden.

»Hey, Stephan«, rief Faust, »aber nicht nur die Golfschläger einpacken, sondern auch ein paar Ideen, Okay?«

Feist ignorierte ihn komplett und drückte den Knopf, um den Fahrstuhl zu rufen. Nachdem er darin verschwunden war, stieß Faust Faul den Ellenbogen in die Rippen. »Ich wette mit dir um einen Putter, dass er nix hat.«

»Okay, aber einen anständigen!«

Sie klatschten ab, zwinkerten mir zu und Faul legte den Zeigefinger auf seine dünnen Lippen. Dann schnappten sie ihre Golfbags und folgten Feist. Das sah nach einer sehr intensiven Klausurtagung aus.

München, Mai oder so, 2013

Boah, Rieke,

ein paar Zeilen nur in diesem Jahr.

Die Arbeit bringt mich um, aber wir haben schon zwei Preise bekommen. Es läuft. Es läuft gut. Wer hätte das gedacht? Der olle Basti schafft es tatsächlich, eine Sache mal richtig top auf die Reihe zu bringen. Gut, ohne Tonio und die anderen würde mir nichts gelingen, aber egal, sie sind da, ich bin da, alles ist gut. Zum ersten Mal in meinem Leben habe ich das Gefühl zur richtigen Zeit am richtigen Ort zu sein.

Und das mit der Liebe … na ja, das schaffe ich dann ja vielleicht im nächsten Leben.

Die Arbeit ruft!
Mach's gut, Rieke.

Dein Basti

13. KAPITEL

IRGENDWER MUSS DEN JOB JA MACHEN

Ob Feist wirklich kam? Oder hatte ich Grit und ihn schon verpasst? Vielleicht war die tolle »Vorstandsklausur«, die wahrscheinlich zu neunzig Prozent aus Golfspielen bestanden hatte, doch noch bis zum Samstag verlängert worden.

Immerhin war es dank der Chef-Abwesenheit am Freitag recht ruhig im Büro zugegangen, und ich hatte einigermaßen pünktlich Feierabend machen können. Um dann den Abend mit Aufräumen, Putzen und Ausmisten zu verbringen und in der absoluten Gewissheit, dass sich Basti nicht melden würde. Wie angekündigt. Aber Himmelherrschaftszeiten, war nicht mal zwischendurch eine kleine SMS drin? Ein Kussmund-Herzchen-Sonnenschein-Smiley? Ein »Ich vermisse dich« oder ein »Ich denke an dich«? Warum waren Männer so? Und sollte ich wirklich mein Herz an jemanden hängen, der nicht einmal nach der ersten tollen Nacht ein kleines bisschen Zeit für mich aufbringen konnte? Hatte er denn gar keine Sehnsucht nach mir?

Trotz meiner Zweifel an Bastis Hingabe war eines für mich klar: Am nächsten Tag würde ich mittags pünktlich an der Isar stehen und versuchen, das Feist'sche Unheil von Bastis Firma abzuwenden.

Und so ließ ich nun meinen Blick über die vielen Picknickfreunde schweifen, die es sich auf der Isarwiese gemütlich gemacht hatten. Hier war es wenigstens nicht ganz so voll wie rund um die Flaucherbrücke. Zumal es heute grau und bedeckt war, und wir schon wärmere Junitage erlebt hatten.

Endlich sah ich ihn!

In dreiviertellangen karierten Hosen und einem Hawaii-Hemd, auf dem die Farbe Rosa und das Motiv Blüte dominierten, kam Feist geradewegs auf mich zugelaufen, mit einer großen Tüte in der Hand. Schnell versteckte ich mich hinter dem dicken Stamm einer Weide. Er ging so dicht an mir vorbei, dass ich die Schweißperlen auf seiner Stirn erkennen konnte. Hinter ihm her huschte Grit in einer wadenlangen, himmelblauen Pluderhose mit einem knappen, weißen Hemdchen darunter. Waren sie zusammen gekommen oder hatten sie sich zufällig auf dem Weg getroffen?

»Die Zeit ist knapp«, hörte ich ihn an Grit gewandt sagen. »Diese blöde Parkplatzsucherei immer.« Er stellte die Tüte ab und rieb sich die Hände. »Dann wollen wir mal.«

Feist öffnete die Tragetasche und holte einen großen Karton hervor, auf dem so etwas wie ein Hubschrauber aufgedruckt war. Sein Gesicht leuchtete rot vor lauter Aufregung. Wollte er sich mit ihr einen Jungstraum erfüllen, indem er sein neues Hightech-Spielzeug ausprobierte? Feist zerrte hektisch an dem Karton herum und hielt schließlich ein quadratisches Plastikteil in die Höhe, an dessen Ecken sich jeweils ein kleiner Propeller befand.

»Mein Quadrocopter!«, rief er entzückt aus. »Und hier vorne – das kleine Gerät – das ist die wunderbare GoPro. Die Action-Cam.«

Grit starrte ihn verständnislos an, und er setzte einen sehr jovialen Geduldiger-Papa-Blick auf.

»Also, keine Angst, das ist ganz einfach«, erklärte er. »Du übst jetzt ein bisschen unter meiner Aufsicht, und dann kann nichts mehr passieren. Das Ding filmt quasi von alleine. Wir müssen uns allerdings beeilen – bei uns ist nachher Kindergeburtstag. Mein Ältester wird sechs, und da muss ich meiner Frau zur Hand gehen. Ich würde zwar lieber mit Cholera und Pest im Bett liegen, aber es hilft ja nichts: Das sind zwölf Sechsjährige außer Rand und Band. Die werden vermutlich den Swimmingpool zum Überlaufen bringen, den bestellten Zauberer darin versenken und am Ende das Haus anzünden. Da muss hin und wieder einer ein Machtwort sprechen. Egal …«

Er platzierte den Copter vorsichtig auf der Wiese, wo dieser wie eine mutierte Libelle aussah, beziehungsweise wie vier Libellen bei einer Swingerparty.

»Und was mache ich, wenn ich fertig bin?« Grinse-Grit wirkte verunsichert.

»Na, wie besprochen: Du bringst das Ding so schnell wie möglich zu mir, ich werte die Aufnahmen aus, und morgen treffen wir uns im Büro und stellen die Präsentation fertig.«

Sie nickte zustimmend wie ein Schaf.

»Also, das muss heute klappen, wenn wir am Montag bei Date-O-Mat etwas abliefern wollen. Soweit ich herausgefunden habe, ist bei TrekStarApp samstags nie einer da. Sonntags dagegen schon.«

So langsam dämmerte es mir. Und die Kinnlade fiel mir herunter. Vermutlich wollten sie mit der Drohne – denn was anderes war dieser Copter ja nicht – den Think-Tank von TrekStarApp ausspionieren.

Grit beobachtete Feist konzentriert und verfolgte jeden seiner Handgriffe. Nachdem er ein paar Knöpfchen gedrückt hatte, setzte er sich eine fette weiße Brille auf die Nase, die ebenfalls mit Knöpfen übersät war und entfernt an eine komplett verspiegelte Sonnenbrille erinnerte. Vermutlich waren darin die Videobilder von der Kamera des Copters zu sehen. Schließlich schnappte Feist sich die Fernbedienung, der Copter surrte kurz und erhob sich kurz darauf in die Luft.

»Geil«, hörte ich Feist seufzen. »Im nächsten Leben werde ich Quadrocopter-Pilot.«

»Das schaffe ich nie«, dämpfte Grit seine Begeisterung. »Wie sehe ich denn, was ich filme?«

Feist hob kurz die Brille an und warf ihr einen ungehaltenen Blick zu. Worauf der Copter einen flotten Satz nach unten machte. »Ups.« Rasch zog er die Brille an ihren Platz und hatte den Miniflieger mit wenigen Fingerbewegungen am Joystick wieder auf Kurs gebracht.

»Deswegen hast du ja diese FPV-Brille auf, die zeigt dir alles. Es kann nichts schiefgehen. Und jetzt du!«

Ehe sie's sich versah, hielt sie die Fernbedienung in der Hand, die leicht zitterte. Der Copter sah aus, als wäre er megateuer gewesen, und man musste sich sicher nicht allzu doof anstellen, um ihn schnell in der Isar zu versenken. Aber Feist stellte sich hinter Grit, umfasste sie mit den Armen und dirigierte ihre Finger auf dem Joystick. Und er schien es zu genießen!

Der Copter torkelte dennoch über der Wiese, den Fluss und knapp über die Bäume hinweg. Jetzt war es Grit, die schwitzte.

»Oh – oh – oh, Vorsicht!«, schrie Feist mit einem Mal und riss Grit den Joystick aus der Hand.

Ich suchte den Himmel nach der Drohne ab – doch sie befand sich schon viel tiefer, als ich gedacht hatte. Und sie kam genau auf mich zu. Im Sturzflug. Ich hörte Grit kreischen, Feist fluchen, und dann half alles nichts mehr. Ich musste mein Versteck verlassen! Der Copter surrte immer lauter, kam immer näher, würde sich gleich in meinen Haaren verfangen.

Schließlich sprang ich zur Seite und ließ mich ins Gras fallen.

Es gab einen dumpfen Aufprall, und dann ragte Feist plötzlich neben mir auf. Er starrte erschrocken von mir zur Drohne und zurück, bückte sich dann und hob sie auf. Sie schien unversehrt.

»Frau Sturm!«, rief er dabei aus. »Was machen Sie denn hier?«

»Sonnenbaden«, sagte ich, versuchte ruhig zu atmen und blinzelte in den grauen Himmel. Immerhin lag ich ja auf der Wiese, und dass ich hier war, weil ich die E-Mail gelesen hatte, konnte er ja nicht wissen. »Und Sie?«

Ich richtete mich auf und spürte, wie Wut in mir hochkroch. Keine Frage, Feist, deinen Plan werde ich durchkreuzen.

»Haben Sie uns aufgelauert?«, fragte er misstrauisch.

Ich setzte mein süßestes Lächeln auf. »Wieso? Was gäbe es denn zu belauern?«

»Ähm.« Er wurde streichholzkopfrot. »Nichts natürlich.«

Grit kam nun auch näher und bemühte sich um ein unverfängliches Grinsen. Feist zog verstohlen sein Smartphone heraus und sah auf die Uhr.

»Ach du je, kurz vor eins schon. Meine Frau bringt mich um, wenn ich nicht bald daheim bin. Du kriegst das hin, oder?«, wandte er sich an seine treueste Mitarbeiterin.

Sie nickte.

»Ich stelle dir den FailSafe-Mode ein«, fügte er hinzu, »dann kommt der Copter später ganz automatisch zurück auf den Boden. Die Landung ist nämlich immer heikel. Nicht dass mein kleiner Freund noch in die Isar plumpst.« Und dann fügte er nach einem misstrauischen Seitenblick auf mich noch hinzu: »Das werden prima Bilder für unseren nächsten Imagefilm.«

Für wie blöd hielt mich der Herr eigentlich?

Nach ein paar Handgriffen am Controller machte er sich nun vom Acker.

»Aber …«, rief ihm Grit hinterher. »Ich soll jetzt alleine klarkommen? Und was für ein Imagefilm?«

Er drehte sich abrupt zu ihr um.

»Alles wie besprochen«, sagte er, als ob er ein Kleinkind beruhigen wolle. »Du übst erst noch ein bisschen und bringst mir die Aufnahmen später vorbei. Lindenstraße 7 in Harlaching. Aber bitte erst nach achtzehn Uhr, wenn dieser Scheißgeburtstag vorbei ist. Bis später.« Er winkte uns zu. »Ach so«, rief er noch. »Der Akku hält etwa fünfundzwanzig Minuten.« Dann stapfte er durch die Wiese davon.

Grit wirkte wie eine verzweifelte Babysitterin, die man mit einem schwer erziehbaren Kleinkind alleine gelassen hatte. Plus Babysitterkonkurrenz. Nämlich ich.

Meine Kollegin blickte unglücklich zwischen mir und dem Copter hin und her, ruckelte ein wenig an dem Joystick herum, aber es tat sich nichts.

Ich lächelte unschuldig.

»Pfusch mir da nicht rein«, sagte sie plötzlich. »Ich brauche den Job dringender als du.«

Nanu? Seit wann sprach sie so aufrichtig mit mir?

»Du kannst Feist und die Firma doch sowieso nicht leiden. Und du findest locker einen anderen Job.« In ihren Augen blitzte tatsächlich so etwas wie Verzweiflung auf.

»Na ja, ich habe das Job-Hopping auch ziemlich satt«, antwortete ich. »Außerdem – wo sollte ich dir denn reinpfuschen? In den *Image-Film*?«

So schnell würde ich das Feld nicht räumen. Denn das bedeutete nicht nur, kampflos meinen Job aufzugeben, sondern auch Bastis Firma dem Untergang zu weihen. Innerlich wetzte ich die Messer. Ich hatte zwar noch keinen Kampfplan, aber ich konnte sie nicht einfach gewähren lassen.

»Du weißt, was los ist, tu nicht so.« Ihre Worte suchten

sich einen Weg zwischen zusammengebissenen Zähnen hindurch.

»Ich kann's mir denken«, antwortete ich. »Aber wenn du das tun willst, was ich glaube, dann solltest du die Drohne in den Griff bekommen.«

Sie sah mich skeptisch an, dann auf den Joystick in ihrer Hand. Drückte den kleinen Hebel missmutig in die eine und andere Richtung, aber die Drohne zuckelte nur ein wenig herum und machte keinerlei Anstalten, sich in die Luft zu erheben.

»Weißt du was?« Ich stand aus dem Gras auf und strich mein T-Shirt glatt. »Ich helfe dir sogar.«

Ich musste irgendwie versuchen, die Kontrolle über die Situation zu bekommen. Sie ließ es widerwillig geschehen, dass ich ihr den Joystick abnahm.

Das Starten war tatsächlich alles andere als einfach. Die Scheißdrohne blieb einfach vor mir auf dem Boden stehen. Keine Ahnung, wie man die in die Luft bekam. Ungeduldig riss Grit die Fernsteuerung wieder an sich.

Ihr gelang es immerhin, dass das Teil heftig vibrierte. Einerseits war es gut, wenn es uns nicht gelang, die Bilder zu machen – andererseits bestand die Gefahr, dass Feist dann später selbst loszog. Wobei – vermutlich wollte er es tunlichst vermeiden, in der Nähe von TrekStarApp gesehen zu werden. Grits Schicksal hingegen war ihm garantiert egal. Wenn alles herauskäme, würde er so tun, als habe sie die Spionage alleine betrieben, und könnte sie als Bauernopfer kaltstellen.

Wenn sie dagegen gar keine Bilder lieferte, wäre sie ihren Job vermutlich ebenfalls los. Sie war in einer echten Zwickmühle. Ob ihr das überhaupt klar war?

Wie konnte ich es nur einrichten, dass Feist meinte, gewonnen zu haben, aber gleichzeitig verlor? Ich hätte Basti und Tonio doch vorwarnen sollen! Wenn der Think-Tank leer wäre, gäbe es auch nichts zu filmen.

Für weitere Überlegungen war keine Zeit, denn jetzt rannte ein riesiger Schäferhund auf uns zu. Noch ein Satz und er würde sich die Drohne schnappen, die in Bodennähe kleine Kreise drehte.

Ich stürzte auf das Gerät zu und war nur Augenblicke vor dem Hund dort. Schnell reckte ich den Arm mit der Drohne in die Luft. Der Hund kläffte und sprang an mir hoch. Ich spürte den fiesen Geruch seines Mauls direkt vor der Nase.

»Hey«, schrie ich verzweifelt. »Tu was, Grit!«

Sie stand wie erstarrt da.

»Ich habe eine Hunde-Phobie«, flüsterte sie zitternd.

Na ganz toll! Der Hund hüpfte weiter um mich herum, und mein Arm wurde schwer und immer schwerer. War der Mistköter alleine spazieren? Ich versuchte, ihm den Rücken zuzuwenden, aber das Vieh ließ nur kurz von mir ab, um mich zu umrunden und von der anderen Seite wieder anzuspringen. Das Bellen wurde immer aggressiver. Ja, ja, er wollte nur spielen!

Plötzlich flog dicht an meinem Kopf ein Ast vorbei, bestimmt dreißig Zentimeter lang und so dick wie ein Kinderunterarm. Der Hund bemerkte ihn, stieß sich mit den Vorderpfoten von meinem Brustkorb ab und setzte dem Stock hinterher. Mir kamen die Tränen vor Erleichterung.

»'tschuldigung«, sagte ein Junge mit einem T-Shirt in Tarnfarben neben mir.

Ich nickte und versuchte mir unauffällig die Tränen abzuwischen. Was mir auch gelang, da die Aufmerksamkeit des Jungen magisch von der Drohne angezogen wurde.

»Was habt ihr denn da für ein geiles Teil?«, fragte er mit glänzenden Augen.

Grit erwachte aus ihrer Starre und trat zu uns. Der Hund war irgendwo am Isarufer mit seinem Stock beschäftigt.

»Na, einen Quadrocopter«, erklärte ich dem Knirps.

»Weiß ich doch«, sagte er fachmännisch. Er war vielleicht sieben. »Darf ich mal?«

Ich reichte ihm die Fernbedienung und setzte den Copter ins Gras.

»Kannst du das denn?«, schaltete sich Grit ein. »Mach ja nichts kaputt.« Aber da schnurrte die Drohne schon in ihrer ganzen Schönheit los.

»Cool«, sagte der Junge und ließ sie ein paar Loopings fliegen.

»Achtung«, schrie Grit, aber der Kleine wirkte völlig gelassen und ließ die Drohne elegant vor unseren Füßen landen.

Ich ließ mir von ihm zeigen, wie er das Ding in die Luft bekommen hatte, und es sah gar nicht so schwierig aus, wenn man einmal wusste, was zu tun war.

»Felix!«, rief kurz darauf eine Frauenstimme, und der Kleine gab mir die Fernbedienung zurück. Er pfiff kurz und sein Hund kam angesaust. Diesmal ignorierte das Vieh uns komplett. Kein Wunder, denn die Drohne war hoch oben in der Luft.

»Danke schön«, sagte der Junge artig und lief weg.

»Danke dir«, rief ich ihm nach, wurde jedoch im nächsten Moment von der Drohne abgelenkt, die in einen solchen Sinkflug geriet, dass sie drohte einem Badenden in den Hintern zu crashen.

Ich holte tief Luft und bewegte den Joystick ganz vorsichtig. Schon lag der Copter wieder ruhig in der Luft.

»Gib mir mal diese Brille da«, rief ich Grit zu, die mich fasziniert beobachtete.

Sie trat näher und fummelte mir das Sichtgerät über die Ohren. Eine Sekunde lang war ich irritiert, dann völlig geflasht.

Die Bilder, die der Copter direkt an meine Brille übertrug, waren einfach gigantisch. Ich konnte die Isar der Länge nach Richtung Norden und – wenn ich den Copter drehen ließ – gen Süden überblicken. Das Grün der Wälder ringsum stand in einem wunderschönen Kontrast zum Smaragdblau des Flusses. Die Menschen wirkten wie gemalte Eisenbahnlandschaftsfigürchen und einmal flog sogar eine Krähe direkt vor der Linse vorbei.

»Los, gib her«, drängte Grit, und ich spürte ihre Hände am Joystick. »Wir müssen den Akku schonen, wenn ich nachher noch weiterfilmen will.«

Vielleicht sollte ich ihr mal klarmachen, in was für einer blöden Situation sie steckte. Vielleicht könnten wir sogar gemeinsam überlegen, was nun das Beste wäre. Ich nahm mir die FPV-Brille ab und reichte sie ihr.

Sie schaffte es jedoch nicht, gleichzeitig die Brille aufzusetzen und den Joystick zu bedienen. Der Copter wankte und trudelte. Statt langem Palaver war nun rasches Eingreifen nötig.

»Schnell«, rief ich und versuchte, den Steuerungsknopf zwischen ihren Fingern in die richtige Richtung zu drehen. Sie wandte sich von mir weg, und die Drohne raste nun geradezu gen Erdboden. Besser gesagt: auf den Fluss zu.

»Grit«, schrie ich, »die schmiert ab! Tu was!«

Meine Kollegin brachte Quietschlaute hervor, deren Frequenz sich schon fast außerhalb der menschlichen Wahrnehmung befanden, während sich die Drohne unaufhaltsam dem Wasser näherte. Unaufhaltsam?

Hatte Feist vorhin nicht etwas von einer automatischen Landung gesagt? Aber konnte das Gerät Wasser und Land unterscheiden?

Offensichtlich. Die Drohne schien die Steuerung zu übernehmen und landete ganz sanft. Mitten auf einer kleinen Sandbank. Grit atmete sehr langsam aus und versuchte dann, den Copter neu zu starten. Er rührte sich nicht. Ich übernahm die Fernbedienung und versuchte es meinerseits. Nichts tat sich. Vielleicht war er doch feucht geworden? Oder der Sensor war irgendwie blockiert?

»Scheiße«, schrie Grit und nahm endlich die blöde Brille ab. »Na super, das haben wir ja toll hinbekommen!«

»Wieso wir?«, fragte ich empört, doch sie antwortete nicht.

Wir liefen ans Ufer und starrten auf die Sandbank, die zwar nur vier, fünf Meter vom Ufer entfernt, aber von tiefem Wasser umgeben war.

»Dann schwimm halt rüber«, sagte ich und verschränkte demonstrativ die Arme. Ich würde da bestimmt nicht hineinsteigen! Das Wasser war eiskalt und hatte eine ganz schöne Strömung.

»Vielleicht können wir sie mit einem Seil herüberholen?«

»Na, dann pack mal dein Lasso aus, Cowgirl.« Ich wusste nicht wieso, aber das Wissen, durch meinen Einsatz Bastis Firma schützen zu können, verlieh mir eine große Klappe. Und ich stellte verblüfft fest, dass es sogar Spaß machte, Grit aufzuziehen.

»Oder ein Ast?«, überlegte sie und bückte sich nach einem.

Was dann geschah, war nicht meine Schuld. Ganz ehrlich. Okay, ich hatte den Hund aus den Augenwinkeln bemerkt. Und er näherte sich Grit von hinten. Vielleicht hätte ich sie warnen können. Aber es ging so schnell. Na ja, ziemlich schnell. Jedenfalls – als der Hund direkt hinter ihr zu bellen anfing und an ihr hochsprang, machte sie einen Satz. In die falsche Richtung. Ins Wasser, um genau zu sein.

»Henrieke«, schrie sie noch, musste aber im nächsten Moment kräftig strampeln, um nicht abgetrieben zu werden.

Der Hund war längst wieder verschwunden. Menschen, die vor Schreck ins Wasser sprangen, waren ihm offensichtlich nicht geheuer.

»Henrieke«, schrie Grit erneut, und ich befürchtete schon, sie könne nicht schwimmen. Aber es sah nicht danach aus.

»Schwimm zur Sandbank, jetzt bist du eh schon nass«, rief ich ihr zu. Nicht lachen, Rieke, nicht lachen!

Mit ein paar energischen Zügen hatte Grit es geschafft und die Sandbank erreicht. Ein wenig theatralisch ließ sie sich zu Boden sinken und atmete schwer. Dann ergriff sie den Helikopter und hielt ihn über ihren Kopf. Nördlich der Sandbank war das Wasser nicht ganz so tief, und sie schaffte es, zu mir zurückzuwaten ohne zu stöhnen, wenn ihr eine Welle über den Mund schwappte.

Die himmelblaue Pluderhose klebte an ihrer Haut und unter ihrem ehemals weißen, jetzt durchsichtigen T-Shirt zeichneten sich deutlich ihre weiblichen Reize ab. Schlaff dagegen hingen die Pferdehaare um ihr Gesicht, sie spuckte Wasser aus und keuchte schwer.

»Kalt«, war das Einzige, was ich verstand. Ja, es war zwar schon Anfang Juni, aber die Wassertemperatur der Isar war noch immer frisch wie ein junger Frühlingstag. Wie ein sehr junger Frühlingstag. Wenn sie noch länger so stand, würde sie sich eine Lungenentzündung inklusive Nahtoderfahrung einhandeln. Denn auch die Lufttemperatur lag garantiert unter zwanzig Grad.

»Mist, und jetzt?« Sie schlotterte und presste die Arme vor ihre Brust.

Ich zuckte ratlos die Schultern und wischte mit einem alten Taschentuch aus meiner Hosentasche die leicht feuchte Drohne wieder trocken. Dann überprüfte ich mit der Fernbedienung die Funktionstüchtigkeit der kleinen Flugmaschine – sie surrte sofort los. Alles wieder paletti.

»Immer verkack ich alles«, schrie sie plötzlich. »Immer … immer … immer!«

Wie sie so dastand, tropfnass, unglücklich, zitternd, tat sie mir regelrecht leid. Aber ich verdrängte den Gedanken blitzschnell.

»Ich kann das für dich erledigen«, sagte ich bewusst leise.

»Was?«

»Ja, ich kann zu TrekStarApp fahren und filmen. Und dann bringe ich Feist die Kamera, und alles wird gut.«

Sie runzelte die Stirn und sah mich misstrauisch an.

»Du kannst mir vertrauen«, unterbrach ich sie. »Ich habe mit denen noch eine Rechnung offen.« Sollte sie es doch glauben!

»Ist der eine – dieser Hübsche … Ist das dein Freund?«

Ich stieß einen theatralischen Seufzer aus. »War.«

Hoffentlich behielt ich damit nicht noch recht. Aber egal jetzt, Hauptsache, sie glaubte mir.

Mein Plan schien aufzugehen, denn sie drückte mir den Copter in die Hand, deutete auf den Karton und die Tüte am Boden und trat dann tropfend den Rückweg an. Gut so.

Nun zu Teil B des Plans. Ich zog mein Handy hervor und wählte Bastis Nummer. In einem solchen Notfall konnte, nein, musste ich ihn stören. Vielbeschäftigung hin oder her. Ich wusste noch nicht genau, wie und was ich ihm sagen sollte – die ganze Angelegenheit war äußerst heikel. Ohne einen einzigen Klingelton sprang die Mailbox an. Mist.

Ich legte auf. Das ganze Durcheinander konnte ich unmöglich seiner Mailbox erklären. Was war mit Tonio? Von unserem

Date hatte ich noch seine Nummer. Aber auch hier: nur die Mailbox. Wollte er sich nicht an diesem Tag mit Pia treffen? Kein Wunder, dass er nicht ans Telefon ging. Ich sammelte die Tüte und den Karton ein und verpackte die Drohne. Gut, dann würde ich jetzt zur Firma fahren – vielleicht traf ich Basti ja dort. Und wenn nicht … Na, mir würde schon eine Idee kommen.

Mit dem Fahrrad war ich schnell beim Valleyplatz angekommen. Die Straße lag in stiller Samstagmittagruhe. Irgendwo duftete es nach Bratkartoffeln und Zwiebeln, und ich spürte, wie sich mein Magen sehnsüchtig zusammenzog. Seit dem Frühstück war schon wieder eine ganze Weile ins Land gegangen.

Ich parkte mein Fahrrad ganz verbrechermäßig hinter einem Busch und beobachtete die Fassaden ringsum. Glücklicherweise gab es in der Straße vor allem Bürohäuser, sodass sie an diesem Samstagnachmittag wie ausgestorben dalag.

Schnell spurtete ich zur Eingangstür und klingelte bei TrekStarApp. Ich wartete. Wartete. Nichts tat sich. Ob man das Klingeln im Think-Tank oben auf dem Dach hören konnte? Immerhin wäre die Drohne zumindest dafür gut – um herauszufinden, ob Basti doch da war.

Unschlüssig starrte ich an dem nüchternen Gebäude hoch und versuchte dabei möglichst unauffällig zu wirken. Ich musste den Standort wechseln, denn jeder, der hier vorbeikam, würde sich fragen: Was steht die da? Auf der Straßenseite gegenüber begrenzte eine Hecke den Gehweg. Hey, zischte eine Idee durch mein Hirn, das ist mein Platz! Die Hecke erwies sich als leicht mit Dornen gespickt, aber das würde mich nicht aufhalten. Da Basti nicht zu erreichen war, musste ich meinen Plan geringfügig abändern.

Also, erstens: Ich würde mit der Drohne checken, ob jemand im Think-Tank war.

Zweitens: Äh. Zweitens. So weit war der neue Plan noch nicht ausgereift.

Schnell wurde mir klar, dass ich die Drohne unmöglich hier hinter der Dornenhecke starten lassen konnte. Es war einfach nicht genügend Platz. Also quetschte ich mich fluchend zurück auf den Gehweg und packte das Hightech-Spielzeug hier aus. Als alles startbereit war, verzog ich mich wieder hinter die Hecke, setzte die FPV-Brille auf die Nase, nahm den Joystick in die Hand. Ich erinnerte mich an das, was der kleine Junge mir gezeigt hatte und tatsächlich – die Drohne stieg brav gen Himmel auf. Auch die Bilder wurden glasklar auf meine Brille übertragen.

Die könnten mal wieder Fenster putzen, dachte ich unwillkürlich, während der Copter an der Fassade hochflog. Bald kam das Dach in Sicht. Und mit ihm der Glaskasten. Vorsichtig bewegte ich die Drohne vorwärts. Das dachte ich zumindest, denn sie machte auf einmal einen schnellen Satz auf die großen Glasscheiben zu. Ach du … Ich tippte in die entgegengesetzte Richtung, und die Glasscheiben verschwanden aus meinem Blickfeld. Wo war sie denn jetzt hingeraten? Das Schwierige war, dass ich die Drohne von hier unten selbst nicht sehen konnte, sondern nur die Bilder, die sie lieferte. Mir brach Schweiß aus. Vielleicht verhedderte sie sich in irgendwelchen Dachaufbauten oder verbog sich die eleganten Kunststoffstreben an einer Fensterscheibe.

Ich holte sie noch weiter zurück zu mir, schob die schwere Videobrille von der Nase und starrte in den Himmel. Ah, da war sie ja. Die Position war eigentlich nicht ganz schlecht. Also, Brille erneut aufsetzen, nächster Versuch. Diesmal bediente ich den Joystick noch vorsichtiger und drosselte die

Geschwindigkeit. Langsam flog der Copter Meter um Meter auf die Fensterfront zu. Menschen konnte ich darin nicht entdecken. Nun ein wenig tiefer, ein bisschen weiter nach links – jetzt kam tatsächlich ein Flipchart ins Visier. Zu meiner großen Überraschung konnte man tatsächlich lesen, was darauf stand: *LoveScent* etwa. Unwillkürlich tippten meine Finger auf den Joy-Stick. Die Drohne machte einen Satz rückwärts. Ich hatte genug gesehen, es war niemand da. Was jetzt?

Der Copter zog kleine Runden über das Glashaus, dann ließ ich ihn den Landeanflug ausführen. Das eben noch störrische Flugobjekt saß nun harmlos vor meinen Füßen auf dem Asphalt wie ein mutiertes Insekt, das sich entschlossen hatte, die Menschheit am Leben zu lassen.

Ich quälte mich aus der Hecke und näherte mich langsam der Drohne. Bückte mich, wog sie in der Hand. Wie leicht sie war, trotz der Kamera. Die Kamera. Was wenn … Genau! Zweitens! Das war's! Ich betrachtete die Unterseite des Apparates, öffnete eine kleine Klappe und entnahm die SD-Karte. Konnte ich doch nichts dafür, wenn die Kamera so gut wie nichts aufgezeichnet hatte. So wie Feist sie mir gegeben hatte, hatte ich die Drohne eingesetzt. Die SD-Karte verschwand in meiner Hosentasche. Ich musste den Copter noch etwas fliegen lassen, damit ein niedriger Batteriestand meine Aktivitäten belegte.

Der Start ging mir mittlerweile von der Hand wie das Drücken einer TV-Fernbedienung. Die Drohne stieg wieder auf in den frühsommerlich blauen Himmel. Jetzt konnte ich unbedenklich checken, was auf dem Film zu sehen gewesen wäre, wenn es denn einen geben würde. Dann könnte ich Feist überzeugend darlegen, dass ich tatsächlich gefilmt hätte. Und wenn er, nachdem er entdeckt hätte, dass auf der SD-Karte so gut wie nichts aufgenommen wäre, mich ausquetschen wollte, an was ich mich erinnern konnte, würde ich behaupten, auf den

Flipcharts hätten so Programmiersachen gestanden, die ich nicht verstanden hätte. Außer dem Wort LoveScent, das er ja selbst hatte lesen können und das auf alles Mögliche bis hin zu einem Billigparfum hinwies, hätte alles extrem kryptisch, oder sagen wir: nerdig ausgesehen.

Langsam umrundete der Copter die Fenster, und da die Sonne so stand, dass nichts spiegelte, konnte ich über die FPV-Brille tatsächlich alles erkennen. Ich spürte, wie sich mein Atem beruhigte, und steuerte die Drohne zurück, da der Batterieanzeiger einen niedrigen Ladungsstand erreicht hatte. Ich hatte das Richtige getan, ganz sicher.

Der Copter erschien nun über dem Dach, und ich konnte mich selbst unten auf der Straße stehen sehen. Beziehungsweise die Hecke, hinter der ich stand. Ich zuckte ein wenig zusammen, als ich bemerkte, dass Personen ins Bild kamen, die die Straße entlanggingen. Sie schienen auf die Hecke zuzukommen. Ein Mann. Zwei. Drei. Ein dicklicher, ein langer Lulatsch und ein Kleiner. Die drei Nerds. Herrje!

Mit dem Surren der Drohne hörte ich gleichzeitig die Schritte der Männer immer näher kommen.

»Rieke?«, hörte ich nun meinen Namen. Das Gebüsch vor mir raschelte. Etwas schepperte gegen ein Auto. Ich ließ den Joystick fallen.

»Rieke!«

»Rieke!«

Ich konnte nicht einschätzen, ob die Stimmen nur überrascht, überrascht-ärgerlich oder überrascht-freundlich klangen. Ich hoffte auf Letzteres. »Was stehst du denn da im Gebüsch?«

Es half ja nichts. Sie hatten mich entdeckt. Also wand ich mich erneut durch die Stacheläste und blickte geradewegs in ihre erstaunten Gesichter.

»Hi, so was.« Etwas Blöderes fiel mir nicht ein.

»Was machst du denn …?« Bevor Goldfisch, der sicher der, na, sagen wir, Alltagstauglichste der drei war, die Frage aussprechen konnte, fiel sein Blick auf einen am Straßenrand geparkten Jeep, auf dessen Kühlerhaube der Copter stand. Beide unversehrt, wie es schien.

»Hey, was ist das für ein geiles Teil?«

Alle drei stürzten auf das Technikspielzeug los und bestaunten es wie einen Goldschatz.

»Quadrocopter«, quetschte ich hervor.

»Das ist ein DJI Phantom II«, stieß Greg beinahe atemlos aus. Er hob ihn vorsichtig hoch, pfiff anerkennend durch die Zähne. »Und eine GoPro Hero3 dran. Sehr cool. Ist das deine Drohne?«

Ich zuckte die Schultern und versuchte, wenigstens die FPV-Brille unauffällig in der großen Tüte verschwinden zu lassen.

»Aber was machst du hier damit?«, fragte Goldfisch.

Ich hatte es kommen sehen. Was sollte ich denn nun sagen? Wenn ich ihnen jetzt erklärte, dass ich ihre Firma ausspionierte, ohne sie dabei auszuspionieren, würden sie mich für komplett dämlich halten.

»Flugübungen«, quetschte ich hervor.

Der kleine Oskar nahm mir den Joystick aus der Hand.

»Alles vom Feinsten, echt.« Er tippte auf einen Knopf, und sofort fingen die Propeller an sich zu drehen. Naturtalent, der Herr Nerd. »Was hast du dafür ausgegeben? Ganz schön teures Spielzeug.«

»Ähm, noch gar nichts, der ist … also die Drohne hat … Äh, die wurde auf eBay-Kleinanzeigen angeboten, total günstig, und der Verkäufer wohnt hier ums Eck, wisst ihr, der Maxi, der vom Trödelladen dahinten. Und weil doch Basti … Scott … also, weil doch Scott bald Geburtstag hat …«

Ein Leuchten überzog die drei Gesichter vor mir.

»Für Scott zum Geburtstag. Cool«, wiederholte Greg.

»Süß«, sagte Goldfisch.

»Für so was hat der doch gar keine Zeit«, sagte Oskar. »Der muss doch dafür sorgen, dass wir …«

Goldfisch unterbrach ihn, indem er ihm den Ellenbogen in die Rippen stieß.

»Hör schon auf, das interessiert Rieke doch gar nicht«, sagte er. »Ich finde die Idee *awesome*, echt jetzt. Aber lass dir nicht zu viel dafür abknöpfen.«

»Nee, klar. Und ihr dürft ihm nichts verraten!«

»Warum?«, fragte Oskar.

»Na, weil es eine Geburtstagsüberraschung ist, du Hirni«, übersetzte Greg. »Wann hat er denn? Vielleicht können wir ihm ja was schenken, was dazu passt. Immer nur die Aboverlängerung bei YouPorn ist ja auch langweilig.«

Mein Blick schien so entsetzt gewesen zu sein, dass sogar Oskar lachte. Greg tätschelte meine Schulter.

»Scherz. Für YouPorn braucht man gar kein Abo.«

Meine Erleichterung hielt sich zwei Sekunden. Bis ich verstand, was er mir damit sagte.

»Zeig doch mal, was du schon gefilmt hast«, forderte Goldfisch nun. Das wurde mir jetzt eindeutig zu heikel.

»Hab die Drohne nur fliegen lassen, keine Aufnahmen gemacht.« Wieso klang meine Stimme so unnatürlich hoch? Und zog Goldfisch bei meinen Worten misstrauisch die Augenbrauen zusammen?

Mein Handy klingelte.

Uff!

Manchmal waren diese modernen Kommunikationsmittel doch ein Segen. Mit einem kurzen Seitenblick aufs Display erkannte ich den Anrufer: Feist.

»Sorry.« Ich nahm den Anruf erleichtert und beunruhigt zugleich an.

»Wo sind Sie?«, brüllte er mir entgegen, und ich hielt instinktiv meine Hand über den Lautsprecher, denn sonst würden die Nerds ohne Anstrengung jedes Wort verstehen. »Grit hat irgendwas Zusammenhangloses gelabert, von wegen Sie hätten die Drohne?«

Ich drehte den drei Männern den Rücken zu und ging ein paar Schritte.

»Ja.« Mehr konnte ich nicht sagen.

»Ich brauche den Copter – und zwar jetzt!«, keifte Feist. »Meine Frau bringt mich um, wenn das Ding nicht gleich da ist. Die Kinder stehen auf der Terrasse und schreien danach …« Er hielt sein Telefon offenbar in Richtung der Geburtstagsmeute, denn nun hörte ich tatsächlich einen hysterischen Chor. »Drohne, Drohne, wir wollen die Drohne!«, schrien alle durcheinander.

»Ich komme sofort«, versprach ich und drückte ihn weg.

»Mein Chef«, sprudelte es aus mir heraus. Braucht seine Drohne, hätte ich beinahe angefügt. »Es gibt ein fürchterliches Problem im Büro.«

»Samstags?«, fragte Oskar.

»Na ja, ihr seid doch auch auf dem Weg ins Büro, wie's aussieht.«

Alle drei nickten verständnisvoll.

»Aber nur ausnahmsweise«, klärte Greg mich auf. »Sonst gehen wir nur sonntags.«

»Wisst ihr, der ist lieber am Wochenende an seinem Schreibtisch als daheim bei seinen Gören.«

»Und du musst jetzt hin?«

»Aber *tout de suite*, wie's klang.« Ich bückte mich und hob die Tüte auf, in der die Brille und der Karton steckten.

Goldfisch kam dicht auf mich zu, hielt meine Hand mit der Tüte fest. Er roch ein wenig nach ungelüftetem Schlafzimmer. Seine Augen glänzten.

»Wir können den Copter dem Maxi gerne zurückbringen. Und vorher noch ein kleines bisschen …« Er schmunzelte. »… noch ein kleines bisschen üben?«

Meine Augen weiteten sich wie die eines Vampirs, der das Sonnenlicht erblickte. War das hier eine Spontaneitäts-Olympiade und niemand hatte mir gesagt, dass ich dafür angemeldet war, weil sie noch jemanden brauchten, der auf dem letzten Platz landete?

»Äh, nein …« Was sollte ich denn jetzt sagen?

Die Hoffnung wich aus seinem Blick, Enttäuschung machte sich breit.

»Er braucht sie jetzt sofort wieder. Und die Batterie ist eh fast leer«, fiel mir wenigstens noch ein.

Ich stopfte den Copter unsanft in die Tüte und ließ die drei Nerds einfach stehen.

»Nein, nein«, versuchte ich mich selbst zu beruhigen, während ich die Straße überquerte, wo ich mein Fahrrad hinter einem weiteren Busch hervorzog. Mein Kopf glühte und mein Herz donnerte lauter als Feist vorhin am Telefon.

Mit hochrotem Kopf kam ich in der Lindenstraße in Harlaching an. Die Nummer sieben war ein wunderschönes hellgelbes Haus vom Anfang des letzten Jahrhunderts, das ein späterer Besitzer durch einen lichtdurchfluteten Anbau vergrößert hatte. Bis auf die Straße drang das Geheul der Geburtstagsmeute. Ich vermutete, es wäre besser, nicht zu klingeln. Sonst öffnete noch seine Frau, und ich müsste noch mehr erklären. Nachdem ich die SD-Karte zurück in die Kamera gesteckt hatte, wollte ich Feist gerade eine WhatsApp schicken, als er sich mit wirrem Haar einen Weg durch den das Haus umgebenden Garten bahnte.

»Endlich«, stöhnte er. »Endlich.«

»Papa!«, schrie ein Kind. »Wo bleibt die Droooooohne?«

»Ja, ja, jetzt kommt eure Überraschung«, rief er zurück. Seine Stimme klang regelrecht einschmeichelnd, während sein Blick mir suggerierte, dass er mich gleich in der Luft zerfetzen würde.

»Was ist mit Grit passiert?«, zischte er. »Und wieso hat das so lange gedauert?«

»Sie haben doch gesagt, wir sollen erst nach …«

»Papperlapapp«, unterbrach er mich und riss mir die Tüte aus der Hand. Dann wedelte er mit der Hand vor mir herum, wie um mich zu verscheuchen. »Ist besser, wenn Sie keiner sieht.«

Ohne ein einziges Wort des Dankes wendete er mir den Rücken zu und rannte mit albernen Trippelschritten über den Rasen zurück. Hoffentlich zerfleischten ihn die Geburtstagsmonster.

Langsam radelte ich zurück Richtung Innenstadt. Ich fühlte mich so matt, als hätte ich tausend Höhenmeter in drei Stunden überwunden. Ich würde mich jetzt auf mein Sofa legen und den Rest des Tages nichts mehr tun. Vor allem nicht mehr denken.

Im Briefkasten lag ein Kuvert mit schwarzem Rand, bei dessen Anblick mir sofort die Finger zu zittern anfingen. Hatte mir Basti ein makabres Trennungsschreiben geschickt, weil er es nicht über sich brachte, mir von Angesicht zu Angesicht zu sagen, dass er keine Zeit für eine Beziehung hatte? Wohl kaum, beruhigte ich mich. Es konnte sich auch nicht um den Tod meiner zweiundneunzigjährigen Großtante handeln, davon hätte mich meine Mutter bei unserem letzten Telefonat sicher informiert. Fahrig öffnete ich den Umschlag noch im Treppenhaus.

Aron Weil.

Ich sank auf eine kalte Stufe nieder. Aron Weil hatte es nicht geschafft. *Nach langer, schwerer Krankheit* …, entzifferte ich durch den Schleier vor meinen Augen. Und die Namen seiner Frau, des Sohnes und seiner Eltern. Meine Schultern begannen hilflos zu zucken, und ich presste eine Hand vor den Mund. Gleichzeitig hatte ich das Gefühl von außen zu betrachten, wie ich da verschwitzt auf der Treppe kauerte und um einen Menschen weinte, den ich in den letzten zehn Jahren nur ein einziges Mal gesehen hatte und dessen Schicksal mir bis dato ziemlich egal gewesen war. Wie lächerlich! Ich schämte mich, denn ich spürte, dass ich vor allem um mich weinte. Um all die Jahre, die ich vergeudet hatte. In denen ich nicht geliebt hatte und nicht geliebt worden war. Was für eine Verschwendung von Lebenszeit! Und wie schnell diese vorbei sein konnte – im nächsten Moment schon, wer konnte das wissen?

Aron Weil war von seinem Hodenkrebs besiegt worden, aber er hinterließ wenigstens etwas. Eine Frau, die ihn in ihrem Herzen behalten, ein Kind, das immer in einem ganz besonderen Ton von seinem Vater sprechen würde. »Er ist da oben im Himmel und passt auf mich auf«, würde es sagen. »Und er schimpft nie mit mir.«

Wenn ich starb, wer würde um mich trauern? Meine Eltern und mein Bruder, der mich nie hatte leiden können.

Ich schleppte mich die Treppe hinauf in meinen fünften Stock ohne Aufzug. Als die Wohnungstür hinter mir zuschlug, fühlte ich mich wie in einer Gruft. Mein Handy piepte und zeigte den Eingang einer WhatsApp an. Pia hatte eine Nachricht voller weinender Smileys geschickt – ein Widerspruch in sich – und am Ende gefragt, ob wir am Montagnachmittag gemeinsam zu Arons Beerdigung gehen würden. Ich schickte ihr ebenso viele Tränen-Smileys zurück und schrieb »na klar«, obwohl ich mir längst nicht sicher war, ob ich gehen wollte. Es wäre reines Pflichtgefühl, kein Ausdruck der Verbundenheit. Ich konnte mir nicht vorstellen, die Kraft für die viel zitierte »aufrichtige Anteilnahme« aufzubringen. Ich mieser kleiner Wurm schmorte so sehr im eigenen Saft, dass ich mich sogar vor einer Beerdigung drücken wollte.

Ich beschloss früh ins Bett zu gehen, und während ich mir die Zähne putzte und im Spiegel nach ersten Falten oder sonstigen Anzeichen von Verfall suchte, fiel mein Blick auf die beinah leere Zahnpastatube. Wenn ich im Monat eine Tube verbrauchte, waren das in durchschnittlich achtzig Lebensjahren etwa 960 Packungen. Und ich hatte schon 336 davon verbraucht. 336 Zahnpastatuben! Vielleicht sollte ich gleich morgen 624 Tuben kaufen, damit ich zusehen konnte, wie der Berg kleiner und kleiner, mein Leben kürzer und kürzer wurde. Das wäre bestimmt heilsam. Mühsam quetschte ich den letzten Rest aus der aktuellen Tube – denn würde es mein Leben nicht verlängern, je mehr ich aus einer Tube herausholen konnte? Mit schmerzenden Fingern schlich ich ins Bett. An Schlaf war noch lange nicht zu denken.

München, 11. November 2014

Liebe Rieke,

wenn ich all die Briefe abgeschickt hätte, hättest du dich sicher dieses Jahr gewundert, warum nichts kommt. Doch das Jahr ist ja noch nicht zu Ende. So oft saß ich da, wollte etwas schreiben, aber ich wusste nicht was. Fand mich dämlich, weil ich den Brief sowieso nicht abschicken würde. Da konnte ich es doch gleich sein lassen, oder?

Was kann ich dir schon berichten: Außer Arbeiten, Essen und Schlafen passiert sowieso nicht viel in meinem Leben. Den Gedanken, eine Beziehung zu suchen und vor allem zu finden, habe ich aufgegeben. Wie sollte ich das auch mit meinem Leben verbinden? Ich hätte nie Zeit und immer ein schlechtes Gewissen. Und ich verrate dir was: In stillen Stunden denke ich mir, es ist besser so. Ich muss keine Frau, die sich mit mir vielleicht eine rosige Zukunft ausmalt, enttäuschen. Keine muss vor mir stehen und erkennen, dass ich als Partner völlig ungeeignet bin. Und sich dann irgendwelche Pseudo-Entschuldigungen ausdenken, um mich bei einer Trennung nicht zu sehr zu verletzen. Ich jedenfalls würde mich nicht als Freund haben wollen.

Weißt du, du bist der einzige Mensch, vor dem ich so etwas zugebe. Okay, ist geschummelt, du wirst diesen Brief wahrscheinlich nie lesen. Aber wenn es jemanden gäbe, dem ich tatsächlich vertrauen würde, dann wärst du das. Schließlich hast du mir bereits bewiesen, dass ich dir vertrauen kann. Ich habe dir nur nicht geglaubt. Es vergeht kaum ein Tag, an dem ich das nicht bereue.

Siehst du, und schon will wieder jemand etwas von mir.

Nächstes Jahr schreibe ich dir wieder im Mai oder Juni. Versprochen!

Dein Basti

14. KAPITEL

LÄCHLE, DU KANNST SIE NICHT ALLE TÖTEN

Als ich am Montag früh ins Büro kam, fühlte ich mich leidlich stabil. Ich hatte den ganzen Sonntag wie krank im Bett verbracht, auf das Rauschen der Bäume vor dem Fenster gelauscht und dem Sonnenschein zugerufen, er solle sich verpissen. Was er leider nicht tat.

Ich hätte nicht so ganz genau bestimmen können, was mit mir los war – es war eine krude Mischung aus Trauer um Aron, aus Selbstmitleid, weil Basti nicht eine Silbe von sich hören ließ, und einer diffusen Angst, weil sich Feist nicht meldete. Eigentlich wäre es seine Art gewesen, anzurufen und mich fertigzumachen, weil ich die Sache mit der Kamera verpatzt hatte. Aber mein Telefon blieb das ganze Wochenende über still.

Vielleicht wollte er mich vor versammelter Mannschaft runterputzen? Als ich die Bürotür öffnete, hielt ich irritiert inne. Ich musste im falschen Zimmer gelandet sein. Wieso stand da ein Blumenstrauß auf meinem Schreibtisch? Geburtstag? Nein, so verpeilt war nicht mal ich, dass ich meinen eigenen Geburtstag vergaß. Oh Gott – das war ein Abschiedsgeschenk, garantiert!

Ich zuckte zusammen, als sich eine Hand auf meine Schulter legte.

»Frau Sturm!«

Wieso klang Feist so einschmeichelnd? Wollte er mir die

Kündigung so schonend wie möglich beibringen? Doch so rücksichtsvoll war er sonst nie!

»Das hat ja prima geklappt, alle Achtung. Gute Arbeit!«

Etwas Kaltes schien über mein Rückgrat zum Hals hochzukriechen und mir die Kehle zuzuschnüren.

»Eine App, die die Körperchemie analysiert und daraufhin passende Partner aussucht – eine famose Idee. Die Umsetzung ist sicher nicht ganz einfach, aber wenn man es schafft, ist die Aussicht auf Erfolg so groß, dass garantiert *jeder* Single sie ausprobieren möchte. Clever, Ihr Mister Lucas.«

Woher wusste er das? Ich sah ihm endlich ins Gesicht, ohne zu wissen, was für einen Ausdruck ich selbst auflegen sollte. Freude? Ja, bestimmt. Ich setzte die Mundwinkel in Bewegung.

Feist grinste feist.

»Tja, da haben die sich in ihrem Glashaus so sicher gefühlt – und dann kommen Sie mit Ihren Flugkünsten. Die haben Sie ordentlich ausgetrickst! Die SD-Karte war wohl irgendwie defekt, aber egal – der Speicher in der Videobrille zeichnet ja auch alles auf.«

Ach, du Scheiße. Die FPV-Brille! Wieso hatte mir keiner gesagt, dass die auch Bilder abspeicherte? Verdammt!

Feist rieb sich die Hände. Der war zu Schulzeiten sicher so ein feiger Verräter gewesen, der andere beim Direx verpetzte, während er selbst einen Spickzettel im Klo versteckt hatte.

»Ich habe mir am Sonntag mit Grit ein paar kreative Gedanken dazu gemacht, und wir haben unser Konzept gestern Abend noch an Date-O-Mat geschickt. Kosch hat heute Morgen schon kurz signalisiert, dass wir mit einer Entscheidung zu unseren Gunsten rechnen können. Sehr gute Arbeit, Frau Sturm, sehr gut. Wir sollten – nein: *Sie* sollten eine Pressemitteilung vorbereiten. Hier hab ich ein paar Stichpunkte.« Er reichte mir einen Zettel und drehte sich um – nicht ohne im Hinausgehen noch zu ergänzen: »Spätestens in einer Stunde habe ich Ihre Meldung auf dem Tisch, ja?«

Ich sank wie vernichtet auf meinen Schreibtischstuhl nieder. Das konnte doch nicht wahr sein! Was, wenn ich mich einfach aus dem Bürofenster stürzte? Müsste glatt ausreichen von hier oben! Aber vorher sollte ich Basti anrufen und ihn warnen. Ich starrte auf mein Handy und meine Finger waren wie gelähmt. Was sollte ich denn sagen? »Hey, ich habe deine Firma ruiniert – dafür haben wir jetzt endlich mehr Zeit füreinander!«

Es klopfte eher pro forma, und Claus Faul höchstpersönlich steckte den Kopf herein.

»Sie kümmern sich um Feists geruchsbasierte App, Frau Sturm, oder? Jetzt muss nur noch ein knackiger Name für das Ding her, da fällt Ihnen bestimmt schnell was Schönes ein. ›SmellLove‹, so wie's in dem Konzept steht, klingt ja total nach getragener Unterhose. Da muss was Seriöseres her. Ehrlich gesagt hätte ich dem Feist solche geistigen Höhenflüge gar nicht zugetraut.« Er zwinkerte und legte den Zeigefinger auf die Lippen. »Das bleibt aber unter uns, versteht sich. Na, da bekommen Sie in den nächsten Wochen ja endlich mal was zu tun.« Und, die Tür fiel ins Schloss.

Ich wusste nicht, weswegen ich zuerst aufjaulen sollte. Weil Feist so tat, als sei die Idee von ihm? Weil ich nun noch mehr Arbeit aufgehalst bekam? Weil Faul den Eindruck hatte, ich hätte sonst zu wenig zu tun? Oder weil mein Schicksal besiegelt war und ich Basti niemals wieder vor die Augen treten konnte?

Verdammt, noch am Tag zuvor hatte ich mir erträumt, er würde in einem Paralleluniversum frei einteilbare Zeiteinheiten entdecken und zur Erde mitbringen, damit eine Beziehung zwischen uns möglich wurde. Eine kleine innere Stimme hatte mir leise Mut zugesprochen. Aber jetzt flüsterte kein Stimmchen in meinem Herzen, sondern mein ganzer Körper schrie: »Niemals!«

Ich begann zu zittern. Hinter meinen Schläfen donnerte eine veritable Sternenflotte vorbei. Vermutlich wurde ich tatsächlich krank. Hirnfäule oder so was.

Erschrocken fuhr ich zusammen, als mein Handy klingelte. Das war garantiert Basti. Sicher hatte er von Date-O-Mat bereits erfahren, dass die Entscheidung gegen seine Firma gefallen war, und würde mich jetzt zum Duell fordern. Morgen bei Sonnenaufgang würde er mich erschießen. Mithilfe einer Drohne. Doch das Display zeigte Pias Namen an. Vielleicht konnte sie mir helfen? Ich hatte kaum ein »Hallo« herausgebracht, da sprudelte sie schon los.

»Rieke!«, rief sie, und ich hatte den Eindruck, dieses einzige Wort genügte, um damit hunderttausend rosa Herzchen zu transportieren.

»Tonio«, fuhr sie atemlos fort. »Also, Tonio und ich … unser Date am Samstag … also, Wahnsinn. Rieke, so verliebt war ich noch nie!«

Wie schön für sie.

»Echt?«, fragte ich matt nach. Ich wusste, das Schicksal meiner vermutlich einzigen Freundin in näherer und weiterer Entfernung sollte mir zu Herzen gehen. Aber ich hatte schlichtweg keine Kraft dafür. Glücklicherweise bemerkte sie es nicht.

»Ja, es war so toll! Er ist so toll! Wir waren im Biergarten, und es wurde dunkel und dann, stell dir vor, nimmt er irgendwann einfach meine Hände – über uns dufteten die Linden – und küsst mich. Einfach so. Völlig unkompliziert. Und dann hat er mich mit nach Hause genommen. Und er wollte, dass ich zum Frühstück bleibe, und er war so entspannt und locker – Wahnsinn!« Sie stöhnte einmal kurz auf. »Ich vermisse ihn schon. Ich habe ihn jetzt zwei Stunden nicht gesehen und vermisse ihn. Wie verrückt! Ach, Rieke, ich hoffe, du hast mit Basti auch bald alles geklärt und dann können wir zu viert … Ist das nicht toll? Ich bin dir so dankbar, dass du mich zu dem Jugger-Spiel mitgenommen hast. Gestern habe ich gleich mal mitgespielt. Ist sauwitzig.«

»War Basti auch da?«, brachte ich hervor.

»Nein, leider nicht«, sagte sie. »Der hatte in der Firma zu tun.«

Die es wahrscheinlich bald nicht mehr gibt. Weil ich … Oh Gott! Ich wäre auch schuld daran, wenn Tonio als Arbeitsloser und sie mit ihrem schlecht bezahlten Aushilfssekretärinnenjob in einer asozialen Prekariatsbeziehung enden würden.

»Und hast du Tonio von deinem Job erzählt?«, fragte ich nach. Er sollte ja wissen, dass sie ihn nicht mit einem astronomischen Künstlergehalt durchbringen würde.

»Ach, das.«

Wie konnte sie so beiläufig klingen?

»Irgendwie sind wir im Biergarten auf das Thema gekommen, und ich habe ihm geradeheraus gesagt, dass ich momentan als Sekretärin jobbe und die Kunst auf Eis gelegt habe. Es war auf einmal ganz easy. Ich verstehe gar nicht mehr, warum ich mich deswegen so angestellt habe.«

»Und wie hat er reagiert?«

»Och, irgendwie gar nicht. Er hat's zur Kenntnis genommen. Und weißt du, was das Irre ist?«

»Verrat es mir.«

»Heute Morgen, als ich so im Halbschlaf an ihn gekuschelt dalag, da habe ich von Mexiko geträumt, und dass wir gemeinsam am Tag der Toten durch Oaxaca laufen, und da wusste ich plötzlich, wie mein nächstes Projekt aussehen wird. Es stand ganz klar vor mir.« Sie lachte mit ihrer seidigen Stimme, und ich bemühte mich, ein Lächeln hinzukriegen. Das sie nicht sehen und ich nicht spüren konnte.

»Ach, Süße, ich bin so glücklich!«

»Wie schön«, brachte ich über die Lippen. »Ich freue mich für dich, echt. Nur leider … tut mir leid … ich hab so wahnsinnig viel zu tun. Wir sehen uns heute Nachmittag auf der Beerdigung, ja?«

»Oh ja, die Beerdigung.« Sie hörte sich nicht mehr ganz so glücklich an. »Es ist einfach schrecklich, wirklich! Und ich komme mir so doof vor, weil ich gerade so etwas Schönes erlebe, während seine Familie … grauenhaft, wirklich. Na ja, okay, Süße – bis heute Nachmittag dann.«

Kaum hatte ich das Handy weggelegt, liefen mir die Tränen. Sie fielen auf Feists Zettel mit den Stichpunkten für die unheimlich wichtige Pressemitteilung. Ich wischte die Tropfen schnell weg und versuchte, sein Gekrakel zu entziffern.

»Neuer Ansatz«, las ich. Und: »Noch nie da gewesen … revolutioniert das Verlieben … so einfach wie noch nie … kein Zaudern und kein Zögern mehr … mehr Chancen denn je … die Chemie stimmt … sich riechen können.« Und so ging das ewig weiter. Ich musste mich beherrschen, um den Zettel nicht zusammenzuknüllen und aus dem Fenster zu werfen. Ein Fortschritt, denn immerhin hatte ich Abstand von der Idee genommen, mich selbst aus dem Fenster zu werfen.

Wenn ich schon etwas warf – dann vielleicht doch meinen Job? Das Leben war zu kurz, um es mit solchen Betrügern zu verbringen. Und wenn ich jobbte wie Pia – irgendwie würde ich mich finanziell über Wasser halten können.

Mann, Pia. Wie machte die das immer? Es war schon zu Schulzeiten so gewesen – ihr war immer alles in den Schoß gefallen. Wo ich kämpfte, da siegte sie. Wahrscheinlich war sie einfach ein Glückskind, vom Schicksal begünstigt, vom Universum beschützt. Ganz stimmte das nicht, wurde mir bewusst. Auch Pia hatte kämpfen müssen – sie hatte einen künstlerischen Burn-out erlitten und war verlassen worden. Und sie kämpfte sich gerade zurück. Bewundernswert!

»Ey, Glück, jetzt bin ich mal dran«, rief ich gen Himmel, aber das Einzige was passierte, war, dass zwei Kollegen vor meiner Bürotür zusammenprallten, weil sie meinen Ausruf gehört und mit fragendem Blick zu mir hereingestarrt hatten. Ich senkte schnell den Kopf und fixierte Feists Geschreibsel. Eine Pressemitteilung.

Ich atmete tief ein und aus und versuchte, an gar nichts zu denken. Dann legte ich die Finger auf die Tastatur und ließ sie einfach machen. Zwei Zeilen, drei, vier … Ohne darüber nachzudenken, hatte ich innerhalb von zehn Minuten zwanzig Zeilen beisammen. Pries und lobte die neue Dating-App von Date-O-Mat in den höchsten Tönen, ohne allzu sehr ins Detail zu gehen, wie das Ganze funktionieren sollte. Ich stellte es schlicht als die Innovation des Jahres vor. Fünf weitere Minuten investierte ich in den Namen der App. »Odor of love« klang nach Klohäuschen, »LoveFragrance« war ein Zungenbrecher. Schließlich schlug ich »LovePerfume« vor.

Der Mauszeiger wies schon auf das Senden-Icon, um die Datei an Feist zu schicken. Mein Finger zitterte über der Taste. Mit einem Mal sah ich mich von außen. Was tat ich da? Ich verkaufte meine Seele an einen zutiefst unsympathischen Menschen, der mir dafür nicht mal Anerkennung zollte. Und viel schlimmer noch: Ich verriet gleichzeitig den Mann, den ich gerade aus tiefstem Herzen zu lieben angefangen hatte. Auch wenn es mit uns beiden vermutlich nie klappen würde – ich konnte mich doch nicht zum Werkzeug der bösen Seite machen. Der Mauszeiger rutschte weg. Ich öffnete eine neue Datei. Atmete tief durch. Und schrieb:

KÜNDIGUNG

Großbuchstaben, 16-Punkt-Schrift, zentriert, fett. Jawohl, total fett! Ich sollte es Feist ins Gesicht schreien, aber das war einfach nicht meine Art.

Ich hatte das Kündigungsschreiben gerade ausgedruckt, als Karen herumging und uns alle ins große Besprechungszimmer bat. Jetzt, sofort, auf der Stelle.

Auf einem der Tische standen Tabletts mit Sektgläsern. Die vier großen F lehnten an den bodentiefen Fenstern und sahen ihrer Belegschaft lächelnd entgegen. Mir fiel zum ersten Mal auf, wie groß Faul, Faust und sogar die Fett im Vergleich zu Feist waren. Er musste es von Anfang an als Gnade empfunden haben, dass er sich zu den vier großen F dazuzählen durfte. Heute trug er die Nase allerdings sehr hoch. Karen und eine Praktikantin liefen herum und verteilten die Getränke. Ich suchte im Gewimmel nach Grit, konnte sie aber nirgends entdecken. Als alle ein Glas hatten, ergriff Faul das Wort. Mit seiner tiefen Bärenstimme sorgte er sofort für Ruhe im Raum.

»Verehrte Kolleginnen und Kollegen, liebe Mitarbeiter, wie ihr wisst, stehen unsere vier Fs nicht unbedingt für Feiern, Frohsinn, Freizeit und Fröhlichkeit, sondern eher für verdammt harte Arbeit …«

Er wartete kurz das höfliche Lachen der Anwesenden über seinen mauen Witz ab, und ich hatte den Eindruck, sein Blick bliebe an mir länger hängen als an den anderen.

»Aber da wir soeben erfahren haben, dass wir die Ausschreibung des Marktführers Date-O-Mat – die natürlich unsere ganze Man- und Womanpower fordern wird – gewonnen haben, sollten wir es jetzt mal ganz kurz krachen lassen. In diesem Sinne: Prost!«

Alle stimmten ein, Gläser klirrten aneinander. Durchs Gedränge kam Faul auf mich zu.

»Ja, Frau Sturm«, sagte er und stieß sein Glas gegen meins. »Habe schon gehört, dass Sie Herrn Feist gemeinsam mit der lieben Grit, die ja leider mit einer schweren Erkältung darniederliegt, sogar in Ihrer Freizeit unterstützt haben. Gute Arbeit, vielen Dank. Mitarbeiter mit solcher Einsatzfreude brauchen wir hier immer.«

Feist drängte sich neben ihn und stieß seinem Kompagnon kumpelhaft den Ellenbogen in die Rippen. Seiner Körpergröße entsprechend landete der Schlag etwas tiefer.

»Ich habe schon klargestellt, dass Sie auch Ihren Anteil daran hatten«, sagte er verschwörerisch zu mir.

Faul trat noch einen Schritt näher an mich heran.

»Ich hätte ja zu gerne gewusst, wie er auf diese verdammt clevere Idee mit dem Geruch gekommen ist, aber er ziert sich. Verraten Sie es mir?«

Feist schob sich zwischen uns.

»Ist doch jetzt egal. Sollen wir es ihr nicht lieber gleich sagen, Claus?«, fragte er Faul, der gerade von der Kollegin Fett am Ärmel gezupft wurde.

»Was sagen?« Faul sah ihn irritiert an.

»Der Vertrag«, zischte Feist, und als sein Partner die Stirn runzelte und schwieg, schob er hinterher: »Ihr Vertrag.«

»Ach, das!« Faul schlug sich vor die Stirn. »Ja, mach nur.« Er wandte sich ganz der Fett zu.

Feist baute sich mit strahlendem Lächeln vor mir auf. Ich ahnte, was nun kommen würde.

»Also, Frau Sturm, wir wollten Ihnen mitteilen, dass Ihre Probezeit beendet ist und einem unbefristeten Vertrag nichts mehr im Wege steht. Was sagen Sie dazu?« Feists Mundwinkel wirkten, als seien sie an den Ohren festgetackert.

Der Impuls, ihn zu schlagen, wurde langsam unbeherrschbar. Doch ich fand einen anderen Weg, meiner Wut freie Bahn zu lassen. Einen sehr spontanen Weg.

»Stecken Sie sich Ihren Scheißvertrag in den Arsch!«, schrie ich so laut, dass es mit einem Mal mucksmäuschenstill im Raum wurde.

Alle starrten uns an.

»Mit Leuten wie Ihnen, die sich ihre Ideen durch Spionage verschaffen und für ihre widerwärtigen Machenschaften auch noch abhängige Angestellte gegeneinander ausspielen, will ich nichts mehr zu tun haben. Meine Kündigung finden Sie auf meinem Schreibtisch! Wiedersehen.«

Ich bahnte mir den Weg Richtung Tür. Alle wichen zurück, als habe ich eine ansteckende Krankheit.

»Auf Nimmerwiedersehen!«, schrie ich noch einmal zurück, als ich den Raum verließ.

»Rieke!«, hörte ich Karen hinter mir rufen, aber da war ich schon an der Tür zum Treppenhaus. Das Einzige, was jetzt noch zählte, war, ohne Halsbruch diese Stufen herunterzukommen.

15. KAPITEL

ERROR 404: GIRLFRIEND NOT FOUND

Wo bleibst du? Drückst du dich?, schrieb mir Pia, während ich um zwei Minuten vor drei hektisch über den riesigen Waldfriedhof im Münchner Süden irrte. Wunderschöne alte Grabstätten mit maroden Engeln, Efeuranken und Bäumen so alt wie Methusalem gab es hier, aber nirgends konnte ich Grabfeld 610 entdecken, wo die Bestattung Arons unter einem Baum stattfinden sollte.

Wo bist du?, tippte ich eine Antwort und versuchte dabei, fehlerfreies Buchstabieren mit schnellen Laufschritten zu kombinieren. Wie gut, dass ich mich für schwarze Sneakers statt für schwarze Pumps entschieden hatte.

Neuer Teil, ganz im Westen, schrieb sie umgehend zurück. Mist, ich hatte den Eingang zum alten Teil genommen – was auf dem größten Friedhof Münchens ein paar Kilometer ausmachen konnte.

Die letzten zwei Stunden waren die Hölle gewesen. Wie in Trance war ich von der Agentur nach Hause gefahren, meine eigenen, wütenden Worte hallten in meinen Ohren. Gekündigt, gekündigt, gekündigt, holperte das Straßenpflaster unter meinen Fahrradreifen. Arbeitslos, arbeitslos, arbeitslos, knarrte jede Holzdiele im Treppenhaus.

Etwas später hatte ich vor dem Kleiderschrank gestanden und mich nicht zwischen schwarzer Hose, schwarzem Rock und schwarzem Kleid entscheiden können. Wollte ich nach etwas greifen, zog eine unsichtbare Macht meine zitternden Finger zurück.

Wahrscheinlich hielt mich die Unentschlossenheit von zu klarem Denken ab. Würde Basti auf der Beerdigung sein? Eher nein – wenn ich mich recht erinnerte, wollte er an diesem Nachmittag in die Staaten fliegen. Würde Tonio Pia begleiten und mich vor allen Anwesenden in der Luft zerfetzen, sodass gleich eine zweite Grube gebuddelt werden könnte? Würde Pia noch mit mir reden, jetzt, da sie doch mit Tonio zusammen war?

Auch nachdem ich mich schließlich für einen schwarzen Rock, ein dunkelrotes Top und meinen Lieblings-Blazer in Anthrazit entschieden hatte, fuhren die Gedanken immer noch Karussell in meinem Kopf. Kein Wunder, dass ich mich auf diesem schrecklichen Friedhof nicht zurechtfand.

Endlich entdeckte ich eine hohe, sehr modern wirkende Halle und einen kleinen Teich davor – immerhin war der neue Teil in Sicht. Ich beschleunigte mein Tempo noch mehr. An einer Weggabelung blieb ich jedoch ratlos stehen. Wo war das nächste Schild? Ich drehte mich um mich selbst und verfluchte mich, weil ich es nicht geschafft hatte, aufrichtig zu bleiben und die Beerdigung abzusagen. Jemand rumpelte in meinen Rücken. Verwundert fuhr ich herum.

Scheiße, er sah so verdammt gut aus in dem schwarzen Anzug. Nur der helle Fleck am Kragen irritierte, doch niemand würde darauf achten, denn das Blau seiner Augen strahlte einnehmender denn je. Was nicht an unserem Zusammenstoß liegen konnte.

»Rieke, herrje, weißt du, wo's langgeht?«, fragte er ohne eine erkennbare Regung von Wut, Hass oder Verletztheit. Allerdings auch ohne jede Spur von Freundlichkeit.

»Ich weiß nie, wo's langgeht«, war das Einzige, was mir dazu einfiel.

Auch Basti schien von der Realität abgekapselt zu sein, denn er reagierte gar nicht, sondern suchte weiter. Schließlich deutete er auf einen Wegweiser, der leicht von einem herabhängenden Ast verdeckt war. *Baumgräber*, stand darauf zu lesen.

Wir setzten uns in Bewegung. Schweigend, aber immerhin nebeneinander. Vielleicht wusste er noch nichts von den jüngsten Ereignissen rund um Date-O-Mat? Ich ertappte mich bei dem Gedanken, ihm meine Hand zur Entschuldigung entgegenzustrecken. Ich wollte ihm so vieles erklären und hatte doch zu viel Angst davor. Meine Mundhöhle füllte sich mit Buchstaben, aber wie ich sie auch drehte und wendete, sie passten nicht zusammen, bekamen keine Bedeutung. Ich benötigte so dringend eine Stütze, Unterstützung. Warme Haut, Seite an Seite. Doch wir taten beide, als konzentrierten wir uns allein auf den Weg, ganz so, als wäre da eine Wand zwischen uns. Warum sagte er nichts? Warum schrie er mich nicht an? So wie damals, auf der Abiturfeier! Da hatten ihn die vielen Zuschauer doch auch nicht gebremst.

Vielleicht schwieg er aus Respekt vor Aron.

Endlich erkannte ich eine Gruppe von schwarz gekleideten Menschen. Ein Paar stand etwas abseits und sah sich tief in die Augen. Pia und Tonio. Er hatte seinen Arm um ihre Schulter gelegt, und obwohl wir hier an einer Beerdigung teilnahmen, umspielte ein Lächeln seine Mundwinkel. Er sah … stolz aus. Okay, verständlich … Catweazle hatte gerade Superwoman abgegriffen. Auch Pia strahlte, und das schwarze Etuikleid ließ sie fast wie ein Model aussehen. Nur das fehlende Make-up widerlegte den Eindruck. Als sie uns entdeckten, verlöschte in beiden Gesichtern der Glanz. Das Hier und Jetzt hatte sie wieder eingeholt.

Pia winkte uns ein wenig hektisch heran, und kaum hatten

wir uns in die Reihen der etwa vierzig Trauernden eingefügt, begann ein Grabredner zu sprechen.

Ich spürte Bastis Nähe, unsere Arme, die sich beinahe berührten, unsere Hüften, die beinahe aneinanderstießen, sobald sich einer von uns bewegte. Schnell lenkte ich meinen Blick hinauf zu der riesigen Eiche, in deren Schatten Aron seine letzte Ruhestätte finden sollte. Die Idee, im Schutz eines Baumes beerdigt zu werden, erschien mir wunderbar. Keine schwere, steinerne Platte über einem, als würde die Nachwelt sicherstellen wollen, dass niemand aus der Unterwelt herausklettern könnte – stattdessen der Blick in den Himmel, in die Blätter, die sich mit dem Lauf der Jahreszeiten veränderten, vergingen und wiederkehrten. Tröstlich war das und ich schluckte den dicken Kloß in meinem Hals hinunter.

Wie gerne hätte ich meine Hand in Bastis geschoben. Ein kurzer Seitenblick zeigte mir ein Gesicht wie eingefroren, keine Regung, keine Träne. Ich musste daran denken, dass er vor ein paar Jahren vermutlich ebenso starr am Grab seines Vaters gestanden haben musste. Alleine vielleicht? Mich überkam ein derartiges Gefühl der Verzweiflung, dass der Kloß in doppelter Größe zurückkehrte.

Pia beugte sich vor, griff an Tonio vorbei nach meiner Hand, und als ich ihre feuchten Augen sah, war endgültig alles zu spät. Ich ließ die Tränen laufen. Dummerweise fand ich in meiner Handtasche kein Taschentuch, auch in den Taschen des Blazers nicht. Doch ich ertastete dort etwas anderes: Den Saab-Schlüsselanhänger, den ich neulich vergeblich in meiner Handtasche gesucht hatte. Neulich – als ich noch die Hoffnung hatte, dass es mit mir und Basti doch etwas werden könnte. Ich hielt den Anhänger fest umklammert.

Ich hatte kein Wort davon mitbekommen, was der Trauerredner gesagt hatte, aber nun ging er auf eine groß gewachsene, schlanke Frau in der ersten Reihe zu und reichte ihr eine kleine Schaufel. Gemeinsam mit einem entzückenden kleinen Jungen mit blonden Locken, der einen Matrosenanzug trug, ging sie aufrecht ans Grab. Als sie sich umdrehte, blendete mich ihre Schönheit beinahe. Diese Frau hatte Aron Weil geheiratet? Was hatte sie in diesem dicklichen, schüchternen Mann gesehen, das keiner von uns je erahnt hatte? Sie ging elegant in die Hocke und half ihrem Sohn, Erde in das kleine Grabloch zu schütten. Dem Jungen schien es beinahe Spaß zu machen, denn er rief: »Noch mal!«, als sich seine Mutter erheben wollte. Der Hauch eines Lachens wehte durch die Trauergemeinde, und ich fühlte mich getröstet.

Kurz darauf gab ich selbst die Schaufel an Basti weiter, der dem Toten auf diesem Weg als Letzter seine Ehre erwies. Eine Sekunde lang berührten sich unsere Hände, trafen sich unsere Blicke. Es wäre so einfach gewesen, die Trauer in seinen Augen auf diese Beerdigung zu beziehen.

Ich sah schnell fort, trat zu der Witwe und reichte ihr zitternd meine Hand. Sie lächelte mich freundlich an, und ich flüsterte, ich sei ebenfalls eine Schulfreundin gewesen. Eine Freundin – was war ich für eine Heuchlerin!

Basti und ich traten zu Pia und Tonio, die ein wenig abseits auf uns warteten.

»Geht ihr noch mit zum Leichenschmaus?«, fragte Pia und schmiegte sich an Tonio. Er hauchte einen Kuss in ihre Locken.

Basti schüttelte den Kopf. »Nein.«

Warum sandten seine Augen Blitze in Tonios Richtung?

»Und mir wäre es lieber, du kommst bald nach«, sagte er zu seinem Kompagnon. »Die Schadensbegrenzung fängt gerade erst an! Und mein Flug geht um acht. Wir haben heute noch viel zu erledigen.«

Und dann traf mich sein Blick wie der eines Basilisks. Ich fühlte mich zermalmt, zerschmettert, zerrissen. Natürlich wusste er Bescheid. Über alles.

»Na gut«, sagte Tonio. »Dann schauen wir da nur kurz vorbei, und ich komme dann gleich nach. Uns fällt bestimmt was ein.«

Wie in Trance bekam ich mit, dass Pia mir zuwinkte, dann entschwand das Traumpaar. Ich blieb zurück – mit Basti. Bevor ich mir auch nur ein einziges Wort zurechtlegen konnte, öffnete er bereits den Mund.

»Hast ja ganze Arbeit geleistet«, sagte er mit Kühlschrankstimme. »Jetzt wirst du bestimmt befördert, herzlichen Glückwunsch. Und falls ich eines Tages wieder in der Lage sein sollte, mich um neue Kunden zu bewerben, dann weiß ich schon mal, mit welcher Agentur ich nicht zusammenarbeite.« Er wandte sich ab, wollte gehen.

Erstaunlicherweise platzte mir der Kragen.

»Ach, und jetzt glaubst du also, ich wäre einfach so der schlechteste Mensch auf Erden und hätte es nicht mal verdient, dass du rausfindest, was tatsächlich geschehen ist. Hatten wir das nicht schon mal?«

Er lief los, aber diesmal würde ich ihn nicht so einfach davonkommen lassen. Schnell hatte ich ihn eingeholt.

»Die teuflische Rieke hat also mit einer Drohne euer Allerheiligstes ausgespäht und dann den bösen Konkurrenten mit allen Infos versorgt – das ist es doch, was du denkst, oder?«

Er wurde nicht langsamer, warf mir aber immerhin einen kurzen Seitenblick zu, ehe er sich wieder auf den Weg Richtung Ausgang konzentrierte.

»Was gibt's daran zu zweifeln? Du hast mit der Drohne unser Glashaus ausspioniert. Auf der Überwachungskamera konnte ich den Copter sehen. Und an der Kamera hat ein rotes Licht geleuchtet. Oskar, Greg und Goldfisch haben dich vor der Firma getroffen. Ich kenne deinen Chef – und inzwischen weiß ich, dass ihr euch auch um die Date-O-Mat-Ausschreibung beworben habt. Da muss ich ja nicht mal zwei und zwei zusammenzählen! Da reichen zwei Nullen!«

Friedhofsbesucher sahen uns mit großen Augen an. Kein Wunder, seine Stimme hatte Orkanstärken-Niveau, und ich spürte, wie ich mich klein machte, zusammenkrümmte, verschwinden wollte. Hör auf damit, Rieke, ermahnte ich mich. Du hast sein Bestes gewollt. Es ist schiefgegangen, und du hast die Konsequenzen gezogen. Du hast es verdient, dass er dir zuhört.

»Erst habe ich versucht, euch zu warnen«, brüllte ich zurück. »Aber vermutlich ist dir mein Anruf entgangen oder du dachtest, ich will dich mit überflüssigem Liebesgesäusel von der Arbeit abhalten und hast deshalb nicht reagiert. Und dein Kompagnon hat ja gerade unsere Freundin Pia vernascht. Also musste ich ziemlich spontan ziemlich improvisieren.«

»Darin warst du ja leider nie besonders gut.«

Ein kräftiger Schlag in den Magen, mindestens. Ich taumelte zurück, fing mich aber wieder. Dort vorne war der Ausgang des Friedhofes, sicher würde er dann in sein Auto springen und mich einfach stehen lassen. Ich musste mich beeilen.

»Wenn ich es nicht gemacht hätte, hätte es meine Kollegin gemacht, aber die konnte ich glücklicherweise ausschalten. Die hatte nämlich überhaupt keine Skrupel. Ich habe immerhin nur so getan, als würde ich filmen!«, fuhr ich fort. »Ich habe die SD-Karte während der Aufnahmen aus der Kamera genommen. Feist sollte glauben, da wäre was defekt. Dass diese scheißblöde FPV-Brille auch aufnimmt – das konnte ich doch nicht wissen!«

»Frauen und Technik!«

Er machte nicht den Eindruck, als ob er geneigt wäre, mir zu glauben, mich zu verstehen und mir zu verzeihen. Ich hätte ihn ohrfeigen können. Verzweifelt blieb ich unter dem Torbogen des Ausgangs stehen.

»Mann!«, schrie ich. »Außerdem hätte ich Feist längst erzählen können, was ihr vorhabt, nachdem du mir dermaßen aufgedrängt hast, worum es bei deiner Scheiß-App geht! Aber ich … ich würde dich niemals verraten! Ich dich nicht!«

Ihm schien es die Sprache zu verschlagen. Sein Brustkorb unter dem dunklen Hemd hob und senkte sich hektisch.

»Los, sag was!«, forderte ich ihn auf.

Er schien die Lücke im Asphalt zu suchen, in der er verschwinden könnte.

»Hey, sprich mit mir!«

Nichts. Es kam nichts.

»Du verstehst das nicht«, hörte ich ihn plötzlich.

Das konnte doch nicht sein Ernst sein! Er setzte sich in Bewegung, wollte mich stehen lassen.

»Basti …!«, schrie ich und hörte, dass meine Stimme schon ganz heiser klang.

Immerhin drehte er sich zu mir um, sah aber an mir vorbei.

»Warum misstraust du …«, hob ich an.

»Rieke? Rieke Sturm?«, fragte plötzlich jemand hinter mir. Jemand, dessen Stimme ich im ersten Moment nicht einordnen konnte.

»Was?«, blaffte ich und drehte mich um.

John Obergrußberger stand vor mir. Ich erkannte ihn sofort, obwohl sein Bart kürzer und gepflegter aussah. Außerdem hatte er sich die Haare schneiden lassen. Ansonsten: fett und unansehnlich wie immer, in geschmackloser Kleidung, mit einem debilen Grinsen im Gesicht und einer großen Tasche in einer

Hand. Und einer Frau an der anderen. Groß und etwas stämmig war sie, mit einem runden Gesicht und lustigen Augen, die von Lachfältchen umgeben waren. Sie war nicht einmal hässlich gekleidet. Wo hatte er die denn her?

John trat näher an mich heran und streckte mir die Hand entgegen. Mechanisch ergriff ich sie.

»Na, da kann ich doch gleich mal Danke sagen.« Er schien mit keiner Faser seines massigen Körpers zu spüren, dass er störte. Und zwar enorm.

»Im ersten Moment war ich ja etwas schockiert über deine, äh, Ihre Bewertung – andererseits … diese Offenheit hat mir echt gutgetan. Nicht wahr, Schnuppelchen?«

Er zog die Frau an sich und küsste sie auf die Schläfe. Schnuppelchens Wangen färbten sich für einen kurzen Augenblick zartrosa, und sie presste ihre Lippen auf seine.

»Ich habe einfach drauf vertraut, dass Ihre Erfahrung als Dating-Coach mir helfen kann«, fuhr er fort, »und das Ergebnis bestätigt, dass mein Vertrauen völlig berechtigt war. Wie in der Liebe selbst, da ist Vertrauen doch auch das Wichtigste, gell, Schnuppelchen?«

Sie nickte und schmiegte sich bewundernd an ihn.

»Na ja, ich will nicht länger stören«, sagte er dann endlich. »Schönen Tag noch. Schnuppelchen und ich gehen jetzt noch einen fliegen lassen. Also …« Er kicherte. »Einen Segelflieger. Ciao!«

Die beiden dackelten davon.

»Siehst du, Basti«, wandte ich mich übergangslos an den Mann vor mir. »Im Gegensatz zu dem hast du es immer vorgezogen, mir zu misstrauen. In den Tiefen deines Herzens scheinst du so einen Groll gegen Menschen zu haben, dass du in jedem einen Feind siehst. Selbst wenn man dir Gutes tun will. Liebe kennst du gar nicht!«

»Aber du oder was? Kaum vorstellbar, wenn man sich anhören muss, was für abstruse Geschichten du dir ausdenkst«, antwortete er. »Aus Versehen gefilmt!« Er sah kurz auf seine Schuhspitzen, dann in mein Gesicht, wütend und … maßlos enttäuscht. »Von dir hätte ich wirklich was anderes erwartet! Wenigstens eine bessere Ausrede.« Und dann rannte er los, als sei der Teufel persönlich hinter ihm her.

Ich stampfte wütend auf. »Basti!«

Er blieb nicht stehen. Ohne darüber nachzudenken, griff ich nach dem Schlüsselanhänger in meiner Blazertasche und schleuderte diesen hinter ihm her. Er verfehlte knapp seinen Kopf, landete vor ihm auf dem Asphalt.

»Hier, ich kann nichts brauchen, was mich noch im Entferntesten an dich erinnert.«

Und dann drehte ich mich um und lief, so schnell ich konnte, zur U-Bahn-Station, genau in die entgegengesetzte Richtung.

30. Mai 2015

Liebe Rieke,

oft überlege ich, was passiert wäre, wenn ich damals anders reagiert hätte. Wenn ich nicht so außer mir gewesen wäre, sondern dir zugehört hätte. Dann wäre mir vermutlich schnell klar geworden, dass du mich nicht verraten hattest. Dass jemand anderes dahinterstecken musste. Vielleicht wären wir dann tatsächlich zusammengekommen. Als richtiges Paar.

Der Gedanke gefällt mir, obwohl ich mir mein Leben als Teil eines Pärchens bis heute kaum vorstellen kann. Alles ist beherrscht von der Arbeit, von der Verantwortung für die Firma, für unsere Angestellten, für den nächsten Auftrag.

Ich weiß schlichtweg nicht, wie andere Männer – es sind ja meistens Männer – das machen: Job und Frau und Haus und Kind und Hobby. Aber vielleicht nehmen die wenigstens einen Teil dieser Bereiche nicht so ernst. Wenn ich mir allerdings vorstelle, ich wollte Frau und Kind und Job ernst nehmen – müsste ich dann nicht auf Schlafen, Essen und Duschen verzichten, um genug Zeit zu haben?

Vielleicht hätten wir ein Leben als Paar gar nicht lange überstanden. Nach ein paar Monaten – du in München (vermute ich jetzt mal), ich beim Zivildienst in der fränkischen Provinz – hätte sich vermutlich Routine und Langeweile eingestellt, und wir hätten uns bestimmt einvernehmlich getrennt. Weil unsere Lebenswelten einfach nicht zueinanderpassten. Ob sie das heute tun würden?

Manchmal bin ich kurz davor alles hinzuschmeißen, auszusteigen. Ein Leben als Kuhhirt auf einer Bergalm zu führen. Viel Ruhe, viel Ausblick, wenig Menschen. Aber dann hat Tonio ein technisches Problem und kommt damit zu mir oder umgekehrt, in jedem Fall lösen wir es gemeinsam – und daraus ziehe ich tiefe Befriedigung.

Vielleicht kommt eines Tages der Zeitpunkt, an dem ich erkenne, wie ich Privates und Berufliches unter einen Hut bringen kann. Ich hoffe, bis dahin bin ich nicht alt, verarmt und verschrumpelt, und keine Frau der Welt würdigt mich mehr eines Blickes. Ich hatte nicht viele Beziehungen in meinem Leben, aber ich kann mich an die Süße meiner Existenz in diesen Zeiten erinnern. Sie ließen mich für einen Augenblick die Bitterkeit des Daseins vergessen.

Wow – war das jetzt noch nerdig oder schon philosophisch? Komisch, Rieke, immer wenn ich an dich schreibe, fallen mir Dinge ein, mit denen ich mich sonst nie beschäftige. Du hast doch einen seltsam zauberhaften Einfluss auf mich – über Zeiten und Orte hinweg. Ich wünsche dir, dass wenigstens du glücklich bist. Wer weiß, vielleicht sehen wir uns ja gar nächstes Jahr wieder, wenn das zehnjährige Abiturtreffen ansteht. Aber ich glaube nicht, dass ich dort hingehen werde. Außer ich wüsste, du kommst.

Dein Basti

16. KAPITEL

SCHEIß AUF DEN PRINZEN, ICH NEHM DAS PFERD

Die nächsten Tage waren wie getränkt mit Selbstmitleid. Wie ich das hasste. Alles fühlte sich unerträglich an, ich wollte am liebsten nicht mehr ich selbst sein. Ich hatte keinen Job mehr, keine Idee, wie es weitergehen sollte, der Mann meines Herzens hasste mich und hatte mich so ungerecht behandelt, dass ich vor Wut platzen könnte. Es war genau wie vor zehn Jahren. Genau so! Damals hatte mich Australien abgelenkt. Jetzt lenkte mich nur der Blick in den leeren Kühlschrank ab und das für höchstens zehn Sekunden. War doch eh alles egal. Und dennoch …

Dennoch hätte ich gerne gewusst, was Basti jetzt machte. War er wirklich in die Staaten geflogen? Würde er je von dort wieder zurückkommen? Ich ärgerte mich über diese Gedanken, denn eigentlich war ich stinksauer auf den Typen. Er hatte es offensichtlich noch immer nicht gelernt, sein Misstrauen anderen Menschen gegenüber abzulegen.

Meinen Eltern hatte ich sofort von meinem Ausscheiden aus der Agentur erzählt und es damit begründet, welche moralischen Missstände dort herrschten. Erstaunlicherweise war mein Vater sehr verständnisvoll und meine Mutter überwies »einfach mal so« fünfhundert Euro auf mein Konto. Die benötigte ich allerdings kaum, denn mein normaler Tagesablauf beinhaltete nur bis mittags im Bett zu liegen, bis abends zu gammeln und bis morgens um drei in die Glotze zu schauen.

Am Freitag war ich hinter einer dunklen Sonnenbrille versteckt in die Agentur gegangen und hatte meine Sachen abgeholt. Karen hatte mich wissen lassen, wann die Chefs nicht da waren. Keiner von ihnen hatte versucht, Kontakt mit mir aufzunehmen und alles zu klären.

Der Anflug eines Lächelns erschien auf meinem Gesicht, als Karen mir anvertraute, dass Feist mit sofortiger Wirkung aus der Firma ausgeschieden war. Jetzt waren sie nur noch Die 3großenF. Oder sie mussten sich einen anderen F-Gesellschafter suchen.

Nachdem sich meine Spionage-Anschuldigung als richtig erwiesen hatte, so erzählte mir Karen, hatte man nicht lange gezögert und Feist hinauskomplementiert. Er hatte angeblich versucht, alles auf mich abzuwälzen, aber erstaunlicherweise hatte ausgerechnet Grit meine Aussage bestätigt. Außerdem gehörte ja die Drohne ihm – dass er es leugnete, war einfach lachhaft. Auch Grit war gegangen. Wohin, wusste Karen nicht. Date-O-Mat hatte den Auftrag zurückgezogen und wollte die Ausschreibung ganz von vorne starten. Eine erneute Bewerbung von Die 4großenF war unerwünscht.

Als ich gerade gehen wollte, traf ich Faul im Aufzug. Er zuckte ein wenig zusammen, als er mich sah, hatte sich aber schnell wieder im Griff.

»Frau Sturm«, sagte er, ergriff meine Hand und hielt sie viel zu lange fest. »Es tut mir aufrichtig leid, was vorgefallen ist. Andererseits hat uns das den endgültigen Grund geliefert, Feist rauszuschmeißen. Das war ja längst überfällig.«

Ich lächelte ihn mit sphinxhafter Gelassenheit an.

»Schade um den schönen Auftrag«, antwortete ich.

»Tja, kommt eben der nächste.« Er zuckte mit den Schultern. »Ich würde mich freuen, wenn wir mal in Ruhe über eventuelle Perspektiven für Sie in unserer Agentur sprechen könnten. Machen Sie doch mit Karen einen Termin, ja?«

Ich bedankte mich artig und versprach, dies zu tun. Gleich nächste Woche. Oder übernächste. Vermutlich aber nie. Musste ich ihm ja nicht auf die Nase binden.

Als ich die Agentur verließ, beschloss ich, endlich einmal wieder etwas für die Innenausstattung meines Kühlschranks zu tun und betrat den großen Edeka-Laden ein paar Straßen weiter gegenüber von Pias Versicherung.

Als ich eben am Obst- und Gemüseregal vorbei war, stand dort meine Freundin – falls ich sie noch so nennen durfte. Pia war in die Betrachtung einer Packung schwarzer Linsen vertieft, von deren roten, weißen und braunen Schwestern schon zahllose Päckchen ihren Einkaufswagen füllten. Sollte ich einfach weitergehen? Oder sie ansprechen? Seit der Beerdigung hatte ich nichts von ihr gehört. Ich ahnte, auf wessen Seite sie stand, wessen Betrachtungsweise sie teilte.

»Hallo Pia. Willst du einen Linsen-Laden aufmachen?«

Sie hob erschrocken den Kopf, und einen Moment lang befürchtete ich, sie würde schreiend an mir vorbei zum Ausgang des Ladens rennen. Sie legte die Linsen zu den anderen in ihrem Wagen. Der Blick, mit dem sie mich dabei bedachte, wirkte verunsichert, sauer und mitleidig zugleich. Ganz schöne Leistung!

»Hallo Rieke. Nein, die sind für mein neues Kunstprojekt.«

Okay. Moment mal. Wer war ich eigentlich, kam mir in den Sinn, dass sie mich so ansehen durfte? Ein Mensch, den man verdammen musste? Garantiert nicht!

»Gehörst du jetzt auch zur Gruppe der Menschen, die einem anderen keine Chance geben, wenn er erklären will, was wirklich passiert ist?«

Pia zog empört die Augenbrauen hoch.

»Nein, natürlich nicht …« Sie griff nach einer weiteren Linsenpackung und ließ sie in ihren Einkaufswagen fallen. »Aber in dem Fall liegen die Dinge ja auf der Hand, oder?«

»Aha. Tun sie das?«

Sie schob ihren Wagen nervös hin und her.

»Ich sehe zumindest, was das Ergebnis ist. Tonio ist am Boden zerstört. Die Ausschreibung war ihre letzte Chance, die Firma aus den roten Zahlen zu holen.«

»Ging es ihnen so schlecht? Die haben doch einen Preis nach dem anderen kassiert.«

Pia schob den Wagen jetzt so, dass er zwischen uns stand.

»Das ist ja schon ewig her. Und davon kann man sich nichts kaufen. Das ist gut für die Ehre, aber sonst nichts wert. Die Jungs sind superkreative Programmierer – aber davon, wie man sich verkauft, haben sie keine Ahnung. So wie ich das sehe, haben sie sich in den letzten Jahren ein paarmal ganz schön derbe über den Tisch ziehen lassen, haben Auftraggeber, die bis heute nicht gezahlt haben, können sich aber Rechtsstreitigkeiten gar nicht leisten. Scott ist jetzt in den USA und hofft dort einen Investor zu finden. Aber auch dafür sieht es mau aus. Date-O-Mat wäre endlich ein solider Auftraggeber gewesen. Und wie wir erfahren haben, hätte ihre Idee auf jeden Fall gewonnen. Die Idee, die du geklaut hast.«

»Ich habe sie nicht geklaut!« Meine Lautstärke rief sicher gleich den Ladendetektiv auf den Plan. »Ich habe mein Bestes gegeben, um das zu verhindern. Ja, ich habe versagt – das ist aber auch das Einzige, was ihr mir vorwerfen könnt.«

»Du glaubst doch nicht wirklich, dass ich dir das abnehme.«

»Mann, Pia …« Ich war sprachlos. Wie konnte sie so hartherzig sein? So hatte ich sie noch nie erlebt! »Tonio scheint einen schlechten Einfluss auf dich zu haben.« Mit diesen Worten drehte ich mich um und ging.

»Rieke, warte!«, rief sie.

Aber den Gefallen tat ich ihr nicht.

Am frühen Samstagabend wurde mein Eremitendasein durch stürmisches Klingeln an der Tür unterbrochen. Zuerst überlegte ich, mich tot zu stellen. Was, wenn es Basti war? Mit einer Schnellfeuerwaffe, die er sich in den Staaten zugelegt hatte? Oder der arbeitslose Feist, der mich mit seiner messerbewehrten Drohne köpfen wollte? Schließlich entschied ich, dass es wahrscheinlich nur der Zeitungsjunge war, der immer das lokale Sonntagsblatt in die Briefkästen steckte.

Vor der Tür stand mit tief gesenktem Haupt Pia. Als die Tür sich öffnete, sah sie vorsichtig auf.

»Entschuldigung«, war das Erste, was sie sagte.

Ich brachte es nicht übers Herz ihr die kalte Schulter zu zeigen und riss die Tür weit auf. Ich war einfach nur froh, dass irgendwer bemerkte, dass ich nicht die große Schuldige war. Ich bat sie herein, und so saßen wir kurz darauf mit zwei Tassen Tee auf dem Sofa.

»Woher der Gesinnungswandel?«, fragte ich.

Sie schlürfte kurz an ihrem heißen Chai und ließ den Blick durch mein kleines Wohnzimmer schweifen.

»Ist mir ein bisschen peinlich«, gestand sie dann. »Tonio hatte gestern Besuch in der Firma. Von einer gewissen Grit.«

»Von Grit?« Jetzt war ich doch perplex.

»Ja, sie sagte, sie wolle sich entschuldigen für das, was sie angerichtet hätte. Sie habe einfach nur ihre Karriere im Kopf gehabt, den unbedingten Willen, diesen Vertrag zu bekommen – dafür wäre sie geradezu über Leichen gegangen. Sie sagt, wenn du nicht gewesen wärst, hätte sie nie geschnallt, was sie da eigentlich anstellt. Sie schien von sich selbst richtig angewidert zu sein.«

Ich stellte die Teetasse auf dem Beistelltischchen ab. Grit! Rehabilitierte mich! Unfassbar!

»Na ja, sie hat erzählt, wie alles passiert ist. Dass du sie sogar ins Wasser geschubst hast, damit nicht sie, sondern du diesen Drohnenflug übernehmen konntest.«

»Ich hab sie nicht geschubst – sie hat sich vor einem Hund erschreckt.«

Pia lächelte. »Was dir sicher nicht ungelegen kam.«

»Stimmt.«

»Ach, Rieke, es tut mir wirklich so leid! Ich bin selbst ganz erschrocken, dass ich dir nicht geglaubt habe. Aber Tonio war so unglücklich, Wahnsinn, du hättest ihn sehen müssen.« Sie berührte leicht meinen Arm, und als sie mich nun ansah, kehrte das Strahlen allmählich in ihre Augen zurück.

»Wahrscheinlich verteidigt man immer die, mit denen man emotional stärker verbunden ist«, vermutete ich. »Und ist froh, wenn man einen Sündenbock findet.«

Sie hob die Schultern, ließ sie fallen.

»Das ist eine Erklärung, aber keine Entschuldigung. Vermutlich kam bei mir noch die frische Verliebtheitsverblödung dazu.«

»Na ja, Schwamm drüber!«, verkündete ich großmütig und schob meine Teetasse weg. »Ich finde, wir sollten was Vernünftiges trinken.«

Nachdem ich uns zwei Gläser Prosecco eingegossen und wir angestoßen hatten, wurde ihr Blick wieder ernst.

»Und wie geht es jetzt mit dir weiter?«, fragte sie.

»Keine Ahnung. Muss mir einen neuen Job suchen. Vielleicht kann ich meinen Dating-TÜV ausbauen. Wobei – nach Männern steht mir momentan nicht der Sinn. Nicht mal nach welchen, die mich bezahlen, um ihre Anwesenheit auszuhalten.«

Pia lachte freudlos, wurde gleich wieder nachdenklich und lehnte sich zu mir herüber.

»Rieke«, sagte sie leise. »Ich habe keine Ahnung, wie ich euch helfen kann, dir und Basti. Aber ich finde, ihr beide … ihr wärt ein tolles Team. Das könnte was ganz Großes mit euch sein. Ihr habt beide so eine Ernsthaftigkeit dem Leben gegenüber – und ich möchte einfach, dass meine beste Freundin und mein bester Freund endlich zusammenfinden. Ihr habt schon zehn Jahre verplempert. Denk an Aron Weil.«

»Nur noch 624 Tuben Zahnpasta.«

»Was?«, fragte sie und angelte nach ihrem Glas.

»624 Tuben, und ich bin tot. Egal, vergiss es.«

»Ich möchte dir so gerne helfen. Blöd, dass Basti momentan so schwer erreichbar ist. Sonst würde ich mal mit ihm reden.«

»Ist er noch nicht wieder da?«

»Nein, mit den bisherigen Investorentreffen lief es wohl noch nicht so gut, und er hat seine USA-Reise verlängert. Wann er zurückkommt, ist im Moment unklar.«

Ich nahm einen tiefen Schluck aus meinem Glas. Die kalte Flüssigkeit beruhigte mich.

»Das Problem ist ja: Ich kann jetzt nichts mehr tun. Er ist es, der sich bewegen muss.«

»Da hast du recht. Ich befürchte bloß, das wird ihm schwerfallen. Er glaubt ja immer noch, du seist an allem schuld. Und ich wette, wenn er irgendwann die Wahrheit hört, ist ihm sein Verhalten so peinlich, dass er nie mehr zurückkommt. Ach, apropos …« Sie stand vom Sofa auf und kam mit einer Tasche, die sie im Flur abgestellt hatte, zurück.

»Ich hätte beinahe das Wichtigste vergessen«, sie grabbelte in der Tasche herum. »Ich soll dir das hier geben.«

Sie streckte mir einen dicken DIN-A4-Umschlag entgegen, der mit viel braunem Klebeband stabilisiert war. In einer kleinen, kantigen, kaum leserlichen Schrift stand mein Name darauf.

»Von Basti. Hat er mir direkt vor dem Abflug gegeben. Du sollst das unbedingt lesen.«

Ich sah sie verwundert an, als ich den Umschlag nahm.

»Ich nehme mal an, da sind Briefe drin oder so was.« Pia kratzte sich nachdenklich die Kopfhaut. »Er hat irgendwie wirr geredet. Ich krieg das nicht mehr zusammen. Es kam aber ›Leben versaut‹ und ›niemals verzeihen‹ darin vor. Lies einfach, vielleicht wirst du dann schlauer.«

Ich nickte und drehte den Umschlag in der Hand. Mein Magen sendete mir deutliche Signale von Nervosität. Was teilte er mir wohl mit?

»Ich wollte dir den Umschlag nicht einfach in den Briefkasten stecken. Er war ein guter Anlass, mich mit dir zu versöhnen.« Sie trank den letzten Schluck Prosecco und stand dann auf.

»Ich glaube, ich lass dich damit lieber allein. Tonio wartet auch schon auf mich. Er will für uns kochen. Und nein – darauf musst du nicht neidisch sein.« Sie zwinkerte, küsste mich auf beide Wangen und ging.

Ich hörte, wie die Tür hinter ihr zuschlug. Es klang wie ein Sargdeckel.

Lange Zeit saß ich unbeweglich da, unfähig, auch nur einen Finger zu rühren. Vor meinem Fenster zwitscherten Vögel, blühte das Leben, aber ich kam mir abgeschnitten vor wie Dornröschen hinter ihrer Dornenhecke. Nur würde kein Ritter kommen, um mich zu retten. Im Gegenteil – er hatte Post geschickt. Und wer wusste, was mich erwartete, wenn ich sie öffnete. Garantiert waren es Beschimpfungen. Dass ich sein Leben versaut hatte und er mir niemals verzeihen könne. Aber der Umschlag war so dick – bestimmt war noch etwas eklig Gemeines dabei. Manche Nerds waren schließlich ziemlich pubertär. Ich drehte den Umschlag ratlos in den Händen und legte ihn schließlich beiseite. Es war nicht der richtige Moment, ihn zu öffnen. Stattdessen trank ich die Flasche Prosecco leer und beschloss, früh ins Bett zu gehen.

Dafür musste ich die 337. Zahnpastatube anbrechen. Lag nicht schon ein leichter Vorgeschmack des Todes auf meiner Zunge? Ich spülte meinen Mund ausgiebig.

Dann legte ich den Umschlag auf meinen Nachttisch und versuchte, mich auf ein Buch zu konzentrieren. Was natürlich nicht klappte. Ich kapitulierte und öffnete das dicke Packpapier.

Darin befand sich ein mit einer Paketschnur verschnürtes Bündel Briefe, alle ohne eigenen Umschlag. Der erste war schnell gelesen.

Würzburg, 25. Mai 2006

Hi,
~~*Hi Rieke,*~~
~~*Servus, Rieke,*~~
~~*Liebe Rieke,*~~
~~*Liebste Rieke,*~~
MANN, RIEKE, ACH, SHIT!

Er hatte ihn einen Tag nach unserem Abiball geschrieben. Glücklicherweise in Blockbuchstaben. Ich hatte damals glorreich vereitelt, dass er überhaupt wusste, wohin er ihn hätte schicken können.

Ich blätterte die Briefe durch, es waren elf Stück. Aus jedem

Jahr seit unserem Abitur einer. Und der neueste war von vorgestern. Ich konnte nicht an mich halten und las ihn sofort.

In der linken oberen Ecke war etwas unter das Datum – letzten Montag – gemalt. Zuerst glaubte ich, es sei ein *Star-Trek*-Abzeichen – vielleicht war er so paralysiert, dass er sich einbildete, Mr Spock zu sein?

Aber dann erkannte ich es: Es war der Umriss des Saab-Anhängers, den er etwas dilettantisch aufgemalt hatte. Mein Blick schweifte zu seiner Schrift und ich brauchte mehrere Minuten, bis ich die ersten zwei Zeilen entziffert hatte. Oh je, ich würde die ganze Nacht damit zubringen, die restlichen Briefe zu lesen. Doch je mehr ich las, umso besser konnte ich seine Schrift entziffern. Ob ich seine Gedankengänge auch nachvollziehen konnte, da war ich mir nicht so sicher.

Rieke, ich Ochse.

Beim ersten Versuch hatte ich glatt: »Du Ochse« gelesen und hätte den Brief beinahe aus der Hand gelegt. Nein, »ich Ochse« stand da, ganz klar.

Ich Volltrottel. Weißt du …

Dann kam etwas, das sehr fest durchgestrichen war, unmöglich, es zu lesen.

… Der Schlüsselanhänger – er ist so wunderschön. Ich habe ihn nicht verdient. Ich habe dich nicht verdient. Wenn man einmal einen Fehler macht, ist man ein Idiot. Aber zwei Mal den gleichen Fehler – das ist unverzeihlich. Jetzt habe ich dein Leben endgültig versaut!

Ich wage es nicht, dich um Verzeihung zu bitten, und ich verstehe, wenn du mich nie wieder sehen willst. Du hast völlig recht: Ich weiß wirklich nicht, was Liebe ist. Schon zum zweiten Mal hast du dich bemüht und mir dei-

ne Liebe geschenkt – und zwei Mal habe ich dieses Geschenk mit Füßen getreten.

Ich kann es dir nicht erklären. In diesem Moment – damals genau wie vorhin auf dem Friedhof – da mutiere ich wirklich zu einem Außerirdischen, der verloren durch die unendlichen Weiten meines Gefühlsuniversums torkelt. Nirgends ein bekannter Planet in Sicht, der mir Zuversicht und Vertrauen einflößt. Keine Ahnung, warum das so ist.

Auf dem Weg zum Büro sind mir deine Worte immer und immer wieder durch den Kopf gegangen und ich habe den Ausdruck in deinem Gesicht vor mir gesehen: Diese Fassungslosigkeit, dass ich dir nicht glaube. Pure Verzweiflung. Doch in dem Moment, als du so vor mir standst – da war ich unfähig, dies zu erkennen. Inzwischen habe ich begriffen, was du gesagt hast, dass du mich nicht angelogen hast – so wie damals schon nicht. Du hast alles getan, um uns zu schützen. Dass es misslungen ist, ist nicht dein Fehler. Wieso das alles in meinen Ohren keinen Widerhall gefunden hat? Weil ich – siehe oben – ein Ochse bin.

Und jetzt ist es zu spät. Ich fühle, dass ich dich verloren habe. Und alles nur, weil ich noch dazu feige war: Ich wollte nicht, dass du merkst, unter welchem Druck ich stehe. Dass die Firma kurz davor ist, den Bach runterzugehen. Dass wir vor unseren Angestellten immer so tun, als sei alles bestens, damit sie sich nicht sorgen. Seit Monaten haben Tonio und ich uns kein Gehalt ausgezahlt, leben von Ersparnissen.

Du weißt ja, wie Männer so sind: Alles herunterspielen. Nur niemand hinter die Fassade schauen lassen. Ist doch alles ganz easy. Verdammt, das ist es nicht. Ich habe mir einfach nicht zugetraut, eine marode Firma und eine neue – meine alte – große Liebe auf einmal in den Griff zu bekommen. Beides verlangt meinen totalen Einsatz. Du hast gemerkt, wofür ich mich entschieden habe. Das war dumm, aber jetzt ist es zu spät.

Ich weiß nicht, wie lange ich in Amerika bleiben werde. Eventuell gibt es hier einen Job. Ich weiß nicht, es tut mir leid. Ich hoffe, eines Tages kannst du mir verzeihen.

Dein Basti

Ich konnte mich nicht bewegen, den Brief nicht sinken lassen. Ich war erstarrt, die Welt war erstarrt. Es war, als hätte jemand meinen Kopf mit einem langen Stahlstift an der Wand hinter mir festgenagelt. Als wäre ich dazu verdammt, den Rest meines Lebens auf diese Zeilen zu starren.

Im Klartext stand hier: Ich liebe dich, aber es wird nichts aus uns. Ich liebe dich, aber ich sehe zu, dass ich ans andere Ende der Welt verschwinden kann.

Mit einem Mal spürte ich, wie sehr ich fror. Von den Zehenspitzen bis in die Haarwurzeln, aber keine Decke der Welt hätte mich wärmen können. Ein seltsames Geräusch schreckte mich kurz auf. Es war das Klappern meiner Zähne.

Damals, nach dem Abiball, hatte ich im Flugzeug gesessen und zwanzig Stunden bis nach Sydney gelitten wie ein Hund. Aber ich hatte das Heft in der Hand gehalten: Ich hatte nach drei Monaten sagen können, jetzt ist es gut, jetzt fliege ich wieder heim. Mal sehen, was kommt. Nun war ich komplett ausgebremst. Der Herr inszenierte seinen Abgang ins Ausland, und ich konnte nichts tun. Gar nichts. Und noch dazu dekorierte er ihn mit der unsinnigsten Liebeserklärung der Welt. So ein Feigling!

Und das war erst der erste Brief. Würde ich es schaffen, die übrigen zu lesen? Mir war klar, dass ich vorher kein Auge würde zutun können.

Er machte es mir einfach, die Schreiben waren chronologisch geordnet. Obwohl mir nicht danach zumute war, musste ich gelegentlich schmunzeln. Die Anlässe, um einen Brief zu schreiben, die Schilderungen seiner Lebensumstände, die Ereignisse, von denen er erzählte – es war berührend und mitreißend und fachte meine Sehnsucht an. Ich war erschüttert, wie wenig Vertrauen er vor allem in sich selbst hatte. Aber egal, was er schrieb – ich stand immer im Zentrum. Er hatte die Beziehung zu mir weitergeführt. Und so, wie es aussah, würde er es auch jetzt tun – ohne mein Beisein, von Amerika aus. Platonisch war der reinste Porno dagegen!

17. KAPITEL

AUS DEN SCHERBEN MEINES LEBENS BAU ICH MIR 'NE DISCOKUGEL UND TANZ DARUNTER

Wenn man trauerte, egal ob um einen Menschen oder um sich selbst, dann half einem am meisten, diese Trauer auch zuzulassen. Das Trauern an sich hatte etwas Tröstliches. Nicht sofort, nicht in jedem Moment, aber man spürte es früher oder später.

Ich bemühte mich aufrichtig, die Trennung von Basti zu verarbeiten und zu akzeptieren. Was nicht ganz einfach war, da meine Vorwürfe, Fragen und Anschuldigungen nur von den Wänden meines Zimmers widerhallten und kein Gegenüber fanden.

Einmal spielte ich mit dem Gedanken, mit ihm Kontakt aufzunehmen, denn schließlich gab es ja auch in den USA so etwas wie Internet, Handyverbindungen und Ähnliches. Auf WhatsApp sah ich jedoch, dass er das letzte Mal am Tag von Arons Beerdigung online gewesen war. Vermutlich nutzte er drüben eine günstige amerikanische Prepaid-Karte, deren Nummer ich natürlich nicht kannte.

Vielleicht war es besser so. Vielleicht war die Entfernung meine Chance, ihn jetzt endgültig zu vergessen. Ein Mann, der solche Angst hatte, sich seinem Fehler zu stellen, war wahrscheinlich wirklich nicht beziehungsfähig. Ich sollte mich schleunigst nach geeigneteren Kandidaten umsehen. Hatte Pia nicht mal etwas von einem netten Kollegen erzählt? Bei Gelegenheit würde ich sie nach ihm fragen.

Nach zehn Tagen schaffte ich es, den Kopf wieder aufrecht zu halten. Pia und Tonio hatten sich mittlerweile als wahre Freunde erwiesen. Pia hatte mir ungefragt immer mal wieder etwas zu essen vorbeigebracht, Tonio hatte mir DVDs geliehen: schaurige HBO-Serien, die mich zum Binge-Viewing getrieben hatten oder nerdige Anime-Filme, mit denen ich mich nicht wirklich anfreunden konnte.

Pias und Tonios Aufforderungen, sie in den Biergarten, ins Kino oder zum Schwimmen zu begleiten, hatte ich stets abgelehnt.

Bis zu dem Tag, als es einfach zu heiß in meiner Dachgeschosskammer war. Zum ersten Mal seit Langem lockte mich der Sonnenschein ins Freie. Alleine hätte ich mich nicht hinausgetraut, ich fühlte mich noch zu wund, noch zu angreifbar, um der Welt dort draußen als Einzelwesen gegenüberzutreten. Wie gut, dass Pia regelmäßig nachfragte, obwohl sie mittlerweile gewöhnt war, dass ich ablehnte. An diesem Tag versuchte sie mich mit dem nebulösen Hinweis zu ködern, es gäbe etwas zu feiern. Den hätte es gar nicht gebraucht, und so sagte ich schlicht: »Ja.« Pia meinte, sich verhört zu haben, aber ich beteuerte, ich würde um sieben am Eingang zum Aumeister stehen und nach ihnen Ausschau halten.

Obwohl ich im Laufe des Tages immer wieder kurz ins Zweifeln geriet, ob mir die Verabredung guttun würde, schwang ich mich um sechs auf mein Rad und fuhr die Isar entlang Richtung Norden. Es war angenehm, sich endlich einmal wieder zu verausgaben. Die Sonne wärmte mich innerlich und äußerlich, und ich schaffte es tatsächlich, die ganze Strecke zurückzulegen, ohne zu zögern oder schlechte Gedanken aufkommen zu lassen.

Als ich ankam, hatten Pia und Tonio schon einen schattigen Tisch etwas abseits des Trubels okkupiert, und Pia stellte gerade mitgebrachte Schüsseln und Töpfchen mit köstlichen Leckereien bereit. Tonio war verschwunden, um Bier und Brezeln zu holen, wie Pia erklärte.

»Gut siehst du aus«, log sie dann und schloss mich in die Arme. Ach, menschliche Wärme.

Auch Tonio begrüßte mich überschwänglich und stellte gleich klar, dass er mir keine Schuld am Niedergang der Firma gab. Ich sei nur ein machtloses Werkzeug in der Hand des Bösen gewesen, und er wisse meinen Versuch, sie zu retten, sehr zu schätzen. Im Gegensatz zu anderen, leider nicht anwesenden Leuten, wie er anfügte und dafür einen Ellenbogen zwischen den Rippen kassierte. Ich schmunzelte und dankte ihm für sein Verständnis.

»Und weißt du was?« Er grinste und ließ sich nicht davon stören, dass Pia ihn erneut knuffte. »Scott hat sich heute aus Los Angeles gemeldet. Er hat ein Foto von sich auf dem Walk-of-Fame-Star von Leonard Nimoy gemacht. Sehr cool. Und …«

»Wir waren uns doch einig, dass wir ihr das nicht gleich sagen wollten.« Pia klang genervt.

»Ach, lass mich«, antwortete Tonio. »Sie freut sich doch.«

»Tut sie nicht.«

»Oh, doch!«

»Na, Hauptsache du weißt, wie es meiner Freundin geht.«

»Ach, jetzt habe ich schon wieder kein Gespür für Frauen oder was?«

»Na ja, ist ja nicht gerade deine Stärke …«

»Oh, aber du bist Miss Verständnisvoll …«

Ich konnte nicht anders: Ich schob meine Neugier auf weitere Details zu Bastis Aufenthaltsstatus beiseite und lachte schallend los.

»Was?«, fragten sie wie aus einem Mund.

Ich schob mir ein Stück Brezel in meinen.

»Ihr wärt ein wunderbares Prototyp-Pärchen für den DesasterMaster.«

»Den *was*?«

Pia fing ebenfalls an, Brezel zu knabbern und Tonio versuchte, ihr kleine Stückchen davon zu entwenden. Sie schlug ihm auf die Finger.

»Nimm deine eigene.« Aber sie klang schon viel sanfter.

»Ach, der DesasterMaster ist nur so ein Hirngespinst von mir.«

»Klingt aber lustig …« In Tonios Augen funkelte die Neugier.

»Ich habe mir vorgestellt, es gäbe eine App, mit der man streiten lernen kann«, erklärte ich. »Mit einem Partner. Damit man in einer echten Beziehung dann darauf vorbereitet ist.«

»Cool!« Tonio stieß einen langen Pfiff aus. »Weiter.«

»Na ja, man würde sich einen männlichen beziehungsweise weiblichen Avatar erschaffen, und mit dem würde man streiten. Je mehr man in die typischen Fallen gerät – du machst immer, wie konntest du nur, du verstehst mich nicht, wieso musst du immer – all das ganze Zeug, was wir uns immer an den Kopf werfen eben … also, je mehr man davon sagt, umso aggressiver wird mein virtueller Streitpartner. Und je einsichtiger, kooperativer und netter ich reagiere, umso freundlicher wird auch er. Und dann sollte die App natürlich noch Tipps geben, wie man klassischen Streit umschifft oder beilegt.«

Tonio hatte das Gesicht in die Hände gestützt und sah aus, als wolle er mich mit seinen Augen verschlingen. Und das sicher nicht, weil er mich so sexy fand.

»Das isses, Rieke!«, stieß er hervor. »Das isses doch! Pia, was meinst du? Das können wir Date-O-Mat anbieten.«

Pia nickte.

»Weißt du«, sagte Tonio. »Egal wann und ob Scott überhaupt zurückkommt ...«

Bald würde er an den Rippen einen blauen Fleck haben, denn Pias Ellenbogen war brutaler als eine ausgewachsene Pompfe.

»Na ja, bitte«, verteidigte sich Tonio. »Rieke weiß doch, wie's aussieht.«

Ich nickte zustimmend. Keine falsche Rücksichtnahme. Das Leben musste weitergehen. Irgendwie.

»Also«, fuhr er fort. »Scott hat wohl noch eine letzte Chance auf einen Investor – und wenn das klappt, dann machen wir weiter. Ob mit oder ohne ihn. Er hat sich noch immer nicht entschieden, ob er den Job, den sie ihm da angeboten haben, nehmen soll. Aber egal, was er macht – ich will auf jeden Fall die Firma retten. Und Date-O-Mat hat diese Ausschreibung, nachdem die fiesen Tricks der 4großenF aufgeflogen sind ...«

»... die nur noch drei große Fs sind«, schob ich ein, und Tonio lachte auf.

»Jedenfalls will Date-O-Mat das Feld noch mal neu aufrollen«, fuhr er dann fort. »Und sie haben uns signalisiert, dass sie sich auf unsere Bewerbung freuen. Allerdings – das wurde jetzt auch klar – sei diese Geruchs-App zwar eine geniale Idee, aber die Umsetzung wäre viel zu aufwendig und zu teuer. Wahrscheinlich hätten sie das eh nicht gemacht.«

»Klingt nach Architektenwettbewerb, bei dem der erste Platz groß bejubelt wird, um dann den langweiligsten und billigsten Entwurf zu bauen«, meinte Pia.

»Hoffen wir mal nicht.« Tonio nahm einen großen Schluck von seinem Bier. »Vielleicht rettet uns Riekes Idee. Wir brauchen dringend Geld, um den Betrieb aufrechtzuerhalten, ob mit oder ohne Date-O-Mat-Auftrag. Unsere Jungs sind zwar anspruchslos, aber auch eine Pizza bezahlt man mit Geld und nicht mit Algorithmen.«

»Na, dann sollten wir den DesasterMaster mal dringend in ein Konzept umwandeln«, schlug Pia vor.

Eine Stunde später hatten wir einen Plan erstellt, wie man die App realisieren konnte. Tonio hatte Danuta, dem Gothic-Empfangsmädel, eine Nachricht geschickt, sie möge sofort einen Termin mit Date-O-Mat ausmachen, ihm sei egal, wie sie das hinbekomme, aber er müsse noch diese Woche stattfinden. Pia hatte unterdessen Avatare in das Notizbuch skizziert, das sie immer bei sich trug. Als alles stand, tranken wir erschöpft die letzten Schlucke unserer Maß. Der Alkohol schwirrte wie Glühwürmchen durch mein Hirn. Aber ich fühlte mich lebendig. Sehr lebendig sogar.

Tonio freute sich wie der sprichwörtliche Schneekönig und stieß in regelmäßigen Abständen ein »wie geil« oder »so geil« oder »einfach geil« aus. Pia sah ihn zärtlich an und knabberte an seinem Ohrläppchen.

»Und gab es nicht noch was zu feiern?«, fiel mir plötzlich ein. Hoffentlich nicht noch mehr Pärchenglück.

»Oh ja!« Pia bekam rote Flecken auf den Wangen. »Stimmt, ganz vergessen … also …« Sie ergriff meine Hand. »Ich habe eine Ausstellung – ziemlich bald sogar. In vier Wochen.«

»Was? Und das erzählst du erst jetzt? Großartig!«

»Ja, weißt du noch, mein Großeinkauf Linsen?«

Ich nickte.

»Na ja, ich habe mich plötzlich wieder an Mexiko erinnert, an die Tage der Toten, die ich dort erlebt habe. Ein unglaubliches Spektakel. In den Städten werden überall riesige Erinnerungsstätten für die Verstorbenen errichtet. Die Mexikaner legen auf dem Boden Bilder aus, aus Blüten und Samen, Linsen, Reis, farbigem Sand und allem Möglichen. Dazwischen stehen

Fotos der Verstorbenen, Kerzen, Räucherstäbchen, eine unglaubliche Atmosphäre. Ich lege nun auch solche Bilder, aber ich bilde keine Toten ab, sondern Markenzeichen, du weißt schon, von Autos, Computerherstellern, Ladenketten, Fast-Food-Restaurants, Modelabeln, was auch immer. Quasi ein Memento Mori dafür, dass der Kapitalismus auf den Friedhof gehört. Dass wir uns verabschieden sollten von diesem immer mehr, immer teurer.«

»Okay.« Ich wusste nicht so recht, was ich sagen sollte. Wie sah so etwas aus? »Klingt spannend.«

»Ein paar Bilder sind schon fertig – sie schauen unglaublich aus«, stimmte Tonio ein und zückte sein Handy. Er sah so stolz aus. Stolz auf seine Geliebte.

Rieke, schimpfte ich mich. Du wolltest keinen Neid aufkommen lassen.

»Schau«, sagte er und hielt mir das Handy unter die Nase. Die Bilder waren etwas unscharf, wirkten aber auch so schon beeindruckend.

Ich räusperte mich.

»Oh, die würde ich wahnsinnig gerne in echt sehen.«

Pia strich mir über den Arm.

»Kannst mich ja mal besuchen kommen. Ich arbeite derzeit im Wolkenkuckucksheim. Da ist ja …« Sie warf Tonio einen mitleidigen Blick zu. »Da ist ja wenig los zurzeit.«

»Aber ab morgen geht's wieder rund«, rief Tonio. »Und in Zukunft werden wir dich häufiger benötigen, Rieke. Du musst schließlich unsere App mit Leben füllen.« Der ganze Mann vibrierte vor Zuversicht. Ich lächelte ihn unsicher an.

»Gerne«, sagte ich zögerlich.

Ich würde ihm wirklich gerne helfen, aber ob ich mich so nah in Bastis Dunstkreis getrauen würde? Man würde sehen.

Ich wagte es, und was ich sah, gefiel mir von Tag zu Tag besser. Auch wenn wir uns rund um die Uhr abrackerten, seit Date-O-Mat uns tatsächlich mit der Entwicklung des DesasterMasters beauftragt hatte.

Ich hatte mir nicht vorstellen können, wie viel Arbeit es erforderte, diese kleinen Programme in Bewegung zu setzen. Der Dating-TÜV war komplett zum Erliegen gekommen und meine Zeit reichte höchstens aus, um Goldfisch, Oskar und Greg gelegentlich einen Tipp zuzuzischen, wenn sie während eines kurzen Mittagspausen-Chats – was selten vorkam – ein vielversprechendes Profil bei Date-O-Mat entdeckt hatten. In meinem Hinterkopf flammte schon die nächste Idee auf: Wir mussten unbedingt eine App entwickeln, die »NerdFlirt« heißen würde.

So gut meine Tipps auch gemeint waren – die drei Herren brannten sowieso nur für eins: für unsere neue Streit-App. Auch ich betrachtete diese Software immer mehr als mein Baby, und ständig kamen mir neue Ideen, was man noch alles einbauen könnte. Glücklicherweise hatte Tonio eine Psychologin, die er aus Studienzeiten kannte, als Beraterin hinzugezogen. Sie sorgte dafür, dass alles wasserdicht war. Das war wichtig, denn das Releasedatum der App näherte sich mit Riesenschritten. Der ganze Laden brummte vor Aufregung, und die beiden Praktikanten kamen kaum mit dem Kaffeekochen hinterher. Nur Danuta war wie immer die Ruhe selbst und vertröstete charmant all die Medienvertreter, die spontan ein Interview mit mir führen wollten. Denn ich hatte zeitgleich eine Marketingkampagne aufgesetzt und die Chefs von Date-O-Mat waren begeistert, dass sie ein Gesamtpaket bekamen: App plus PR dafür.

Ich hatte sogar jemanden, der für mich die niederen Dienste verrichtete. Etwa eine Woche, nachdem ich bei TrekStarApp eingestiegen war, hatte mich Tonio in sein Büro gerufen. Ich erkannte sie schon von hinten. Die pferdemähnigen Haare, die knochigen Schultern. Da saß tatsächlich Grit. Was machte die denn hier?

»Rieke«, sagte Tonio und er klang schon so jovial, als führe er ein tausendzweihundert Leute starkes Unternehmen. »Hier ist jemand, der ein bisschen mitarbeiten möchte.«

Sie drehte sich um, die rosigen Wangen noch eine Spur rosiger, das typische Grinsen etwas verhalten.

»Hi Rieke«, grüßte sie leise.

»Hi«, sagte ich, ansonsten sprachlos. Sie hatte sich in die Höhle des Löwen getraut?

»Ich dachte …« Sie zögerte, stand auf und kam auf mich zu. »Also erst mal wollte ich sagen, es tut mir leid, in welchen Schlamassel ich dich verwickelt habe.«

Ich nickte, noch immer unfähig ein Wort herauszubekommen.

»Na ja, und da ich ja gerade … viel Zeit habe, dachte ich, ich biete TrekStarApp meine Arbeitskraft an. Unentgeltlich natürlich, als Wiedergutmachung sozusagen. Tja – wofür ihr mich auch immer gebrauchen könnt, ich tu's.«

»Ähm, tja …« Ich streckte ihr die Hand entgegen. Was sollte ich sagen? »Willkommen im Team.«

Jetzt erstrahlte das Grinse-Grit-Grinsen in voller Pracht, und sie wirkte beinahe zu Tränen gerührt.

»Ich finde das ein super Angebot, echt«, schaltete sich Tonio ein. »Und wenn wir wieder auf die Beine kommen, dann schauen wir mal … Unsere Marketingabteilung ist ja chronisch unterbesetzt.«

Seitdem arrangierte ich mich mit Grit. Vermutlich würde sie mit ihrer etwas spröden Art nie so ganz mein Herz gewinnen, aber sie war zuverlässig, schnell und auf den Punkt. Unsere

Zusammenarbeit lief richtig gut. Und ihre Sätze begannen inzwischen deutlich öfter mit »Ja, gerne«, als mit »Nein, aber …«.

Nach ein paar Tagen vertraute sie mir an, dass Feist sie wahnsinnig angebaggert hatte, und sie ihm keine Grenzen hatte setzen mögen – aus Sorge, ihren Job zu verlieren. Sie war zwar nicht mit ihm ins Bett gegangen, aber sie hatte einen widerlich langen und sabbrigen Kuss über sich ergehen lassen müssen. Von Anfang an hatte sie dennoch vermutet, dass Feist am Ende mich übernommen hätte, nicht sie. In ihren Augen war ich cleverer, gelassener und kompetenter als sie – schön, dass meine Schüchternheit wenigstens bei ihr als Ausgeglichenheit ankam. Wir lachten, als ich ihr berichtete, dass sich die Situation für mich genau andersherum dargestellt hatte – sie war mir immer aktiver, lebhafter und na ja, auch willfähriger vorgekommen. Letztlich waren wir beide froh, dass wir der Einflusssphäre des Herrn Feist entronnen waren.

Ich war am Samstagnachmittag noch einmal zu TrekStarApp geradelt, weil ich die Pressemeldung für Montag überarbeiten wollte, die wir am Vortag zeitlich nicht mehr fertiggestellt hatten. Außerdem wusste ich, dass Pia im Wolkenkuckucksheim saß und letzte Hand an ihre Konsum-Totenbilder legte. Sie konnte sicher etwas Gesellschaft vertragen. Wenn unsere App am Montag in die Welt entlassen wurde, würde am selben Abend die Vernissage für ihre erste Münchner Ausstellung stattfinden. Fünf der großen Tableaus waren bereits fertig und aufwendig von hier in die Galerie im Westend befördert worden. Das sechste und letzte wartete auf seine Fertigstellung. Ich konnte nicht sagen, wer stolzer war: Pia, Tonio oder ich.

Nachdem ich meine Meldung fertiggestellt und an meinem Verteiler versendet hatte, setzte ich mich ein wenig zu ihr in die warme Spätsommersonne aufs Dach. Auf dem Boden des leer geräumten Think-Tanks konnte ich bereits das Gesicht des KFC-Mannes erkennen, aus lauter Linsen und Reiskörnern gelegt. Woher sie die Geduld nahm, war mir unbegreiflich. Aber es lohnte sich – es sah verstörend betörend aus.

Meine Anwesenheit verleitete Pia dazu, ebenfalls eine Pause einzulegen. Sie setzte sich zu mir auf die himmelblau angemalte Gartenbank, mit der wir die Dachterrasse inzwischen etwas heimeliger gestaltet hatten. Unser weiblicher Einfluss war nicht ohne Folgen geblieben.

»Rieke, ich finde, du machst dich super«, lobte sie mich ohne Vorwarnung. »Wie du hier die Firma aufmischst … das ist einfach großartig. Es ist, glaube ich, genau das, was gefehlt hat. Jemand, der Struktur in den Haufen bringt.«

»So wie du mit deinen Linsen«, versuchte ich von mir abzulenken.

»Das kann ich nur bei meiner Kunst – ansonsten bin ich ja auch eher der Chaostyp. Aber das habe ich schon zu Schulzeiten an dir bewundert.«

»Was?«, rief ich. *Sie* hatte *mich* zu Schulzeiten bewundert?

Sie sah mich verblüfft an.

»Na klar, was denkst du denn? Ich wäre gerne ein bisschen mehr gewesen wie du. So analytisch, so klar, so differenziert. Du ziehst immer alles durch, das hast du früher schon getan, ein Aufgeben gibt's bei dir nicht. Ich finde das toll! Oft knicke ich beim leisesten Gegenwind ein.«

»Dafür eroberst du alle Herzen im Sturm, dich lieben die Menschen. Eigentlich sollte ich bei deiner langweiligen Versicherung arbeiten.«

»Och, die Stelle wäre frei, ich habe gekündigt«, verriet sie. »Siehste, meine Sprunghaftigkeit wieder …« Sie legte einen Arm um mich, lehnte ihren Kopf gegen meinen.

»Nee, nee, Rieke, in der Versicherung würdest du verkümmern, dazu bist du viel zu kreativ. Und zu allem hast du auch noch ein großes Herz. Sonst hättest du unser dämliches Verhalten nicht so schnell entschuldigt.«

»Bei den wenigen Freunden, die ich habe, kann ich mir beleidigt sein nicht erlauben.« Ich grinste.

Sie knuffte gegen meinen Oberarm.

»Hast du Scott – nein, Basti überwunden?«, fragte sie leise und ließ mich los.

Ich legte den Kopf schief, zuckte mit den Schultern. »Manchmal glaube ich das, dann wieder …« Ich wollte ihr nicht gestehen, dass es noch Abende gab, an denen ich mich in den Schlaf weinte. »Hast du … ähm, hast du was von ihm gehört?«

Ich hatte ihr nie erzählt, was in seinen Briefen gestanden hatte. Und dass er sich für eine interkontinentale Nicht-Fernbeziehung mit mir entschieden hatte.

»Ist schon ein paar Tage her. Tonio hat mit ihm geskypt, ich saß mit vor dem Bildschirm. Die Verhandlungen mit dem Investor sind offenbar gut vorangekommen. Es sieht so aus, als würde er tatsächlich einsteigen.«

»Cool.«

»Ja, schon. Aber weißte … Als ich ihn da so sah, so schnieke im Businessanzug – da ist mir echt der Kragen geplatzt. Tonio wollte, dass ich aufhöre, aber ich habe Basti die Meinung gegeigt. Dass ich es unmöglich finde, wie er dich behandelt. Dass er kein Gramm Eier in der Hose hat, weil er nicht zugeben kann, dass er falsch lag. Dass er so einen verdammten Schiss vor einer Beziehung hat, dass er lieber ans andere Ende der Welt flüchtet. Irgendwann ist die Verbindung abgerissen. Er hat einfach seinen Laptop zugeknallt.«

»Echt?« In mir stiegen Tränen auf. Weil sie für mich gekämpft hatte. Weil er immer noch so uneinsichtig war. Weil …

weil die Welt ein sehr kalter Ort war ohne ihn. Eine Gänsehaut kroch über meine Arme.

»Auch Tonio hat seitdem nichts von ihm gehört. Ich habe keine Ahnung, was der jetzt plant. Ein Rätsel, dieser Mann. Am besten, du vergisst ihn.«

Ich konnte es nicht. Ich konnte ihn nicht vergessen. Als ich gegen sechs die Firma verließ, fuhr mein Fahrrad ganz automatisch in Richtung Tankstelle. Als ob ich mich vergewissern wollte, dass es sie tatsächlich gab. Dass es diese eine Nacht – diese einzige, wunderbare, liebestolle Nacht gegeben hatte.

Ich stellte mein Fahrrad ab und setzte mich auf den Eisenstuhl unter dem geschwungenen Dach. Mir war, als würde es nach Sandwiches riechen. Aber der Blick in den großen Tankstellenraum war mit weißen Rollos versperrt, ein deutliches Zeichen der Abwesenheit des Besitzers.

Doch da hörte ich es: Einen Schlag auf Metall. Und gleich noch einmal. Ich stand auf, lauschte. Da – wieder. Ich hatte mich nicht getäuscht. Es kam nicht aus dem Haus, sondern von außerhalb. Es kam … aus der Werkstatt. Ich konnte mich gar nicht täuschen. Schnell lief ich hin, spähte durch das kleine Fenster. Alles was ich erkannte, war das Saab-Cabrio, diesmal ohne eine Plane darüber.

Ich riss an der Tür und ging beinahe in die Knie vor Schreck, dass sie sich tatsächlich öffnen ließ. Der Geruch von Motoröl, von Schmierstoffen und Gummi empfing mich. Und nun war das Schlagen, das ich von draußen gehört hatte, sehr deutlich zu hören. Ich entdeckte allerdings nirgendwo einen Menschen, nur das alte Auto. Das einzige Cabrio, das ich jemals auf den ersten Blick erkennen würde. *Und wie wir uns vorstellten, die ganze Nacht hindurch bis nach Patagonien runterzufahren, in einem roten Saab-Cabrio, und bei Sonnenaufgang würden wir das Meer sehen*, kam mir eine Zeile aus Bastis Briefen in den Sinn.

»Basti?«, rief ich, konnte meine Stimme aber selbst kaum verstehen. Wegen des Lärms – oder wegen dieses Geknäules in meiner Kehle.

Vorsichtig ging ich näher, stieg über Schraubenschlüssel, Plastikkanister und Dosen. Jetzt erst wurde mir klar, dass der Automotor brummte. Ich blickte durch die beschlagenen Scheiben in das Innere des Wagens. Nichts zu erkennen.

Das Hämmern dröhnte nun von so nah, dass der Boden unter meinen Füßen vibrierte. Ich sah hinunter. Unter dem Saab war eine Grube. Na klar, eine alte Tankstelle hatte auch eine Werkstatt mit einer Grube, in die sich ein Mensch hineinlegen konnte, um von dort aus Reparaturen zu erledigen. Ich ging in die Hocke.

Da lag er.

Ich erkannte seine Füße, seine Beine, die in einem blaugrauen Overall steckten. Und mir wurde klar, dass er es war, der gegen das Auto hämmerte.

Ich hatte so oft überlegt, wie ich reagieren würde, wenn er plötzlich doch vor mir stünde. Ich sah mich meine Fäuste gegen seinen Brustkorb hämmern, ihn beschimpfen, verfluchen. Jetzt, wo dieser Moment gekommen war, fühlte ich nichts außer … riesiger Erleichterung und Freude. Ein lupenreines Glücksgefühl durchströmte mich!

Spontan zog ich an seinem Hosenbein. Das Hämmern wurde von einem dumpfen Aufschlag abgelöst und dann hörte ich einen Schrei.

»Scheiße!« Merkwürdig verformt klang das.

Das Hosenbein wurde nach hinten weggezogen, und am anderen Ende des Autos tauchte plötzlich ein ölverschmiertes Gesicht auf. Ein überraschtes Gesicht, das ich trotz des

Schmutzes eindeutig erkannte. Er rieb sich mit einer schwarzen Hand über die Stirn, während er mit der anderen die Kopfhörerstöpsel aus seinen Ohren riss.

»Was?«, fragte er. »Was wollen Sie?«

Ich stand noch immer zur Salzsäule erstarrt. Nicht mal die Augen rieb ich mir vor Verwunderung. Nein, das war nicht Basti. Das war ganz und gar nicht Basti. Vor mir stand Max, der junge Bursche aus dem Trödelladen.

»Hab ich Sie erschreckt?«, fragte er nun und kletterte ganz aus der Grube heraus. »Sie schauen aus, als hätten Sie ein Gespenst gesehen.«

Max trat an ein Waschbecken an der hinteren Wand und schäumte sich die Hände ein. Stumm sah ich ihm zu, betrachtete seinen Rücken, die raspelkurzen Haare, und versuchte die Enttäuschung zu verkraften.

»Was machst du hier?«, fragte ich. Der Typ war so jung, dass ich ihn unmöglich siezen konnte. Und dass er mich nicht duzte, war mir mehr als unangenehm.

Er drehte sich um, fing an, ein paar Werkzeuge, die um die Grube verstreut herumlagen, aufzuheben.

»Ich mach den Wagen wieder startklar«, erklärte er. »Das ist super, dass der Scott mich das machen lässt. Er braucht ihn nicht mehr, hat er gesagt. Ich mach gerade eine Ausbildung zum Mechatroniker, und da ist die alte Karre mit der wenigen Elektronik ein super Übungsfeld. Bald habe ich sie startklar.«

Er braucht ihn nicht mehr. Er braucht ihn nicht mehr. Er braucht ihn nicht mehr. Die Worte donnerten lauter als all die Bohrer und Hammer hier drin zusammen. Zu allem Überfluss sah ich nun auch noch durch die Windschutzscheibe unterm Lenkrad etwas Silberfarbenes baumeln. Der Schlüsselanhänger. Den hatte er offensichtlich gleich mitverschenkt. Garantiert cruiste Basti gerade mit einem Cadillac durch Las Vegas und hielt nach der nächsten Braut für eine Spontanhochzeit Ausschau. Und genauso garantiert würde er das mit »damit ich über dich hinwegkomme« und »was Besseres habe ich nicht verdient« begründen, falls er mir einen nächsten Brief schrieb.

»Übrigens …« Max kniff die Augen misstrauisch zusammen. »Sind Sie nicht die Tussi …«

»Hör auf mich zu siezen.«

Er grinste. »Bist du nicht die … äh, die, die neulich diesen Saab-Anhänger bei meiner Oma gekauft hat?«

Ich nickte. Er hatte ein gutes Gedächtnis.

»Ich hab da viel zu wenig verlangt für. Ich hab mal geschaut – auf eBay oder so bringt der Anhänger locker fünfzig, sechzig Euro. War ein Originalteil aus den Achtzigern. Wie das Schmuckstück hier.« Er klopfte auf den Kotflügel des Wagens, der ein metallisches Ächzen von sich gab.

Ich starrte ihn verblüfft an. »Na, dann bist du wohl froh, dass du es wiederhast?« Der Kerl wurde mir immer unsympathischer. Ganz toll, echt! Ich wollte dem Mann, den ich liebte, ein kleines Geschenk machen, das er gleich weiterverschenkt hatte, und jetzt wurde ich dafür auch noch blöd angemacht.

»Äh, nein, also, nicht direkt …« Er spürte wohl, dass er mich auf dem falschen Fuß erwischt hatte. »Ist mir schon klar, ich hätte besser aufpassen müssen. Ich meinte nur … man sollte es in Ehren halten.«

»Mach das«, sagte ich und trat unverzüglich den Rückzug an.

Wenn Basti seine angebliche Liebe zu mir genauso in Ehren hielt wie den Schlüsselanhänger – na, dann gute Nacht! Aber es war eh wurscht – ich war sowieso kein Teil seines Lebens mehr.

18. KAPITEL

GLÜCK IST, WENN DAS PECH MAL URLAUB MACHT

Am Morgen des fünften September lag eindeutig Herbstgeruch in der Luft. Zum ersten Mal band ich mir ein Halstuch um, bevor ich aufs Fahrrad stieg und mich auf den Weg über den Isar-Radl-Highway zum Valleyplatz machte. Inzwischen kannte ich mich mit Ampelschaltungen, Abkürzungen und gefährlichen Kreuzungen unterwegs gut aus und wusste auch, welcher Bäcker auf dem Weg die besten Croissants hatte.

Als ich um kurz nach acht ankam, herrschte Bienenkorbstimmung in der Firma. Danuta sprach energisch mit irgendwem am Telefon, Grit korrigierte mit vorgeschobener Pferdeoberlippe Farbausdrucke, und Tonio lieferte sich mit Karl und Eddie eine lautstarke Kickerschlacht – vermutlich, um ihre Nervosität loszuwerden. Nur Greg, Oskar und Goldfisch saßen ganz ruhig vor ihren PCs, jeder eine große Kaffeetasse in der Hand (auf Gregs stand: *Error 404: Girlfriend not found*, auf Goldfischs: *I'm in love with my computer and it's getting pretty serious* und auf Oskars: *I'm not the helpdesk*). Sie wirkten völlig versunken.

Zwischen all diesen Menschen tauchte ab und an Pia auf und verbreitete zusätzliche Hektik – am Abend würde ihre Ausstellung eröffnet werden. Sie fuhr im Halbstundentakt zwischen der Galerie und dem Wolkenkuckucksheim hin und her, weil sie ständig noch etwas vergessen hatte, etwas verbessern wollte oder einfach nur Zuspruch brauchte.

»Es wird keiner kommen«, sagte sie.

Tonio, frisch gekürter Kicker-Sieger, strich ihr übers Haar, und ich hielt ihre Hand.

»Es wird knallvoll werden. Bis auf die Straße raus. Sie haben es sogar in der *Süddeutschen* angekündigt«, erinnerte ich sie.

»Dank deiner Überredungskünste.« Sie seufzte.

»Kein Mensch wird die App runterladen«, sagte Tonio dann.

»Sie wird morgen auf Platz eins der App-Charts stehen«, beruhigte ich ihn, obwohl ich selbst keineswegs davon überzeugt war. »*Wired* und *Chip* haben darüber berichtet und jedes noch so kleine Branchenblättchen auch.«

Er seufzte.

»Hey«, rief ich aus. »Und wer tröstet mich? Er hat bestimmt längst die amerikanische Staatsbürgerschaft angenommen.«

»Die US-amerikanische«, sagte Tonio und erntete von Pia einen Klaps auf den Hinterkopf.

»Vergiss ihn«, sagte sie dann. »Ich habe es im Gefühl – heute Abend wird garantiert irgendein toller Kerl auf der Vernissage auftauchen. Einer mit viel Geld und viel Platz in seinem Herzen. Ich nehm das Geld und du das Herz, okay?«

Wir umarmten uns und spürten einen Moment nur die Nähe der anderen, unsere Herzschlagfrequenzen schienen sich anzugleichen.

Um halb zwölf war es so weit.

»Die ersten zehn Downloads«, rief Danuta durch die Räume und behielt dabei den Rechner im Blick. »Platz 97 auf Chip.de.«

Es war so aufregend wie das Endspiel der letzten Fußballweltmeisterschaft. Wir standen um sie herum, und obwohl nichts geschah, konnten wir den Blick nicht vom Bildschirm wenden. Alle fünf Minuten aktualisierte Danuta den Browser.

Und alle fünf Minuten kletterte der DesasterMaster ein paar Plätze nach oben. Als Tonio gegen drei Uhr mit Kosch von Date-O-Mat telefonierte, waren wir unter den ersten 50. Eine halbe Stunde später auf Platz 30. Kosch war schon bei 50 begeistert gewesen. Jetzt öffnete er bestimmt eine Flasche Sekt.

»Nicht schlecht für den Start«, versicherte Tonio uns. »Wir müssen natürlich schauen, dass der Trend anhält.«

»Sieht gut aus«, konnte ich ergänzen. »Unsere Facebook-Kampagne hat schon dreißigtausend Nutzer erreicht und zweitausend Klicks generiert.« Ein sensationeller Wert.

»Ich wünschte, Scott wäre da«, entfuhr es Tonio.

Schnell ging ich in die Kaffee-Ecke und machte mir den gefühlt dreißigsten Espresso des Tages. Ich hörte die TrekStar-Appler angesichts der weiter steigenden Platzierung der App hinter mir kichern und blödeln und fühlte ein Lächeln auf meinem Gesicht. Ja, ich freute mich über den Erfolg.

Mit dem Espresso legte ich mich in die Hängeschaukel auf dem Dach, die dort seit ein paar Wochen neben der Gartenbank aufgebaut war. In der Ferne schimmerten die Berge in der klaren Frühherbstluft, und ich atmete tief ein.

Mir wurde klar, dass ich zum ersten Mal in meinem Leben das Gefühl hatte, am richtigen Platz zu sein. Hier wusste man mein Können zu schätzen, bezahlte mich adäquat (na ja, das würde man jedenfalls hoffentlich bald tun!) und nahm mich darüber hinaus auch noch als Mensch wahr. So viele soziale Kontakte hatte ich in den letzten zehn Jahren nicht gehabt. Und wenn man Goldfisch, Oskar und Greg nicht als potenzielle Heiratskandidaten betrachtete, konnte man jede Menge Spaß mit ihnen haben. Allein ihnen zuzuhören, vertrieb jeden Kummer.

Als ich meine leere Tasse in die Küche stellte, zeigte Grit Goldfisch gerade zum gefühlt vierten Mal innerhalb einer Woche, wie die Spülmaschine funktionierte. Er beobachtete jede ihrer Bewegungen, als metzele sie bei GTA V ihre Gegner nieder.

»Hast du daheim jetzt auch eine?«, fragte sie ihn.

Er nickte stolz. »Und heute Abend werde ich sie zum ersten Mal einschalten.«

»Cool!« Sie lächelte ihn so an, dass er rote Bäckchen bekam. »Haste bestimmt letzte Woche zum Geburtstag bekommen, oder? Von Mami?«

Wie immer überhörte er, dass sie sich ein wenig über ihn lustig machte. Er nickte wieder.

»Genau, allerdings zum Geburtstag vor zwei Jahren.«

»Äh.« Grit verstummte.

»Und, haste bis gestern alles mit der Hand abgewaschen?«, fragte Greg und schlackerte anzüglich mit den Fingern.

»Nö.« Goldfisch kratzte sich am Kopf. »Plastikgeschirr und Pizzakartons. Aber wenn du magst, Grit, kannst du ja mal bei mir vorbeikommen und von ’nem echten Porzellanteller essen.«

Jetzt wurde Grit rot, nickte dann aber begeistert.

Greg verließ mit einem gezischten: »Oh, oh, oh, Nachtigall …«, den Raum. Kichernd folgte ich ihm.

Tonio stand plötzlich mit ernstem Blick vor mir. Er trug einen Anzug. Keinen *Star-Trek*-Anzug. Einen echten, dunkelgrauen. Nur auf der Krawatte war ein überlebensgroßes Spock-Ohr aufgedruckt.

»Und?«, fragte er. »Kann ich so gehen?«

»Wow«, sagte ich, und er fing an zu strahlen.

Dann wies er auf die Wanduhr. »Wir müssen los.«

Tatsächlich – halb sechs schon, um sieben eröffnete die Vernissage. In einem Anfall von Wahnsinn hatte ich zugesagt, die Eröffnungsrede zu halten. »Du hattest doch Kunstgeschichte im Nebenfach«, hatte mich Pia erinnert und als sie anfügte: »Bitte, bitte, bitte – wer soll das denn sonst machen? Diese Nerds hier haben doch alle keine Ahnung!«, hatte ich einfach nicht ablehnen können.

Ich zog rasch mein apfelgrünes Kleid an, jenes, das ich beim Klassentreffen getragen hatte. Diesmal trug ich farblich passende und längst nicht so halsbrecherische Pumps dazu. Dann machten sich Tonio und ich auf den Weg zu der Galerie im Westend. Die anderen würden nachkommen.

»Platz 5!«, rief uns Danuta noch hinterher, als wir schon fast zur Tür hinaus waren.

Die Galerie war in einem ehemaligen Milchladen untergebracht, und durch das große Schaufenster konnte man die Bilder bereits am Boden liegen sehen.

Sechs großformatige Tableaus hatte Pia gelegt, geformt und geklebt. Das Coca-Cola-Logo war dabei, das knapp vollendete Gesicht des KFC-Onkels und weitere Markengrößen. Es war ungewohnt, Bilder zu betrachten, die auf dem Fußboden lagen. Der Raum war recht dunkel gehalten, umso mehr Kerzen erleuchteten diese Todesstätten des Kapitalismus. Die Farbigkeit und der Detailreichtum verwirrten, die Bilder waren einerseits wunderschön, andererseits wirkte der zur Schau gestellte Markenfetischismus abschreckend. In zwei Worten: Sie weckten Aufmerksamkeit und Emotionen. Perfekt!

Um Viertel vor sieben war der Laden knallvoll und die Luft zum Schneiden. Um zwei vor sieben passte niemand mehr hinein. Danuta, Grit, Greg, Goldfisch, Oskar, Karl und Eddie hatten sich gerade noch rechtzeitig hineinquetschen können. Sie kletterten auf das niedrige, breite Fensterbrett vor dem Schaufenster und streckten die Hände zum Victoryzeichen hoch. Jetzt konnte eigentlich nichts mehr schiefgehen.

Tonio schaltete die mexikanischen Volkslieder ab, die zur Einstimmung gelaufen waren, und die an die Inspirationsquelle für die Tableaus erinnern sollten. Es wurde still im Raum.

Ich ging ans Mikrofon. Mein Herz klopfte bis zum Hals, aber ich riss mich zusammen. Dies war Pias Abend.

Mit ein, zwei flapsigen Sätzen begrüßte ich die Anwesenden, und schon kicherten viele das erste Mal. Ich hatte sie. Meine Abhandlung über die Künstlerin Pia Schrenkenberg kam mir selbst mit einem Mal fundiert vor, und ich war erneut beeindruckt, wie viel meine neue alte Freundin künstlerisch tatsächlich schon geleistet hatte.

»… und so sollten wir uns immer daran erinnern, dass wir es sind, die mit unserem Geld bestimmen können, wen wir unterstützen und wen nicht. Die hier gezeigten großen Marken jedenfalls gehören auf den Müllberg der Gesch…«

Nein, es konnte nicht sein. Ich musste mich getäuscht haben. »… der Geschichte«, machte ich weiter. Noch eine Viertelseite Stichpunkte. Aber da draußen war jemand. Hinter der Fensterscheibe.

Ich griff nach dem Glas Wasser, das neben mir auf einem kleinen Tischchen stand, und trank einen großen Schluck. Dann sah ich auf meinen Stichwortzettel. Kryptische Zeichen blinkten mir entgegen. Wo war ich gewesen?

»Äh …« Ich konnte doch jetzt nicht einfach abbrechen. Hilfe suchend blickte ich zu Pia, die mich auffordernd ansah. Sie lächelte und Tonio drückte ihr einen Kuss auf die Schläfe.

»Die Alternative …«, stammelte ich und stellte fest, dass ich merkwürdig kurzatmig klang.

Im Raum herrschte erwartungsvolle Stille, und ich sah in wohlwollende Gesichter. Oder lag auf dem einen oder anderen schon Ungeduld? Ich konnte meinen Blick nicht schweifen lassen. Sonst würde ich wieder zur Tür starren. Was sich jetzt nicht mehr vermeiden ließ. Denn diese … wurde gerade von außen aufgedrückt. Die direkt vor der Tür Stehenden machten ein wenig Platz und die Tür öffnete sich nur so weit, dass man eben so hineingelangen konnte.

Greg und Goldfisch, Danuta, Eddie und Karl entfuhren so etwas wie Jubelschreie. Oskar blickte stumm auf den neuen Gast, der sich durch die Menge seinen Weg bahnte, direkt auf mich zu. Dunkle Hose, dunkles T-Shirt – ohne Aufdruck, ohne Fleck! Dafür war er sonnengebräunt, die Haare ein wenig länger und mit einem sexy Dreitagebart auf Kinn und Wangen.

Sein Blick war … unerklärlich. Scheu und herausfordernd zugleich, spitzbübisch und liebevoll, jungenhaft und weltmännisch. Meine Knie wurden weich. Ich spürte, wie mir das Mikrofon zu entgleiten drohte, aber da stand er plötzlich neben mir, fing es auf. Sah mich nur ganz knapp an und hob dann das Mikro an die Lippen.

»Entschuldigung«, war das Erste, was er sagte. Laut, sehr laut. »Mein Flieger hatte etwas Verspätung. Und der neue Wagen, der in Wahrheit schon ganz schön alt ist, sprang nicht gleich an. Aber ich wollte unbedingt etwas loswerden. Und da meine Vorrednerin ja gerade den Faden verloren hat, wie es scheint, und ich die Künstlerin auch schon sehr lange kenne …«

Oh Gott, was kam jetzt? Er räusperte sich.

»Also, Pia«, wandte er sich an meine Freundin. »Du hast hier wirklich Großes geleistet. Wofür ich dir außerordentlich dankbar bin. Es gab einmal eine Zeit, da dachte ich nicht besonders gerne an dich. Weil ich den Eindruck hatte, deine Kunst wäre eher das Zerstören als das Erschaffen. Aber mir ist inzwischen bewusst geworden: In Wahrheit habe allein ich die Schuld daran getragen, dass ein wunderbares Kunstwerk zerstört wurde, noch bevor es ganz vollendet war.

Dieses Kunstwerk war und ist die Liebe. Ich sehe mit großer Freude, dass deine neue Liebe dich zu diesen meisterhaften und beeindruckenden Tableaus hier inspiriert hat, dass sie dir die Kraft, die Stärke, das Durchhaltevermögen und den Geist gegeben hat, so etwas zu erschaffen.

Ich dagegen habe es mir nie zugetraut, ein solches Kunstwerk wie die Liebe aufzubauen und am Leben zu erhalten. Ich ging sogar so weit, dass ich die Frau, die an meiner Seite stand, um mir zu helfen, mich zu ermuntern und die all meine Liebe mehr als nur verdient hat, fortzuschicken. Ich habe sie beschuldigt und niedergemacht, damit sie sich von mir abwendet und geht, und ich ihr nicht gestehen muss, was für ein Versager ich bin. Ich Depp.«

»Genau, du Depp«, rief Oskar von hinten.

Verhaltenes Kichern, doch rasch wurde es wieder still.

»Vor etwa zwei Wochen fuhr ich dann durchs Death Valley, ganz alleine. Ich übernachtete in der Wüste unter freiem Himmel und über mir leuchteten die Sterne zum Greifen nah – so etwas Schönes hatte ich noch nie gesehen. Es gab nur einen Menschen, eine Frau, mit der ich diesen Anblick teilen wollte, doch ich hatte sie zurückgestoßen. Ich habe sie so vermisst, dass nichts diesen Schmerz betäuben konnte. Nicht mal eine Flasche Tequila. Und ich schwor mir, dass ich alles dafür tun würde, damit dieser Schmerz nie wieder eintritt. Und wenn ich mich dafür vor sie stellen und ihr sagen muss …«

Jetzt wendete er sich mir zu, sah mir direkt in die Augen. »… dass ich Angst hatte, deiner nicht wert zu sein. Dass ich dachte, ich würde dir als Mensch und als Mann nie genügen.« Dann richtete er seine Worte wieder an das gebannte Publikum. »Ich weiß nicht, ob sie mir verzeihen wird. Immerhin habe ich bei ihr bereits die zweite Chance vermasselt. Beim ersten Mal konnte ich es noch auf ein Missverständnis schieben – aber diesmal ganz bestimmt nicht. Als mir Pia dann vor ein paar Tagen via Skype – und übrigens, es war wirklich die Technik, die unser Gespräch abgebrochen hat, liebe Pia! Jedenfalls hat sie mir ordentlich den Kopf gewaschen und ich musste mir eingestehen, es wird Zeit, heimzukehren. Ohne diesen letzten Anstoß stünde ich jetzt vermutlich nicht hier. Mit zitternden Knien, mit pochendem Herzen. Ich habe keine Ahnung, ob mir noch eine dritte Chance gewährt wird.« Er warf mir einen langen Blick zu, voll aufrichtiger Wärme. »Da kann nicht mal Pia helfen, die wir heute Abend als wunderbare Künstlerin feiern sollten. Vielen Dank für Ihre Geduld. Genießen Sie die wunderschönen Tableaus, das Leben und die Liebe! Wenn ich es recht gesehen habe, stehen da hinten schon eisgekühlte Prosecco-Flaschen bereit.«

»Bravo!«, erscholl es unisono von der Fensterbank. »Bravo!« Applaus, dem spürbare Anteilnahme beigemischt war, brandete auf.

Basti legte das Mikro auf das kleine Tischchen, während die Menschen um uns herum von ihren Stühlen aufstanden und sich in Richtung der Prosecco-Bar drängten. Dann sah er mich an. Wieder dieser Blick. Doch jetzt war noch etwas dazugekommen, das ich vorher nie in seinen Augen gesehen hatte. Ein Ja! Ein bedingungsloses, stilles Ja, das ich nicht anders beantworten konnte als mit meinem eigenen Ja.

Als ob er es gehört hätte, ohne dass ich ein einziges Wort sagte, legten sich seine Arme sanft um meine Taille, sein Mund näherte sich meinem eigenen, und während wir uns küssten, schob er etwas Unförmiges, Metallisches in meine Hand. Ein Schlüsselbund. Ich hatte keine Probleme, den Saab-Anhänger zu ertasten.

Als wir uns voneinander lösten, flüsterte er direkt in mein Ohr: »Du fährst. Ob wir bis Patagonien kommen, weiß ich nicht. Aber bis zum Horizont schaffen wir es allemal.«

»Und noch ein kleines Stückchen weiter«, antwortete ich, und dann ließ ich ihn für den Rest des Abends nicht mehr los.

Ach was, für den Rest meines Lebens.

Ellie Cahill

Sorbetnächte

Liebe lieber zwischendurch

Roman

Freunde mit gewissen Vorzügen

Als Joss herausfindet, dass ihr Freund sie betrügt, ist die Sache für sie klar: Der Kerl ist Geschichte. Doch die Enttäuschung lässt sich nicht so einfach wegstecken. Aber wozu hat man einen besten Freund? Matt, der auch eine katastrophale Beziehung hinter sich hat, macht ihr einen Vorschlag, der so schräg wie verlockend ist: *Sorbet-Sex!*
So wie Sorbet die Geschmacksnerven neutralisiert, werden Joss und Matt wieder bereit für einen neuen Partner sein, nachdem sie miteinander geschlafen haben. Doch kann das wirklich gut gehen?

»Diese Autorin sollten Sie im Auge behalten!« *Cora Carmack*

384 Seiten, kartoniert mit Klappe
€ 9,99 [D]
ISBN 978-3-8025-9793-0

---

www.egmont-lyx.de

LYX
EGMONT